चन्द्रकान्ता

जन्म : 3 सितम्बर, 1938 में (प्रोफेसर रामचन्द्र पंडित की पुत्री; पति डॉ. एम.एल. बिशिन) श्रीनगर (कश्मीर)।

शिक्षा : एम.ए., बी.एड., प्रभाकर।

प्रकाशित रचनाएँ : ***कहानी-संग्रह*** सलाख़ों के पीछे : 1975; ग़लत लोगों के बीच : 1984; पोशनूल की वापसी : 1988; दहलीज़ पर न्याय : 1989; ओ सोनकिसरी! : 1991; कोठे पर कागा : 1993; सूरज उगने तक : 1994; काली बर्फ : 1996; प्रेम कहानियाँ : 1996; चर्चित कहानियाँ : 1997; कथा नगर : 2001; बदलते हालात में : 2002; आंचलिक कहानियाँ : 2004; अब्बू ने कहा था : 2005; तैंती बाई : 2006; ***कथा-संग्रह*** 'वितस्ता दा जहर' शीर्षक से पंजाबी भाषा में अनूदित; अनुवादक : हर्षकुमार हर्ष : 2007; रात में सागर 2008। ***उपन्यास*** बाक़ी सब ख़ैरियत है (उड़िया भाषा में अनूदित; अनुवादक : प्रवासिनी तिवारी) : 1983; ऐलान गली ज़िन्दा है (अंग्रेज़ी भाषा में अनूदित; अनुवादक : मनीषा चौधरी) : 1984; अपने-अपने कोणार्क : 1995; कथा सतीसर : 2001; अन्तिम साक्ष्य और अर्थान्तर (उड़िया भाषा में अनूदित; अनुवादक : श्रीनिवास उद्‌गाता) : 2006; यहाँ वितस्ता बहती है : 2008। ***अन्य कृतियाँ***–यहीं कहीं आसपास : 1999 (कविता-संग्रह); मेरे भोजपत्र : 2008 (संस्मरण एवं आलेख)।

सम्मान : जम्मू-कश्मीर कल्याण अकादमी; हरियाणा साहित्य अकादमी; मानव संसाधन मंत्रालय, भारत सरकार; हिन्दी अकादमी, दिल्ली; व्यास सम्मान (के.के. बिड़ला फाउंडेशन, दिल्ली); चन्द्रावती शुक्ल सम्मान; कल्पना चावला सम्मान; ऋचा लेखिका रत्न; वाग्मणि सम्मान; राष्ट्रभाषा गौरव सम्मान; ऑल इंडिया कश्मीरी समाज द्वारा कम्यूनिटी आइकॉन एवार्ड आदि।

अपने-अपने कोणार्क

चन्द्रकान्ता

राजकमल पेपरबैक्स

पहला पुस्तकालय संस्करण
राजकमल प्रकाशन प्राइवेट लिमिटेड द्वारा
1995 में प्रकाशित

राजकमल पेपरबैक्स में
पहला संस्करण : 2006
दूसरा संस्करण : 2019

राजकमल पेपरबैक्स : उत्कृष्ट साहित्य के जनसुलभ संस्करण

राजकमल प्रकाशन प्रा. लि.
1-बी, नेताजी सुभाष मार्ग, दरियागंज
नई दिल्ली-110 002
द्वारा प्रकाशित

शाखाएँ : अशोक राजपथ, साइंस कॉलेज के सामने, पटना-800 006
पहली मंजिल, दरबारी बिल्डिंग, महात्मा गांधी मार्ग, इलाहाबाद-211 001
36 ए, शेक्सपियर सरणी, कोलकाता-700 017

वेबसाइट : www.rajkamalprakashan.com
ई-मेल : info@rajkamalprakashan.com

बी.के. ऑफसेट
नवीन शाहदरा, दिल्ली-110 032
द्वारा मुद्रित

मूल्य : ₹199

APNE-APNE KONARK
Novel by Chandra Kanta

ISBN : 978-81-267-1252-6

संजय और मिशेल (प्रिया)
के लिए

शुरुआत से पहले

सत्य की दुनिया का कोई मार्ग नहीं होता। प्रत्येक व्यक्ति को अपना सत्य स्वयं ही खोजना होता है . . .

जे. कृष्णमूर्ति

मेरे पहले दो उपन्यास—*ऐलान गली ज़िंदा है* और *यहाँ वितस्ता बहती है*—कश्मीर के मध्यवर्गीय जन की आर्थिक, राजनीतिक एवं सांस्कृतिक भाव-भूमि के आख्यान हैं। और अब *अपने-अपने कोणार्क !* यानी कश्मीर से उड़ीसा का सफ़र। कश्मीर की सरसब्ज़ वादी मेरी जन्मभूमि है। वहाँ का विशिष्ट परिवेश और वहाँ के लोकरंग मेरे मन में बसे हैं, मेरी सोच और मेरे संस्कारों का हिस्सा हैं। लेकिन फिर भारत के अनेक प्रांतों में रहने-बसने का अवसर मुझे मिला—आंध्रप्रदेश, उड़ीसा, राजस्थान, उत्तरप्रदेश आदि की जीवन-शैली, लोकरंगों और परंपराओं की महक मैंने महसूस की है और उनके विशिष्ट परिवेश को तहेदिल से जिया भी है।

उड़ीसा में छह वर्ष रहकर मैंने बहुत-कुछ पाया और बहुत-कुछ महसूसा। वहाँ की सांस्कृतिक धरोहर कोणार्क के शिल्पियों ने मुझे बेहद प्रभावित किया। पुरी और कोणार्क—जीवन के दो पहलू! अर्कक्षेत्र और श्रीक्षेत्र के भिन्न रंग! संपूर्ण जीवन का फलसफा यहाँ मौजूद है। उसे ऐतिहासिक एवं भौगोलिक परिदृश्य के साथ, वर्तमान की सच्चाइयों के साथ जोड़कर देखा, तो *अपने-अपने कोणार्क* बन गया। संयोग से मुझे वहाँ कुनी मिली, उसने मुझे कायाप्रवेश करने की इजाज़त दी। वह माध्यम बनी आम ओड़िया जन को उसके विगत और वर्तमान के साथ प्रस्तुत करने के लिए। 'मोर गौरव जगन्नाथ' में विश्वास करता आम ओड़िया जन अपने पारंपरिक आलोक से मुग्ध, रक्षणशील एवं संस्कारवान भी है और हम सबकी तरह अंधविश्वासी एवं रूढ़ मानसिकता से ग्रस्त भी।

कुनी ऐसे ही एक रक्षणशील परिवार की बड़ी बेटी है—हजारहा दायित्वों की

साँकलों में कैद, जिसके लिए परपुरुष से प्रेम, पाप है। लेकिन एक दिन कुनी ने रामकृष्ण को पढ़ा और जाना कि यदि चाहना पाप है, तो मन में चाह का उगना भी पाप है। कुनी तमाम हदबंदियों के बावजूद मन में चाह का उगना रोक नहीं पाई, और यहीं उसके आस्थावादी सोच में दरार पड़ गई। सच क्या है और झूठ क्या ? अंतरंग और बहिरंग दोनों को खँगालकर वह किस सच तक पहुँच पाई ? उड़ीसा की पृष्ठभूमि में वहाँ के इंद्रधनुषी रंगों को समेटे कुनी की यह कहानी सच की तलाश है · · ·

चंद्रकांता

एक

आज एक मुद्दत बाद फिर किसी का हाथ थामे मैं कोणार्क के सागर तट पर बैठी हूँ। पाँवों-तले भूरी सुनहरी रेत का सुकूनदेह अहसास, ऊपर छितरी रूई के बिनौले समेटता नीला आसमान और नजरों की हदें बाँधता दिगंत तक फैला बेअंत, बेकरार समुद्र ! ऐसे में कई साल पहले पूछा सिद्धार्थ का एक प्रश्न अचानक मेरे ज़ेहन में गूँज उठा है–'क्या शांब का यह मुक्ति-स्थल तुम्हारी मुक्ति की जगह नहीं हो सकती ?'

सिद्धार्थ आज यहाँ नहीं है। उसे गए एक अरसा हो गया है। और मैं ? मैं भी तो वह कुनी नहीं हूँ जिससे सिद्धार्थ ने यह सवाल पूछा था। कितना कुछ तो रीत गया है इस बीच वक़्त के साथ। फिर सालों-साल बीतने के बाद भी यह आवाज़ यहाँ रुक कैसे गई है ?

सागर की छाती में उमगता झागल लहरों का उफान कई-कई गज़ ऊँचा उठता किनारों की तरफ़ लपक रहा है और ढेर सारे शंख-सीपियों के तोहफ़े थमाकर लौट जाता है, फिर आने का वादा करता हुआ। हम मुग्ध होकर देख रहे हैं, मैं और अनिरुद्ध। बिल्कुल ख़ामोश। बेताब सूर्य, किरणों का जाल उतावली में समेट रहा है और पारे से थिरकते सुवर्ण रंगों में सागर बेहद कोमल हो उठा है। एक-दूसरे में आत्मलीन होने का यह रोमांच, कई साल पहले, यहीं, इसी भुरभुरी नरम रेती के कालीन पर बैठे मैंने महसूस किया था। लेकिन तब मेरे साथ अनिरुद्ध नहीं, सिद्धार्थ था, और शायद यही इस आवाज़ के लौटने का कारण है।

मैं यही थी पर मन दूसरा था। उजली दूब-सा मुग्ध हरा मन ! पक्की उम्र होने के बावजूद अछूता। आसमान की ऊँचाइयों में उड़ान भरती सोनचिरी नन्हे पंखों से आकाश मापने के उछाह से भरी थी। फेनिल लहरों के भीतर घुसकर पानी का बेपरवाह दबाव महसूस करते हमने उन लहरों से खिलवाड़ किया था। सागर ने मुझमें हिलोर भर दी थी। मेरे पाँव में घुँघरू बाँध दिए थे। वह क्या मैं ही थी ? कोणार्क के नृत्य-मंडप की कोई सोई नर्तकी अँगड़ाई लेकर जाग उठी थी, सदियों की नींद के बाद, और अथाह लहरों पर ताल देती बेसुध होकर थिरकने

लगी थी।

यह मैं हूँ, मैं कुनी ! तुमने मेरे पैरों में नृत्य की लय भर दी है। मेरे मन में सदियों की प्यास ! मेरे भीतर छिपे मनाहीवाले कक्ष में ज्वारभाटों का झागल उफ़ान भर दिया है तुमने। सागर ! तुम साक्षी हो मेरे भीतर फूटते इन रंगीन आबशारों के, जिनके फूटने को रोकना किसी के बस में नहीं। लेकिन उम्र के कई पड़ाव पार कर जहाँ मैं आज खड़ी हूँ वहाँ उन्माद-भरी शोखी में थिरकते पाँव वक़्त की धूल-धूप में चलते मंद पड़ गए हैं। समय उन्माद को थाम लेना जानता है न ? यहीं, सागर-तट की इसी बालू पर एक दिन सिद्धार्थ ने दो नाम लिखे थे—कुनी-सिद्धार्थ ! जिन्हें ज़िद्दी लहरें बार-बार मिटाती जा रही थीं और वह बार-बार लिखता जा रहा था। आज जब अनिरुद्ध ने भी दो नाम इसी बालू पर लिखे, तो मैं अनायास ही सालों पहले लिखे दो नाम ढूँढ़ने लगी। कुछ पल आश्चर्य से अनिरुद्ध को देखा। वक़्त ने दागदार बनाते भी उसके भीतर कोई सोता बचाए रखा है। वह बड़ी उदारता से हँस पड़ा, ज्यों कहना चाह रहा हो, 'मेरे भीतर कुछ भी ख़त्म नहीं हुआ, अभी नहीं।' तब अचानक पीछे छूटे समय का कोई बेशकीमती टुकड़ा मेरे सामने ज़िंदा हो गया—जैसे बड़े सहज भाव से कंधा छूकर किसी ने मुड़कर पीछे देखने के लिए उकसा दिया हो। नहीं, मन में कोई अपराधबोध नहीं जगा। पीछे छूटे का कोई अफ़सोस भी नहीं। बस, यादों की एक बंद खिड़की खुल गई।

अनिरुद्ध के साथ मैं नयी ज़िंदगी की शुरुआत-जैसा कुछ करने जा रही हूँ। पर क्या ज़िंदगी की शुरुआत जन्म लेते ही नहीं होती ? हर अनुभव उसमें नये सत्य जोड़ देता है। खोना-पाना, सब मानी हुई शर्तें हैं।

सिद्धार्थ मालूम नहीं, आज कहाँ है। उसके लिए कुछ मायने रखता था तो वह था अंतरात्मा से स्वीकार किए अनुभवों को ईमानदारी से जीना, जोड़-तोड़के फलसफ़ों के बिना। उसके प्रभावों को बिना शिकवे सह लेना। यही वह बार-बार कहता था। आज वह जहाँ भी हो, पर सागर सांध्य की इस मिलन बेला में बरसों पहले उसका मेरे साथ यहाँ होना उतना ही सच था जितना आज अनिरुद्ध के साथ मेरा यहाँ होना। आज सागर में उतरते सूर्य की छुअन से गुलाबी-सुनहरे रंगों में सराबोर लहरों को अपलक देखते मेरा मन पीछे लौटने लगा है। मुड़कर पीछे देखने को उतावला हो उठा है। क्यों ? नहीं जानती। किसलिए ? वह भी नहीं। यों मैं आदी नहीं हूँ मुड़कर पीछे देखने की। फिर आज क्यों ? नहीं, प्रश्न नहीं पूछना। है कोई ऐसा जिसने पीछे मुड़कर नहीं देखा ? तमाम दावों के बावजूद ! मैंने तो कोई दावे किए ही नहीं।

पड़ाव-दर-पड़ाव ज़िंदगी जीती रही। आज खुद से अलग होकर खुद को देखने की चाह जगी है। आत्मावलोकन ? खुद को समझने की ख़ातिर ? या कि अपने

से जुड़े तमाम जनों की मानसिकता को जानने के लिए ? शायद जी चुके वक़्त की सच्चाइयों में अपनी अर्थवत्ता खोजने के लिए ! जीवन में जो भी निर्णय मैंने लिए, फिर से उन्हें जी लूँ तो क्या वे निर्णय दूसरे होंगे ? जैसे जी ली उससे हटकर कुछ अलग ढंग से जीना होगा क्या ? शायद नहीं। वह सब तो वैसे ही होना था। उस दिन भी जब सामने यही समुद्र था, यही पानियों की छुअन से भीग-भीग जाता तट ! देर तक हम यहीं बैठे इसे अपने भीतर उतरते महसूस करते रहे थे। वह जैसे मुझे पहली बार देख रहा था। उसका एकटक देखते रहना मुझमें उलझन पैदा कर रहा था।

"क्या देख रहे हो इस तरह ?"

"किस तरह ?"

"ऐसे घूर-घूरकर।"

"यह घूरना है ? धत् तेरे की ! पूरे रोमांस का कचरा कर दिया।"

"मुझे अच्छा नहीं लगता इस तरह देखना।" मैं उसकी हँसी से और भी सिकुड़ गई थी। लगता था मेरे धड़कते दिल की आवाज़ भी वह सुन रहा है।

"कुनी ! मुझसे कोई पूछे कि मुझे तुममें क्या अच्छा लगता है तो शायद मैं बता नहीं पाऊँगा।"

"मुझमें ऐसा कुछ ख़ास तो है ही नहीं··· "

"नहीं, नहीं, अभी जो तुम्हें 'घूर रहा था', तुम्हारे कहे, तो मुझे फ़िराक़ का एक शेर याद आया। इजाज़त हो तो सुनाऊँ ?"

फ़िराक़ ? कौन फ़िराक़ ? मैं फ़िराक़ गोरखपुरी को तब तक जानती ही कहाँ थी ! उसने शेर सुनाया था–"फिज़ा को जैसे कोई राग चीरता जाए, तेरी निगाह दिल में यूँ ही उतर आई··· तुम्हारी इन नज़रों में ही कोई ख़ास बात है।"

"मेरी निगाह क्या कोई खंजर है ? कोई चाकू जो दिल को चीर जाय··· "

"फिर मेरे मूड को हलाल कर रही हो, देखो," वह धमकाते लहज़े में बोला था। हमने पता नहीं क्या-क्या अनर्गल कहा, सुना, हल्का-गहरा, बचकाना, सब अच्छा लगा। बीच-बीच में वह गंभीर हो उठता।

"कुनी ! मैं अकेला होता हूँ तो सागर मुझे उदास कर देता है, अपने भीतर डूबने को उकसाता है, पर तुम्हारे साथ वह मुझे अल्हड़ बना गया है।" एक-दूसरे का हाथ पकड़े हम दोनों घुटनों-घुटनों पानी में उतरे थे, एक-दूसरे को भिगोते-छेड़ते सागर की फेनिल लहरों के ज्वारभाटे हमारे भीतर भी पछाड़ें मारने लगे थे पर हम मन की उस भावदशा को एक-दूसरे से छिपा रहे थे। मैं शायद उससे ज्यादा। उसके करीब आने पर मैं बार-बार खुद को सिकोड़ लेती थी। तभी नारियल-पानी पीते उसने मुझसे सीधा-सा सवाल किया था, "कुनी ! तुम तो आज तक प्रेम को अश्लील समझती खुद को पवित्र बनाए रखने का दंभ पालती रही हो, क्या ईमानदारी

से कह सकती हो कि तुम्हारे मन में प्रेम करने की इच्छा कभी जगी ही नहीं ?"

"शायद नहीं।" इस अचानक, बिना भूमिका बाँधे किए प्रश्न का उत्तर मैं क्या दूँ, समझ नहीं पाई।

"आज भी नहीं, मेरे साथ ? सच कहना।"

पता नहीं वह किस एक्सरे नज़र से मेरे भीतर के अचीन्हे कोने तलाशने लगा था। मुझे जैसे किसी ने चोरी करते रँगे हाथ पकड़ लिया। इतना सीधा सवाल ?

"मैं नहीं जानती।" पता नहीं मैं कैसे कह गई। मेरे भीतर अचानक कोई उन्मादी लहर उफनने लगी थी और मेरा बरसों का तप छलकने लगा था।

"सचमुच नहीं जानतीं, या जानना नहीं चाहतीं ?"

"प्लीज़ सिद्धार्थ, मुझसे ऐसे सवाल न करो।" मेरी आवाज़ टूटने लगी थी। "इतना करीब तो मैं पहले किसी के नहीं आई।" मेरा लहज़ा आत्म-स्वीकार का था।

उसने हाथ बढ़ाकर मुझे थाम लिया था। अपने कंधे से मेरा माथा टिकाकर, झुककर उस पर होंठ रख दिए थे। बस, कहा कुछ भी नहीं। मेरी आँखें छलक आईं और मैं बाँहों का घेरा बनाकर उसके करीब खिंच आई। हमारा वह पहला चुंबन इसी सागर ने देखा और ख़ुशी से उफन पड़ा। लहरें हमें छाती तक भिगो गईं।

यही टूरिस्ट बँगला था, यही झाऊ का वन ! इन लंबे-ऊँचे पेड़ों के बीच एक-दूसरे का हाथ थामे हम साथ-साथ चले थे। मैं हवा पर पाँव रखे आकाश में उड़ रही थी। मेरे चारों ओर की दुनिया या तो रसातल में समा गई थी या मैं ही धरती से ऊपर उठ गई थी। वहाँ कोई भय, कोई चिंता, कोई पीछा करती आँख मुझ तक पहुँच नहीं सकती थी। सिद्धार्थ चलते-चलते जी. शंकर कुरुप की पंक्तियाँ गुनगुना रहा था और मैं एक-एक शब्द पी रही थी। उसकी आवाज़ बेहद मीठी थी। झाऊ के वनों के बीच तैरती हुई-सी बह रही थी—

"दिन लंबा नहीं है
और उजाले को
लूट ले जानेवाली रात भी दूर नहीं
हमेशा के लिए सो जाना पड़ेगा
उससे पहले ही दोनों हाथ लूट लो
जीवन की मदिरा
व्यर्थ न करो उसका एक कण भी··· "

उसकी आवाज़ मुझे छू रही थी। हाथों की छुअन शिराओं को नरम-गरम टकोरे

दे रही थी। बहुत पास हम एक-दूसरे की धड़कनों की आवाज़ सुन रहे थे, देह की बेआवाज़ पुकार ! लेकिन मैं इतना जल्दी पिघलकर बहना नहीं चाहती थी। सड़क गोकि सूनी थी, कहीं इक्का-दुक्का सैलानी, खेत-मज़दूर या पास के गाँवों की ओर आते-जाते स्त्री-पुरुष दिखाई पड़ते। मैं किसी-न-किसी चीज़ की तरफ उसका ध्यान खींचती। यह शायद एक सभ्य तरीका था उसे और अपने-आपको अन्यत्र व्यस्त रखने का। रास्ते में नग्न निरावरण दो बंडा स्त्रियाँ हमारे पास से गुज़रीं तो उसके आभिजात्य को हल्का-सा धक्का लगा। उसने ढेर सारे सवाल किए—"यहाँ कैसे आईं ? कपड़े क्यों नहीं पहने ? गज़-भर कपड़ा भी नहीं इनके पास ?"

मैंने रोका, "गज़-भर कपड़े की बात नहीं। यह आदिवासी बंडा स्त्रियाँ हैं, निर्वस्त्र ही घूमती हैं। इन्हें शाप मिला है।"

"शाप ! किसका ? कैसी बातें करती हो ?"

वह कई बातों से उत्तेजित होने लगता था, जैसे मैंने गुज़री सदी की बात की हो, या निपट गँवारों की तरह सदियों पुराने तर्कहीन विश्वास आँख मूँदकर अपना लिए हों। मुझे उसे चिढ़ाने में मज़ा भी आता था।

"यह विश्वासों और किंवदंतियों का प्रदेश है सिद्धार्थ ! यहाँ के लोगों को जानना चाहो तो उनके विश्वासों को भी जानना होगा।"

"तो इन निर्वस्त्र घूमती स्त्रियों के सोच के पीछे भी कोई विश्वास है, यही कहना चाहती हो न ?"

मैंने कथा सुनाई थी, बंडा राज्य की राजधानी मुदलीपाड़ा में किंकू बोड़क नाले की—जिसमें, कहते हैं सीता वनवास के दौरान एक बार जब निर्वस्त्र नहा रही थीं तो उधर से गुज़रती एक बंडा लड़की उन पर हँस पड़ी। सीता ने क्रोधित होकर उसे शाप दिया कि कलियुग में बंडा लड़कियाँ वस्त्रहीन होकर घूमेंगी। यौवन को ढँकना पाप समझा जाएगा। तभी से बंडा लड़कियाँ कपड़े नहीं पहनतीं। कमर में एक फुट चौड़ी केरंग, गले से कमर तक कई तहों का रंग-बिरंगा हार, सिर मुँडा हुआ, उस पर चौड़े ताड़ की पट्टी 'रेऊर' और कानों में लिंबरी (झालदार रिंग) यही इनका पहरावा है।

"ताज्जुब है ! दुनिया बदल गई पर हमारे यहाँ अभी भी आदिम सभ्यता और अंधविश्वासों में जीनेवाले लोग बहुतायत में मौजूद हैं, पिछड़े हुए असभ्य लोग।"

वह भी मुझे चिढ़ाने-खिजाने से बाज़ नहीं आता।

"पता नहीं, सभ्य हैं या असभ्य। हमारे नीति-नियम इन पर लागू नहीं होते। इनके अपने कानून हैं, अपनी आचारसंहिता। बंडा पुरुष अस्त्रों से लैस, ताड़ी में धुत अपनी सीमा में निःशंक घूमता है, शिकार करता है। खूँखार है ! स्त्री घर और बच्चों का दायित्व निभाती है। पर यहाँ एक अच्छी बात तो ज़रूर है।"

"कौन-सी ?" उसने लापरवाही से पूछा था, यानि कि यहाँ अच्छा क्या हो सकता है !

"प्रेम करने में कोई रोक नहीं। और विवाह आपसी सहमति से तय होता है।"

"चलो, यहाँ ये लोग हमसे बाज़ी मार ले गए। लेकिन एक बात ज़रूर कहूँगा। तुम्हारे यहाँ विश्वासों-किंवदंतियों में शापों की मात्रा बहुत ज्यादा है। वह गाइड छोकरा कह रहा था कि कृष्ण ने भी अपने बेटे शांब को शाप दिया था। आश्चर्य होता है। मैंने तो ऐसा पहले कभी नहीं सुना।"

"तुम भूलते हो। शाप भी हैं पर शाप-मुक्ति के उपाय भी हैं। और एक बात ध्यान में रखो कि तुम यहाँ ऐसा भी कुछ सुनोगे जो पहले कभी नहीं सुना। कृष्ण ने अपने बेटे शांब को शाप दिया, इसके पीछे नारद का छल था। शांब ने नारद का अपमान किया था। वह बदला लेना चाहता था। तभी उसने रैवतक पर्वत पर बाप-बेटे दोनों को मौका देखकर बुलाया। उस वक़्त गोपियाँ पुष्करिणी में नहा रही थीं। शांब को देखकर उन्हें श्रीकृष्ण का भ्रम हुआ, जो सूरत में उनसे काफ़ी मिलते थे। गोपियाँ शांब से लिपट गईं और कृष्ण ने आकर देख लिया। तभी कृष्ण ने गुस्सा होकर शांब को शाप दिया, 'तुझे कुष्ठ हो जाय।' लेकिन बाद में नारद ने ही शांब को शाप-मुक्ति का रास्ता भी बताया।

" 'भारत के पूर्वी तट पर मैत्रेय वन में चंद्रभागा के किनारे सूर्य की उपासना करो, तुम रोगमुक्त हो जाओगे।' शांब ने ऐसा ही किया और शाप टल गया। कहते हैं यहीं चंद्रभागा में स्नान करते शांब को सूर्य की प्रतिमा मिली थी। उसकी स्थापना की गई और सूर्य मंदिर बन गया। तो एक तरह से तुम इस वक्त शाप-मुक्ति की जगह पर खड़े हो।"

"कोणार्क मठ की बात कर रही हो ?"

"हाँ, चार हज़ार वर्ष पुराने शांब के इस साधनापीठ का ही नाम कोणार्क मठ है। यही तब मैत्रेय वन कहलाता था और आज जो ज़रा-सी पुष्करिणी रह गई है, कभी गुमान से भरी नदी चंद्रभागा हुआ करती थी। यहीं शांब शाप-मुक्त हुए थे।"

बातों-बातों में ही टूरिस्ट बँगला आ गया था। वक़्त कैसे कटा, मालूम ही न हुआ। हम चाय-नाश्ते के लिए होटल में रुके। हाथ-मुँह धोकर ताज़ा हुए। शाम होने लगी थी।—"अब चलना चाहिए, देर हो जाएगी।" मैं फिर धरती पर आ गई थी।

"हाँ चलेंगे, पर पहले मेरी बात का जवाब ?"

"कौन-सी बात ?"

"वही जो कोणार्क के समुद्र-तट पर पूछी थी। इतनी जल्दी भूल गईं ?"

मैंने आहत होकर उसे देखा, 'क्यों पूछ-पूछकर कौंच रहे हो। तुम ज़रा-सा छूते हो तो मेरा जिस्म, मेरे रक्त का प्रवाह हज़ार ज़बानों में बोलने लगता है। तुम क्या देह की यह भाषा नहीं समझते ?' कहना चाहती थी पर होंठ खुलें तभी तो कुछ कह पाती। अपने बारे में खुलकर कहना मुमकिन नहीं हो पा रहा था।

"कुनी ! तुमने मुझे अभी तक शाप-मुक्ति की कथा सुनाई। क्या ऐसा नहीं हो सकता कि तुम भी यहाँ शाप-मुक्त हो जाओ ? शांब का यह मुक्तिस्थल तुम्हारी मुक्ति की जगह नहीं हो सकती ?"

मैं देखती रही बिना बोले। पूछा नहीं, 'किस शाप-मुक्ति की बात कर रहे हो ? मैं तो बत्तीस बरसों से कई शाप-शरों से बिंधी जी रही हूँ। रक्षणशील परिवार में जन्म लेने का शाप, घर की बड़ी बेटी होने का शाप, या शायद अपने यहाँ महज़ उम्रदराज़ लड़की होने का शाप ही काफ़ी है अंधी खोहों में बंद होने के लिए।'

उसने कंधों से घेरकर मुझे अपने पास बिठाया, "मन की यह कुंठाएँ, यह गाँठें, जो तुम्हें सहज नहीं होने देतीं, यह क्या किसी शाप से कम हैं ? या तुम सोच रही हो कि अपने भीतर की आवाज़ दबाकर तुम कोई महान त्याग कर रही हो ? कब से देख रहा हूँ, मेरे करीब होकर भी तुम मुझसे कितनी दूर हो। तुम एक स्त्री हो, पर मुझे लगता है मैं किसी बेजान चीज़ के साथ बतिया रहा हूँ। बल्कि सच कहूँ तो डर-सा लगता है, इस तरह तुम्हारा रवैया ठंडा और निर्जीव रहा तो मैं भी एक दिन पत्थर हो जाऊँगा। ना, भई, मेरे अंदर थोड़ी ऊष्मा रहने दो।"

"सिद्धार्थ ! तुम नहीं समझोगे।"

मैं उसके तमाम सवालों के जवाब में, उसे अपना सोच समझाना चाहती थी, जो मुझे मेरे बुजुर्गों ने दिया था, या जिसकी दिशा मेरी शिक्षा ने तय कर दी थी। वह सोच एक दिन या माह में बदलनेवाला कैसे हो सकता था ? पर मैं जानती थी कि वह मेरी गंभीरता से की बात को भी हँसकर उड़ा देगा क्योंकि मेरी सोच, मेरी परवरिश, मेरा माहौल, सबकुछ तो उससे अलग था।

"मैं नहीं समझूँगा तो समझाओ मत। मगर कुनी, ज़रा खुले दिल और दिमाग से सोचो, फूलों को खिलने से और धरती से हरी दूब के फूटने को कोई रोक सका है ? कोई रोक सका है सागर के सीने में घुमड़ते ज्वारभाटों को ? बोलो कुनी, मेरी तरफ़ देखकर बोलो। मैं तुम्हारे सच को पहचान लूँगा··· "

मेरे भीतर लहरों का उन्माद सिर पटकने लगा था। सिद्धार्थ की साँसें मुझे छू रही थीं। एक अवश आँच मेरी देह झुलसाने लगी थी। मैं झूठ नहीं बोल पाई। इतना पास होकर झूठ बोला भी कैसे जा सकता था ? जब भीतर कोणार्क के

प्रेमी युगल अँगड़ाई लेकर जागने लगे हों और ज़ेहन में क्रीड़ाएँ करने लगे हों तो चुप्पी भी बातूनी हो जाती है। सिद्धार्थ ने मुझे थाम लिया और मैं तूफ़ानी लहरों पर बहती रही। मैंने खुद को रोका नहीं या शायद रोकना मुमकिन ही नहीं था। ऐसी तेज़ झालदार लहर थी वह कि बहने के सिवा कोई विकल्प ही नहीं था। एक-दूसरे को डूबने से बचाते, हम दोनों साथ-साथ बहने लगे, एक-दूसरे को जकड़े हुए।

डरी हुई चंद्रभागा सागर में कूद पड़ी और सूर्य उसके पीछे-पीछे सागर तल तक उसे ढूँढ़ता रहा। हहराते सागर ने दोनों को अपनी विशाल छाती में अँकोर लिया…

घर लौटते वक़्त हम शांत थे, अपने भीतर की दुनिया में कुछ देर के लिए बंद। सिद्धार्थ भी चुप था। हवा के तेज़ झोंके चेहरों पर झेलते हम एक यादगार दिन को सहेजे अपने-अपने कठघरों में लौट रहे थे। उस दिन पहली बार मुझे लगा कि सच दो तरह के होते हैं, भीतर और बाहर के रंगों-द्वंद्वों से सराबोर। दोनों अलग पर दोनों कहीं एक-दूसरे से गुँथे भी, क्योंकि दोनों हमारे होने को प्रमाणित करते हैं। सुख भी शायद दो तरह के हैं, एक नशे से बहकानेवाला बड़बोला, दूसरा अंदर तक ख़ामोश करनेवाला बेजुबान !

सिद्धार्थ ने मुझसे कुछ भी न छिपाया। तीस साल का युवा साफ़-सुथरी ज़िंदगी जीने का क़ायल, पर अनुभवहीन नहीं था। वह मान गया कि मैंने उसे आश्चर्य और उलझन में डाल दिया था। परिवार नियोजन के इस युग में, जहाँ टी. वी. के माध्यम से बच्चे भी माला, मस्ती, निरोध और लाल तिकोन के अर्थ जान गए हैं, मेरे बत्तीस-तैंतीस सालों के कौमार्य को उसने किस सोच से स्वीकार किया, मालूम नहीं। अविश्वास या कहीं कुछ ग़लत होने की आशंका के साथ ? इतनी बुरी तो मैं नहीं लगती कि कोई प्रशंसक नज़र मुझ पर ठहरी न हो। सिद्धार्थ ने जो भी सोचा हो, कहा कुछ नहीं। कहता भी तो क्या मेरे बीते को सही ढंग से समझने का दावा कर पाता ? मैं, जो दूसरों के लिए जन्मी, घर-परिवार की सहूलियतों, ज़रूरतों की टोह लेती जी और खुद को बज़िद भूलती रही, इस बीच अच्छी लड़की का खिताब पाने के साथ, मेरे भीतर कितना कुछ रीत गया और विराग का मुखौटा मेरे समूचे वजूद पर चस्पाँ हो गया, यह तो मैं भी देर से जान पाई।

पर उस वक़्त अपने भीतर बाहर के अंधड़ों से घिरी मैं कुछ भी कहने की स्थिति में नहीं थी। कुछ देर हैरत-भरी नज़रों से मुझे देखने के बाद, उसने बड़ी कोमलता से मुझे छाती से लगाया—"कुनी, तुम बहुत भोली हो, बहुत सीधी। आई रियली लव यू।" बस, और कोई प्रश्न नहीं !

अपने यौवन के पहले अंतरंग अनुभव को इस अप्रत्याशित ढंग से पाना और

सहज होकर स्वीकारना मेरे लिए आसान नहीं था। मुझे याद है, घर पहुँचकर मैं सीधे अपने कमरे में बंद हो गई थी।–"थक गई हूँ बोऊ," कहकर माँ से खाने के लिए मना कर गई।–"टिके खीरो खा," कहकर माँ ने टुटुल के हाथ गिलास भर दूध भेज दिया। टुटुल दूध का गिलास हाथ में थामे हैरानी से मुझे देखती रही थी–"नानी*, तुम्हारा चेहरा सफेद कैसे हो गया ?"

"काफी घूम ली न, थक गई हूँ।" टुटुल से मैंने कह तो दिया पर उसके प्रश्न ने चौंका दिया। तो क्या मेरे मन की ऊहापोह मेरे चेहरे पर लिख गई है ? मैंने कुछ खोया था या पाया था ? निर्णय करना और अपने भीतर उठते सवालों का दोटूक उत्तर देना मेरे लिए आसान नहीं था। और इसी अनिश्चितता का त्रासद अहसास मेरे शरीर की ऊर्जा सोख गया था। कोई अपराधबोध था क्या, जिसने मेरे चेहरे की आब सोख ली थी, मेरे शरीर का सत्त निचोड़-सा दिया था ? लक्ष्मण-रेखा लाँघने का दुःख या भय ? लेकिन जो कुछ भी हुआ था, उसमें मेरी कोई तयशुदा भूमिका थी क्या ? मेरे पास कैल्कुलेशंस करने का वक़्त कहाँ था ? वह तो बस होना ही था। एक अप्रत्याशित ज्वार था सागर का, जो हमें भिगोकर कुछ दूर बहाकर ले गया, और दोबारा तट पर लाकर छोड़ गया। हम वापस अपनी जगहों पर लौट आए थे, गोकि हम पहले-जैसे नहीं रह गए थे। सागर हमारे भीतर छिप गया था।

कितना सहज होता है दूसरों को सीख-सिखौवलें देना, यह करो, यह न करो के अनुशासन में बाँध देना। लेकिन खुद एक बँधे अनुशासन को तोड़ने पर खुद को अपने तर्कों और दलीलों से समझाना भी कितना तकलीफ़देह होता है। यह भी पहली बार मैंने उसी दिन जाना था।

मैं अगले दिन सिद्धार्थ से नहीं मिली। वह भी दूसरे दिन चला गया। कॉलेज फ़ोन किया था पर मैं दो दिन कॉलेज भी नहीं गई।

इस बीच मैं नये सिरे से अपने-आपको जानने की कोशिश करती रही। सही-गलत की सुनी-सुनाई परिभाषाओं में फेरबदल करती रही, बड़े अनचीन्हे ढंग से। और धीरे-धीरे मेरा आकाश, मेरी धरती बदलने लगी। मेरी संहिताओं और मेरे सोच में बदलाव आने लगा। मैं अजाने ही, पर चतुरता से उनमें परिवर्तन करने लगी थी, अपनी ज़रूरतों के मुताबिक। क्या हमारे पूर्वजों ने भी वक़्त की माँग के हिसाब से अपनी संहिताओं में जोड़-तोड़ नहीं की होगी ? क्या सारलादास के पाराशर ऋषि देहधर्म की पूर्ति को नैतिक कुंठा से बेहतर जगह नहीं देते ? संयम, नीति, नियम ज़िंदगी की शक्ल सुधारने के लिए बने हैं पर भीतर की माँग को दबाकर उन्हें स्वीकारा जाए तो क्या ज़िंदगी एक सज़ा नहीं बन जाती ?

---

* नानी–दीदी

यों वह सब इतना सहज नहीं था। खुद को कठघरे में खड़ा करके, खुद से सवाल-जवाब करना ! उस वक़्त एक अजीब तरह की ईमानदारी आड़े आ जाती है, अपने हक़ में फ़ैसला देते हुए। फ़ैसला मेरे मन ने मेरे पक्ष में देकर मुझे बेगुनाह साबित कर दिया था। कदम-दर-कदम समुद्र में उतरने के बाद बिना भीगे लौटना संभव नहीं होता। लेकिन तब भी मैं स्थिति को सहज होकर स्वीकार नहीं पा रही थी। क्योंकि मेरे पास मेरा अंतर्मन ही नहीं था, जिसके लिए मैं जवाबदेह थी। मेरे बाहर भी एक बड़ा परिवेश था, मेरे अपने लोग, मेरा समाज, उनकी सवालिया नज़रों से मैं कैसे बच सकती थी ? मेरे घर में सबसे नज़दीक मेरी दादी रही हैं, जो अब नहीं थीं पर उनकी दूर तक देखती आँखें ताउम्र मेरा पीछा करती रही हैं। वह मुझे ढेर से प्यार और ममता से भिगोती भी मुझे सनातन संस्कारों का गुड़-शक्कर मिला काढ़ा पिलाया करतीं। उनकी ममता की शर्त थी मेरे ज़ेहन को पारंपरिक सोच से भर देना। प्रसंग उठे या न उठे पर वह इस-उसके हीले से मुझे पुरुष वर्ग से चार कदम दूर रहने की हिदायतें दिया ही करतीं। भागवत उनकी आस्थाओं का आदि और अंत था। अपार श्रद्धा से वह भागवत की पंक्तियाँ दुहरातीं–"सुन कुनी, सुन क्या कहा है। समझ, इसका अर्थ बूझ। तू अब सयानी हो गई है झिओ* !–काष्ठ पितुले स्त्री रूपे। थोइब यतिंक-समीपे। यतिए तार रूप चाहिं। चरण अग्र जेबे छुइं। मन मंथइं ताहांकार। येनु मन्मथ सुखधर···।" (स्त्री का रूप काठ का पुतला है। यति भी उसे देखकर चंचल हो उठते हैं। मन्मथ का ऐसा ही प्रभाव है)।

दादी की कई बार दुहराई इन पंक्तियों को मैंने होश सँभालते ही, तमाम तर्कों से परे मानकर भी शिरोधार्य कर लिया था। नहीं तो बत्तीस साल की उम्र का कौमार्य मेरे लिए भी अजूबा था ? हेमंत आचार्य ने कई दिन मेरे लिए कॉलेज कैंपस के चक्कर लगाते व्यर्थ कर दिए। देबू महांती ने टुटुल के हाथ चिट्ठी भेजकर अपनी फज़ीहत कराई। कोई लड़का मेरी तरफ़ एक कदम बढ़ता, तो मैं दो कदम पीछे हट जाती। एक अच्छी सुगुणी लड़की कुनी, भला मन्मथ उसे प्रभावित करने की हिमाकत करे ?

लेकिन सिद्धार्थ को आना था, वह आ गया, चुपचाप। मेरा हठी मन कोमल होकर पिघल गया। भीतर के बंद दरवाजे खुल गए। मेरे भीतर कोई दबी हुई अचीन्ही चाह आकार लेने लगी। पता नहीं कैसी चाह थी वह ? मेरे तमाम ओढ़े हुए आवरणों के बावजूद वह मेरे भीतर प्रवेश कर गई। एक अदम्य इच्छा। निर्माण की इच्छा। नरसिंह देव के भीतर कोणार्क बनाने की इच्छा जन्म ले चुकी और अब वह उसे बनाएगा ही। मेरे मन को शिबेई सांतरा की ज़रूरत नहीं थी। बारह

---

* झिओ–बेटी

सौ कुशल शिल्पियों को खोजने की दरकार नहीं थी। मैं तो सहस्रों शिराओं और रक्त कोशिकाओं से उसे बनाने में सक्रिय हो उठी थी।

मेरी इच्छा ! एक तरफ़ अनाम भय और दूसरी तरफ आतंक-भरा सुख ! चंचल-सी पीड़ा मेरे भीतर जन्म लेने लगी और यह पीड़ा मुझे उदार भाव से भरती गई। मैं सिद्धार्थ को चाहने लगी।

मन उम्र के कई-कई साल पीछे लौट आया। हर आहट पर चौकन्ना, हर आवाज़ पर उत्सुक। कहीं सिद्धार्थ तो नहीं ? फोन की घंटी बजी है। रुको, ज़रा मैं देखती हूँ। सिद्धार्थ कुछ कहना चाहता होगा। लेकिन नहीं, मैंने उसे घर फ़ोन करने से मना कर दिया है। फिर भी धड़कनों का उछलना थमता नहीं। अह ! यह क्या हो रहा है मुझे ? कहीं बावली तो नहीं हो रही ?

मैं मन को स्थिर करने की कोशिशें करने लगी। ढेर सारी किताबों में खोई रहने लगी। मैंने अब तक अपने को जस-का-तस स्वीकारा था। अपने भीतर उगते सवालों को अंकुरित होने से पहले ही घोंट दिया था। पर अब मैं भीतर उठते सवालों के जवाब ढूँढ़ने लगी। मैं कौन हूँ, क्या हूँ, मेरा अपना अस्तित्व क्या है ? मेरी निजी इच्छा—आकांक्षा का महत्त्व क्या है ? मेरे भीतर जुड़ने की चाह उगी है। किसी में विलय होकर संपूर्ण होने की चाह ! मैं जैसे अपने शरीर के हर अंग को पहली बार देख रही थी, उनकी माँगों को जानना और स्वीकारना चाहती थी। मैं कब तक उनके अधिकारों को मुल्तवी कर अपने ही प्रति बेईमान रह सकती थी ?

रामकृष्ण परमहंस पढ़ते मैंने एक वाक्य पा लिया। यदि चाहना पाप है तो मन में चाह का उगना भी पाप है।

मैं मन में चाह का उगना रोक नहीं पाई। शायद योगी-यति रोक सकते हों, औसत आदमी तो रोक नहीं पाता। चाह, इच्छा ! कोई उसे पाप कहे या पुण्य, इच्छा के अंकुर का फूटना स्वाभाविक है। मन की इस स्वाभाविक प्रक्रिया को स्वीकार करना ही शायद अपने होने को स्वीकार करना है। जो रगों-रेशों से महसूस किया सच है, वह पाप कैसे ? पांडवों से संबंधित एक उपकथा को अपने अर्थ देकर मैं अपने मन को टटोलने लगती। महाकांत के घोर वन में जब पांडव अज्ञातवास कर रहे थे और दुर्योधन ने पांडवों को खोज निकालने की युक्ति में भिक्षु ब्राह्मण को भेजकर पांडवों से शरद ऋतु में पका आम माँगकर संकट में डाला, उस वक़्त श्रीकृष्ण ने पीतांबर से गुठली निकालकर माटी में रोप दी थी और उसके पकने की एक शर्त रखी थी, 'तुम सब अपना-अपना पाप (या इच्छा ?) निःसंकोच स्वीकारो, तभी गुठली पकेगी और अमियाँ लगेंगी'। तभी कुंती ने कहा था कि मैं बूढ़ी हो रही हूँ पर काम की इच्छा ख़त्म नहीं हो पाई। पाँचों पांडवों ने अपनी अधूरी इच्छाएँ बता दीं और आम तैयार हो गए। द्रौपदी ने स्वीकारा कि पाँच पति होने

पर भी कर्ण के प्रति मैं आकृष्ट हूँ। और आम पक गया। पांडवों ने भिक्षु को भोजन कराकर वचन निभाया। यदि मन की वे इच्छाएँ पाप भी थीं, तो भी उनमें मन का एक निश्छल सच था, जिसे न कुंती रोक पाई और न पांडव-प्रिया द्रौपदी। इच्छाएँ यदि पाप होतीं तो श्रीकृष्ण पूछते नहीं और बताने पर आम पकता नहीं। मन के ये रहस्य तो श्रीकृष्ण जानते थे। मैं अपने ही तर्कों से ख़ुद को बहलाया करती।

सिद्धार्थ को देखकर मेरे भीतर सोई हुई औरत जागने लगी थी। अच्छी लड़की के लिए तय की गई भूमिकाओं और पारंपरिक विश्वासों की लीक पकड़कर चलने के बाद भी मैं भीतर की आवाज़ का गला घोंट न सकी। वह मेरे बस में ही नहीं था।

मैं तीसरे दिन कॉलेज गई थी। आज भी याद कर सकती हूँ। मेरा नया जन्म हुआ था। मैं नई-नकोर हो आई थी। ज़रूर मुझे देखकर छात्र-छात्राओं को ताज्जुब हुआ होगा। मिस होता ने तो मेरे सामने ही मिसेज़ पंडा को कुहनी मारी थी, "मिश्रा को देखो, कैसे खिलखिलाकर हँस रही है। ज़रूर कोई ख़ास बात हुई है आज। बिना बात इस बंद बटुए का मुँह तो खुलनेवाला नहीं।"

बात तो थी ! हमेशा चेहरे पर सख़्त सपाट झिल्ली जो चिपकी रहती थी, वह हट गई थी और अंदर से बेहद कोमल चेहरा झाँक आया था। कॉरीडोर से गुज़रते सुगुणा और रीता को कपिल और अंशुमान के साथ चुहुल करते देख मैं अकारण मुस्कुराई थी। कितना स्वाभाविक लगा था भरी-भरी उम्रों का बेबात छलकना। लड़कियाँ मुझे देखकर आदतन सिमटने लगीं, तो मैं तेज़ कदम उठाती क्लासरूम में दाख़िल हो गई थी। उस वक़्त मैं उनके छोटे-से सुख में अवरोध नहीं बनना चाहती थी। पहले ऐसा हुआ होता तो मेरे माथे पर त्रिपुंड उभर आए होते और नाराज़ भंगिमा में इस-उस पर बेवजह खौंखियाते मेरा पूरा पीरियड बीत जाता। मेरे कुँवारेपन ने बाहर से मुझे चाहे कहीं खड़ा कर दिया हो पर भीतर से रूखा और ईर्ष्यालु बना दिया था। दूसरों के छोटे-छोटे सुख सहना भी मेरे लिए मुश्किल हो जाता था और मेरे छात्र मेरी इस बेचारगी को जान गए थे।

मुझे उस वक़्त सार्त्र याद आए। प्रेम के जीवन में भराव देने की दलील समझ में आने लगी। अब ऊब और विरक्ति कहाँ थी ? कहाँ था अकेलापन ? मैं भीतर से भरा-पूरा महसूस करने लगी थी। सिद्धार्थ के प्रेम ने मुझे जीवन को देखने की एक सहज और सार्थक दृष्टि दी थी। मेरे साथ एक घटना घटी थी और मैं इसे पूरी उत्कटता से, बिना किसी दख़ल के जीना चाहती थी और जीने लगी थी। उस दिन मधुसूदनराओ का ऋतु-वर्णन पढ़ाते मैं वसंत की महक से भर गई थी। यों वसंत कब का आ चुका था, पर मुझे वह हँसी-भरे चेहरे से देहरी पर झाँकता महसूस होने लगा। पलाश के लाल फूल हवा में झूमते मन को मोह से भर दे

रहे थे, और आम के पेड़ों पर बौर महक उठे थे–"नवीन पल्लव नव कुसुम धरि अछि देहे रसाल द्रुम। रक्त वर्ण रम्य पलाश वन दूररु हरइ नयन मन।"

दरअसल मेरे भीतर भी तो आम्रकुंज महक उठे थे। मैंने चाहा था या नहीं, मुझे सही लगा था या ग़लत, पर वे वहाँ थे, पूरी महक के साथ मेरा पोर-पोर महकाते।

सोचती हूँ सचमुच ही ज़िंदगी में कोई वक़्त ऐसा होता है जो पूरेपन के अहसास से भर देता है। वह वक़्त हमेशा नहीं रहता, गुज़र जाता है, पर मन के भीतरी कोनों में यादगार बनकर ठप्पे की तरह अंकित भी हो जाता है। सिद्धार्थ के साथ बिताया वक़्त भी मेरे मन में खुदा रह गया है। यों उसके साथ जो भावुकता जुड़ी थी, वक़्त के बहाव में अब वह बह गई है। भावुक कितनी देर रहा जा सकता है ? जिन दिनों हम अंतरंगता के चरम को जी रहे थे, उन्हीं दिनों शंका से मेरे मन में खटका-सा हो गया था। कितने दिन ? कितने दिन सिद्धार्थ के मन में मेरे लिए प्यार उमड़ता रहेगा ? कोई अक्षय कोष तो हम किसी को भी समर्पित नहीं करते, या अगर करते भी हैं तो कोष भी एक दिन खाली हो जाता है। सागर की लहरें ज्वार में उमड़कर भाटों में वापस लौट ही जाती हैं।

"प्रेम साँसों की तरह हमारे दिलों में धड़कता रहेगा," यह सिद्धार्थ ने कहा था, "तुम ज्वार के भाटों में उतरने की बात करती हो, पर यह क्यों भूलती हो कि भाटा उतरता है दोबारा ज्वार बनकर उफनने के लिए। वह खत्म कहाँ होता है ? कुछ देर थमकर दुहरे वेग से उमड़ आता है। प्यार करनेवालों के साथ भी ऐसा ही होता है।"

"तुम्हारे साथ ही मैंने प्रेम का अर्थ समझा है कुनी। तुमसे दूर रहता हूँ तो उन्माद की तरह तुम मेरे ज़ेहन पर छाई रहती हो।"

"ऐसा होगा तो तुम कामकाज के लायक नहीं रहोगे। फिर तुम्हारे जीजाजी के अनुबंधों का क्या होगा ? ऐसी हालत में तुमसे संग्रहालयों और फैक्ट्रियों के नए-नए डिज़ाइन तो बनने से रहे।"

"सच कुनी, नए ही अनुभव से गुज़र रहा हूँ। यों हमारे जीजाजी की आर्किटेक्चरल फर्म में कई लड़कियाँ काम करती हैं। कई सुंदर हैं, मेधावी भी और कुछ नटखट भी। कुछ तो पति की तलाश में लीक छोड़कर आगे आने में भी परहेज़ नहीं करेंगी, जानता हूँ। वे भी जानती हैं कि एक अदद बीवी की दरकार मुझे भी देर-सबेर हो सकती है, 'कुँवारा बेचारा' जो हूँ उनकी नज़र में। पर सच मानो, मेरा मन ही नहीं करता। तुमने मुझे कुछ इस तरह से भर दिया है कि कोई संध ही नहीं छोड़ी किसी दूसरी के लिए।"

वह मेरे अहम् को ही नहीं सहलाता, मेरी रग-रग में गंध के गुच्छे-सा महकता। शरीर एक माध्यम-भर रह गया था उस हद तक पहुँचने का, जहाँ दो मन एक

हो जाते हैं, और अच्छे-बुरे की परिभाषाएँ ख़त्म हो जाती हैं। उसकी अनुरक्ति देखकर एक बार मैंने कह भी दिया था, "सिद्धार्थ ! संबंधों की भी एक उम्र होती है, कितनी भी गहराई हो उनमें, ईमानदारी भी। कहीं-न-कहीं पहुँचकर उनमें ठहराव आ ही जाता है।"

उसने मेरे मुँह पर हाथ रखकर आगे बोलने से वरज दिया था। "हमारे रिश्ते में ऐसा कुछ नहीं होगा। वह हमेशा ऐसा ही रहेगा। बरसात में हरियाली का रंग देखा है न ? सर सब्ज़ !"

"सुआपंखी हरियाली," मैंने जोड़ा था।

"ब्यूटिफुल ! कितनी सुंदर उपमा दी ! पर ठहराव की बात क्यों कही ? प्यार हमारे जीवन में मेंहदी-सा रच जाएगा कुनी, बल्कि मैं तो कहता हूँ रच गया है। उसका उठा कदबुत अपने भीतर झाँककर देखो।"

"तुम औरतों की तरह बात कर रहे हो।" मैं उसकी भावुकता पर चिढ़ाने के मूड़ में आ जाती।

"अच्छा ? तो पुरुषों की तरह कहूँ ?" बाँहें खोल वह मुझे बाँधने को आगे बढ़ता। ऐसा अक्सर होता। जब तक मेरी साँसें रुँधने न लगतीं, वह बाँहों की जकड़ छोड़ता नहीं। उसकी आक्रामकता से मैं घबरा जाती।

"बस, मान गई, मान गई। तुम औरतों की ही शब्दावली में बोलो। वही ठीक रहेगा। मेरे लिए सुविधाजनक भी।"

"तुम मेरे लिए हदें मत बाँधा करो कुनी। मेरे लिए प्रेम में सीमाएँ बाँधना बहते झरने को रोकना है। मुझे कुंठित मत किया करो। जब तक मन में प्यार उमगता है, उसमें उन्माद, आकुलता, आह्लाद और दुःख, सभी कुछ शामिल है। उसे बस कबूल कर लो। वह कोणार्क की प्रेमी युगल की प्रतिमा एक बार फिर ग़ौर से देखो ! सात सौ बरसों में भी उनके प्रेमोन्माद, उनके चेहरे पर खिले भाषोद्गार में कोई फर्क़ नहीं आया। इसीलिए तो इसे प्रेमियों की रचना कहा गया है। वे समर्पण की पूर्णता को जानते थे। प्रेम करना इन्हीं से सीखो। इन्हें बनानेवाले अनाम शिल्पियों से सीखो।"

"वह तो ठीक है सिद्धार्थ, लेकिन इसमें दो रुकावटें हैं। एक तो हम सात सौ साल जिएँगे नहीं; दूसरी, हम पत्थर नहीं इंसान हैं।" यानी कि तुम इस भावाकुलता को कितनी देर बरकरार रख सकोगे ?

उसके पास हर सवाल का जवाब था।

"तुम्हारे साथ तो मैं एक-एक पल एक-एक जीवन जी रहा हूँ। अपने में पूरा एक युग। रही पत्थर की बात ! पत्थरों में राग बँध जाता है, हम उसके प्रवाह को भी धार देंगे।"

उस वक़्त भी मैं जानती थी कि ऐसा नहीं होगा। मैच्योर गर्ल थी न ? 'पर

ऐसा हो सकता है' की गुंजाइश रखे हम अपनी नई ईजाद की गई दुनिया में खुश थे। जो कुछ मुझे बिना माँगे मिल गया था, उसे मैं साँस-साँस में सहेजकर रखना चाहती थी। मैं जुगनुओं को पकड़ती सूर्य की रोशनी का भ्रम पाल रही थी, फिर भी खुश थी। मेरे मन का तर्क दूसरा था, उसने रेत का घरौंदा नहीं, सूर्य मंदिर बनाया था। तेज, प्रकाश और ऊष्मा से भरपूर, जिसमें मेरे जीवन के तमाम अँधेरे धुल गए थे।

मेरी पूरी दुनिया बदल गई थी। ऐसा सुनहरा आकाश ! ऐसी सुआपंखी धरती ! उदयगिरि की गुफाओं पर ढलते सूरज की मुलायम पारे-सी पिघलती उजली किरणें। पहले यह सब इस तरह तो कभी नज़र नहीं आए थे, खिले, ख़ुश और चंचल ! भीतर की दुनिया के विस्तार ने मुझे बाहर से भी अधिक उदार बना दिया। प्रीति के साथ मैंने उन्हीं दिनों नन्ही टुटुल को भी ओडिसी नृत्य सिखाने के लिए घर में मास्टरजी रखवा दिए। बप्पा ने थोड़ी अनिच्छा दिखाई। उनके अपने कारण थे। एक बाह्य कारण यह था कि प्रीति इधर अचानक बागी होने लगी थी। अपनी ज़िद पर अड़ जाना और बात-बात पर गुस्सा करना उसका जैसे स्वभाव ही बनता जा रहा था। माँ भी अपनी तीसरी बेटी के, 'गंगा बोइले थिबि, गांगी बोइले जिबि' वाले व्यवहार से दुखी थी। मगर मैं उन्हें समझाती। "बोऊ, गंगा को बाँधनेवाले शिव तो मिले थे, तुम्हारी इस जिद्दन बेटी को भी बस में करनेवाला कोई लड़का मिल ही जाएगा। तू चिंता मत किया कर।"

टुटुल के लिए भी मैं अड़ गई, "सीखने दो न बप्पा ! उसका मन है। चलते वक़्त उसके पाँव देखे हैं ? ऐसे थिरकते हैं जैसे वह जन्म से ही नृत्यांगना हो। आप तो ख़ुद कहते हो कि ओडिसी नृत्य स्वयं जगन्नाथ स्वामी को भी प्रिय है। उन्हीं के धाम से इसकी शुरुआत हुई। आजकल अच्छे घरों की बेटियाँ सीख रही हैं, देवदास सतपती की बेटी कावेरी, केलूचरण दादा की एलोरा···।"

बप्पा ने ऐनक के नीचे से मुझे नई नज़र से देखा था, कुछ-कुछ आश्चर्य से। सोचा होगा कि बहुत कम बोलनेवाली कुनी की आवाज़ में इतनी चहक कहाँ से आ गई ? या शायद कि लड़की अपनी अधूरी इच्छाओं को अपनी बहनों में पूरा होते देखना चाहती है।

आर्थिक भार तो मैं उठा ही रही थी, सो बप्पा का विरोध जल्दी ही मौन सहमति में बदल गया।

"मेरे कमरे में प्रैक्टिस किया करो तुम दोनों, उधर बप्पा की नींद खराब होती है।" मैं प्रीति-प्रणति दोनों के लिए उदार हो आई थी। जयदेव के गीतगोविंद में वर्णित गीतों पर प्रीति के पाँव थिरकते। लास्य की मुद्राओं में उसकी मोहक भंगिमाएँ देखकर लगता कि नटमंदिर की कोई मूर्ति जी उठी है। गोपाल कृष्ण के रचे राधा और कृष्ण के प्रेम-संबंधी गीतों पर लड़कियों की मुद्राओं पर मुग्ध मैं जैसे अपने

भीतर की दबी इच्छाओं का विस्तार पाती।

देहि पद पल्लवमुदारम...

"मेरे पैर मत छुआ करो।" मैं सिद्धार्थ को बार-बार टोकती। यहाँ श्रीकृष्ण राधा के पाँव छूने को अकुला रहे हैं...। लेकिन यह तो राधा नहीं। अरे ! ये तो मैं हूँ मैं, कुनी ! मेरे पैरों पर सिद्धार्थ की अँगुलियाँ...।

"महावर रच रहे हो क्या ?"

"इस लाल पेंसिल से रच दूँ ?".

"उई, गुदगुदी होती है। कुछ मालूम भी है तुम्हें ? हर काम हर आदमी के बस का नहीं होता। बेकार कोशिश मत करो।"

"तुम्हें सँवारने-निखारने का हर काम मेरे बस में है।"

"हाँ, क्यों नहीं, तुम तो मेरे आर्किटेक्ट हो...।"

मैं एक अनजाने संसार में विचरने लगी थी। किसी भी पल मनवंतर लाँघना मेरे लिए मुमकिन हो गया था। कुछ महीने, कुछ दिनों की बात ही क्या थी ! अभी यहाँ, अभी वहाँ ! मेरे पंख लग गए थे।

केदार गौरी के आँगन में घूमते उसने कहा था, "यह केदार और गौरी, दो प्रेमियों की कहानी जो तुमने बताई, उस जन्म में वे मिल नहीं पाए, दोनों की मृत्यु हो गई। पर वे शंकर और पार्वती के रूप में ही तो यहाँ पूजे जाते हैं।"

"प्रेमियों के भाग्य में बिछुड़ना ही क्यों लिखा गया है।" मैं उदास हो आई थी। हँसते-हँसते एकदम चुप्प-सी।

"निराशा, मृत्यु, भय ! तुम इनके अलावा भी किसी और चीज़ के बारे में सोचना जानती हो कुनी ?" उसने हरसिंगार के पेड़ की ओर देखकर कहा था, "देख तो कैसे ढेर-ढेर फूल झर रहे हैं। इन्हें झोली में भरकर समेटो। रोने के लिए तो मौके आते ही हैं। अभी साथ हँसो और हँसने दो। तुम यह क्यों नहीं सोचतीं कि अनेक-अनेक जन्म लेकर केदार-गौरी साथ रहते हैं शिव और पार्वती बनकर। हूँ ? सुन कुनी, जहाँ रोने की गुंजाइश ज्यादा हो, वहाँ हँसी के लम्हे ज़रूर खोजने चाहिए।"

"और अब तुम यह तो बताओ कि यह दर्शन और अध्यात्म का दौरा कब-कब पड़ता है तुम्हें ?"

"दर्शन-अध्यात्म नहीं।" वह हँस पड़ा। "मुझे कभी-कभी लगता है कि एक उम्र में सच्चे दिल से प्यार करनेवाले नहीं मिले, अगर किसी हादसे का शिकार होकर अलग हुए तो ज़रूर दूसरी उम्र में वे मिलते होंगे।" और वह पुनर्जन्म की बातें करने लगा था। हम साथ-साथ गुलमुहर के पेड़ों-तले गुज़रे थे। चटख लाल फूलों का अक्स हमारे चेहरों में उतर आया था। और हवा के बेपरवाह झोंके माथे का पसीना सुखाते बह रहे थे। एक-दूसरे को छूकर आती हवा मोहक गंध में

रच गई थी।

एक दिन यह पेड़, यह हरियाली में झूमता पेड़, उदास पीले पत्तों से ढँक जाएगा। झड़े पत्ते धरती पर दूर-दूर तक बिछ जाएँगे। हवा उन्हें बहुत दूर उड़ाकर छितरा जाएगी। तब यह चटख रंगों का गुलमुहर बिना पत्तों के ठूँठ, अकेला, उदास यहीं खड़ा रहेगा। और हम ? हम कहाँ होंगे ?

लेकिन नहीं। यह सब इस वक़्त क्यों सोचना ! इस वक़्त फूलों के रंगीन गलीचे हमारे पाँव सहला रहे हैं। आशीषों की तरह सिरों पर बौर गिर रहे हैं। मैं हर पल को जीना सीख रही थी। सिद्धार्थ मुझे बहुत दूर तक सोचने की मुहलत ही नहीं देता था। कभी सोचती थी तो वह बाँह पकड़कर वर्तमान में खींच ले आता। हर पल भरा-भरा, ढेर सारे अहसासों से पुरा हुआ ! हमारे पास वक़्त ही कहाँ था कि आगे की सोच लेते ?

लेकिन जीने और सोचने का यह ढंग बहुत देर बाद बना था। मेरी सोच पहले ऐसी नहीं थी। हो सकती भी नहीं थी। विचारों का कायापलट एक दिन में संभव नहीं होता। एक सिद्धार्थ ही तो नहीं था मेरे जीवन को दिशा देनेवाला। मैं कुनी मिश्र ! श्रीयुत सनातन मिश्र की बड़ी बेटी ! रक्षणशील परिवार की सुशील सुगुणी कन्या ! तब भी थी, आज भी हूँ शायद ! मुझे बनानेवाले मेरे संस्कार, मेरा परिवार, मेरा परिवेश ! माँ की ख़ामोश सिखौवलें, दादी की प्यारभरी हिदायतें, कहानियाँ, बप्पा की सुझाई लीक-लीक जाती पगडंडियाँ, जिन पर मुझे आँख मूँदकर चलना था और मैं चलती रही काफी देर तक। बोलना, मुँह खोलना, मैंने नहीं सीखा, क्योंकि उसकी गुंजाइश वहाँ नहीं थी या शायद किसी को अहसास ही नहीं था कि ऐसी गुंजाइश हो भी सकती है। मैं बोली ज़रूर पर दूसरों के लिए। अपने लिए पहली बार मैं तब बोली जब प्रभा मौसी अनिरुद्ध से विवाह का प्रस्ताव लेकर आई और भाई-भाभियों ने बिना मेरी राय जाने ही, इस प्रस्ताव को रद्द करना चाहा।

लेकिन वह सब अभी नहीं कहूँगी। मैं यहाँ तक कैसे पहुँची, इतना लंबा सफ़र कैसे तय किया, इसे जानने-सुनाने के लिए मुझे सिर्फ़ अपने भीतर ही नहीं झाँकना है, बहिरंग क्या कुछ भी मायने नहीं रखता ? मैं आज जो भी हूँ उसमें मेरा अंतरंग और बहिरंग दोनों ही तो शामिल हैं। और दोनों के साथ यादों के हुजूम जुड़े हैं।

दो

अनिरुद्ध ने रात-भर कोणार्क गेस्ट हाउस में रुकने का प्रोग्राम बनाया है। यहाँ, सिरहाने की तरफ़ खुलती खिड़की से सागर को छूकर हवा के नम झोंके भीतर आ रहे हैं। ख़ामोश रात में लहरों का गर्जन कमरे के भीतर घुस आया है। आकाश में पूनम का चाँद बदलियों के साथ लुका-छिपी खेल खेल रहा है। दूर से दिखते कोणार्क का परिसर ख़ामोश है। या शायद शिल्पकारों के छैनी, निहान, हथौड़ों की धीमी ठक-ठक सुनाई पड़ती होगी। यहाँ से कुछ सुनाई नहीं पड़ता। कहते तो हैं कि रात को कोणार्क के शिल्पियों की आत्माएँ यहाँ घूमती हैं और पत्थरों की मूर्तियाँ साँस लेने लगती हैं। नर्तकियों के नूपुरों की आवाज़ें प्रांगण में गूँज उठती हैं। मैं देखना चाहती थी पर अनिरुद्ध सो रहा है। नारियल के पंखियोंदार पत्तों की ओट छनती चाँदनी में सोया वह बहुत सुंदर लग रहा है, बच्चे-सा निष्कलुष। अनिरुद्ध ने कमरे में ढेर से रजनीगंधा के फूल यहाँ-वहाँ फूलदानों में सजा दिए हैं, बड़े उत्साह से। नहीं, दिखावे का कोई बड़बोला भाव वहाँ नहीं है। भीतर से फूटती चंचलता उसे बेहद प्रिय बना गई है। उदार और प्रेमिल। एक बार मन हुआ था उससे लिपटकर रजनीगंधा की महक उसकी साँसों में महसूस करूँ। मगर मेरे सिर में बहुत दर्द था। ज़ेहन पर ख़यालों का बोझ भी। मेरे दो-तीन बार माथा दबाने पर ही वह चिंतित हो उठा। आप ही मेरे सिर में अमृतांजन मला। सिरदर्द की गोली भी दी और माथे पर हाथ रखकर सोने की हिदायत भी। उसके हाथ का स्नेहिल स्पर्श अच्छा लगा। मगर नींद नहीं आई। वह शायद कुछ देर इंतज़ार करता रहा। फिर मुझे सोया समझ मदिर उत्तेजना पर नींद का लबादा डालकर सो गया। मेरा मन भर आया। अपने हिस्से का दुख उसने भी भोगा है। छिलना किसी एक की नियति तक सीमित नहीं होता। लेकिन यह समझने के बावजूद मैं ऐसा कुछ न कर पाई जिसकी शायद उसे उम्मीद रही हो। सागर से आती हवा के साथ दूर से गरजती लहरों की आवाज़ें मुझे बहुत दूर ले गई हैं, बहुत पीछे, जहाँ वक़्त की रेती पर सफेद शंख-सी ढेर सारी स्मृतियाँ बिखरी पड़ी हैं और मैं दौड़-भागकर उन्हें समेटने को आतुर हो उठी हूँ। इन्हें समेटे बिना मुझे

नींद नहीं आएगी।

दौड़ती-हाँपती मैं दूर चली गई हूँ और वहाँ जाकर रुकी हूँ जहाँ सामने एक दुमंजिला घर है, लोहे का भारी साँकलोंवाला गेट और दरवाज़े के बाहर काले बोर्ड पर सफेद संगमरमरी अक्षरों में लिखा है–श्रीयुत सनातन मिश्र, 2/20, शहीद नगर···। यह मेरा घर है। जिसका चप्पा-चप्पा मैं बंद आँखों से पहचान सकती हूँ। आँगन की दीवार के साथ सिपाहियों-से खड़े अशोक के लंबे-ऊँचे पेड़, जिनकी आकाश-छूती फुनगियों पर नन्हीं चिड़ियाँ फुदक-फुदककर चहचहा रही हैं। बाईं ओर कतारबद्ध नारियल के पेड़ ! मेरी सहेलियाँ इन्हें लेकर अक्सर मज़ाक करती हैं (अब नहीं, पहले), "तेरे बप्पा ने कितने पहरेदार तैनात कर दिए तेरी रखवाली के लिए कुनी ! चाहेगी भी तो इस घर से भाग नहीं पाएगी।" पिछवाड़े ढेर सारे अमरूद, करमंगा, काजू और दो आम के पेड़ हैं। पेड़ों के झुरमुट में छिपा मेरा घर ! बरामदे में कुर्सी डाले बप्पा पड़ोसी मित्र राधानाथ मौसा से बतिया रहे हैं। राधानाथ मौसा और बप्पा की पुरानी दोस्ती है। दोनों ने साथ-साथ ही इस मुहल्ले में घर बनाए। बप्पा ने इकमंज़िला घर (दूसरी मंज़िल जो दिख रही है वह तो बाद में बनी है) और राधानाथ मौसा ने शानदार बड़ी कोठी ! पर कोठी और इकमंज़िले घर का फ़र्क दोस्ती में कभी आड़े नहीं आया। जब अशोक के पेड़ों के साये लंबाने लगते हैं और पूर्वी हवा के नन्हें झोंकों में ढेर सारे पाँखी जुलूस बनाकर घरों की ओर लौटने लगते हैं, तो दोनों दोस्त बरामदे की कुर्सियों पर इत्मीनान से जम जाते हैं। मुँह में पान का बीड़ा दबाए "ठीक हो ?" से शुरुआत कर घर-परिवार से लेकर देश-जहान तक की समस्याओं का समाधान ढूँढ़ने लगते हैं। कई सालों से चला आता यह सिलसिला उस दिन गड़बड़ा जाता है, जब दो में से एक को बुखार ने बिस्तरे से बाँध दिया हो। वरना छोटी-मोटी खाँसी-जुकाम भी इस क्रम में आड़े नहीं आते। राधानाथदास, जो पब्लिक वर्क्स में इंजीनियर रहकर देश-समाज के निर्माण-कार्य में बृहत् योगदान देने के साथ अपने इकलौते निखट्टू के लिए घर और बैंक भरकर रख गए हैं, जन्मपत्रियाँ बाँचने का शौकिया काम भी करते हैं हालाँकि यह काम भी उन्होंने अपने तीन बार मैट्रिक्युलेशन में फेल हुए बेटे की भाग्यरेखा जाँचने की अदम्य इच्छा के साथ ही शुरू किया था पर सालों माथापच्ची करने के बाद भी वे बेटे की भाग्यरेखा बदलने में असफल रहे, तमाम उपचारों के बावजूद। गोकि बाँचने की कोशिशें जारी रखीं। वह तो खैर, अलग बात है, मौसा की भी कई दुखती रगें हैं पर इस वक़्त ग्रह-नक्षत्रों की स्थितियों पर ग़ौर करने का कारण उनका देवदास नहीं, बप्पा की बड़को बेटी, यानी मैं **हूँ। सुनूँ** ज़रा, दरवाज़े की ओट में छिपकर, क्या बातें हो रही हैं !

"वो परसों बलाँगीर गया था सदानंद आचार्य के पास। देवा का ग्रहचक्र समझ नहीं आता।" राधानाथ मौसा चिंतित नज़र आते हैं।

"उसके काम !" बप्पा ऊपर की तरफ़ हाथ जोड़ लेते हैं। "वही समझे, वही बूझे।"

"हाँऽऽ ! इस बार अपनी कुनी की जन्मकुंडली भी उनसे बँचवाई।" बप्पा कुछ नया सुनने की उम्मीद छोड़ चुके हैं।

"आश्चर्य ! ऐसी जन्मकुंडली ! ग्रह-नक्षत्रों का ऐसा अद्‌भुत योग ! कहाँ सुना है ? हूँ ! महाभारत में ! गांधारी का-सा योग है यह !"

बप्पा चुप हैं। मुँह में रखा पान चुभलाने में व्यस्त !

"वृष राशि है न अपनी कुनी की ?" वे बप्पा को बुलवाना जानते हैं। बप्पा मेरी जन्मपत्री कम-से-कम पचास बार बँचवा चुके हैं, कई विद्वान पंडितों से। जिसने जिसका हवाला दिया उसी के पास दौड़े। पर कोई उम्मीदवाली बात कहीं कानों में न पड़ी। तो जानते हैं कोई नई बात असंभव है।"

उनका स्वर हमेशा की तरह सपाटता की हद तक शांत है।

"हाँ, अमावस्या के दिन जन्म, कई-कई अशुभ योगों के साथ। महापातक, बेहद घातक।" बप्पा मुँह में दबा पान का बीड़ा घुमाकर बाईं ओर पीकदान में थूक देते हैं।

"हाँ ! तभी तो !" राधानाथ मौसा बुद्धिभरा कपाल ऊपर-नीचे ढुलाते हैं। इतिहास, भूगोल, कथा-किंवदंतियों के आगार हैं। किस बात की जानकारी उन्हें नहीं है ? बचपन में मुझे ऐसे-ऐसे किस्से-कहानियाँ सुनाते कि मुझे पक्का विश्वास हो जाता, उनके सिर के अंदर कहीं अकल की पोटली छिपी हुई है। वैसी बातें कोई दूसरा तो जानता ही नहीं था। मेरी बालबुद्धि ने उनके बारे में जो राय कायम की थी वह आज भी बराबर बनी हुई है, क्योंकि मौसा वक़्त-वक़्त पर अपनी बुद्धि का करिश्मा दिखाते ही रहते हैं।

"गांधारी का योग ! उसे ब्रह्मासुरी कहा गया था। सुना होगा, सारलादास ने महाभारत में लिखा है।"

लो ! अब ये सारलादास का महाभारत बप्पा को पढ़ाएँगे। जानते हैं कि घर की औरतें भी शाम को समय मिलने पर एकाध पन्ना बाँच ही लेती हैं।

कैसे होगा विवाह ? पिता को कभी चिंता रही होगी, पर अब वे यह चिंता जगन्नाथ के नाम कर गए हैं, 'करि कराउहु मुहिं, मो सम आन न कोई।' कहा है उसने ! वही है करनेवाला ! हमारे हाथ में क्या है ?

लेकिन राधानाथ मौसा मानते हैं कि महापातक टाला जा सकता है। वही गांधारी की कथा ? साहड़ा वृक्ष को जयमाला पहना दी थी उसने, तेईसवीं बार के स्वयंवर में।

हाँ, पढ़ा तो है बप्पा ने। बप्पा हुंकारी भरते हैं।

"साहड़ा की महिमा अपार है भाई।" अब क्या मौसा बप्पा को पूरी कथा

सुनाएँगे ? एक बार मुझे सुनाई थी साहड़ा वृक्ष की कथा मौसा ने। साहड़ा को नमस्कार करने पर मैंने प्रश्न पूछे थे, बालमन में उगे प्रश्न ! प्रणाम क्यों किया मौसा ? मौसा ने कथा सुनाई थी। परी-कथाओं की तरह रोचक। मुझे याद आ गई ज्यों अभी सुना रहे हों।

"बड़ा शुभ होता है यह वृक्ष। सभी अभाव दूर करता है। सुन झिओ, इसकी कथा सुन, कहते हैं एक बार भगवान शंकर अपने वृषभ पर दिग्विजय करने निकले। वैतरणी के किनारे बाईं तरफ़ एक साहड़ा वृक्ष मिला। उनके वृषभ ने पेड़ का एक पत्ता तोड़कर माथे से लगाया। शिव ने देखा और ऐसा करने का कारण पूछा। वृषभ बोले–'बाईं ओर साहड़ा पेड़ मिलने से उसका पत्ता माथे से लगाएँ तो अमृत मिलता है, कोई अभाव नहीं रहता।' शिवजी ने वृषभ को भूखा रखकर उनके विश्वास की परीक्षा ली, देखें कौन अमृत मिलता है ! उधर उमा भोजन के लिए पति की प्रतीक्षा कर रही थीं। पति ने बड़ी देर कर दी। उन्हें भूख लगी। दिव्य पकवान थाली में परोसकर भोजन करने लगीं। उसी समय पति आ गए। कुल तीन ग्रास खाए थे बस। पति को आया देख शर्म से पकवानों की थाली वृषभ के खाने के कुंड में छिपा दी। शिवजी ने आज्ञा दी थी कि भूखे वृषभ को खाना न दिया जाए, हड़बड़ी में ध्यान ही न रहा। पर वृषभ ने साहड़ा को माथा नवाया था। सो भूख से व्याकुल वृषभ ने अभ्यासवश नाँद में मुँह डाला, शायद कुछ बचे-खुचे दाने पड़े हों वहाँ, पर वहाँ तो दिव्य पकवान रखे थे। खाकर खूब तृप्त हुआ। यह थी साहड़ा की करामात। शिवजी को भी मानना पड़ा।"

लेकिन इस वक़्त मौसा गांधारी की बात कर रहे हैं–

"यह तो भाईना ! तुम जानते हो कि गांधारी अभिशप्त थीं। कारण जो भी हो। गांधार-नरेश बाईस बार बेटी का स्वयंवर रचाते-रचाते हार गए। उनकी आँखों से जो ज्योति की ज्वाला निकलती थी, उसे सहना किस राजकुमार के वश में था ? सो तेईसवीं बार स्वयंवर रचाया गया। विचित्र तो था, पर उसी से गांधारी का अरिष्ट कट गया।"

अबकी बप्पा उत्सुकता से देख रहे हैं, हूँ-हूँ करते। क्या कहना चाहता है भाई ?

"तो इस बार गांधारी ने साहड़ा के वृक्ष को जयमाला अर्पित की। वृक्ष से क्या आग की लपट निकली, बस पूछो मत ! भक्-भक् करती हुई ज्वाला ! उस ज्योति से चारों दिशाएँ भास्वर हो उठीं और वृक्ष जलकर राख हो गया। इस प्रकार गांधारी का अरिष्ट कट गया था सनातन भाई ! उसके बाद ही हस्तिनापुर के सम्राट धृतराष्ट्र से विवाह हो गया था गांधारी का।"

मौसा गला खँखारकर बप्पा को कनखियों से देखने लगे हैं। क्या उत्तर पाने के लिए ? लेकिन बप्पा 'हरिओम' उच्चारते हुए कुर्सी से खड़े हो गए हैं। मेरे

ब्याह की बात ऐसे ही उठती है और अधबीच ही रुक जाती है। बप्पा जानते हैं कि मौसा बतलावन की ख़ातिर ही साहड़ा प्रसंग उठा गए। वक़्तकटी का अच्छा तरीक़ा है यह। ज़ाहिर है कि मुझे वे साहड़ा वृक्ष से शादी करने का सुझाव नहीं दे सकते। नए ज़माने की शिक्षा दिलाई है उन्होंने मुझे। माँ की तरह निरक्षर और अपढ़ होती तो शायद वे कहते भी और मैं सिर झुकाए मान लेती। उनके मन में इस तरह का कोई पारंपरिक विश्वास बचा भी हो, तो भी मुझसे कहने की हिम्मत बटोर नहीं सकेंगे। मौसा की मेरे लिए चिंता भी समझते हैं। धर्मसंकट में हैं, कुनी बैठी है और मति बड़ी हो रही है, उसके बाद प्रीति, प्रणति ! वे भी बड़ी हो जाएँगी तो क्या कुनी के जाने के इंतज़ार में बैठी-बैठी सभी अनब्याही ही बुढ़ा जाएँगी ? लेकिन उपाय क्या है ?

यों घर में उनकी चलती खूब है। मेरे बप्पा घर के बड़े हैं। एक बड़े परिवार के मुखिया, सात ज़िम्मेदार संतानों के पिता। स्वस्थ, लंबे-ऊँचे, शफ्फाक धोती-कुर्ते में सजे, मुँह में पान दबाए वे गली-मुहल्ले से निकलते हैं, तो अभी भी लोग-लुगाइयाँ दो बार मुड़कर उन्हें देख लेते हैं। खूब उजला धुला रंग। ब्राह्मण का तेज है मुख पर। ए. जी. आफिस के ज़िम्मेदार पद से अभी कुछ साल पहले सेवानिवृत्त हुए हैं। थोड़ा-बहुत पैसा भी कमाया, जैसे भी बन पड़ा। पर बड़े हाथ नहीं मारे। अपनी सफेद चादर को दागदार होने से बचाते रहे हैं। घर-द्वार छोटा ही सही, बना लिया। एक बड़े परिवार का पालन-पोषण भी ठीक-ठीक ही करते रहे हैं। गाँव में कुछ पैतृक ज़मीन है उससे भी चावल, दाल, थोड़ा-बहुत आ जाता है। सो ठीक ही है सबकुछ ! यह तो मेरी माँ इंद्रा हैं कि सात बच्चे जनते धोबी के पाट-सी घिस गई हैं। ककड़ी-छुहारे-सा इकहरा बदन, छातियाँ ढूँढ़ो तो मिलें। कभी इसने सात बेटे-बेटियों को दूध पिलाया होगा, विश्वास करना मुश्किल। बल्कि आख़िरी बेटी टुटुल के जन्म के बाद तो उनका माथा भी थोड़ा-सा घूम गया है। सनक गई हैं। ऐसा बप्पा कहते हैं। वक़्त-बेवक़्त कमरे से बरामदे और बरामदे से वापस कमरे में आवाजाही करती रहती हैं। बार-बार दरवाज़ा खोलकर आँगन में झाँकती हैं। आँगन की दीवार के पार सड़क पर आते-जातों को घूरती रहती हैं, जैसे किसी की बाट जोह रही हों। बप्पा का बस चलता तो और दो-चार प्यारी-प्यारी संतानों के पिता होने का गौरव प्राप्त करते। पर वे तो अष्टम संतान की हौंस मन में लिए बैठे ही रह गए। उनका विश्वास है कि अष्टम गर्भ की संतान का भाग्य तेज़ होता है। वह ज़रूर दरवाज़े पर हाथी झुमाता । लेकिन यहाँ वे भाग्य की ही दुहाई देते हैं। जन्म-मरण तो कुछ हमारे वश में नहीं, वह सब चित्रगुप्त की बही में पहले से दर्ज़ है। भाग्य की ही बात है। हाथी क्या झुमाएगा कोई, एक सेकेंडहैंड गाड़ी भी कोई पिता के लिए ख़रीद नहीं पाया···।

बप्पा की इस मामले में थोड़ी-बहुत निराशा घर-भर के लिए वरदान की तरह

साबित हुई। ढंग से पहनना-ओढ़ना हुआ बच्चों का। गाड़ी भले ही घर में न आई हो, दो स्कूटर तो हैं दो भाइयों के पास। वह भी, जब मैं, कमाऊ बेटी शादी-ब्याह के झंझट से बची रही। यह बात कोई पिता से कहे तो ज़ाहिर है उन्हें बुरा लगता है, विश्वासों को चोट पहुँचती है। "आह ! छप्पन करोड़ जीवों को जिसने जगह दी, वह क्या आदमी के बच्चे को पालेगा नहीं ?··· " बहरहाल ! बप्पा धर्मात्मा हैं, एक पत्नीव्रती, सो मन मारने के सिवा कोई विकल्प नहीं, और अब तो माँ की हड़ियल काया को देखकर वे खुद भी आश्चर्य में पड़कर सोचते होंगे कि कभी ये उनके प्यार और मनुहार की हकदार उनकी अंकशायिनी रही हैं, जिसने उम्र के पचासवें दशक तक आते भी मुँह उठाकर बात करना नहीं जाना। प्यार-मनुहार या तन-मन की हर क्रिया को 'धर्म' या 'ऐसा ही होता है' समझकर मुँह बंद किए स्वीकारा। ऐसी औरत तो शिकायत करने का मौक़ा भी नहीं देती। ताज्जुब है ! कहाँ बप्पा, उम्र के छठे दशक में भी चुस्त-दुरुस्त, सीधी कद-काठी, तेज से दमकता चेहरा, और कहाँ ये छाती पर पंजर के हाड़ धरे चिंगुड़ी-मिंगुड़ी औरत, जिसके लंबोतरे चेहरे पर कोई भी भाव नहीं खेलता। मध्य युग में रुकी हुई औरत ! रक्षणशील परिवार की डोर पकड़े जो वक़्त को पूरी ताकत से रोकने के लिए जन्मी थी पर तमाम कोशिशों के बाद भी वक़्त उसकी मुट्ठियों से रिसकर, पैरों के नीचे से सरकता जा रहा है और वह हक्की-बक्की देखती रही हैं।

यों तो अपने घर में कोई किसी बात पर आश्चर्य नहीं करता। घट-अघट, अच्छा-बुरा, सब जगन्नाथ की इच्छा पर छोड़ा जाता है। करनेवाला तो वही है।

"जगन्नाथ इच्छा !" कहकर हाथ जोड़नेवालों में एक महत्त्वपूर्ण नाम है हमारी जज्जी माँ* का। लेकिन दादी मुझे अपने में एक रोचक अजूबा लगती हैं। उनकी ख़ासियत है कि वे कभी भी दिमाग का डिब्बा बंद नहीं करतीं। हमेशा चाक-चौबंद और चौकन्नी रहती हैं। माँ के ऊपर बरगद के पेड़-सी तनी दादी हमें बेहद प्यारी हैं, इस चुभते सच के बावजूद कि अपने साए में रही माँ को उन्होंने कभी फलने-फूलने नहीं दिया। उनकी इच्छा-आकांक्षा कभी नहीं पूछी। एक मशीन बनाकर रख दिया। बरगद की तो ख़ासियत है कि वह अपने साए में कोई भी फूल गाछ पनपने नहीं देता। लेकिन यहाँ मैं माँ को भी कम दोषी नहीं मानती। उन्होंने कभी मुँह खोलकर अपने लिए बोलने की कोशिश तो की होती !

बहरहाल ! दादी हैं कमाल की स्त्री !

देखने में औसत दादियों-जैसी। मुँह से आधे दाँत गायब। बाकी बचे अंगड़-खंगड़, पान से रचे, मुँह की कोठरी में इधर-उधर बिखरे पड़े, बड़ी बेतरतीबी से ! सिर पर मुट्ठी-भर बाल, झक्क सफेद, धुनकी रुई समझो लेकिन उनका इतना लाड़

---

* जज्जी माँ—दादी

करेंगी कि युवतियाँ दंग रह जाएँ। एक-एक रेशमी तार को खूब धो-सँवारकर छोटी-सी जूड़ी में एहतियात से पिरो देंगी गोया बाल नहीं, रेशम के थान सँवार रही हों। उम्र की तासीर से कमर दुहरी हो गई है, पर धुली-निखरी सांबलपुरी साड़ी पहन, घर के एक-एक कमरे में वक़्त-बेवक़्त बिना खाँसे-खँखारे प्रवेश करतीं, इधर घूरतीं, उधर सूँघतीं, हरेक के कार्यकलाप पर नज़र रखती हैं। मोतियाबिंदी आँखों से अगले को भीतर तक भेदने की अंतर्दृष्टि ! चेहरे की लकीरों में उम्र का इतिहास भूगोल रचा हुआ। बाहर गेट खुला या आँगन में कहीं खटका सुनाई पड़ा तो 'कौऽन हला ?' कहती दादी खाट पर ऊँघती-ऊँधती भी सतर्क हो जाएँगी।

"पड़ोस का कपाट खड़का है बोऊ··· " माँ चावल फटकते उत्तर देंगी।

"अरे वह कटहल तोड़ रहा है कोई, देखो तो झाड़ हिल रहा है···" दादी काँखती-कूँखती खाट से नीचे उतर जाएँगी, और एक हाथ से कमर को सहारा देती खरामा-खरामा देहरी पर खड़ी हो जाएँगी।

"कौन ? देखो तो, बोली कोई नहीं, घर की चिंता नहीं। बूढ़ी बोऊ कब तक यमराज से प्राण उधार लेती रहेगी ? बोलो तो ? टुटुल, देख तो बाहर कौन झाड़ पर चढ़ा है। तू किधर चली कुनी ? जा, भीतर बैठ। धम-से उठकर ऐरे-गैरों के सामने मत निकला कर अब। बड़ी हो गई है। बहू ! तुझे बेटी को कुछ ऊँच-नीच सिखाने की तमीज़ कब आएगी ? हैं··· ! प्रद्युम्ना ! तू देख ज़रा कौन है।"

"बन्दर है जज्जी माँ ! माँकड़।"

अब कौन दादी की हर हाँक पर दौड़ पड़े। आज्ञाकारिता की भी तो कोई हदें होती हैं। किसी की परीक्षा चल रही है, कोई दफ़्तर जाने की जल्दी में है। दादी को यह सब कौन समझाए ?

"बंदर ?" नहीं, इतनी सहज विश्वासी नहीं हैं दादी, "ऐऽऽ डँबरू ! तू डेंगू मानस ! किस रोग की दवा है ? थाली-भर पखाल देओ तो ना नहीं करेगा। घर में चोर भी घुस आए तो भीतर बैठा गुड़ाखू घिसता रहेगा। जा, भगा दे जाकर···।"

"अरे बंदर नहीं, यह तो दसिया है।" दादी के ज्ञानचक्षु खुल जाते हैं, जो पहले से ही अधखुले रहते हैं। "मैं भी कहूँ, झाड़ ऐसे कैसे हिलेगा। रे मुए, तेरे घर में भात नहीं ? कच्चा फल नष्ट करेगा ? न··· न··· पिटाई नहीं करना। इधर बुला, मुट्ठी-भर पखाल दे। कुनीऽऽऽ !"

दया-मया भी कम नहीं है दादी के मन में। डाँटेंगी, फटकारेंगी पर भरपेट भात भी खिलाएँगी। दादी अन्नपूर्णा हैं, दादी गृहस्वामिनी हैं, बूढ़ी बाघिन भी। पर दादी चिंतित भी हैं। उनकी चिंता का कारण मैं रही हूँ। सालों पहले से।

"आह ! आह ! सोलह पार कर सत्रहवें में लड़की प्रवेश कर गई। स्कूल-कॉलेज जाती है। अभी वर का जुगाड़ नहीं हुआ।" दादी के ब्रह्मांड से आग की लौ भभक

उठती है, भक्-भक्। उन्हें याद है और वह बार-बार दुहराकर इस सच्चाई को भूलने नहीं देतीं कि वे बारह पूरे कर तेरहवें साल में प्रवेश कर गईं कि उनका ब्याह हुआ। दो साल बाद रजस्वला हुईं, तब 'पुहाणी' हुई थी। डोली में बैठकर ससुराल आईं तो सभी खेल-खिलौने छूट गए। फिर तो घर-गृहस्थी में ऐसे रच-बस गईं कि खिड़की खोलकर बाहर देखने की फ़ुरसत नहीं मिली। उस वक़्त भी कभी-कभी वे खुद को डोली में बैठी ससुराल जाते महसूस करती थीं, छुईमुई गठरी-सी। कहारों का गीत कानों में गूँज उठता, और वे होंठों-ही-होंठों में गुनगुनाने लगतीं :

"हुकुम धाबल, मन कलबल।
छाती छटपट, गया रे मुकुट।
शालिया पतनि, झुलण चाँदेनी
हुकुम धाबल, लूह सलबल···।"

बप्पा तब हँसते थे, "बोऊ, अभी तो कुल जमा सोलह साल की हुई है कुनी। कॉलेज की पढ़ाई करेगी। तब घर-वर सब जगन्नाथ भेज देगा। समय बदल गया। अब पढ़ाई ज़रूरी है लड़कियों के लिए भी। और बोऊ, अब तो झिओ कार में ससुराल जाती हैं, डोली में नहीं।"

लेकिन जज्जी माँ की चिंता में कोई फ़र्क नहीं। पूरे वर्ष वे व्रत-उपवास, पूजा-अनुष्ठानों में लगी रहतीं। किस देवता को कैसा और कौन-सा भोग लगे, दादी को मालूम रहता। लिंगराज को कोरा, रघुनाथ को काकरा, साखी गोपाल को सरपुली। मन की साध पूरी करे देवता! दादी तो घर के कुशलमंगल के लिए कोई जतन उठाकर नहीं रखेंगी। घर की चिंता है उन्हें।

फिर भी यह सच है कि दादी ने उम्र भरी-पूरी जी ली। घर को अपने विश्वासों के अनुरूप ढाला। वर्षा की फुहारों के साथ धरती के हरे होते ही घर में उत्सवों की शुरुआत हो जाती। रजोत्सव पर लड़कियों को मनचाही चीज़ें—कपड़े आदि दिलवाती हैं दादी। पहनना-ओढ़ना, खान-पान, पिठा-पना, सबकी छूट। दादी उदार बनती हैं। "बच्चियों का दिन है," कटहल के पेड़ पर झूला डाला जाता। दादी लड़कियों को झूलते देख मुस्कुरातीं, पोपले मुँह की रहस्यमयी-सी लगती मुस्कुराहट। या शायद उस वक़्त वे अपनी किशोरावस्था में लौट जातीं। यों अब शहरों में झूला झूलने की प्रथाएँ कम होती जा रही हैं। पर गाँव में ब्याही लड़कियाँ भी झूला झूलने का लोभ सँवार नहीं पाती हैं। दादी ख़यालों में अपने गाँव पहुँच जातीं। रजोत्सव पर गाए गीत ज़ेहन पर छा जाते :

"क्या मैं तुम्हारे लिए
बिन मौसम उगा गुलाब न थी

मेरे लिए तुम गुहार लगाते थे
क्षण-भर जो ओट होती मैं
वही तुम, कैसे भूल गए मुझे
ओ मेरे प्यार।…"

डँबरू भी कम उत्साह न दिखाता। मज़बूत रस्सियाँ पेड़ों पर बँधतीं। प्रद्युम्न दिवाकर भी उत्साहित। दादी जो खींच-खींचकर रस्सियों की मज़बूती परखतीं। कच्ची रस्सी हुई और लड़कियाँ गिर पड़ीं तो ? हाड़-गोड़ तुड़ा बैठेंगी तो ? भला ऐसे में दादी भीतर कैसे बैठी रहेंगी ? इन नए छोकरों से कोई काम ढंग से होता भी है ?

रज के बाद दशहरा। यानी कि अस्त्र-शस्त्र पूजा। प्रद्युम्न के स्कूटर के लिए दादी, खुद अपने हाथ से मंदार और गेंदे के फूलों से माला गूँथतीं। दुर्गा की पूजा करतीं।

"रहने दे जज्जी माँ, कुनी गूँथ देगी। तू क्यों करती है यह झंझट ?"

"झंझट ? यह झंझट है रे पगले ? पूजा है, अस्त्र-पूजा। तेरे मंगलकुशल के लिए विश्वकर्मा को प्रसन्न करना है। अभी तू छोटा है, समझेगा क्या ? भगवन् तुमरो मंगल करंतु।"

कार्तिक मास में वे मांस-मछली छूती भी नहीं। शाकाहारी अन्न खातीं। पुराण बँचवातीं। भागवत कथा होती। शाम घिरते ही बच्चे-बड़े सभी इकट्ठा होकर भजन-कीर्तन करते। प्रद्युम्न तबला बजाता। तानपूरा मति अपनी नन्हीं-नन्हीं अँगुलियों से और हारमोनियम की ज़िम्मेवारी मेरी रहती। दादी शुरुआत करतीं।

"बंदेय देब जगन्नाथ, कमलादेबिंक संगात, लखमी देबिंक प्राणनाथ। सोभय संख चक्रबाहा, असेस ब्रह्मांड ठाकुर…" स्वर पास-पड़ोस में दूर तक फैल जाता। लोग वाह-वाह कर उठते। घर हो तो सनातन मिश्र-जैसा। ऐसी श्रद्धा, ऐसी भक्ति आजकल कहाँ देखने को मिलती है ? दादी इस आस्था की जन्मदात्री। पूरा कर्मकांड बड़ी श्रद्धा से करतीं-करवातीं। पूर्वजों की स्मृति में पयाश्राद्ध, दीप-दान। मार्गशीर्ष में घर में धान आता। दादी गुरुवार का व्रत रखवातीं। लिपे-पुते द्वार और दीवारों पर लक्ष्मी के पद्‌चिह्न रचवाए जाते। माँ चुपचाप सास की आज्ञानुसार काम करतीं। माँड़ने सजातीं, तुलसी चौरे की जड़ में दीप जलातीं। दादी हिदायतें देतीं, ऐसे रखो, ऐसा करो, माण (माप का बर्तन) में धान भरो। धान के ऊपर तीन सुपारियाँ रख दो, ऊपर धान के पौधों का गुच्छा। दादी माँ का अखंड विश्वास था कि इन दिनों लक्ष्मी माँ घर में पधारती हैं। उनका सत्कार, पूजन-भजन होना ज़रूरी है। उनके लिए कुछ भी तो असंभव नहीं—"एक घर कराऊ सहस्र घर भांगि, सहस्र घर कराऊ एक घर भांगि" : (एक घर तोड़कर हज़ार घर बनाती हैं और हज़ार घर तोड़कर एक घर बनाती हैं।)

घर मंदिर बन जाता। पूजा-अर्चना दैनंदिन नियमों में शामिल। गरज़, दादी घर-भर की कमान अपने हाथों में रखे रहतीं। उनकी बात आख़िरी बात थी। उम्र हो गई पर फिर भी हर वर्ष आषाढ़ शुक्ल द्वितीया को जगन्नाथ की रथयात्रा देखने पुरी ज़रूर जाएँगी। बूढ़ी जज्जी माँ बच्चों की तरह मचलतीं। बप्पा समझाते, "बोऊ, तुम्हारे बस का नहीं अब भीड़-भाड़ में जाना। बेकार धक्का-वक्का लगेगा तो चोट खाओगी। इधर से जगन्नाथ की छोटी यात्रा निकलेगी तो दर्शन कर लेना।"

लेकिन दादी उम्र-भर का नियम नहीं तोड़ेंगी। क्या पता इस बार का दर्शन ही आख़िरी दर्शन हो। वे हठ पकड़ लेतीं, "जगन्नाथ भ्राता बलदाऊ और बहन सुभद्रा के साथ 'माऊसी माँ' से मिलने 'गुंड़िचाघर' जाएँगे और दादी घर में बैठी रहेंगी ? दश रूपों में भगवान जन-जन को दर्शन देंगे, मनुष्यों का-सा व्यवहार करेंगे। तो दादी उनकी 'लीला' देखेगी नहीं ?" उनके तर्क अकाट्य होते।

इन दिनों तो सबर जाति के द्वैतापति जगन्नाथ की पूजा-अर्चना करते हैं, तो क्या वे बड़दांड की 'शारधा बालि' (जगन्नाथ की कृपा से सिक्त रथयात्रा के रास्ते की धूल) भी माथे से न लगाएँगी ? "रथस्थं बामनम् दृष्टां, पुनर्जन्म न बिद्यते।" वे बार-बार दुहरातीं। "अह पुओ, जगन्नाथ के नंदी घोष की रस्सी ज़रा-सा छू लूँ तो इहलोक से तर जाऊँगी। क्या पता, अगले वर्ष रहूँ या न रहूँ ?…"

बप्पा अकसर उनकी इच्छा का आदर करते। या यों कहें कि दादी बात मनवाना जानती थीं। माँ के पास यह गुर नहीं था। वह तो अपनी इच्छा-अनिच्छा जताना सीखी ही नहीं। बप्पा दरअसल दादी के आगे हार जाते। यह भी न कह पाते कि कितनी बार तो जा चुकी हो…। जब भी मुमकिन होता, रथयात्रा से दो दिन पहले उन्हें पुरी अपनी मौसेरी बहन के पास पहुँचा आते। दादी बाहुड़ा यात्रा में जगन्नाथ के वापस श्रीमंदिर लौटने पर, दस दिन बाद ही घर लौटतीं। घर का दायित्व माँ सँभाला करतीं। बिना कोई निजी इच्छा ज़ाहिर किए। या शायद उन्होंने अपनी तमाम इच्छाएँ घर की देहरी को समर्पित की थीं।

घर लौटकर दादी रथयात्रा का आँखोंदेखा हाल बयान करतीं। माँ सिर पर पल्लू डाल, आँख मूँद भक्तिभाव से उनके भाव-विह्वल बोल सुना करतीं।

"आहा ! क्या नंदीघोष सजता है पीले लाल चीरों से ! गोटा किनारी कितना चमकदार ! पूरे सोलह पहियोंवाला विशाल रथ। बलदाऊ का भी कम सुंदर नहीं। चौदह पहियों का 'हलध्वज' नीले लाल चीरों से सजता है। और बहन सुभद्रा का देवदलन, उसके रहते हैं बारह पहिए। लाल काले वस्त्रों पर गोटा किनारी और ज़री के फूल, ज्यों आकाश के तारे उतर आए हों धरती पर जगन्नाथ स्वामी, दाऊ और सुभद्रा को देखने। रथों के आगे राजा स्वयं सोने के झाड़ू से छेरा पहरा (बुहारी) करता है…"

माँ बहुत पहले गई थीं एक बार। दादी के वर्णन से वह मन-ही-मन बड़दाँड

की यात्रा करती हुई गुंड़िचाघर पहुँच जातीं, माऊसी माँ के पास, जहाँ जगन्नाथ ज्यादा पकवान खा गए। माऊसी माँ ने जो प्यार से खिलाए। भला जगन्नाथ 'ना' कैसे करते ? पर पेट तो अपना। सो बीमार हो गए। लेकिन मौसी माँ उपचार करना जानती हैं। स्वस्थ करके ही जगन्नाथ को वापस घर भेज देंगी। बड़े स्नेह से वे पथ्य बनाती हैं और जगन्नाथ को खिलाती हैं...

"लीला जगन्नाथ की ! 'बलियार भुज' की।"

मैं दादी से प्रश्न पूछती, "जज्जी माँ, जगन्नाथ लक्ष्मी को साथ क्यों नहीं ले गए ?"

"कैसे ले जाते पत्नी को ? घर में बड़े-बूढ़े क्या कहेंगे ? यही ना कि पत्नी को साथ लेकर घूमने-फिरने गए ? यह भी तो सोचना हुआ न ? संयुक्त परिवार की रीति-नीति से बँधे हैं स्वयं जगन्नाथ भी।"

"लेकिन लक्ष्मी को गुस्सा नहीं आता क्या ? भाई, बहन को लेकर घूमने गए और उसे पूछा भी नहीं ?"

हमारे प्रश्नों के उत्तर दादी बड़ी दानिशमंदी और धैर्य से देतीं।

"आता है गुस्सा, कुनी। तभी तो 'हेरापंचमी' को (रथयात्रा के चौथे दिन) वे पति को ढूँढ़ती हुई गुंड़िचाघर पहुँचती हैं।"

"फिर ?"

"फिर क्या ?" वहाँ द्वैतापति द्वार बंद कर देते हैं। लक्ष्मी क्रोध में आकर जगन्नाथ के रथ का पहिया तोड़कर वापस लौट जाती हैं। भूखी-प्यासी ! पुरी लौटकर 'हेरा गोहिरी साही'* में भोग लगाती हैं।"

"गुस्सा ठंडा कैसे होता है बाद में ?" मुझे लगता, जगन्नाथ बड़ी ज्यादती करते आए हैं पत्नी के साथ। वे भगवान होकर ऐसा करते हैं, तभी तो हमारे घरों में पुरुष स्त्रियों की इच्छा-अनिच्छा की ओर ध्यान नहीं देते।

"अरी झिओ, वह सब लीला है बलियार भुज की। जगन्नाथ लौटते हैं तो लक्ष्मी द्वार बंद कर देती हैं। यह क्या बात हुई, एक तो साथ नहीं ले गए, ऊपर से गुंड़िचाघर में अपमान भी हुआ। तब जगन्नाथ स्वामी क्षमा माँगते हैं, भूल हो गई। भेंट-उपहार देते हैं। तब मान जाती हैं लक्ष्मी।"

"तुम्हें कैसे मालूम जज्जी माँ ?" दिवाकर बीच में टोकता।

"मालूम है तभी तो बोलती हूँ। सभी लीला दिखाते हैं न। वो देवदासी और द्वैतापति लक्ष्मी और जगन्नाथ का अभिनय करके दिखाते हैं..."

दादी जोड़ देतीं, "हम तो साधारण प्राणी हैं कुनी, खुद भगवान भी परिवारों की रीति-नीति से बँधे हैं।"

---

* हेरा गोहिरी साही—पुरी का एक मंदिर

सो निष्कर्ष हम लड़कियों के लिए यह निकलता कि पत्नी को धैर्य रखना ज़रूरी है। पारिवारिक परंपराओं का पालन करना ज़रूरी है। परिवार की इच्छा के आगे अपनी इच्छा की बात नहीं करना। और जो घर का बड़ा है, बड़ा पुत्र, बड़ी पुत्री, बड़ी बहू–उसे तो परंपरा को बनाए रखने की भारी ज़िम्मेवारी। ख़ुद तो जज्जी माँ ने यह ज़िम्मेदारी खूब निभाई थी। परिवार की रास सँभालतीं, बच्चों को अनुशासन में बाँध, उनके लिए शुभ-शुभ माँगतीं। बहू के लिए थोड़ी सख़्त पर निर्मोही नहीं। उस सख्ती का रहस्य घर का अनुशासन। जज्जी माँ ही रास ढीली छोड़ दें तो घर को बिखरने में देर लगेगी ? सभी मनमानी नहीं करने लगेंगे ?

यहाँ माँ घुटनों पर हाथ दिए उठ जातीं, उन्हें कई काम एकसाथ याद आ जाते। लेकिन चेहरा निर्विकार रहता।

हम लोग दादी की बातों में इतना रम जाते कि माँ की किसी भी क्रिया को एक रोज़मर्रा की मानी हुई आदत की तरह ग्रहण करते। कभी जानने की कोशिश भी नहीं करते कि माँ की कोई प्रतिक्रिया भी हो सकती है। या माँ के भीतर कोई इच्छा-अनिच्छा, स्वीकार-अस्वीकार जैसी चीज़ें भी उगती होंगी।

तीन

सो घर पर छाई दादी माँ के ज़बर्दस्त अनुशासन में हमारा बचपन बीता। उगती उम्र के साल-दर-साल दादी हमारी दिशाओं को तय करती रहीं। लेकिन हमारे लिए लीकें बनाने की ज़िम्मेदारी दादी माँ की ही कहाँ थी ? घर का माहौल ही कुछ ऐसा था कि बाहर से आया आदमी भी चार दिन घर में रहे तो वहीं के रंग में रँग जाए। घर का नौकर डँबरू भी इस छूत की बीमारी से बच नहीं सका। बल्कि घर के छोटे-मोटे काम करते वह भी हमें पढ़ाने-सिखाने का दायित्व सँभालता रहा। मति ने उसे कितना महत्त्व दिया, मैं नहीं जानती, वह छोटी थी। पर मुझे अकसर लगता रहा है कि मेरी दिशाएँ तय करने में इस डँबरू का भी कोई-न-कोई अदृश्य हाथ था।

डँबरू ! पूरा नाम डँबरूधर नायक ! आया था घर में नौकर की हैसियत से, पर रहते-रहते पहले मसें भीगीं, फिर पुट्ठे मज़बूत हुए और धीरे-धीरे बालों में बेवक़्त की सफेदी झाँकने लगी, तो डँबरू बच्चों का मौसा हो गया। बिना कोई यत्न किए उसे मौसा की पदवी मिल गई। हमारा घर उन पारंपरिक मान्यताओं का केन्द्र रहा है, जहाँ चीज़ें या तो आसानी से बदलती नहीं, या अगर बदलीं तो अपने आप, बिना किसी पूर्वसूचना या पूर्वाभास के ! इसी क्रम में एक दिन माँ ने मुझे पास बिठाकर कहा, "जा, माउसा कु डाकि दे।" (जा मौसा को बुला ला।)

"मौसा ? कौन मौसा ?" मैं एकदम से कुछ समझ नहीं पाई। "डँबरूधर ?"

"हाँ, आज से मौसा ही कहना। डँबरू नहीं। वह बड़ा है तुम लोगों से और उसने तुम लोगों को पाला है।"

पाला तो है ! मेरे जन्म के समय कोई तेरह-चौदह वर्ष का दुबला-पतला लड़का रहा होगा। माँ कहती हैं, "तेरे ओज्जा[1]-आई[2] ने तेरे लिए गाँव से भेजा था। प्रद्युम्न दिवाकर भी जल्दी ही आ गए थे न ! सोचा होगा, मुझसे सँभलेंगे नहीं। फिर घर-गृहस्थी तो देखनी ही थी।"

---

1. ओज्जा–नाना
2. आई–नानी

हाँ ! माँ को परिवार का दायित्व सँभालना था। हमें लिए-लिए कहाँ फिरतीं ? माँ ज्यादा तो बोलती नहीं पर दादी अक्सर उनके आगमन के साथ, उनके पुरखों के इतिहास-भूगोल भी बताया करतीं, जिसमें हमारे ओज्जा-आई के प्रति भी सनातन शिकवे-शिकायतों की गंध घुली होती।

"तेरी आई ने सोचा कि उसकी झिओ दिन-भर घर में खटती रहती है। सासू माँ के दिल में दया-मया नहीं है न ? सो भेज दिया इस छोकरे को। कहा, घर में झाड़ू-पोंछा लगाया करेगा, बाज़ार से सब्जी-सौदा ले आया करेगा, बच्चे खिलाएगा, यह करेगा, वह करेगा···। अब यह जो करता है सो तो मैं देख रही हूँ। ज़रा-सी छूट मिले तो पड़ोस के गणेशा-रमेशा के साथ हाट-बाज़ार घूमेगा। इस-उसके साथ 'गंडगोल' करता फिरेगा। तेरी बोऊ तो कुछ कहेगी नहीं। उसकी माँ ने भेजा है न···"

माँ ने सचमुच कभी डँबरू मौसा की शिकायत नहीं की। न ही कभी डाँटा-फटकारा।

"ना कुनी ! तुम लोगों को खिलाया है उसने। गोदी में लिए-लिए कभी दूधभात खिलाता, कभी कंधे, कमर पर धरे-धरे बाज़ार घुमा लाता।"

अपनी तो नहीं पर दिवाकर, सुधाकर की मुझे याद है। कैसे घंटों उन्हें बाँह पर धरे थपकियाँ देता। मुँह बना-बनाकर उनके रोते चेहरों पर हँसी लाने की कोशिश करता। घोड़ा बनता। माँ रसोई में माछ पका रही होतीं और मति नींद के मारे कुरलाती। डँबरू हाथ का काम छोड़ उसे उठाता। काँधे से लगाए-लगाए निंदा मौसी के गीत सुनाया करता।

"सोएगी झिओ ? गाना सुनेगी ? ऊँऽऽऽ। सो जा, सो जा। निंदा मौसी भरि दे मो, कुनी आँखि जोड़िको··· (निंदा मौसी मेरी बेटी की आँखों में भर जा)", अपनी अटपटी आवाज़ में पूरा लाड़ भरकर डँबरू मौसा मति को धीरे-धीरे थपकियाँ देता जैसे पुरवा के झोंके गुलाब की डाली को धीरे-से झुमाते हों। कहीं कोई नाजुक पत्ती न झर जाए, कोई बेख़याली न हो जाए, उसकी गोदी में सुधाकर या मति रहते, पर वह अपनी दो वर्ष की बेटी लछमी को झुला रहा होता, जो गाँव में छः हाथ की झोंपड़ी में, गज-भर कपड़े के हिंडोले में झूलती उस गाने को सुनती और रोते-रोते चुप हो जाती। उसकी उनींदी आँखों में निंदा मौसी भर जाती।

लेकिन दादी इतनी भावुक नहीं थीं कि डँबरू के मन को जानने की कोशिश करतीं। भावुकता उसके जाने घर के बड़े-बूढ़ों के लिए बेकार ही नहीं, खतरनाक भी साबित हो सकती थी। इससे आदमी कमज़ोर पड़ सकता है और घर-भर का अनुशासन भंग हो सकता है। अपने निरंकुश शासन में वे जो अपने बच्चों के लिए बेहद ममतामयी थीं, वहीं डँबरू के लिए थोड़ी सख़्त भी। उनके अपने कारण रहे होंगे पर हमें वे कारण न समझ में आए और न हमें उनका रवैया अच्छा

लगा। बगीचे में गोड़ाई करते डँबरू के हाथ में खुरपी लग जाए या नारियल काटते 'कत्ती' से अँगुली छिल जाए, तो वे इसलिए तूफ़ान उठायेंगी कि "ले ! काट लिया हाथ ! अब कौन फोड़ेगा नारियल ? कौन पौंछा लगाएगा घर में ? ज़रा-सी हल्दी लगाकर लीर थमा देंगी ज़रूर, कि बाँध ले कसकर, खून बहना बंद हो जाएगा। दुहरे कपड़े से बाँध दे, धूल-मिट्टी न चली जाए भीतर⋯" क्योंकि काम तो उसे करना ही होगा। छुट्टी नहीं मिलेगी। यहाँ माँ इशारे से डँबरू को बरज देंगी। रहने दे, मैं कर लूँगी। कहीं दादी ने देखा तो फिर न डँबरू की खैर और न माँ की। आपको अच्छा लगे या न लगे, पर दादी से सवाल पूछने के नहीं।

यों भी पल-भर दिवाकर या मति खटोले पर गीले कपड़ों में पड़े कुनमुनाएँ या रोने की आवाज़ निकालें तो दादी लपककर, अब वह जितना लपक सकती थीं उम्र के सत्तर पार के दौर में, उन्हें बाँहों में लेकर चुप करातीं, गीले कपड़े बदलकर सूखे कपड़े पहना देतीं। डँबरू ऐसे में पास आए तो उसकी शामत !– "नन्हीं-सी बच्ची नहीं सँभलेगी तो तेरा इस घर में क्या काम है, बोलो तो ? ज़रा काँधे से लगाकर थपकाने से हाथ दुखता है ? बस कथावार्ता, जब देखो तब ! भेज दिया बलराम भाई ने जी का जंजाल।⋯"

दादी को डँबरू से नाराज़गी की एक ज़बर्दस्त वजह थी उसका जाहिल होना। पता नहीं वह सचमुच जाहिल था या नहीं, हमें कभी मालूम नहीं पड़ा। पर दादी तो सर्वज्ञ थीं, "अह ! बात करना भी नहीं सीखा गाँव-जवार में, कितना सीखेगा अब ? पुओ-झिओ को 'अंडरा पिल्ला' 'माय पिल्ला' बोलना अभी भी भूला नहीं, अब क्या सीखेगा। कित्ते साल हो गए इस घर में रहते ?

"अब देखो न ! बचपन में तुझे उड़ते पाँखी देखना भाता था। नन्हीं बाँहें फैलाकर तू आकाश में उड़ते पाँखियों को बुलाया करती–आ ! आ ! एक दिन उमाशंकर की छत पर बैठी कपोती को देखकर तूने डँबरू को इशारे से दिखाया होगा, पाँखी है। सो यह जाहिल कपोती का गीत गाने लगा भर दुपहर !"

"तो ? कपोती के गीत से क्या होता है ? क्या बोलती है कपोती ?"

"अरी क्या बोलेगी। अपने फूटे कर्मों को रोती है। मैंने भी अपनी बोऊ से ही सुना है। कपोती गाती नहीं, हू-हू कर रोती है। अन्न के अभाव में, भूख से मरे बेटे को पुकारती है। छोड़ तू यह बात, जा, बाहर जाकर खेल। 'भलो कथा कहो'।"

अकेले में डँबरू मौसा से एक बार मैंने पूछा, "कपोती क्या गाती है मौसा ? बोलो न !"

"जज्जी माँ सुनि ले रागि जीबो झिओ।" (जज्जी माँ गुस्सा करेंगी कुनी झिओ।)

"मैं उसे नहीं कहूँगी। तुम चुपके से बोल दो।"

"कपोती कहती है कुनी–'सेरौ को पुरिला, माणो को पुरिला, उठो-उठो रे पुता' " (सेर भर गया, माण दो माण का एक सेर। भर गया, मेरे लाल। अब

तो जाग उठ ।)

डँबरू की आवाज़ में अजीब-सा दर्द है। शायद इसलिए कि उसने भूख की पीड़ा झेली थी। मुट्ठी-भर पखाल के लिए माँओं को अपने लालों को खोते हुए देखा था। पर दादी तो घर में मनहूस बात कहने की भी इजाज़त नहीं देतीं।

"शुभ-शुभ बोल मुए, शुभ-शुभ बोल।" उन्होंने बेटे को बुलाकर रोती कपोती को छज्जे से भगा दिया था। और आँख बंद कर जगन्नाथ स्वामी के आगे हाथ जोड़ दिए थे।

"हे बलियार भुज ! चक्र की ओट में, शंख में रखकर, मेरे बच्चों की रक्षा कर। भगवन ! मंगल करु।"

शुक्र है, दादी ने मेरे और डँबरू मौसा के बीच कही-सुनी सभी कहानियाँ नहीं सुनी थीं। एक बार डँबरू ने चोरों पर उठी बात को लेकर कहा था, "चोर जितनी बड़ी चोरी करेगा उतना बड़ा हिस्सा भगवान को देना पड़ेगा···"

मैं हैरान। "ऐसा कैसे मौसा ? भगवान चोरों से हिस्सा लेगा ?"

"वो तो नहीं लेगा, पर हमारे गाँव में ऐसा ही होता है–देना पड़ेगा नहीं तो माल पचेगा नहीं।" डँबरू निहायत भोलेपन से बोला था, "एक बार एक आदमी ने पेट की ख़ातिर किसी सेठ के घर से अनाज चोरी किया। मन-दो मन की बोरी उठा ले गया। तो आधा मन मंदिर में दे दिया।"

"इससे क्या भगवान उसका अपराध क्षमा करेंगे ?"

"वो तो वही जाने कुनी। गरीब आदमी था, बाल-बच्चों का पेट पालने का कोई गुज़ारा नहीं हुआ तो दिमाग घूम गया। काम गलत किया सो प्रायश्चित तो करना होगा न··· !"

उस वक़्त मुझे हँसी आई थी। भगवान को कमीशन देकर चुप करा दिया–लो, तुम भी मेरी नाजायज़ कमाई का एक हिस्सा लो, मैं तो इसके बिना रह नहीं पाया, अब इसके लिए मुझे सज़ा मत देना।

अपने तर्क में भी ईमानदार डँबरू मौसा ख़ुद शायद ही इस तरह की चोरी की बात सोचता, पर गाँव में ऐसा हुआ था। आप सहमत हों न हों, भला समझें या बुरा, पर ऐसा तो होता ही रहेगा। यह भी उसकी जहालत का सबूत था। पर शुक्र भगवान का, कि दादी ने ऐसी जहालत की बातें न सुनीं। और वे कभी-कभार उस पर कृपालु भी होती रहीं। दया-करुणा तो थी ही भरी मन में। इसीलिए जज्जी माँ का आदर घरवाले ही नहीं, पूरी बिरादरी करती थी। सनातन मिश्र की माँ थी वह। एक रक्षणशील परिवार की स्वामिनी। जहाँ लक्ष्मी और सरस्वती का वास है। क्योंकि दादी माँ घर-भर को अनुशासन में रखना जानती हैं, धार्मिक महिला हैं। कितने परिवार हैं ऐसे श्रद्धा और विश्वासवाले देश-समाज में ? तीज-त्यौहार, भजन-पूजन का नियम ही नहीं, दूसरे के सुख-दुख में भी आगे। सतयुगी महिला

हैं। "दीदी ! आजकल तो इस घर में ज़ीरा छोंक दो तो उस घर में महक नहीं जाएगी। एक घर में कोई बीमार पड़े तो पड़ोस से मिश्री-शहद नहीं आएगा। बल्कि एक का घर नीलाम हो, तो पड़ोसी ही बोली लगाकर नीलाम पकड़ लेगा। और बच्चे ? उनकी तो न ही पूछो तो भला। 'पिल्ला मानें को कथा पचारो नाहिं' !"

दादी भी अपने भरे-पूरे संसार में तमाम छोटी-बड़ी चिंताओं के रहते संतुष्ट थीं। हाँ, दो-तीन साल और जी लेतीं तो उनकी संतुष्टि में घुन लगना शुरू हो जाता। नहीं, उनकी अवज्ञा या अवहेलना कोई न करता, कितना ही बदले ज़माना! लेकिन 'कुनी' बड़ी हो रही थी। और दादी मेरे बड़े होने को रोक नहीं सकती थीं। जगन्नाथ वर भेजने में बड़ी देर कर रहा था। यह एक तरह से अच्छा ही हुआ उनके लिए कि चिंता में घुलने का कष्ट देखे बिना वे चली गईं, मेरे लिए पुरुषोत्तम-जैसे वर की कामना करती हुईं। उन्हें अपनी प्यारी पोती के लिए वर चाहिए था तो पुरुषोत्तम-जैसा ही। उससे कम तेजवान पुरुष को वे मेरे लिए स्वीकार ही नहीं करतीं। लेकिन दादी पुरुषोत्तम को देखने तक रुक नहीं पाईं।

थोड़े दिन बीमार रहीं, बस ! पता ही नहीं चला, अंत समय आ गया है। लोगों ने कहा–दिन पूरे हो गए। भरी-पूरी उम्र जी ली। इसमें उदास क्यों होना ? लेकिन बप्पा बेहद उदास थे। राधानाथ मौसा के सामने बच्चों की तरह फूट-फूटकर रोए। दादी उनकी माँ थीं आख़िर। सिर पर छाते-सी तनी माँ ! मौसा ने कंधों पर हाथ रखकर तसल्ली दी, "बड़े-बुजुर्ग ठाकुर बनकर खटोले में रहें तो साहस बढ़ता है। यों घर-गृहस्थी तो आदमी को देखनी ही पड़ती है। मन छोटा न करो भाईना।" हमारे ओज्जा-आई गाँव से आए। ओज्जा ने भी बप्पा को समझाया–आप तो भागवत पुराण जानते हो। फिर दुख क्यों मनाना ? शरीर तो जगन्नाथ को भी छोड़ना पड़ता है। बारह वर्ष बाद, तभी तो रत्नवेदी पर दूसरी काया में आत्मन प्रवेश करती है। फिर मनुष्य का क्या ? शरीर पुराना हुआ तो पुत्र-बंधु, पत्नी सबको छोड़कर जाता है, वह तो पथिक है, थोड़ी देर वृक्ष की छाया में सुस्ताता है और फिर वृक्ष छोड़कर चला जाता है। उन्होंने भागवत की पंक्तियाँ सुनाईं–कहा तो है भागवत में–'ऐ पुत्र दारा बंधु संग। ये सने समुद्र तरंग। पथिक येन्हे वृक्ष डाले। श्रमे बसंति एकमेले। श्रम सरिले जे झामते। चलंति वृक्ष छाडि एथे' !"

कुछ दिनों बाद धीरे-धीरे हम दादी की खाली जगह देखने के आदी होते गए। आदमी-जैसी ठस और ठोस चीज़ भी शायद कोई दूसरी नहीं। ज़िन्दगी की यही तो विडंबना है, चाहें तो विशेषता कहें, कि वह मनुष्य को फूल से भी कोमल और पत्थर से भी सख़्त बना देती हैं। लेकिन फिर भी यह सच है कि घर के कोने-अंतरों में, और हमारे ज़ेहन पर दादी की उपस्थिति हावी थी, जो अब उनकी यादों में ज़िंदा थी। दादी के साथ हमारे किस्से-कहानियाँ भी खो गए थे। पारंपरिक

उत्सवों का एक मज़बूत सूत्र टूट गया था। अब कौन हमें कुँआर पूनम के दिन चाँद और फूल घर बनाने के लिए उकसाएगी ? कौन चाँद पूजने का उत्साह दिखलाएगी ? और पोपले मुँह से कुँआर पूनम के गीत गाकर हमें हँसाएगी ?

"कुँआर पुनेई जन्हगो, फुल बउल बेणी।
कुँआरी माने जे पूँचि खेलुछंति, झुटिया शब्द शुणिगो।
फूल बऊल बेणी।..."

(कुँआर पूनम का चाँद निकला है, बकुल फूलों से बेणी बनाई। कुँआरियाँ खेल रही हैं, गीत गा रही हैं।)

बहरहाल ! समय को आगे बढ़ना ही है। पीछे छूटे का कब तक शोक मनता रहे आदमी ? उस वक़्त तो सभी नाते-रिश्तेदारों ने अफ़सोस ज़ाहिर किया था–"आह ! कुनी का ब्याह देखतीं तो स्वर्ग में सुख से रहतीं। यही इच्छा बाकी रही। प्राण तो बसते थे इस कुनी में।" लेकिन जैसे-जैसे वक़्त बीतता गया, बिना किसी घटना के, वही मुहल्लेवालियाँ, नातेदारनियाँ कहने लगीं–"भाग्यवान थीं सनातन मिश्र की माँ। अनब्याही बूढ़ी लड़की घर में देखतीं तो..."

तो क्या ? आगे की कल्पना करना भी उनके लिए दुष्कर होता क्योंकि दादी इस अकल्पनीय सच को स्वीकार पातीं और उन्हें हार्ट फेल नहीं हो जाता, इसमें उन्हें शक था। मरकर भी भूत बनकर घर में विचरतीं। आह ! नाती-पोतियों की माया ही ऐसी होती है !

"हाँऽऽऽ ! कम लाड़ न किया दादी ने पहलौटी की पोती का–है भी तो सुंदर, सुशील लड़की। ऊँचा माथा, बड़ी-बड़ी आँखें। रंग ज़रूर कुछ दबा हुआ, पर वह तो माँ का रंग विरसे में मिला। लड़की का क्या दोष ? हाँ, नक्षत्र कुछ टेढ़े थे। बेचारी दादी ने, ग्रहशांति के क्या-क्या न उपाय किए। आज कौन करेगा उतना ?"

सच भी तो था। आख़िरी दिनों तो दादी की दुनिया जैसे मेरे इर्द-गिर्द ही सिमटकर रह गई थी। उन्हें एक ही रट लगी थी, "पुरुषोत्तम-जैसा वर चाहिए कुनी के लिए।" वे बार-बार दुहरातीं अपने ठाकुर के आगे "मो झिओ र कौन सी दोष नाँहि" (मेरी बेटी में कोई खोट नहीं देवा।)

एक बार मैंने दादी से ठिठोली की, "जज्जी माँ ! खोट तो पुरुषोत्तम में भी था। फिर मुझमें कैसे न होगा ?"

"चू-चू–क्या बात बोलती है झिओ। उलटी बात ?"

"उलटी नहीं, कांचीपुरम के राजा ने उन्हें अपनी बेटी देने से इंकार किया था। कहा था वे 'छेरा पहरा' करते है, भंगी हैं..."

"न-न, तुझे अधूरी कहानी मालूम है। सुन पूरी कथा। अधूरी बात, अधूरी

कथा मन में संशय पैदा करती है...''

और वे कहानी सुनातीं, कहीं बेटी के विश्वासों में दरार न आ जाए। पूरी कहानी सुनाना ज़रूरी है।

सो गजपति महाराजा पुरुषोत्तम और कांची नरेश की कन्या पद्मावती की कथा शुरू हो जाती।

"दोनों सुंदर थे, एक रूपवती, दूसरा वीर प्रतापी और धर्मात्मा। विवाह करना चाहते थे। जगन्नाथ स्वामी की रथयात्रा के दिन गजपति महाराजा तो छेरा-पहरा करते ही हैं। इसे अपना सौभाग्य मानते हैं, पर कांची नरेश यह सब क्या समझे ? उसकी बुद्धि पर परदा पड़ा था, भाग पर गिद्ध मँडरा रहा था, सो बोला–'भंगी को लड़की नहीं दूँगा।' अब पुरुषोत्तम राजा ने जो यह खोटी बात सुनी तो आग बबूला हुए, अपमान जो हुआ था उनका। उन्होंने कांचीपुरम पर आक्रमण किया। तैयारी ठीक से हुई नहीं थी सो हार गए। क्रोध में आकर भी तो मानुस को सूझ-बूझ छोड़ना नहीं चाहिए। आख़िर कांची नरेश भी वीर था। लेकिन पुरुषोत्तम तो जगन्नाथ के भक्त थे। रत्नवेदी के पास हाथ जोड़कर कहा–'हे भगवन् ! ये मोर अपमान नुँह, ये तुमरो अपमान होऊ छी।' (मेरी हार तो आपकी हार है महाप्रभु !) तब मंत्री से सलाह-मशविरा हुआ। उसकी राय से दूसरी बार आक्रमण हुआ कांची पर। इस बार स्वामी जगन्नाथ उनके साथ रहे। जगन्नाथ काले घोड़े पर और बलदाऊ सफेद घोड़े पर। अब यह सब राजा को मालूम कैसे हो ? सो हुआ यों कि रास्ते में माणिकपटना गाँव में जगन्नाथ ने अहीरनी से दूध माँगा। अहीरनी भला कैसे पहचाने महाप्रभु को ? बोली–'यह तो राजा के लिए है।' जगन्नाथ ने अपने हाथ की अँगूठी निकालकर अहीरनी को दी, कहा–'पीछे से राजा आ रहे हैं, यह अँगूठी उन्हें दे देना, वे पैसा दे देंगे।' जगन्नाथ आगे बढ़े तो पुरुषोत्तम आ गए। ग्वालन ने अँगूठी दी, राजा पहचान गए, 'अरे ! ये तो स्वयं जगन्नाथ की मुद्रिका है ! तुझे कहाँ से मिली ?' ग्वालन ने सभी बातें बता दीं। पुरुषोत्तम को विश्वास हो गया कि जगन्नाथ उनके साथ हैं सो दूने उत्साह से युद्ध किया। और कांची नरेश को हराकर लड़की ले आए। उसे काल-कोठरी में बंद कर दिया। मंत्री ने कहा, 'इसके पिता ने जगन्नाथ स्वामी का अपमान किया है। इसकी शादी किसी भंगी से कर दो।' मंत्री बुद्धिमान था। राजा के क्रोध को पहचानकर भी जानता था कि वे पद्मावती पर आसक्त हैं, पद्मावती भी उनसे प्रेम करती है। रथयात्रा का समय आया। राजा पुरुषोत्तम ने प्रति वर्ष की तरह इस बार भी 'छेरा-पहरा' किया तो मंत्री पद्मावती को लेकर सामने आ गया। राजा ने पूछा, 'यह सब क्या है, इसे रिहा क्यों किया ?' मंत्री बोला, 'महाराज, आपकी आज्ञा का पालन कर रहा हूँ। आपसे बड़ा भंगी कौन है ?' राजा मंत्री की बात से प्रभावित हुआ और पद्मावती से शादी की। उसके मन ने भी तो यही चाहा था। सो कुनी,

खोट आदमी में नहीं उसकी बुद्धि में होता है। कांची नरेश की बुद्धि में था, पुरुषोत्तम में नहीं और मेरी कुनी में भी नहीं है।··· 'झिओ हेऊ त कुनी परि झिओ हेऊ' (लड़की हो तो कुनी-जैसी हो।)" ग्रहों के खोट की बात दादी मुझसे नहीं करती थीं। अपने विश्वासों के अनुरूप 'उपाय' करती थीं।

मेरे ग्रहों की शांति के लिए वैसे उपाय बप्पा ने किए या नहीं, मालूम नहीं पर डँबरू मौसा को भी मन में मलाल रहा कि मेरी वर ढुँढ़ाई ठीक से नहीं हो रही थी, गोकि तब मेरी उम्र ज्यादा नहीं हुई थी। वह तो दादी की मृत्यु से पहले ही हमारे घर से चला गया था। लेकिन जब तक रहा, घर की गतिविधियों से जुड़ा रहा। थोड़ी फुरसत मिलते ही माँ के पायताने बैठ जाता और मेरे ब्याह की चर्चा छेड़ता। ऐसा होगा, वैसा होगा, इस तरह करेंगे, इधर शामियाना तनेगा, सड़क के उस छोर पर बारातियों के लिए तोरणद्वार बनेगा, बेशुमार फूल, रंगीन कुमकुमे, झंडियाँ, हरी-लाल, पीली और खुशबूदार खाना···। माँ हाँ-हूँ में सिर हिलातीं और ममता से उसे देखतीं। घर में एक वही तो था जो खुले मन से माँ से बतियाता था। कथावार्ता ! माँ भी उससे खूब खुश थीं। हमारे घरों में शादी की बात से ज्यादा महत्त्वपूर्ण बात हो भी क्या सकती है, सो भी बेटी की शादी की बात !

यों डँबरू माँ की तरह ही चुपचाप किसी-न-किसी काम में लगा रहता। दादी, बप्पा, प्रद्युम्न, दिवाकर और हम सबकी छोटी-बड़ी आज्ञाओं पर लपक-लपककर आता और आज्ञा का पालन करता। सुबह-शाम मुट्ठी-भर पखाल भर दो तो और कुछ माँगेगा नहीं। माँ उसे समझती थीं तभी उसे भर पेट भात खिलाकर वह खुद तृप्त हो जातीं। कभी मुट्ठी-भर चिउड़ा, कभी टुकड़ा-भर पिठा-मुखां या खील की लाइयों का लड्डू। जैसे बच्चे को खिला रही हों। उससे बात करते-करते वह धीरे-धीरे खुल जातीं। सूखे चेहरे पर मुस्कुराहट झलकने लगती। यही वजह थी शायद कि डँबरू मौसा का मैं मन-ही-मन आभार मानती थी।

मुझे याद है वह दिन जब डँबरू का पिता बुद्धि उसे लेने घर आया था। उसने दुहरे होकर प्रणाम किया और अटक-अटककर सहमी आवाज़ में बप्पा से कहा, "अब जगन्नाथ की कृपा से और आपके आशीर्वाद से टुकड़ा-भर ज़मीन मिली है सरकार की तरफ़ से। थोड़ा अन्न-सब्ज़ी हो जाता है। मैं भी बूढ़ा हो रहा हूँ। मेरा हाथ बँटाएगा। फिर घर में जोरू है, बच्ची है।"

माँ डँबरू की गृहस्थी का काफ़ी ख़याल रखती थीं। डँबरू की पत्नी को एक बार घर बुलाकर उसे संबलपुरी साड़ी दी थी। बच्ची के लिए मति के पुराने कपड़े दिया करतीं। साल में दो बार महीने-महीने भर के लिए उसे घर भी भेजा करतीं, दादी के कुढ़ने-कुड़मुड़ाने के बाद भी। पर डँबरू घर में इतना ज़रूरी हो गया था कि उसका गाँव जाकर वापस न लौटना माँ को भी धक्के की तरह लगा। उसका चेहरा ज़र्द पड़ गया। डँबरू का चेहरा भी उतरा हुआ था। उसने माँ से

कहा था, "बोऊ, मैं आया करूँगा बीच-बीच में। बच्चों के बिना मेरा भी जी नहीं लगेगा उधर। 'मू आसिबे, मू निश्चय आसिबे'।"

"हाँ-हाँ।" करती माँ रसोई में घुस गई थीं, बोलीं कुछ नहीं। डँबरू बुद्धि का अकेला लड़का था, चार बेटियों के बीच का। अब घर-बारवाला भी हो गया था। ये तो उधर कालाहाँडी की तरफ़ कुदरत की मार है। पानी-वानी बरसता नहीं। सरकारी योजनाएँ कागजों पर लिखी धरी रह जाती हैं। किसान यों भी हैरान रहता है मुट्ठी-भर भात के लिए। पाँच-पाँच बच्चों का बाप आप क्या खाएगा और बाल-बच्चों को क्या खिलाएगा ? उस साल लोगों ने पचास-पच्चीस रुपयों में बच्चों को बेच डाला था। धरती सूखकर तड़क गई थी। पेड़-पौधों की जड़ें, छाल और जंगली फल खाकर कई लोग मर गए थे। बुद्धि ने सोचा, 'भूख से ऐंठकर लड़का मर जाए, इससे अच्छा है कहीं चाकरी कर दो मुट्ठी पखाल पा ले। जीव तो बच जाएगा, सो वह रख आया उसे हमारे ओज्जा-आई के पास गाँव में, यह कहकर कि डँबरू दो मुट्ठी भात खाएगा और मालिकों की सेवा करेगा। थोड़ा पैसा-टोंका पाए तो घर में आराम हो जाएगा...।' ओज्जा ने मेरी माँ को घर में खटते देख डँबरू को हमारे पास भेज दिया। बेटी थोड़ी राहत पाएगी, लड़का काम में हाथ बँटाएगा, 'टोका-टोकी[1]' को देखेगा...।

और डँबरू हमारे घर में खूँटे की तरह गड़ गया बल्कि आँगन के छतनार देवदार की तरह, जिसकी ओट में मैं, प्रद्युम्न, दिवाकर, सुधाकर और अब मति-प्रीति भी गाहे-बगाहे ठंडी छाँह पाते थे।

लेकिन बप्पा हमसे ज्यादा समझदार हैं, दुनियादार भी। पचास रुपये का नोट बुद्धि को थमाकर आश्वस्त कर दिया कि डँबरू इधर मज़े में है। आगे घर थोड़ा ज्यादा आया करेगा। पैसे भी बराबर भेजा करेगा। वे तो उसके लिए सरकारी नौकरी तलाश कर रहे हैं। किसी दफ्तर में लग जाएगा तो ज़िंदगी बन जाएगी। सरकारी क्वार्टर मिलेगा। फिर चाहे तो जोरू के साथ माँ-बप्पा को भी इधर बुलाए। घर ले जाकर तो बुद्धि उसका भविष्य ही बिगाड़ देगा...

डँबरू का पिता चुपचाप दंडवत् करके लौट गया था। नहीं, वह अपने इकलौते लड़के, अपने पिंडकर्ता का भविष्य नहीं बिगाड़ेगा। उसे सरकारी नौकरी मिलेगी, तब वे सब बेटे के साथ रह लेंगे। उधर गाँव में लड़के का भविष्य कैसे सुधरेगा ?

यह दूसरी बात है कि बेटे का भविष्य सुधरने की उम्मीद लिए-लिए ही डँबरू का पिता एकाध साल में ही गरीबी और हाड़-तोड़ श्रम से बीमार होकर चल बसा। रिश्ते के किसी भाई ने तार देकर सूचना दी, "अंतिम कारज के लिए गाँव आ जाओ, बप्पा गुज़र गए।"

---

1. टोका-टोकी–लड़का-लड़की

डँबरू को तार पढ़कर मैंने ही सुनाया था और मैंने ही उसकी भावहीन आँखों में झरझराकर बरसती मटमैले आँसुओं की बरसात देखी थी। पहली बार। उसका चेहरा भावावेग से विकृत हो गया था और वह घंटों पिछवाड़े की कोठरी में पड़ा सुबकता रहा था। माँ ने ही उसे समझा-बुझाकर घर भेज दिया। सपाट चेहरेवाली माँ डँबरू के साथ भर-भर आँसू रोई थी, दिलासा देती रही थी–'दुख मत मनाओ डँबरूधर। तुम्हारे आँसुओं से उसे कष्ट होगा। आँसू पोंछ लो।'

बहुत कम बोलनेवाली माँ ने डँबरू की पीठ सहलाते बड़े करुण स्वर में कहा था, "जाना तो हम सबको है एक दिन ! हमें क्या, आप भगवान कृष्ण को भी शरीर छोड़कर जाना पड़ा था, जारा के विषभरे बाण से बिंधकर। मौत को कोई बहाना चाहिए पुओ। हारी-बीमारी यह सब तो बहाने हैं··· जाओ··· अपने पिता का अंतिम कारज कर लो, उसी से उसे सद्‌गति मिलेगी, जन्म-मरण दोनों ज़रूरी हैं···"

माँ ने अपनी तरफ़ से कुछ पैसे देकर डँबरू मौसा को विदा कर दिया, गाँव में बिखरी पड़ी गृहस्थी सँभालने के लिए, माँ, जोरू और छोटी बच्ची के साथ जीने की कशमकश के लिए। वह जानती थीं अब डँबरूधर लौटकर नहीं आएगा। हम सब उदास थे। दादी भी इस बार कोमल हो आई थीं। डँबरूधर से ज्यादा बुद्धि नायक के लिए ! ये एते हतभागा त बापा मुँह रे बुंदाए पानी देय पारिला नहीं !" (आह ! हतभागा देह छोड़ते पिंडकर्ता से दो बूँद जल भी न पा सका)। सफेद बालोंवाला सिर अफसोस में हिलाते उसने भागवत की वही पंक्तियाँ कहीं जो ओज्जा ने उसकी मृत्यु पर बाद में दुहराईं–'ऐ पुत्र दारा बंधु संग, ये सने समुद्र तरंग···'। दादी शायद अपने जाने की बात सोचकर वीतरागी हो उठी थीं। पक्की उम्र तो हो गई थी उनकी भी।

पूरे बारह साल घर की सेवा करते डँबरू माँ का बेटा बन गया था। जाते वक़्त उसने अपनी संदूकची, और गठरी-मुठरी उठाई तो लगा लंबे सफर पर जा रहा है। माँ के पाँव आँसुओं से धो दिए। माँ पल्लू से आँखें पोंछती उसे दूर तक जाते देखती रहीं। घर में अजीब-सी ख़ामोशी छा गई। घर के कोने-अंतरों में मौन सहमकर बैठ गया। एक निहायत गैरज़रूरी-से दिखते आदमी की अनुपस्थिति पहली बार उसकी अहमियत का तीव्र अहसास दिला गई। सच ! डँबरूधर मौसा की खाली जगह ता-उम्र कोई भी न भर सका। माँ से बतलावन करनेवाला उसके बाद कोई दूसरा घर में आया ही नहीं।

कोई कुछ न बोला, पर सब अपनी-अपनी जगह अपनी ज़रूरतों के मुताबिक उसे याद करते रहे। बड़े घर के भीतर ठीक से सफ़ाई न होने पर, बगीचे में बेतरतीब उगी घास या सूखे गमले देखकर, और बच्चे अच्छी-अच्छी कथा-कहानियों को याद कर। उसने जितनी कथा-कहानियाँ अपने गाँव में सुनी थीं, वह सब हम

तक पहुँचा दी थीं। सच्ची-झूठी, देखी-अदेखी, सब-की सब ! कथा उसके लिए बस कथा थी, कुछ देर दूसरी दुनिया में विचरण करने का नायाब मौका। कल्पना के पंखों पर उड़ने का लाजवाब सुख।

श्रावण पूर्णिमा को 'गमहा पूर्णिमा' कहकर वह हमें 'गमहा' राक्षस की कहानी सुनाता जो कभी उसने गाँव के 'भागवत घर' में सुनी थी। बहुत पहले ब्राह्मण शासन में गमहा राक्षस गाय-गोरू और गाँव के बच्चों को आहार बनाता था। दुखी होकर कुछ ब्राह्मण उसके घर गए, प्रार्थना की, "आप घर में ही विराजो, हम आपका आहार यहीं पहुँचा देंगे।" राक्षस मान गया। "सो एक श्रावण पूर्णिमा को जब एक गाय और एक माँ के इकलौते बेटे को राक्षस का आहार बनना था, उधर से पांडव वनवास के दौरान आ निकले। माँ-बेटे 'मंडा' बना रहे थे और रो रहे थे। पांडवों ने विपत्ति का कारण पूछा। तब भीम व अर्जुन कैसे 'गमहा' राक्षस के पास मंडा लेकर गए, रास्ते में पेटू भीम मंडा खाता गया। देर होने पर राक्षस बौखलाया।" मुँह बना-बनाकर डँबरू हमें हँसाता। भीम ने ऐसे 'राक्षस को चीर दिया' कहते उसकी सूखी बाँहें फड़क उठतीं। "मारकर कैसे पेड़ के नीचे खड़ा कर दिया ! ऐसे ! बिल्कुल सीधा ! सुबह गाँववालों ने देखा तो डर गए। पर राक्षस था मरा हुआ सो धरती पर गिर पड़ा। युधिष्ठिर बोले–अब तो यह ब्रह्मराक्षस बन गया। सो हर वर्ष इसी श्रावण पूर्णिमा के दिन इसकी पूजा करो। तभी से गाँव में मिट्टी का ब्रह्मराक्षस बनाया जाता है। लोग उसके ऊपर से निकलते हैं। गाय-गोरू को भी निकाल देते हैं। और..."

"और क्या, बोलो न मौसा।"

"और गाँव की एक अच्छी-सी गाय को खुला छोड़ देते हैं। उसे हाँककर भगाते हैं, भागकर वह जिसके घर में घुसे, वह वर्ष-भर के लिए मकादम (श्रेष्ठ व्यक्ति) माना जाता है।"

"तुम्हारे घर में कभी घुसी थी वह गाय मौसा ?" बच्चे प्रश्न करते।

"हमारे घर में कैसे घुसेगी ? हम तो छोटे लोग झिओ, वह भी बड़ी देहरी में ही घुसती है। गाय-गोरू भी समझदार होते हैं..."

डँबरू कहते-कहते मुस्कुराता और हमें उसकी वह मुस्कुराहट बड़ी रहस्यमय लगती। लेकिन अपने छोटे होने का मलाल उसने कभी ज़ाहिर नहीं किया। जो है सो मानकर चलने की नीति का क़ायल था डँबरू। स्वामी जगन्नाथ का भक्त तो था ही।

तभी, गली से जगन्नाथ की रथयात्रा निकलती, तो हमें डँबरू मौसा याद आते, अभी तो प्रद्युम्न-दिवाकर को कंधों पर उठाए मेरी अँगुली थामे, वह गली के मुहाने पर खड़ा था, मुझे हिदायतें देता हुआ–'यह फूल-नारियल सँभाल कुनी, मेरे हाथ बंद हैं, बोलो चक्कानयन की जय ! जगन्नाथ स्वामी की जय !'

छोटी थी तो मैं प्रश्न करती थी, "जगन्नाथ स्वामी की आँखें गोल-गोल क्यों हैं ? उनके हाथ-पाँव कहाँ गए ?"

"जगन्नाथ स्वामी की आँखें बड़ी-बड़ी। एक ही जगह पर बैठे पूरी सृष्टि पर नज़र जो रखनी है। संसार के सारे कामकाज देखने हैं ! हाथ-पाँव नहीं, सो इसकी कथा सुनो—जगन्नाथ को बनाया अनंत महाराणा ने रानी गुंड़िचा के घर में ! राजा इंद्रद्युम्न की रानी गुंड़िचा के घर में ! अनंत महाराणा थे आप भगवान विष्णु, रूप बदलकर आए थे। बोले, भगवान की मूरत बनाऊँगा बंद कमरे में बैठकर इक्कीस दिन में। तब तक कोई द्वार न खोले ! पर चौदह दिन के बाद रानी को मूर्ति बनाने की ठक-ठक आवाज़ सुनाई नहीं पड़ी सो उसने हठ करके बंद द्वार खुलवा दिया। द्वार खुला तो भीतर क्या देखा, मूर्तिकार है ही नहीं, केवल तीन अधबनी मूर्तियाँ फर्श पर पड़ी हैं। सो कुनी ! रानी के अधैर्य से भगवान भी अधूरे रह गए। रानी ने पति की बात नहीं मानी और धैर्य नहीं रखा। दो बातें याद रखने की झिओ ! पति की बात मानना और धैर्य रखना ज़रूरी है स्त्री के लिए।"

डँबरू मौसा निष्कर्ष में कुछ उपदेश ज़रूर झाड़ते। आखिर बच्चों को कुछ सीख सिखौवल देने का उसका भी तो हक बनता है। यह काम भी उसने बखूबी निभाया ! यह बात मैं बाद में समझ आने पर ही समझी कि मेरे होश सम्हालते ही डँबरू मौसा भी मुझे अच्छी लड़की, भविष्य में अच्छी स्त्री बनाने की हर मुमकिन कोशिश करता रहा। चाहे लाख अपढ़, मूर्ख हो, दादी के कहे, पर अच्छे परिवार की मानी हुई शर्तों का वह खूब जानकार था।

चार

कुनी अच्छी लड़की है, यह घर-परिवारवाले ही नहीं, मुहल्ले, नातेदार, दोस्त आदि सभी जानते हैं। अपने बाल-बच्चों और लीक तोड़कर चलनेवाली बागी लड़कियों के सामने मेरा उदाहरण पेश किया जाता, "लड़की हो तो सनातन मिश्र की कुनी-जैसी।"

"झिओ हेऊ त सनातन मिश्रोर कुनी परि झिओ हेऊ।"

"एम ए पी एच डी कर चुकी। अपने कद की लड़कियों को पढ़ाती है। दो-तीन हज़ार धरमा (वेतन) पाती है, पर गरव-अभिमान छू गया ? रास्ते पर चलते देखो, कैसे ढँक-मूँदकर चलती है। कभी देखा मुँह उठाकर बात करते ? नहीं तो आजकल की छोकरियाँ देखो, स्कूल, कॉलेज में चार अक्षर पढ़ गईं कि बोऊ-बप्पा को पढ़ाने लगीं। लाज-मर्यादा की बातें ही भूल गईं। फिर बड़े-बुजुर्गों को सिर-माथा नवाकर प्रणाम करना, उनकी ऊँच-नीच सुनना–अह ! मुँह धो लो पानी में। 'आगे जेऊ सबु हेऊ थिला एब्बे से सबु किछि नाँहि।' (पहले जैसा हुआ करता था आजकल वो सब कहाँ होता है ?)"

"हाँ दीदी ! वह सब तो बीती बातें हैं अब। पर यह लड़की देखो, घर में भात वह पकाए, मछली का झोल, पायसम, पिठा-पना सभी कुछ बनाना जानती है। काकरा पीठा, मंडा, कोई उससे बनाना सीखे। कावेरी के 'निर्बंध'* में देखा कैसा लज़ीज पायसम बनाया था ? गीता के 'अनुकूल' में सात सुहागिनों ने जो 'पीठा' बनाया, सो घी, आटे-गुड़ का हिसाब कुनी से ही पूछा था..."

"ढँक-मूँदकर चलना और पिठा-पना बनाना, इतना ही नहीं मौसी ! क्या कहें क्या न कहें ? बस, समझो साक्षात लक्ष्मी है, पैदा हुई सनातन मिश्र के घर। तीन भाइयों और तीन बहनों की दीदी बनकर ! बड़ी लीक-लीक चलती है, तभी न बाकी बहनें भी मुँह उठाकर बोलना नहीं सीखीं।"

मुहल्ले की औरत-मंडली फ़ुरसत पाते ही गोल घेरों में बैठती और मेरी चिंता

---

* निर्बंध–मँगनी

में घुलने लगती।

"एक बात है लेकिन ! लड़की पच्चीस पार कर गई पर जोड़ का वर नहीं मिला।"

"चिंता की बात ! घरवालों के लिए तो होगी ही होगी, नातेदारों के लिए भी कम नहीं–सोचो तो जरा, सोना-जैसी लड़की कुँवारी। जबकि लड़कियाँ अपने घर-आँगन में ही सजती हैं···"

"हाँ···! कर, कपाल, कुंडली, इनका लिखा कौन मिटा सकता है ?" समझदारिनें जोड़ देतीं।

पहले-पहले मित्रों-शुभचिंतकों ने बप्पा से पूछा, "क्यों भई, कुछ खोज-खबर कर रहे हो वर की, बेटी के लिए ?" चार-छः लड़के भी सुझा दिए विवाह-योग्य। पर कहीं जन्मकुंडली नहीं मिली, कहीं मिली भी तो घर-खानदान में खोट निकला, ऊँची धोती, नीची धोती के सवाल आड़े आए। एक-दो जगह लेन-देन को लेकर बखेड़ा खड़ा हो गया। आख़िर बप्पा को विश्वास हो गया कि 'शादी-ब्याह संजोग', किधर-कब-किसके साथ, इस पर आदमी का वश नहीं।

राधानाथ मौसा ने रतिनाथ मिश्र का घर सुझाया, "सब तरह से योग्य है कुनी बेटी के लिए। योग्यता का आधार जो है सो सब उनके पास ! ऊँचा कुल, भरा-पूरा घर, सोफ़ा-कालीन, घर में बड़ी पीकदान, भारी काँसे के कलसे, हंडे, थालियाँ, पूजा-अर्चना का चलन, भोग-आडंबर, पिठा-पना, चैन से चलने का कायदा। रतिनाथ पाट का कुरता-धोती पहनकर निकले तो रास्ते से गाभिन गाय भी हट जाए। फिर लड़का इंजीनियर है पब्लिक वर्क्स में। लक्ष्मी की कृपा है।"

प्रभाकर ने मुझे देखा, पसंद भी किया, जैसा बाद में पता चला, पर उसकी पसंद-नापसंद से क्या होनेवाला था ? रतिनाथ की माँगें काफ़ी ऊँची थीं। "इतना गहना-गुरिया, इतना नकद, साज़ो-सामान, रंगीन टी. वी. और कार ! स्कूटर तो है प्रभाकर के पास।"

बप्पा सोच में पड़ गए। स्कूटर तक तो चलो ठीक था। पहलौटी की बेटी है। थोड़ा इधर-उधर से ले-देकर रकम पूरी कर लेंगे। प्रॉविडेंट फंड का पैसा रखा है अभी। लेकिन कार ? कहाँ से आएगी कार ? बप्पा ने राधानाथ मौसा से चिरौरी की, "तुम ज़रा समझा दो भाई, मैं चार बेटियों का पिता, रिटायर्ड, कहाँ से लाऊँगा कार ?"

मुझसे बप्पा का दीनता जताना सहा न गया। मेरे कारण बप्पा का ऊँचा सिर झुक जाएगा ? मन ने बगावत की। ऐसा नहीं होने दूँगी। मैं अड़ गई। बप्पा से तो मैंने कुछ न कहा पर माँ से ज़ोरदार शब्दों में अपनी नाराज़गी व्यक्त की, "नहीं बोऊ, बप्पा मेरे लिए किसी का पैर नहीं छुएँगे। मौसा हमारी तरफ़ से उन लोगों को कोई भी संदेशा नहीं देंगे। मुझे यह शादी नहीं करनी है।"

माँ ने गहरी नज़र से मुझे देखा, "क्या बात हो गई ?" शंका, डर, आश्चर्य ? क्या था उस नज़र में कि मेरा चेहरा सुर्ख अंगार हो गया। बड़ों के आगे बोलने की आदत ही कहाँ थी हमारी ? माँ की ख़ामोश बोलती हुई नज़र एकसाथ ही कई प्रश्न पूछ गई। पर मैंने उन्हें मुँह खोलने की ज़हमत नहीं दी।

"ना-ना, ऐसा-वैसा कुछ मत सोचो बोऊ। मैं तो मति-प्रीति की बात सोच रही हूँ। टुटुल तो अभी छोटी है पर मेरे लिए ही तुम कर्ज़-उधार करोगे, तो आगे क्या होगा ? नहीं, ऐसी कोई जल्दी नहीं है बोऊ।"

मैंने माँ से मनुहार की। उसमें ज़रूर कुछ वज़न रहा होगा। तभी माँ ने बप्पा तक मेरी बात पहुँचा दी। बप्पा को ज़रूर कुछ राहत मिल गई होगी। उन्होंने लंबी साँस खींचकर, मुझे सुनाते हुए कहा था, "ठीक भी है ! कमाऊ लड़की ! सुशील सुगुणी, दो जोड़ी कपड़ों में भी जिसके घर जाए, उसके भाग्य खुल जाएँ ! सरस्वती और लक्ष्मी है मेरी कुनी। रतिनाथ डेंगू आदमी, पर कपाल में बुद्धि नहीं। इतनी टनक कि अपने आगे किसी की दो बात न सुने। लड़का इंजीनियर है, सो तो ठीक, पर हमारी लड़की भी किससे कम है ? टोंका-टोंका ! जीवन-भर टोंका गिनता ही प्राण छोड़ देगा। लड़की-बहू को भला क्या सुख मिलेगा ऐसे घर-परिवार में ?"

उन्होंने अपने-आपको भी और हम सबको तसल्ली देते हुए कहा, "चलो देखो, जगन्नाथ की क्या इच्छा है। वह चाहे तो पलक झपकते वारिधि में बाँध खड़ा हो जाए। घर और वर की फिर क्या कमी ?"

यों कमी तो नहीं थी, न घर की और न वर की, पर शायद बप्पा ही भाग्य के सहारे आश्वस्त होकर बैठ गए। बिरादरी में बात भी फैल गई, कुछ ऊलजलूल किस्म की। यही कि सनातन मिश्र बेटी की कमाई खा रहा है। यह बात रतिनाथ मिश्र ने ही फैला दी। उसकी अकड़ जो टूट गई थी। बात का क्या, पुआल की आग-सी फैलती है हमारी बिरादरी में। लोगों ने पीठ-पीछे बातें कीं, "अहा ! पहलौटी की सोना जैसी बेटी के लिए भी हाथ रोकने की बात ? क्या अनब्याही ही रखेगा जवान जहान लड़की को ? और आगे कैसे पार उतारेगा तीन-तीन जनियों को, जो छाती पर मूँग दलने को तैयार बैठी हैं ? अभी छोटी सही, पर लड़की और तोरी घिया की बेल ! बढ़ते क्या देर लगती है ? कहीं जो पाँव ऊँचा-नीचा पड़ा तो फिर क्या होगा ? काँसे के लोटे-तले दाग लग जाए तो लाख घिसो, छूट जाएगा ?"

पर मुझे जैसे कोई फर्क ही न पड़ा, मैंने कानों के साथ भीतर के कपाट भी बंद कर दिए। सुबह उठकर, रोज़ की तरह नहा-धोकर सूर्य को नमस्कार करती रही। माँ के साथ चौके में भात, पूरी-भाजी आदि बनाने में हाथ बँटाती रही। डँबरू मौसा के जाने के बाद माँ पर काम का बोझ भी ज्यादा हो गया था। छोटी

टुटुल को हल्दी-तेल का उबटन लगाकर मैं नहलाकर तैयार करती। खुद माँड़ दी गई, प्रेस की हुई साड़ी पहने कॉलेज जाती रही। साथिनें प्रशंसा करतीं, "कभी कोई सलवट देखी कुनी की साड़ी में ? कैसी धुली-निखरी रहती है ! आँचला, किनारी, कपड़ा कितना बढ़िया ! रंगों की सूझबूझ किसी को है तो कुनी को।"

"यह साड़ी कहाँ से ली कुनी ? सांबलपुरी है न ? यह कटकी साड़ी बड़ी सस्ती लाई हो, वाह ! यह गुलाबी सिल्क की ब्लू किनारीवाली, आँचता कितना सुंदर है। बोंकाई है न ? बड़ी महँगी पड़ी होगी।"

"ना-ना, ज्यादा महँगी नहीं। रज संक्रांति पर ली न, बीस प्रतिशत पर्व छूट पर। तुझे पसंद है तो तेरे लिए भी ले आऊँगी।"

मैं रोज़ की तरह कॉलेज जाती रही। तन्मयता के साथ लड़के-लड़कियों को साहित्य पढ़ाती रही। फकीर मोहन सेनापति ! 1847 ई. में बालासोर में जन्मे, ओडिया भाषा के आधुनिक साहित्य के जनक ! उनके उपन्यास 'छमानाअठगुंथा' में ग्राम्य जीवन के कटु यथार्थ का चित्रण। पीड़ितों-शोषितों की करुण गाथा। गोविंदपुर के निःसंतान, निर्धन ताँती भागिया और उसकी पत्नी सारिया की आशा, अभिलाषा और कष्टों की करुण गाथा, जिन्हें शेख दिलदार का दुष्ट कारिंदा राम्चंद मंगराज 'तीन बेटे' होने की उम्मीद में देवी के लिए मंदिर बनाने की सलाह देता है और उसके लिए उनकी छः एकड़ आठ डिसमिल उपजाऊ धरती हड़प लेता है। भुखमरी और कष्ट से सारिया का प्राण त्याग, भागिया का पागल होना, अंत में मंगराज को अपने कर्मों का फल मिल जाना···

पढ़ाते वक़्त विषय के अलावा मैं सबकुछ भूल जाती, अपने आपको भी ! आदिवासियों का साहित्य में योगदान। अंधा कोंड कवि भीमा भोई, अलेख मत का अनुयायी। भीमा भोई अशिक्षित, पर जो गीत और पद उसने खंजरी पर गाकर सुनाए उनमें मानसिक व्यथा और सारे संसार के लिए प्रार्थना थी। मैं पदों की व्याख्या करती–भीमा भोई ने कहा, "मैं नरक में रहना चाहूँगा यदि इससे संसार का कल्याण हो···"

विद्यार्थी खुश थे। हमारी प्रिंसिपल खुश थी। मेरे साथ विवाहित महिलाओं वाली जच्चा-बच्चा संबंधी समस्याएँ और उनके लिए लंबी छुट्टियों की असुविधा भी नहीं थी। सो सब ठीक-ठीक चल रहा था।

पर क्या मेरे भीतर सचमुच ही कुछ न घटा ? रतिनाथ के बेटे प्रभाकर से हुई बात के बाद मैं लाख कोशिशों के बावजूद पहली-जैसी कुनी नहीं रही। पहली-पहली चोट थी वह। कौन कहता है कुँवारी लड़कियों के सुनहरी सपने मेरे मन में नहीं जन्मे-पले और मुझे कल्पना की दुनिया में घुमाते रहे ? आँखें नीची करके चलनेवाली लड़कियों के स्वप्नों में राजकुमारों से सुंदर-सजीले दूल्हे नहीं आते ? उन दिनों मेरी रातों में रोज़ वह लंबा-ऊँचा लड़का आने लगा था जिसे मैंने सिर्फ़ एक बार

देखा था। हल्की-नीली कमीज़ में उसका गोरा-उजला रंग निखर आया था। उसका ऊँचा माथा, होंठों के कोनों पर रुकी मुस्कुराहट और ढेर-सी बातें करती हुई उसकी आँखें ! मेरे ज़ेहन में उसकी तस्वीर खुद गई थी। दूर से बाँहें फैलाए वह मेरी तरफ़ धीरे-धीरे बढ़ आता—"आ जाओ, आ जाओ कुनी ! इतनी दूर क्यों बैठी हो ?" और मैं शर्म से पसीना-पसीना हो जाती। आह ! कितना बेशर्म है। ज़रा भी हया नहीं। कभी पास आकर आँचल छू लेता, कभी बाँह पकड़कर रोक लेता। मैं न-न कहती पीछे हट जाती। बोऊ, बहनें, भाई, सब तो पास में हैं। देखेंगे, तो क्या कहेंगे ? लेकिन आँख खुलते ही खुरदुरे सच से मेरा सामना होता, मैं चारपाई पर पसीने से तरबतर अकेली लेटी होती। कमरा मति-प्रीति की गहरी गाढ़ी नींद की साँसों से भारी और बोझिल हो उठता। मैं उठकर पानी पी लेती। बहनों के पास जाकर तसल्ली कर लेती कि वे सचमुच सोई हैं क्या ? कहीं उन्होंने मेरी आवाज़ें तो नहीं सुनीं ? क्या पता नींद में कुछ ऊलजलूल बड़बड़ा गई होऊँ। क्या सोचेंगी वे ? दीदी शादी के लिए मरी जा रही है। छिः-छिः, मैं इतनी बेवकूफ़ क्यों होती जा रही हूँ।

यों ऐसा कोई उतावलापन नहीं था, पर मन ही जाने क्यों मेरे काबू से बाहर होने लगा था। सहेलियों से सुनी, पुस्तकों में पढ़ी, फ़िल्मों में देखी प्यार और मिलन की रोमांस-भरी बातें मन को बेवजह गुदगुदातीं। अकेली होती तो लगता कोई मुझे बराबर घूर रहा है। मैं आँचल से कंधे ढँक लेती। साड़ी पैरों तक खींच पाँव सिकोड़ लेती। लेकिन फिर भी बंद आँखों के पीछे कोई चुपचाप आकर छुप्पनछुपी खेल खेलने लगता—"मैं आऊँ ? न··· न··· मैं आऽऽ ऊँ··· ? नाऽऽ नाऽऽ ! मैं आ गया···।"

यों सच तो यह है कि जिस दिन रतिनाथ के लड़के प्रभाकर ने मुझे देखा, उस दिन तो मैं नज़रें भी ऊपर न उठा सकी। वह अकेला ही मुझे देखने आता, तो भी मुँह उठाकर देखना और चपर-चपर बोलना मुझसे नहीं हो सकता था, भले ही कॉलेज में पढ़ाते मुझे साल से ऊपर हो गया था, और कॉलेज की वाद-विवाद प्रतियोगिताओं में, पहले भी मैं कई बार शील्ड जीत चुकी थी। वह एक अलग दुनिया थी, बाहरी। पर यहाँ मेरे भीतर की अनछुई अंतरंग दुनिया के नाजुक तारों को कोई छेड़ने लगा था। प्रभाकर के साथ उसका छोटा भाई चिपका बैठा था। ऐसे में, मैं कौन-सी बात कर पाती ? उसने दो-तीन बातें पूछीं, जो वह पहले से ही जानता था—"कहाँ पढ़ाती हो, क्या करती हो, शादी के बाद नौकरी करोगी ?" ऐसे मौकों पर पूछने के लिए पहले से तय किए सवाल !

अच्छी बच्ची की तरह पहले दो प्रश्नों के उत्तर मैंने दिए। तीसरे प्रश्न पर चुप रही। उसने दोबारा पूछा तो गले में फँसी आवाज़ खींचते मैंने कहा, "यह तो बाद में ही तय किया जा सकता है"—यानी हाँ या ना तुम और तुम्हारे घरवालों

की इच्छा पर निर्भर करता है। शायद मैं कुछ और कहने के लिए रुकी थी, पर उसी वक़्त दादी की कोई सीख मुझे याद आ गई थी, पति की इच्छा में ही पत्नी की इच्छा-जैसी कोई पारंपरिक सीख। जल्दी ही भाई वगैरह कमरे में आ गए थे और मैं उनके भीतर आते ही उठकर चली गई थी, पसीना-पसीना हुई देह, ज्यों ताज़ी हवा के लिए तरस गई होऊँ। देर तक छाती में धौंकनी-सी बजती रही, धक्-धक् ! कैसा तो लगा था। किस तरह टकटकी बाँधकर देख रहा था प्रभाकर। मैंने तो पलक-भर उठाकर देखा था सिर्फ़ एक बार। चौबीस-पच्चीस साल की लड़की मैं, छुई-मुई सी सिमट गई थी।

धूप में बर्फ के डले-सी पिघलने लगी थी। इस तरह घूरना, ज्यों भीतर तक उतरना चाहता हो कोई। क्या जानना चाहता था ? मैं भी क्या बोल गई। प्रभाकर कहेगा, तो क्या मुझे नौकरी छोड़नी पड़ेगी ?

प्रभाकर को मैं पसंद आ गई थी, मेरे दबे रंग के बावजूद ! उसने देवदास से कहा था, "कुनी को देखकर मुझे कोणार्क के नृत्यमंडप की नर्तकी याद आ गई, वैसी ही साँचे में ढली देह ! क्या वह नृत्य जानती है ?"

उसकी नज़रों का मोह मुझसे भी नहीं छिपा। पर उसके पिता लेन-देन के मामले में अड़ गए और बप्पा अनुनय-विनय पर उतर आए। मेरे स्वाभिमान पर तीखी चोट थी वह। मैं यकायक स्वप्न की मायावी दुनिया से बेरंग लौट आई। जीवन में पहली बार मैंने आवाज़ निकाली और पहला विरोध प्रकट किया, "न बोऊ, मैं यह शादी नहीं करूँगी।"

क्या यह वही लड़की थी जो प्रभाकर के सामने ठंडे पसीने से नहा उठी थी, या वह जो कॉलेज की लेक्चरार थी और अपने कद के छात्र-छात्राओं को साहित्य पढ़ाती थी ? सही-गलत, सच और झूठ का फर्क सिखाती-समझाती थी ? जिसने पहली बार अपने भीतर आत्मसम्मान-जैसी चीज़ को उगते देखा और कहा, 'नहीं, मैं बिकाऊ नहीं हूँ। मेरा मोल नहीं लगेगा।'

बाद में मैंने जब-जब उस घटना के बारे में सोचा तो अपने-आपसे ही हँस पड़ी। लेकिन उस वक़्त हँस नहीं सकी, यह सच है। बल्कि प्रभाकर की मोहभीगी नज़रों को कई बार मैंने अपनी देह पर रेंगते महसूस किया और मेरे शरीर में सिहरन भर गई, क्या इसलिए कि मेरे अनछुए मन ने भी कहीं प्रभाकर के साथ अंतरंग संबंध को स्वीकृति दी थी ? केवल एक बार की आधी-अधूरी उस भेंट के आधार पर ? उतनी सोलहसाला किशोरी तो मैं नहीं थी। लेकिन कुछ भीतर ज़रूर घट गया था। किसी ने न देखा पर मन पर खरोंच पड़ गई। जीवन में पहले पुरुष से भेंट। पहला पुरुष, जो धीमे-से हाथ बढ़ाकर, बहुत भीतर ढँके-मुँदे किसी मनाहीवाले कोने को टटोलने लगा था और मैं उस छुअन से मोम की तरह पिघलने लगी थी। लेकिन उस अंतरंग छुअन का भी मोल-भाव होगा यह मैं उस

वक़्त नहीं जानती थी। जब जाना तो पहले मोहभंग, फिर क्रोध और उसके बाद विराग भाव जाग गया। इसी पुरुष पर मैंने अपनी आगामी खुशियों की नींव डालनी चाही थी ? यही, जो अपने पिता के आगे ज़रा-सा मुँह खोलकर बात नहीं कर सका ? पिता अड़ गए और बेटा चुप्प। उसे कुछ भी छू न पाया था क्या ? या उसने मुझे बाज़ार में बिकती ककड़ी-तोरी समझा था ?

मैं यह भी जानती थी कि ऐसा पहली बार नहीं हुआ है। और मेरे साथ ही यह शर्मनाक हादसा नहीं हुआ है। हम-जैसे मध्यवर्गीय संस्कारों में पले घरों की लड़की तो लड़की, लड़के भी बड़ों के आगे बोलने के आदी नहीं हैं। फिर रतिनाथ के आगे उसका इकलौता लड़का मुँह खोलेगा ? बड़े-बुजुर्ग कहेंगे, "इंजीनियर हो गया तो क्या हुआ ? यह सोचो, इंजीनियर बनाया किसने ? उसकी भी तो कुछ आशाएँ-अपेक्षाएँ होंगी बेटे से। आपकी नहीं हैं ? कोई छाती पर हाथ रखकर कहे तो !"

रतिनाथ ने बेवजह गर्व से फूली छाती पर हाथ रखकर राधानाथ मौसा से कहा था, "क्षमा करना राधानाथ भाई। एक बात कहे बिना रहूँगा नहीं। बाल सफेद हो गए आपके, पर जाना नहीं बेटा किसे कहते हैं।"

"बेटा तो ईश्वर की कृपा से हमारा भी है।" मौसा नाराज़ हो गए। पर रतिनाथ दूसरे की बात सुनने का आदी नहीं। बोला, "हमारा बेटा वही करेगा जो हम करने को कहेंगे, उसका भला-बुरा सोचनेवाले। वह हमें आदर देता है। हमारे सामने बोलेगा ? बेटा कौन सो हमसे पूछो भैया, एक आवाज़ में पेशाब न करे सो वह बेटा क्या ?"

राधानाथ मौसा चिढ़ गए, पर बात आगे न बढ़ाई। मेरा संकल्प भी उन्हें ख़ामोश कर गया। यों पेशे से ख़ुद इंजीनियर रहे मौसा ने बाद में इतना ज़रूर कहा कि प्रभाकर पब्लिक वर्क्स डिपार्टमेंट में इंजीनियर है, उसे पैसों की क्या कमी ? दो-चार किलोमीटर सड़क बनाएगा, या एकाध पुल, सरकारी इमारत, तो फिएट कार न सही, एक मारुति तो ख़रीद ही सकेगा। पर पिता बड़ा लालची है। यों कुनी की नौकरी पर एतराज़ नहीं किया। बोला, अब ज़माना बदल रहा है, पर बेटे को मुँह खोलने न दिया। वहाँ ज़माना बदला नहीं ? वही, केंकड़े के पैरोंवाली गति ! आगे की ओर देखते पीछे की ओर चाल ! प्रभाकर को कुनी पसंद आ गई थी !

"छोड़ो !" बप्पा ने बात काट दी, "ऐसे मूज़ी के घर बेटी दो तो बेचारी उम्र-भर कपाल पर हाथ धरे रोती रहे…"

और बात टल गई। फिर इक्का-दुक्का रिश्ता कभी-कभार आया भी तो बात आगे बढ़ी नहीं। कहाँ मिलता है ऐसा खाता-पीता घर, जो बिना दहेज लड़की माँगे ? हमारी नज़र में तो दूर-दूर तक नहीं, एक घर पुरी की तरफ़ मिला पर

बप्पा को रास न आया। कई बातें थीं विचारने की। अच्छी-भली नौकरी छोड़कर जाय लड़की, ऐसा कोई महाजन तो वह नहीं था। वह सब भी तो सोचना पड़ेगा न।

बप्पा ने ख़ुद सोचा। जो भी चाहा, मुझ तक बात पहुँची ही नहीं। मेरा मन अचानक ही इन सब बातों से फिर गया। मन में विरक्ति-सी भर गई। छोड़ो क्या करना है। शादी ज़िंदगी का आख़िरी सच तो नहीं है। और भी बहुत-कुछ करने को पड़ा है।

आज सोचती हूँ उन दिनों की मनःस्थिति पर, तो लगता है मन में विराग भर तो गया था पर किसी को पाने और ख़ुद को देने की चाह ख़त्म नहीं हुई थी; क्योंकि प्रभाकर से बात टूटने के कोई साल-भर बाद, एक दिन वह अचानक ही बस स्टैंड पर दिखाई पड़ा। मैंने देखा तो पायदान पर पैर रखते-रखते ठिठक गई। मुड़कर दो बार उसे देखा। प्रभाकर को भी मैं दिख गई थी, पर उसने देखकर भी न देखने की मुद्रा बनाकर मुँह फेर लिया और स्कूटर चालू कर दिया। यों उसके रुकने का अब कोई अर्थ भी नहीं था। लेकिन मेरे भीतर एक उदास तार खिंच आया और चेहरे पर कुहरा छा गया। वीणापाणि होता ने पीठ थपथपाकर आगे बढ़ने का इशारा दिया तो लपककर सीट पर बैठ गई। मिस होता ने दबी-दबी मुस्कुराहट से, मुझे टहोकते पूछा, "कौन था दीदी ?"

अपनी उलझन छिपाती मुँह खिड़की से बाहर निकाल मैं सड़क देखने लगी। बाहर भीड़ में मेरा चेहरा पढ़नेवाला कोई न था। कटक-पुरी जाती बसें ठसाठस भरी हुई थीं और लोग बराबर धक्का-मुक्की करते जगह पाने की कोशिश करते जा रहे थे। सड़क से उठा धूल का गुब्बारा मेरी आँखों में करकने लगा था और मैंने आँखें बंद कर ली थीं। उस वक़्त आँखों में आँसू आने का और क्या कारण हो सकता था ?

"कुनी दी !" मिस होता इतना जल्दी पीछा छोड़नेवाली नहीं हैं।

"हमसे क्यों छिपाती हो ? कौन था ? ऐसे मुड़-मुड़कर तो तुम किसी को नहीं देखतीं।"

"कोई नहीं।" मेरी आवाज़ में तुर्शी आ गई थी, "तुम्हें भ्रम हुआ है।" लोगों की कुरेद-कुरेदकर जानकारी हासिल करने की टुच्ची आदत से भी मैं चिढ़ने लगी थी।

उसी दिन मैंने मन में पक्का इरादा कर लिया कि आगे कभी भी प्रभाकर के बारे में नहीं सोचूँगी। सामना होने पर भी एक अजनबी से ज्यादा वह मेरे लिए कोई अहमियत नहीं रखेगा। एक मरे हुए संबंध (अगर मन ने उसे संबंध मान लिया था तो) के बारे में सोचने का क्या मतलब ?

धीरे-धीरे एक अजीब-सी सख़्ती मेरे व्यवहार में आती गई। मेरे अंदर कभी

जो पिघलाव रहा था, वह जमकर ग्लेशियर बनता गया और उसकी यख तासीर मेरे चेहरे को भी रूखा और सख़्त सपाट बना गई। यों भी स्वभाव से मैं अपने काम से काम रखनेवाली रही हूँ। इस-उसके फटे में पाँव डालने की आदत कभी नहीं रही। घर से कॉलेज, कॉलेज से वापस घर ! सहेलियाँ भी गिनी-चुनी दो-तीन। कॉलेज के पिकनिक हों या कभी कोई समारोह हो कटक-पुरी में, या कभी प्रिंसिपल शहर से बाहर किसी सेमिनार में जाने का आदेश दे, तो अलग बात है। नहीं तो घुमक्कड़ी का शौक भी मुझे कुछ ख़ास रहा नहीं है। बचपन से ही घर के छोटे-मोटे दायित्व निभाती रही हूँ। भाई-बहनों को खिलाती-पालती, घर के छोटे-बड़े कामों में हाथ बँटाती मैं बड़ी हो गई तो एक दिन महसूस किया कि मैं घर की बड़ी बेटी, इस घर की धुरी बन गई हूँ। ज़रा-सा भी अपने मन-मुताबिक इधर-उधर हिली-डुली तो पूरे घर का संतुलन बिगड़ जाएगा। मैंने आजन्म कुँवारेपन को स्वीकृति दी और अपने-आपको घर से कुछ ज्यादा ही जुड़ा पाया। वही जैसे मेरी आख़िरी मंज़िल हो गया। कोई कभी शादी की बात करता तो मैं गुस्से में भर उठती। शादी का सौदा ? तन के व्यापार के लिए सामाजिक ठप्पा ! नहीं, मुझे यह सौदा मंजूर नहीं था। बस ! मुझे मेरा घर ही भला।

पाँच

इस बीच वक़्त बीतता गया। समय को तो बीतना ही है अपनी निश्चित गति से ! दूसरी बहन मति बी. ए. कर गई तो माँ ने कहा, "बस, हो गई बहुत पढ़ाई। क्या करना है ज्यादा पढ़-लिखकर। शादी-ब्याह तो करना ही होगा न ?" यानी कि पढ़-लिख जाने से ही वर मिलने में क्या फ़र्क पड़ेगा ? तुझे फ़र्क पड़ा जो मति को पड़ेगा ? माँ ने कहा नहीं पर मुझे उसकी निराश चुप्पी खल गई, "नहीं माँ, इसे आगे पढ़ने दो। वह बी. कॉम करना चाहती है। उसे रोको मत। पढ़ाई का खर्चा मैं दूँगी···"

मति पढ़ने में तेज़ रही है, ज़हीन और मेहनती। मैंने उसे घर-गृहस्थी के दायित्वों से मुक्त रखा है। तुम पढ़ो। कुछ बनो। बाकी सबकी चिंता छोड़ दो। मैं जो हूँ।

मति ने बी. कॉम अच्छे नंबरों से पास किया और बैंक में नौकरी भी पा ली। मुझे बहुत अच्छा लगा। कलफ़-लगी धुली निखरी साड़ी पहनकर जब वह नौकरी पर जाने लगी तो उसकी चाल-ढाल में नया विश्वास झलक आया। कंधे पर पिन में बंद साड़ी के चुन्नट और करीने से सजा लंबा पल्लू। ब्लाउज़ और साड़ी के बीच कमर की दो इंच गोराई झलकती और पीठ पर नितंबों तक लहराती मुलायम बालों की वेणी ! सिर ऊँचा कर वह पूरे कद-बुत के साथ रास्ते पर चलती तो मैं अपना कद ऊँचा उठा महसूस करती। नहीं, वह मिनट-मिनट पर कंधे पल्लू से ढँककर खुद को सिकोड़ती नहीं थी। माँ की नज़रों में यह बात आई तो मुझसे कहा, "मति को साड़ी ढंग से पहनना-ओढ़ना सिखाओ झिओ !"

"ठीक है बोऊ ! तुम चिंता मत करो।" मैं माँ को निश्चिंत करने की कोशिश करती। अब मैं जो हूँ। तुम्हें चिंता करने की क्या ज़रूरत ? बैंक थोड़ा दूर पड़ता था। मैंने प्रद्युम्न को ज़िम्मेदारी सौंप दी।

"आफ़िस जाने से पहले मति को बैंक छोड़ दिया करो। लौटते वक़्त साथ ले आना। तुम्हारे दफ़्तर से ज्यादा दूर भी नहीं है। रिक्शे में देर हो जाती है।"

मेरी बात जैसे कोई फ़ैसला हो। अनजाने ही मुझमें फ़ैसला देने की ताकत

आ गई थी। मैं हूँ न। घर की हर मुश्किल का जवाब ! मेरे पास विश्वास का संबल था। माँ तो माँ, बप्पा भी बड़की बेटी की बात का वज़न पहचानने लगे थे। मैं जो अपने बारे में सोचना भूलकर बहन-भाइयों के लिए सपने बुनने लगी थी।

माँ से तो बहुत ज्यादा बदलने की उम्मीद नहीं हो सकती थी। सनातन विश्वासों की पोटली सीने से चिपकाए माँ जी रही थीं। "पति के चरणों-तले तेरा तीर्थ है, सभी कर्म दूसरों के भले के लिए"—बचपन में सुनी यह सीख वह पूरी श्रद्धा से बराबर निभाए जा रही थीं। हाँ, इधर इतना वह भी समझने लगी थीं कि ज़माने में कुछ बदलाव आ गया है और लड़की को वर-ढुँढ़ाई से पहले नौकरी की बात सोचनी पड़ती है। लेकिन दादी के जाने के बाद घर में टोका-टोकी किसी ने नहीं की। माँ को मुझ पर अटूट भरोसा था कि कुनी के रहते लड़कियाँ अपनी हदों से बाहर नहीं जाएँगी। यह बात बप्पा से लेकर टुटुल तक समझ गई थी कि बड़ी दीदी घर की ज़िम्मेदारी बखूबी सँभाल रही हैं। शायद इसी अहसास ने मेरी आवाज़ में वज़न पैदा कर दिया था।

मति को लेकर मैं बाज़ार गई, "तेरे लिए कुछ अच्छी साड़ियाँ ख़रीदनी हैं। यही दो-चार साड़ियाँ बार-बार पहनती हो, मुझे अच्छा नहीं लगता।

"यह ब्लू रंग के बार्डरवाली 'बाप्ता' ले, सुंदर है। वह लाल किनारी की टसर कितनी खूबसूरत लगती है ! यह मछलीवाले पल्लू की चाकलेट ब्राऊन ले। तुझ पर खिलेगी। तू गोरी है न··· !"

"बहुत महँगी है नानी !"

"कोई महँगी नहीं। मैं लेकर दे रही हूँ न।" मैं मना-मनाकर मति को साड़ियाँ दिलाती। खुद ही फाल लगाती। मुझ पर जो रंग नहीं फबते, वे मति पर खिल उठते। मैं पूरा प्यार अपने बहन-भाइयों पर लुटाती रही। इस अहसास से भीतर का शून्य पूरा हो जाता कि सभी कुछ कितना अच्छा चल रहा है। कोई असुविधा नहीं। मेरा घर ! मेरा भरा-पूरा प्यार से सीजा हुआ घर ! मेरी मेहनतों और विश्वासों का घरौंदा। मैं कितनी सुखी थी।

लेकिन एक दिन अचानक लगा कि कहीं कोई असुविधा है ज़रूर। उसका चेहरा साफ़ दिखाई नहीं पड़ा। पर किसी अदेखी दरार से उसकी झलक जब-तब मिलती रही। और यह असुविधा दबी-दबी फुसफुसाहट और कनबतियों में तब्दील होने से पहले मेरी आँखों में धुएँ की तरह करकने लगी।

मति बेहद सुंदर लड़की है। नाक-नक्श बहुत तीखे तो नहीं पर सुघड़ चेहरा, थोड़ी गोलाई लिए, गोरा हल्द चेहरा, उस पर हमेशा कजरारी दिखती बड़ी-बड़ी उत्फुल्ल आँखें। ज़रा पलकें उठाकर देखे तो लगे ताल का कमल आकाश को आश्चर्य से ताक रहा हो। देह में ऐसी सुकुमारिता कि उसे ज्यादा काम करते देख दूसरे

को तकलीफ़ हो। लंबी तराशी उँगलियाँ जब लय से तानपूरे पर थिरकती हैं तो सुरों पर ध्यान जाने से पहले उसकी उँगलियों पर नज़रें टिक जाती हैं। उसके घुटने छूते रेशमी बाल मैं काफ़ी देर खुद ही सँवारती रही। वह मना करती– "अब तो मैं बड़ी हो गई हूँ दीदी, कोई दूसरा देखेगा तुम्हें मेरे बाल गूँथते तो हँसेगा…।"

"हँसने दे। तू उसकी चिंता मत कर। ये जो झटके से बाल खींचकर तोड़ देती है, मुझे ख़राब लगता है। पहले बालों की कद्र करना सीख, फिर आप ही बाँध लेना।"

अब वह अपनी लंबी चोटियाँ कभी आगे और कभी पीठ-पीछे झुलाती है। जूड़ा बनाना भी सीख गई है। ठीक भी है। अब मति सचमुच बड़ी हो गई है। उसे सीखना भी चाहिए।

उसकी हर हरकत पर नज़र रखती मैं अपने-आपसे बतियाती। मैं आख़िर उसकी बड़ी बहन थी, उसकी राज़दार भी। पंद्रहवें साल में जब पहली बार उसने अपनी टाँगों पर रिसता खून देखा और किसी चोट-खरोंच की आशंका से डरी-सहमी मेरे पास दौड़ी आई तो मैंने उसे लड़की होने की पहली शर्त को ढँकना-निभाना और उसके साथ जीना सिखा दिया था। मेरे कंधे पर सिर रखे वह घबराहट के मारे रो पड़ी, तो मैंने उसे हल्के-से डाँटा भी था, "पगली ! रोती है ? तू तो पंद्रह साल की हो गई। मेरा तो चौदहवाँ भी न लगा था। मैं किसी को पूछ भी न सकी कि मुझे क्या हुआ है। बोऊ ने मुझे छिपते देखकर जान लिया और कपड़ा कॉटन रखने का ढंग समझा दिया। तू तो मुझसे पूछ सकती है, बल्कि मैंने तुझे सभी बातें पहले ही समझा दी हैं…"

हाँ, मैं उसे धीरे-धीरे औरत होने की अनिवार्य शर्तों के साथ, स्त्री-पुरुष संबंधों के बारे में भी बताती रहती। मैं मति की जज्जी माँ बन गई थी लेकिन थी तो दीदी ही। इसी से मेरा सिखाने का ढंग अलग था। उसमें भय और वहम की लरज़ न होकर चीज़ों–स्थितियों की जानकारी पर ही ज़ोर था। जानती थी कि वह पढ़-लिख जाएगी तो अपना भला-बुरा भी खुद ही समझ सकेगी। निरंतर दबावों की शिक्षा पर मेरा विश्वास नहीं था।

लेकिन यह भला-बुरा जानना भी इतना आसान कहाँ होता है ? नए-नए अनुभवों को बटोरने-सँजोने को उतावला मन हर कदम सोच-समझकर तो नहीं उठाता। जिस उम्र के दौर से मति गुज़र रही थी, उस उम्र में तो बिल्कुल भी नहीं। तभी शायद कहीं-कहीं टोकना ज़रूरी लगता। पर इसकी भी मुझे ज्यादा ज़रूरत नहीं पड़ी। मति के स्वभाव में बड़ों की बातें सुनना और उन पर अमल करना शामिल है। वह ज्यादा सवाल-जवाब कर दूसरे के संतुलन को चुनौती नहीं देती। वैसे भी वह गैर-ज़रूरी झंझट मोल नहीं लेती।

फिर भी उस बार कुछ घटकर रह गया था। बात-बात में बेचैनी, हँसते-हँसते मुरझा जाना, मिनट-मिनट की आहटों पर खिड़कियों से खोजती नज़रें दौड़ाना, यह सब तो मति की आदतों में कभी शुमार नहीं रहा। मैं देखती, मति खोई-खोई रहने लगी है। चार जनों के बीच हँसती-बोलती नहीं। हरदम कमरे में बंद रहने लगी है। लेकिन मैं क्या पूछूँ, कैसे पूछूँ ? मेरे पूछने का कोई भी आधार तो मेरे पास नहीं था।

पर जल्दी ही पूछने का कारण मुझे मिल गया। याद नहीं, आषाढ़ मास का कौन-सा दिन था वह। रथयात्रा संपन्न हो चुकी थी, बाहुड़ा भी। घर में उत्सव पूरे हो चुके थे। तभी एक बादलों-भरे दिन मति को आफ़िस से लौटने में देर हो गई। प्रद्युम्न बीमार था। मैंने सोचा, शायद बस न मिली या रिक्शे में आते-जाते कुछ ख़राबी हो गई। दूर भी तो है आफ़िस, उधर लक्ष्मीसागर की तरफ़। लेकिन इतनी देर ? शाम का धुँधलका गहराने लगा और घर-भर की चिंता बढ़ने लगी। पहले कभी इतनी देर तो न हुई। मैं बार-बार दरवाज़ा देखती। तभी मति दूर से स्कूटर पर आती दिखाई पड़ी। स्कूटरवाले ने कुछ फ़ासले पर स्कूटर रोककर उसे उतार दिया और 'वेव' करके चला गया। मैं पहचान नहीं पाई। शायद कोई सहकर्मी होगा। लेकिन घर तक क्यों नहीं आया ? मति ने भीतर आते-आते साड़ी के पल्लू से कंधे ढँक दिए। मैं चौंक गई, यह अचानक कंधे ढँकना कब से सीख गई मति ? बहन को समझने की कोशिश की। पूछा कुछ नहीं। मति के चेहरे पर हल्की-सी उलझन थी।

"बहुत देर हो गई तो हेमंतदास ने लिफ़्ट दी। वह भी इसी तरफ़ जा रहा था। मैंने कहा, मैं रिक्शे से चली जाऊँगी पर वह माना नहीं।"

दीदी से कुछ भी छिपाना मुमकिन नहीं होगा, इसलिए क्या मति सफ़ाई दे गई ? हेमंतदास तो, मति ने कहा था, मंचेश्वर में रहता है, फिर इस तरफ़ ? लेकिन मति तो यह भी जानती है कि एक झूठ बोलने के लिए दस झूठ बोलने पड़ेंगे, तो भी दीदी जान जाएगी।

"आ जाओ भीतर मति।" मैंने उसकी बातें नहीं सुनीं, मुँह पर छाया उपेक्षा और उलझन का मिला-जुला भाव पढ़ा। मति भीतर आई लेकिन मेरे पास नहीं रुकी। माँ से मुखातिब हुई, "बोऊ। मैं थक गई हूँ सुबह से काम करते, मुंडो* दर्द कर रहा है, थोड़ा सो जाऊँगी…"

यह पहला अवसर था कि घर की जवान लड़की गैर मर्द के साथ स्कूटर पर घर लौटी, वह भी शाम ढले। घर की सालों पोसी संस्कारिता और पारंपरिक नैतिकता को धक्का लगा था। माँ ने मति को डाँटा-फटकारा और अपना सिखाने-

* मुंडो–सिर

समझाने का जन्मजात दायित्व पूरा कर लिया। लेकिन मैं आड़े आ गई। "ना बोऊ ! ऐसा-वैसा कुछ नहीं हुआ। आफ़िस में साथ काम करते हैं तो देर होने पर लिफ़्ट दी, इसमें क्या गलत हो गया ?" माँ को समझाया कि स्त्री-पुरुष साथ काम करेंगे तो बोलचाल, उठना-बैठना ज़रूरी हो जाता है, इसमें कुछ भी गलत नहीं है।

वह छोटी-छोटी बातें थीं, जिनका कुछ खास महत्त्व नहीं था। पर सनातन मिश्र का घोर संस्कारी परिवार, जहाँ लीक से हटकर कभी किसी ने कदम उठाने का दुःसाहस नहीं किया, उनके लिए सोचनेवाली बात तो थी।

हेमंतदास दोबारा घर के आसपास नहीं फटका। मति उसके साथ कितनी दूर गई, इसकी पहरेदारी मैंने नहीं की। उस दिन जो मति के चेहरे पर उपेक्षा का भाव दिखा तो मैं समझ गई कि वह मेरी क्या, किसी की भी दख़लंदाज़ो नहीं चाहती। यह उसका निजी मामला था। मैंने भी कुछ दिन चुप रहना ही बेहतर समझा। लेकिन मति के इस निजी मामले का नतीजा यह ज़रूर हुआ कि उसे घर लौटने में ज़रा-सी भी देर हो जाती तो घर में अटकलें लगनी शुरू हो जातीं—कहाँ गई होगी लड़की ? असहजता के इस माहौल में घर में ताँत की तरह तनाव खिंचता गया। चाहे इस सबका पर्याप्त कारण मौजूद था या नहीं। अनिश्चय और आशंकाओं के घेरे में मति खड़ी हो गई थी। माँ के भीतर बार-बार गरम उसाँस-सी हूकें उठतीं। कारण शायद माँ भी नहीं जानती थीं। एक समझ में आनेवाला कारण यह हो सकता था कि मति भी अब बड़ी हो गई थी और उसे अब अपने घर जाना चाहिए। तन-मन का भागीदार, एक साथी उसे मिलना चाहिए। लेकिन कुनी के रहते मति की बात सोचना, घर की बड़ी बेटी के साथ अन्याय नहीं होगा ?

मति उस वक़्त तेईस साल की थी और मैं तीस की। बेटियों की उम्र गिनते माँ का माथा दुःखने लगता, सिर घूमने लगता, पर वह कुछ कर नहीं पाती थीं इसीलिए रसोई से बरामदे और बरामदे से रसोईघर में आवाजाही करती बौराई-सी रहने लगी थीं। घड़ी-भर आँगन में खड़े पेड़ों के पीछे, दीवार से बाहर सड़क तक नज़रें दौड़ाती रहतीं। खाली-खाली नज़रें, जैसे किसी का इंतज़ार करती नाउम्मीद हो उठी हों। किसका इंतज़ार करती हो माँ ? मैं कभी पूछ न पाई। जानती थी जो उनके मन की पीर। उम्रदराज़ लड़कियों की माँ की चिंता ! लेकिन बप्पा तमाम सूझबूझ और समझदारी के बावजूद यही सोचते रहे कि बूढ़ी अब सठियाने लगी है। उसके काम समझ में नहीं आते। शायद उसके पास ढेर सारा खाली वक़्त पड़ा है। लड़कियाँ जो घर का कामकाज देखती हैं अब ! माँ को कुछ बोलने की आदत भी तो नहीं रही। दादी बोलना जानती थीं। वह होतीं तो शायद माँ इस तरह बौराती नहीं क्योंकि तब उम्रदराज़ बेटियाँ घर में कुँवारी नहीं रह पातीं।

किसी-न-किसी खूँटे से बँधी अपने-अपने कर्मों को जी-भोग रही होतीं।

माँ के बौराएपन से परेशान होकर मैंने एक दिन मति से पूछा, "मति, हेमंतदास तुझसे शादी करेगा ?"

मति मुँह फेरकर चुप रही। कुछ बोली नहीं। सिर्फ़ उसके कंधे ख़ामोश सिसकियों में काँपने लगे। मैंने उसे बाँहों में भर लिया, "तेरे मन की बात जानना चाहती हूँ बहनी !" मेरी छाती से लगी वह हिलक-हिलककर रोती रही। उस रुलाई में जाने कैसी तीखी पीर थी कि मैं दूसरी बार हेमंतदास के बारे में पूछने की हिम्मत नहीं जुटा पाई। बूँद-बूँद झरती उदासी, एक अचीन्हा दुख। शायद कोई प्यारा-सा नाज़ुक सपना था, जो गर्भ में ही ढह गया था। स्वस्थ होते ही मति ने बताया कि "हेमंतदास की शादी पहले ही हो चुकी थी। उसने मुझे बताया नहीं। जब जान गई तो···"

"तो क्या ?"

"कुछ नहीं नानी।" और वह देर तक रोती रही। मैं इतना तो जान गई कि मति के भीतर कोई जख़्म है जिसे भरने में वक़्त लगेगा। वह बार-बार कहती रही, "मुझे मालूम होता तो···।"

मैं तब मति की मनःस्थिति पर देर तक सोचती रही थी, जाने क्या-क्या अटकलें लगाती रही। आज सोचती हूँ कि मति पहले से जान भी लेती तो क्या मन के भीतर उठी पुकार को अनसुना कर पाती ? प्यार करते क्या जोड़-घटाव की केलकुलेशंस मुमकिन हो सकती हैं ? वह तो भीतर से उठता अंधड़ होता है जिसे थामने के लिए किसी पहाड़-सा सीना चाहिए। मैंने तो प्रभाकर को प्रेम नहीं किया था फिर भी मैं कई रातों उसे सपनों में क्यों देखती रही ? और सिद्धार्थ ? सिद्धार्थ तो मेरी ज़िंदगी का एक अहम् हिस्सा बन गया है। वह वक़्त चाहे गुज़र गया हो, वह गुज़रा वक़्त भी तो मेरा रहा है। उसे नकारना क्या झूठ नहीं होगा ? यों अपने समाज में प्रेम करने का अधिकार स्त्री को नहीं दिया गया। वह तो पुरुष की ही बपौती है। पर मन इस दलील को कभी समझ सका है ? या इस नितांत तर्कहीन दलील को समझा भी हो तो भी क्या मान लेता है ?

उस वक़्त मति के भीतर की पुकार को अनुशासित करने या उसे दिशा देने का एकमात्र तरीका, जो हमारे ज़ेहन में आया, वह उसका 'विवाह' था। स्वप्नों-इच्छाओं को एक ठोस आधार देने की ज़रूरत। या बागी मन को मर्यादा की साँकलों में कैद कर पारंपरिक सुख की तलाश ! देह-मन की उमगती प्यास को बुझाने की एक मानी हुई तरकीब ! सदियों से तो यही नुस्ख़ा आज़माया गया है तन, मन और जेहन को शाइस्तगी और शहीदाना अंदाज़ में व्यस्त रखने का ! माँ के बौराएपन का भी यही इलाज़ था। मैंने माँ से अनुरोध किया, "बोऊ ! मति के लिए लड़का देख लो। पाँच-सात से पूछकर मशविरा करो, उसकी अब

शादी होनी चाहिए।"

माँ ने सवालिया नज़रों से मुझे देखा, "तुम्हारे लिए नहीं ?"

मैं माँ के इस प्रश्न या चिंता का कोई समाधान करने की स्थिति में न थी क्योंकि मैंने अपने बारे में सोचना लगभग छोड़ दिया था।

"बोऊ ! मैं जो कहती हूँ, करो। मति सुंदर लड़की है। अब तो अच्छी नौकरी भी लगी है उसकी। उसके लिए वर की क्या कमी ? मेरी चिंता छोड़ो…"

बप्पा मेरी ज़ोरदार आवाज़ पर पहले तो चौंके, क्या सचमुच कुनी बैठी रहेगी और मति की शादी कर देंगे ? क्या यह कुनी के साथ अन्याय नहीं होगा ?

"हाँ बप्पा ! अभी ऐसा ही होगा।" पता नहीं बप्पा को कैसा लगा था मेरा इतना बेलाग बोलना, पर उन्होंने इतर अर्थ निकालकर मेरी बात नहीं बिगाड़ी। मन पर अपने असामर्थ्य के कारण खरोंच लगी भी हो कि पिता का दायित्व मेरे प्रति निभा नहीं पाए, पर मेरा संजीदा रुख देखकर वे चुप रहे और मति के पिता होने का दायित्व निभाने के लिए तैयार भी।

मेरी सहेली मिसेज़ जेना अपने भतीजे का प्रस्ताव मति के लिए लेकर आई। सुदर्शन जेना कटक के कॉलेज में कैमिस्ट्री का लेक्चरार था। मैंने उसे देखा और मुझे वह मति के लिए जँच भी गया। काफ़ी ज़हीन और सुशील लड़का था। सुडौल-स्वस्थ, छः फुट लंबा ! बप्पा ने सुना तो अड़ गए, "न कुनी, वहाँ रिश्ता नहीं हो सकेगा। लड़का तो ठीक है पर नाता उनके घर में ? शादी-ब्याह के मामले में घर-द्वार, गोत्र-वंश… वह सब भी तो देखना होगा…।"

राधानाथ मौसा ने भी चुप्पी साध ली। मेरे बार-बार कुरेदने पर मौसा बोले, "ब्राह्मण अपनी लड़की शूद्र को नहीं देगा कुनी… हमारे यहाँ सात पुश्तों से ऐसा नहीं हुआ।"

मैं न बप्पा को समझा सकी न राधानाथ मौसा को ! जो बचपन में मुझे लाल-बेग-साल बेग, श्रिया चांडालिनी और छोटी जातियों में पैदा उन तमाम भक्तों की कहानियाँ सुनाते थे, जिन पर जगन्नाथ की कृपा थी। राजा रामचंद्र देव का हाफ़िज कादिर बेग बनना, और जगन्नाथ की मूर्तियों को मंदिर भंजक तकीख़ाँ की नज़र से बचाना, उन्हें रत्नवेदी से उठाकर चिलिका के जंगलों में छिपाना, पूरी जनता उन्हें मलेच्छ कहकर पुरी में भगवान के दर्शन के अयोग्य समझती रही। उनकी पत्नी व पुत्र भी विरोधी हो गए, पर जगन्नाथ उनकी भक्ति से प्रसन्न उन्हें स्वयं बाईस पावच्छ उतरकर मंदिर के सिंहद्वार में दर्शन दे गए थे। मछेरिया रघु बेहरा की भक्ति से खिंचकर भगवान पुरी की रत्नवेदी छोड़कर उसकी कुटिया में प्रसाद ग्रहण करने जाते थे।

बप्पा बार-बार कहा करते, "जगन्नाथ के सामने ऊँच-नीच सभी एकसमान हैं झिओ ! तभी तो जब राजा इंद्रद्युम्न ने नीलमाधव को जारा शबर के घर से

बलपूर्वक उठाना चाहा तो नन्हा-सा नीलमाधव इंच-भर भी न हिला। वह छोटा-सा पत्थर तभी उठा जब जारा शबर और ब्राह्मण विद्यापति दोनों ने मिलकर उसे उठाया। जगन्नाथ के सामने छोटा-बड़ा दोनों बराबर हैं...''

मैंने बप्पा और मौसा दोनों को अपनी कथाएँ, सिखौवलें याद दिलाईं। बप्पा तो जगन्नाथ के भक्त हैं फिर...

बप्पा कुछ कहते, इससे पहले ही राधानाथ मौसा ने समझाने के ढंग से कहा, ''तेरे बप्पा भागवत-पुराण तुझसे और मुझसे ज्यादा जानते हैं फिर भी वे इस मामले में तर्कों से सहमत नहीं होंगे। मान भी जाएँ तो उनके मन में मलाल रहेगा कि समाज में रहकर परंपरा के विरुद्ध कुछ काम किया है। पीढ़ियों से चली आई परंपराएँ विश्वास के सहारे ही चलती हैं, जिस समाज में हम रहते हैं वहाँ सभी भागवत-पुराण पढ़े लोग ही नहीं रहते। किस-किसको समझाते फिरेंगे ? जाने दो, तुम भी हठ मत करो। मति के लिए दूसरा लड़का मिल जाएगा।''

उस दिन यह विश्वास और भी पक्का हो गया कि हमारे घरों में कहानियाँ सुनने-सुनाने के लिए होती हैं, मात्र मनोरंजन तथा वक़्तकटी के लिए। उनसे सीख या प्रेरणा-जैसी चीज़ हम बहुत कम ग्रहण करते हैं। कुछ अंधविश्वास हमारे मनों में इतने गहरे पैठ गए हैं कि स्वयं भगवान भी शायद उन्हें हमारे ज़ेहन से निकाल नहीं पाएँ। शायद हमारे संस्कारों ने हमें सुविधाभोगी और किसी हद तक काहिल बना दिया है। लीक से हटकर कोई कदम उठाने का झंझट हम मोल नहीं लेना चाहते लेकिन वक़्त की धारा के बहाव में ठहरे ताल की काई साफ़ तो होनी ही है। चाहे देर से ही सही। कोई-न-कोई तो स्थितियों को बेहतर शक्ल देने के लिए आगे आएगा। वह चाहे बप्पा न हों, मैं या मेरी अगली पीढ़ी, कोई तो अंधे कुएँ से निकलने को छटपटाएगा।

बहरहाल ! जल्दी ही मति के लिए लड़का मिल गया। डाक्टर मानस आचार्य। पहली नज़र में ही उसे मति पसंद आ गई। मानस ने झलक-भर ही देखी मति की, और देखता रह गया। कहाँ देखी थीं उसने पद्म पोखरी में कमल पत्र पर ठहरी हुई पानी की बूँदें ? वैसा ही मति का पसीने से भर आया माथा नज़र आ रहा था। लड़के ने हाँ कर दी। हालाँकि यहाँ भी मानस के पिता ने माँगें रखीं लेकिन बप्पा के माथे पर बल पड़ने से पहले मैंने स्थिति की रास सँभाली, ''ठीक है, जैसे हमसे बनेगा, कर लेंगे। कार न सही, स्कूटर, टी. वी. फ्रिज वगैरह, कोई असुविधा नहीं। इस लड़के को खोना ठीक नहीं रहेगा।''

बप्पा चुप हो गए। इधर वे मेरी हर बात बिना ना-नुकर किए मानने लगे थे। 'इस लड़के को खोना ठीक नहीं' पर उन्होंने स्वीकार में सिर हिलाया। यह लड़का भी हाथ से जाएगा तो मति भी कुँवारी रह जाएगी। बात तीखी थी। पर हालात ने इन बातों को सच साबित कर दिया था। एक कुंवारी बेटी का दुख

ही माँ को बौरा गया था, दूसरी भी घर में बैठी रही तो शायद वह पागल ही हो जाएगी। नहीं, मेरे सुधार का पहला चरण यहाँ से शुरू नहीं हो सकता। उसकी कीमत मति नहीं चुकाएगी।

मति से पूछा, "कैसा लगा मानस ? मुझसे कह।" वह शरमाकर मुस्कुराई। मैंने तसल्ली की साँस ली। हेमंतदास नेपथ्य में चला गया है, जल्दी ही भूल भी जाएगा। वक़्त का स्वभाव है भुलाना, जख़्म पुरा देना। शायद यह भी एक सच है।

निर्बंध हुआ। मति दुल्हन बनी। लोग-लुगाइयाँ, नाते-रिश्तेदार इकट्ठे हुए ! माहौल में मांगलिक अवसर के सभी साज़ो-सामान जुट आए। बप्पा की मित्रमंडली ने बधाइयां दीं, "खुश तो हो न भाई अब ? सुंदर, सुशील और कमाऊ लड़का, अच्छा कुल, धन-धान्य सब भरा-पूरा।" मौसा ने जोड़ा, "वो कहा है न–'कन्या' वरयते रूपम, माता वित्तम, पिता श्रुतम, बंधवः कुलम इच्छंति, मिष्ठान्नमितरे जनः।"

पिता ने मुस्कुराकर मिष्ठान्न मँगवाए। महिलाओं ने मति को आशीष दिए, 'त चूड़ी वज्र होऊ।' 'भगवान मंगल करु'। 'बूढ़ी होई था'।

पर मेरे सामने पड़ते ही चौतरफ़ संजीदगी छा जाती, गोया मेरे हिस्से का सौभाग्य मुझसे छीनकर मति को दिया गया हो ! यह ज्यादती थी। लेकिन मैं इस मौके पर किसी तरह की फ़ालतू बात नहीं होने दूँगी। यह मेरी ज़िद थी। मैं अचानक माँ की जगह पर बैठ गई थी। मति के गहने-साड़ियाँ चुनने-ख़रीदने का दायित्व मेरा था। नाक में सोने का फूल, गुणा, हाथों में सोने के अनंत, मगरमुँहा सोने के कंगन, जड़ाऊ हार, चूड़ा-चूड़ियाँ। कुछ गहने घर में थे, माँ के, दादी के। घर में पहली-पहली शादी थी। मैंने मति को अधिकार दे दिया कि वह अपनी पसंद के गहने चुन ले। मति हिचकिचाई, माँ ने भी एक बार टोका, "कुनी, घर के गहनों पर सभी बच्चों का बराबर का अधिकार होता है। सभी का सोचना पड़ेगा।"

"ठीक है बोऊ ! सभी के लिए कुछ-न-कुछ रख लेंगे, पर मति अपनी पसंद के गहने चुनेगी। घर में पहली शादी है, इसे टोको मत। आजकल पुराने डिज़ाइनों का फिर से चलन हो गया है।"

'अनुकूल' में तुलसी चौरे के पास सात सुहागिनों ने दाल पीसी। उड़द-मूँग पीसकर पीठा बनाया। आलता लगाया। मति को हल्दी मलाई का उबटन लगाया गया। उसका गोरा रंग बसंत की सुनहरी धूप-सा खिल आया। सभी कामों में मैं इतनी व्यस्त रही कि अपना होश ही नहीं रहा।

बारात आई, वरानुगमन, फिर पाणिग्रहण हुआ ! सुधाकर ने मानस जीजा को 'बिथा मारा'। प्रीति ने मति-मानस के बँधे हाथों की 'गाँठी' खोली और दो सौ रुपए पाए। स्त्रियों ने हुलहुलि ध्वनि की, शंख बजा। सखियों के मज़ाकों के बीच मति मंद-मंद मुस्कुराई। मुझे सभी सज्जा खुद देखनी थी। बारातियों की सेवा-सत्कार

में कोई कोर-कसर न रहे। मति ने आप ही मेरे लिए साड़ी चुनी थी, "तुम्हारी पसंद मेरी पसंद दीदी, पर तुम यह साड़ी पहन लेना।" यानी चौड़े ज़री के पाटवाली हल्द पीली साड़ी, जो शायद मेरे साँवले रंग को थोड़ा उजला कर ले। लेकिन मैं कितनी सुंदर लग रही थी, इस तरफ़ मेरा ध्यान ही कहाँ था ? पल-भर शीशे के आगे आदतन रुकी, 'यह दुल्हनोंवाली साड़ी किसके लिए ?' लेकिन नहीं, कहा कुछ नहीं। साड़ी चुपचाप पहन ली। आँखों के पीछे पानी का झीना-सा परदा थरथराया। मैंने रुमाल की कोर से उसे अधबीच ही सोख लिया। मैं किसी तरह की बदमज़गी पैदा नहीं करना चाहती थी। फिर मेरे पास अपने अतीत का मरसिया पढ़ने का वक़्त भी कहाँ था ? फिरकनी बनी घूमती मैं मेहमानों के पास जाकर एक-एक से पूछ आती, "थोड़ा-सा पायसम ? खट्टा ? अच्छा, एक टुकड़ा माछ, इधर थोड़ा गरम भात देना, छीछिंड़ा ? आप रोसोगुला लेना, अरे, आपने तो कुछ खाया ही नहीं ?"

मति की विदाई हुई। सखियाँ छेड़ने लगीं, "कौन-सा गाना गाएगी जाते समय ?'

"बनय भुलुथेला सपुआ केला, धरि आनिदेला बरनमाला···" (बन में घूमता सपेरा वरमाला लेकर आ गया।)

"ऐ ऽऽऽ ई ! ऐसा मत बोल ! दूल्हा डॉक्टर है। सुनेगा तो गुस्सा करेगा।"

"पर गाना तो मति को गाना पड़ेगा, गाएगी न ?"

"अह, छोड़ो, यह रोने-गाने की बात तो पुरानी हो गई। अब तो गाँव में भी लड़कियाँ ससुराल जाते गाकर नहीं रोतीं, गले से लिपट-लिपटकर। हू-हू, हा-हा ! आँसू न भी आएँ तो भी आँख मसल के एकाध बूँद निकाल लो। छिः, क्या तमाशेवाली बात !

"किंतु ?"

"किंतु-परंतु कुछ नहीं। नानी आ रही है, चुप्प।"

मेरे सामने ज्यादा चुहल ठीक नहीं। सहेलियाँ ठिठोली करते चुप हो गईं, तो भीतर टीस-सी उठी। मेरी सहज बनने और होने की सभी कोशिशें व्यर्थ क्यों हुई जा रही हैं ? क्या एक पल भी लोग भूल नहीं सकते कि मैं कुँवारी हूँ ? अविवाहित होना इतना मनहूस हो गया कि मेरे सामने हँसने-बोलने के लिए भी सोचना पड़ेगा ? नाते-रिश्तेदारों के दूरगामी सोच में मेरे लिए वर न मिलने के दुर्भाग्य से लेकर छोटी बहन को ससुराल जाते देख दिल टूटने-जैसी मेरी संभावित यातना शामिल थी। आह ! छोटी गई पर बड़ी बैठी है घर में ! च-च, बेचारी ! सोना-जैसी झिओ, भाग में वर नहीं, सही कहा है–'धृतराष्ट्र कु कन्या नाँहि, गांधारी कु वर नाँहि···।'

विदा के समय मति की काजल-भरी आँखों से दो बूँद आँसू बहे। मैंने अँगुली के पोरों से पोंछ दिए, अपने और उसके आँसू साथ-साथ। "न, रोना नहीं, हँसते-हँसते

अपने घर जाना। भगवान मंगल करें।"

पर बेटी की विदाई में आँसू न भी बहें तो भी वह विदाई मन में गड्ढा-सा कर जाती है। जज्जी माँ गलत थोड़े कहा करती थीं, "पनसा गाछा द्वि पत्र काला, सोलह बरसरू काटिलु गला, गाछे काटि देले मूलरू चक्का···" (सोलह बरस पर घर के इस पनसा गाछ को काटना पड़ता है, और गाछ कटने पर धरती में गड्ढा बन जाता है।) माँ के मन में न पूरनेवाला गड्ढा !

मैं माँ ही तो थी मति की। माँ-बापू के अँगना की यह चिड़िया पराए घर-आँगन में बसेरा करने जा रही थी, सुख-दुख सहने, ऊँची-नीची सुनने ! वक़्त का एक बेशकीमती टुकड़ा अलग होकर मुट्ठी-भर यादों में ज़िंदा रहेगा। मीठी-तीखी यादें। अमरूद की डालियाँ हिला-हिलाकर कच्चे फल खाने की यादें, बहन-भाइयों से रूठने, झगड़ने और मनाने की यादें। "सबसे ज्यादा कुनी की बरगदी छाँह।" यह प्रभा मौसी ने कहा, "जिसके नीचे निश्चिंत पैर फैलाकर सोने का सुख मति ने जाना···।"

"लेकिन बेटियों का माँ के घर से जाना ज़रूरी है। उनका जन्म पीहर का पर कर्म ससुराल के ! उसे तो आशीष ही देने हैं, जा, त चूड़ी वज्र होऊ !"

मैं चुपचाप सुनती रही, महिलाओं की टिप्पणियाँ ! सुन्न होकर। मति चली गई ! लगा, मेरे करने के लिए कुछ रह नहीं गया अब। कुछ दिन शादी में बाहर से आया सामान वगैरह समेटने-लौटाने में लग गए। मेहमान कुछ दिन रुककर चले गए। ओज्जा-आई भी चार-छः दिन रुककर लौट गए। घर पहलेवाली स्थिति में आ गया। पर कहाँ ? घर तो जैसे एकदम सूना हो गया। मति क्या गई, लगा, घर में भूत थेई-थेई कर नाच रहे हैं। सभी घर में मौजूद थे, पर मति नहीं। उसका ख़ामोश अहसास घर छोड़कर चला गया था। अजीब तरह का सूनापन ! अरे, अभी तो साड़ी तहा रही थी ऊपर ? मति ने खाना खाया ? प्रद्युम्न ! मति को आफ़िस छोड़ आए ? ओ ! मैं तो भूल ही गई। ध्यान ही नहीं रहता। मति तो ब्याहकर चली गई है पराए घर।

मति, मेरी प्यारी बहनी ! खाना खाते वक़्त तेरी खाली जगह देखकर मन उदास हो जाता है। प्रद्युम्न दफ़्तर से अकेला लौट आता है, तो तू याद आती है। तू खुश तो है न मानस के साथ ? तुझे हेमंत याद तो नहीं आता अब ? कितना रोई थी तू उस दिन मेरी छाती से लगकर। मैं अब जान गई हूँ कितना कुछ टूटकर बिखर गया था तेरे भीतर उस दिन ! कितना गहरा दर्द टीस गया था तेरे अंतर में ! मन के यह रिश्ते झूठे साबित होने पर जख़्म बनकर बेतरह रिसते हैं मेरी बहनी ! पर तू समझदार निकली। झूठ को झूठ कहकर एक हादसे की तरह भूल गई। एक नई मुस्कुराती दुनिया जो तुझे पुकार रही थी।

पता नहीं मुझे क्या हो गया था। मैं किसी भी तरह मति के घर से चले

जाने को सहज और स्वाभाविक रूप से स्वीकार नहीं पा रही थी। मेरे ज़िस्म का एक हिस्सा मुझसे जुदा हो गया था। मैंने तो साथ रहकर कभी सोचा ही नहीं कि मैं इतने गहरे अपनी मति बहनी से जुड़ गई हूँ। घर में और भी तो बहनें थीं प्रीति-प्रणति ! प्रीति भी बीसवें वर्ष में आ गई थी। उसके रंग-ढंग और व्यवहार में काफ़ी खुलापन आ गया था। मति के खुलेपन में एक गरिमा थी। प्रीति में एक लापरवाह उद्दंडता। प्रणति, प्रीति से दस साल बाद माँ के गर्भ में आ गई थी। अपनी इस पेट पौंछनी बेटी के जन्म पर माँ शर्म से मरी जा रही थीं। पिता तो शायद आठवीं संतान की प्रतीक्षा में थे कि श्रीकृष्ण जन्मेगा उनके घर में ! लेकिन माँ देवकी नहीं थी। उसने सात बेटे-बेटियों को पाल-पोसकर अपनी ज़िम्मेदारी और मातृत्व की पीड़ा एक ख़ामोश गरिमा के साथ ही निभाई थी। पर बड़े बच्चों के रहते यह आख़िरी जच्चागिरी उन्हें अपने-आपमें ही छोटा कर गई। माँ ने तब अजीब-सी थकान महसूस की थी। टुटुल के प्रति वह लापरवाह भी हो गई थीं, जबकि घर के सभी छोटे-बड़े काम को वह पूरी निष्ठा से अंजाम देतीं। मैंने तब हँसकर माँ को उबारा था, "यह टुटुल तेरी नहीं मेरी बेटी है बोऊ ! इसमें तो मेरी जान बसती है !" फिर भी मति का जाना मैं सहज होकर स्वीकार नहीं पाई। इसके पीछे जो भी सच हो, मेरे बहुत भीतर, मेरी अंतश्चेतना का कोई खाली कोना, या मेरा ध्वस्त अहम् कि सात साल बड़ी बहन के रहते मति सुहागिन बनकर चली गई और दीदी के आजन्म कुँवारेपन पर ठप्पा लगा गई··· या··· आते-जातों की पैनी नज़रें, रिश्तेदारों का मुझे देखकर भाग्य की दुहाई देना··· आह !

"सोना-जैसी झिओ !—इसके लिए वर का अकाल ? निजो-निजो भाग्य !" लेकिन नहीं, यह सब तो नहीं होना चाहिए था। मति के विवाह की जल्दी तो मैंने ही मचाई थी।

छह

लेकिन यह सच है कि एक लंबा रेगिस्तान-सा खालीपन मेरे भीतर भरता जा रहा था। दिन तो कॉलेज और घर की व्यस्तताओं में निकल जाता पर रात तकिए पर सिर रखते ही, वह सुरसामुखी दैत्य-सा अकेलापन मुझे लीलने को लपकता। मेरी नींद जाने कहाँ उड़ गई थी। ढँक-ओढ़कर, तकिए पर औंधे मुँह लेटती तो भी लगता खुले में सोई हूँ और हज़ारों आँखें मुझ पर चिपकी हुई हैं। छोटी-छोटी रोज़मर्रा की घटनाओं को भी मैं कुछ ज्यादा ही तूल देने लगी थी। प्रीति टेबल-लैंप जलाकर देर रात तक पढ़ने बैठती तो मैं चिढ़ उठती, "अब बंद करो लाइट प्रीति, आँखों में चौंध लगती है। सुबह जल्दी उठकर पढ़ा करो।"

"दीदी, मेरे एग्ज़ाम हैं।" प्रीति की आवाज़ में विद्रोह की बू आने लगी थी। वह लैंपशेड झुका लेती, तब भी मैं सो न पाती। नींद न आने की वजह से मैं तन्नाई रहती। प्रीति की मेज़-कुरसी मैंने बरामदे में लगवा दी। खुले बरामदे की तरफ़ स्टैंड लगवाकर ओट कर दी, "यहाँ बैठकर पढ़ा कर। हवा भी खुली है और किसी को परेशानी भी नहीं होगी।" मति की परीक्षाएँ होती थीं तो मैं खुद उसके साथ-साथ जागा करती। कहीं मेरी आँख लग गई तो वह भी सो जाएगी, फिर परीक्षा में अच्छे नंबर कैसे आएँगे ?

मेरी बात घर में आखिरी बात थी। तेज़-तर्रार प्रीति भी जानती थी कि वह घर के किसी भी सदस्य से मेरी शिकायत नहीं कर पाएगी। उन दिनों वह भी मुझसे सहमी-सहमी-सी रहने लगी थी। जानती थी कि मति के जाने से दीदी संतुलन खो बैठी है। मेरे चिड़चिड़ेपन का किसने क्या अर्थ लिया, मुझे नहीं मालूम पर इसका एक दिखाई पड़नेवाला नतीजा यह निकला कि प्रीति के साथ भाई लोग भी मेरे सामने पड़ने पर अचानक व्यस्त होने लगे। मेरे भीतर कौन-सी आँच धधक रही थी जिसने मेरी ममता और प्यार के सोते सुखाने शुरू कर दिए थे ? ईर्ष्या ? लेकिन किससे ? क्या उस मति से जिसके विवाह के लिए मैंने ही पहल की और मन की तमाम हौंस उस पर लुटा दी ? नहीं, ऐसा नहीं हो सकता था। लेकिन जो भी था, खुद मेरी समझ से बाहर था।

मैं उन दिनों बीमार रहने लगी थी। उनींदी रातें, ज़बर्दस्त सिरदर्द ! भूख लगनी बंद हो गई थी। ऊपर से गर्दन और पीठ में दर्द रहने लगा था, रीढ़ की हड्डी तक सरसराता तीखा दर्द। लगता, बाईं बाँह से लेकर हाथ की नसें तक सिकुड़ गई हैं। बप्पा मेरा हाल देख मुझे डाक्टर त्रिपाठी के पास ले गए थे।

"नहीं कुनी, इस तरह बीमार हो जाएगी। कुछ ही दिनों में तू आधी रह गई है। मेरे साथ चलना होगा। डाक्टर त्रिपाठी बहुत अच्छे डाक्टर ही नहीं, बहुत भले आदमी भी हैं। उसके पिता मेरे मित्र रहे हैं।"

बप्पा की चिंता देख मेरे भीतर रुदन उमग आया। स्नेह की ज़रा-सी छुअन से छलकने को हो आई। भीतर से कितनी अकेली हो गई थी मैं !

मैं बप्पा के साथ गई थी डाक्टर त्रिपाठी से चेकअप कराने। मँझोले कद का, गोरा थुलथुल-सा जिस्म, पान से रँगे होंठ और ऐनक के भीतर से घूरती-सी छोटी-छोटी आँखें। पता नहीं उसमें क्या था कि उसके नब्ज़ देखने मात्र से मुझे झुरझुरी-सी हो आई थी। डाक्टर त्रिपाठी ने मुझे चेकअप, एक्सरे, ब्लड टैस्ट वगैरह करवाकर 'स्पोन्डेलिसिस' बताया था। 'स्लिप डिस्क' जैसा कुछ, उसके लिए व्यायाम और ट्रैक्शन सुझाए थे। और साथ ही वह मुझ पर बेहद मेहरबान हुआ। बप्पा से कहा, "कुनी को मेरे क्लीनिक भेज दीजिए। उसे आरथोपैडिक ट्रीटमैंट की ख़ास ज़रूरत है।" मैं ट्रैक्शन में बँधी दो दिन लेटी रही। नर्स व्यायाम सिखातीं। लेकिन तीसरे दिन नर्सों को दूसरे काम सौंपकर डॉक्टर खुद मुझे 'गाइड' करने लगा और उस दिन मैंने डाक्टर की जगह एक जंगली जानवर के पंजे अपनी देह पर रेंगते महसूस किए। मैं झटके से उठकर बैठ गई तो गर्दन में टीस उठी। चीख़ के साथ मेरी आँखों से आँसू निकल पड़े।

"क्या हुआ मिस कुनी ?" वह बिल्कुल अनजान-सा बना था।··· मैंने होंठ काटकर पीड़ा-भरे आँसू रोक लिए, "कुछ नहीं डाक्टर, अब मैं घर जाऊँगी।"

"लेकिन अभी तो तुम्हें ठीक से सीखने की ज़रूरत है।"

"मैं फिर आऊँगी डाक्टर ! आज जी अच्छा नहीं है।" कपड़े सँभालते उसने बड़ी हमदर्दी से साड़ी से मेरे कंधे ढँक दिए।

"ठीक है, आज घर में ही आराम करो। दवाइयाँ लिख देता हूँ, ले लेना। सख़्त बिस्तरे पर सीधी लेट जाना। तकिया कुशन नहीं लेना। कुछ दिन ट्रैक्शन लोगी तो ठीक हो जाओगी। डोंट वरी···।" उसकी जुबान से मीठे शब्द झर रहे थे पर हाथ मेरे जिस्म के नरम हिस्से तलाश रहे थे। मेरे हड़बड़ी में उठते भी उसने दोनों हाथों से मुझे भींच लिया।

"डाक्टर !" मेरी आँखों से आग बरसने लगी।

"चिल्लाओ नहीं कुनी ! मैं कोई भेड़िया नहीं हूँ जो खा जाऊँगा। आई लाइक यू···।"

"डाक्टर, मुझे जाने दो नहीं तो मैं शोर मचाऊँगी···" मैं उसकी लिजलिजी बाँहों और आवेश से काँपते हाथों को मज़बूती से झटककर बाहर आई।

"ओ के, ओ के, मैं तुम्हारे घर पर ही ट्रैक्शन का इंतज़ाम कराऊँगा।"

मैं उसकी अज़हद बदतमीज़ी पर गुस्से से काँपती-थरथराती घर लौटी। मन में अपने पर भी क्रोध था। मैंने चिल्लाकर इस भले आदमी को भरे क्लीनिक में बेनकाब क्यों नहीं किया ?

लेकिन बप्पा के कहे अनुसार यह, 'बिना बाद छिद्र के आदमी', यह मशहूर ऑरथोपेडिक डाक्टर, जिसके क्लीनिक में लोग तगड़ी फीस देकर भी घंटों बैठे दयादृष्टि का इंतज़ार करते रहते हैं, इसका मैं क्या बिगाड़ सकती थी ? हाँ, मेरे बप्पा का सिर ज़रूर नीचा हो सकता था, जो मुझे किसी भी हाल में मंजूर नहीं था। मैं उसकी सीमा लाँघने की हरकतों से पहले ही उसकी बोलती खुद बंद कर सकती थी। पर उस वक़्त बात बढ़ाना मुनासिब नहीं लगा था।

बड़ी अजीब-सी बेचारगी उस दिन महसूस की थी मैंने। लेकिन हद तो तब हो गई जब मेरे क्लीनिक न जाने पर आठ दिन बाद वह घर पर ही आ धमका। मैं घर में ही 'बैड रेस्ट' ले रही थी। भर दुपहर उसे घर आते देख हैरान हो गई। घबराहट भी हुई। क्यों आया ? कैसे आया ? इतना व्यस्त आदमी बिना बुलाए मेरे घर क्या लेने आया ?

बप्पा घर में थे। भाई-बहन सभी अपने-अपने दफ़्तरों-कॉलेजों में। मैंने बप्पा को आवाज़ दी, "बप्पा, डाक्टर साहब आए हैं।" उनकी उपस्थिति मेरे लिए ज़रूरी थी क्योंकि मुझे पक्का विश्वास हो गया था कि यह मेरा हाल पूछने के लिए नहीं आया है, बल्कि अपनी ज़िद पूरी करने के लिए मौका तलाशने की ग़रज़ से आ गया है और मैं उसे कोई एकांत देने के लिए तैयार नहीं थी। दूसरे की विवशता से फ़ायदा उठानेवाले राक्षसों से पहली बार मेरा पाला पड़ा था और मैं सतर्क हो उठी थी। नहीं, इतनी आसानी से मुझे मेरे विरुद्ध कोई इस्तेमाल नहीं कर सकता। बप्पा से मेरा हालचाल पूछ, उसने बड़ी हमदर्दी जताई। माँ-बप्पा दोनों बड़े क़ायल हो गए। "इतना बड़ा डाक्टर ! इसे दम लेने की फ़ुरसत नहीं है। पर देखो, जानता है कि मैं इसके पिता का मित्र रहा हूँ। मुझे मौसा कहता है, आजकल ऐसे लोग मिलते हैं कहीं ?"

बड़ी होशियारी से बातों में उलझाकर उसने बप्पा को दूसरे कमरे में भेजकर मुझे एग्ज़ामिन किया। मैं मन-ही-मन उबलती रही और मैंने बप्पा के इंसानियत में अखंड अंधविश्वास को कोसा, लेकिन मैंने उसे मौका नहीं दिया। वह इतनी जल्दी बाज़ आनेवाला नहीं था। "तुम इतनी टेंस क्यों हो ? इससे तुम्हारी बीमारी और बढ़ेगी। मैं तो तुम्हारा मित्र हूँ, ए फ्रेंड। तुम आईं क्यों नहीं क्लिनिक ? आई हैव बीन थिंकिंग अबाउट यू···।"

मैं सोचती रही, क्या इसी तरह अपने सभी बीमारों से पेश आता है यह डाक्टर ?

"तुम्हें एक दोस्त की ज़रूरत है कुनी, यू आर ए लोनली वोमेन···"

"थैंक यू डाक्टर, मेरे कई मित्र हैं। आपने गलत समझा।" मैं इस चिपकू को हमेशा के लिए दूर करना चाहती थी। नहीं, मुझे तुम्हारी ज़रूरत नहीं।

"अच्छा ? सो तो मुझे मालूम न था।" वह बिला वजह दाँत पीसने लगा, जैसे मैं उसकी व्यक्तिगत संपत्ति थी। "मैंने तो तुम्हें भली लड़की समझा था। हाँ, तुम्हें पुरुष की ज़रूरत तो है—जवान हो···।" उसने पता नहीं किस बात का बदला लेना चाहा। क्या वह मुझसे संपूर्ण समर्पण की उम्मीद रखता था ? लेकिन क्यों ? वह पागलों की तरह मेरे जिस्म पर जगह-जगह चिकोटियाँ काटने लगा। उसके पान-रँगे होंठ और जीभ देखकर लार टपकाते-हाँपते भूखे कुत्ते की सूरत मेरे सामने आई—'यू आर ए ब्यूटिफुल वोमेन' उसके शब्द मुझे अश्लील लगे। उसके गंदे होंठ मुझे छुएँ, इससे पहले ही मैंने उसकी कलाई में दाँत गाड़ दिए, "यू बिच'··· वह एकदम छिटककर अलग हो गया। बप्पा तक आवाज़ें पहुँच जाएँगी, मैंने इसकी चिंता नहीं की। वह कोई और हरकत करता, इससे पहले ही मैंने माँ को आवाज़ दी, "बोऊ, मुझे थोड़ा सहारा दो, बाथरूम जाऊँगी।" मेरी ऊँची आवाज़ से चौंककर माँ हड़बड़ी में कमरे में आ गईं और माँ के आते ही वह तेज़ी से बाहर चला गया। रुकता भी कैसे ? उसकी कलाई पर मेरे दाँतों के निशान पड़ गए थे और फिर उस वक़्त तो पहले उसे अपने टेंशन का इलाज करना था।

कुछ दिन बप्पा मुझसे नाराज़ से रहे, "तू इलाज क्यों नहीं कराना चाहती ? इतना बड़ा डाक्टर ! तेरे पास आप ही चलकर आया और तूने उसे नाराज़ कर दिया।"

"नाराज़ ? उसने कुछ कहा क्या ?" मैं जानना चाहती थी कि डाक्टर किस तरह अपनी बेहूदगी पर परदा डाल गया है।

"नहीं। कहना क्या था। बोला, तू इलाज कराना ही नहीं चाहती। इतना भला आदमी। आँख नीची कर चलनेवाला। मेरा लिहाज़ करता है। नहीं तो कोई दूसरा आएगा इस तरह घर ? मुझसे फ़ीस भी नहीं लेता। दूसरों का भला करने को जन्मा है।"

"मैं अब ठीक हो गई हूँ बप्पा। उसे कष्ट देने की ज़रूरत नहीं। बेकार क्यों एहसान लेते हैं किसी का ?"

भला आदमी ! उस बार बप्पा के 'भला आदमी' कहने पर मन में आया कहूँ—बप्पा ! यह डाक्टर तुम्हारा वही 'तुलसीवन का बाघ' है, जिसकी कथा तुम मुझे बचपन में सुनाया करते थे। यह फ़ीस कैसे ले सकता है ? दूसरों का भला करने के लिए इसने जन्म लिया है। पेड़ पर रहते बंदर को देखकर उस बाघ के मुँह

में पानी आया था, पर वह पेड़ पर चढ़ नहीं सकता था और बंदर खुद उसका भोजन बनने उसके पास आता नहीं। इसीलिए वह तुलसीवन में रहकर वैष्णव बन गया। तुम्हारा यह वैष्णव बाघ डाक्टर फ़ीस लेगा तो तुम और तुम्हारी बेटी उसका अहसान कैसे मानेंगे ? उससे प्रभावित कैसे होंगे ? सो यह उदार भला आदमी बन गया। तुम्हारी बेटी को फाँसने के लिए इसने अपनी तगड़ी फ़ीस छोड़ दी। बाघ ने भी तो कुछ दिन के लिए मांस खाना छोड़ दिया था। लेकिन बप्पा, तुम्हारी कुनी उस बंदर-जैसी सहज विश्वासी नहीं है, जो बाघ के वैष्णव धर्म से प्रभावित होकर उसके पास दीक्षा लेने चला आया। क्योंकि ऐसे मांस के लोभी बाघ उसने पहले भी देखे हैं, जो ज्यादा स्वादिष्ट मांस को पाने के लिए कुछ दिन वैष्णव और त्यागी बनने का ढोंग करते हैं।

बप्पा से यह सब कह लेती तो या तो वे विश्वास ही न करते, या करते तो उनका आदमी की भलमनसाहत से भरोसा उठ जाता। दोनों तरह से वे दुखी हो जाते। फिर एक डाक्टर ही तो नहीं था जिससे मुझे अपने को बचाना था।

मैं, कुनी, तीस पार की कुँवारी लड़की, जिसके भरे-पूरे जिस्म पर भूखी ललचाई नज़रें कोई भी नायाब मौका छोड़ने को तैयार नहीं। किस-किसकी शिकायत करती ? दोष मेरी उम्र में इतना नहीं, जितना कुँवारी होने में था। 'लोनली वुमन।' कितनी बार सुना, कितनी बार भीतर आग की लपट की तरह नफ़रत का भभका उठा। तुम मेरे अकेलेपन का क्या इलाज़ करोगे ? मेरी देह की ज़रूरत पूरी करने से ही मेरे सभी अभाव ख़त्म होंगे ? नहीं ! मेरी देह को छूने से पहले मेरे भीतर के हिमखंड को छूना ज़रूरी था और मैं जानती थी कि देह के लोभी देह के पार कुछ भी देखने की आँखें नहीं रखते।

बहरहाल ! वह सब क्या कहना जो हर जवान लड़की के साथ गाहे-बगाहे घटता है। उससे मैं अछूती कैसे रहती ? उनमें जवान, बुजुर्ग दोनों शामिल थे। हमदर्दी, प्यार या देह का ताप, जिसे जताने या जिससे मुक्ति के लिए मैं एक सुलभ साधन बन सकती थी, क्योंकि 'आहार, निद्रा, भय, मैथुन, इनसे अजन्म मुक्ति कहां'-जैसी सूक्तियों को रटनेवाले भद्रजन मुझे एक भूखी-प्यासी देह के सिवा कुछ समझ भी क्या सकते थे ? लेकिन मैंने अपनी देह के सामने खुद को विवश नहीं समझा। पुरुष वर्ग के लिए मन में जो विद्रोह पनपा था, वह नफ़रत में बदलने लगा और मैं एक ज़िद में आकर मन को मारना सीख गई। उन दिनों मैं दूसरों के लिए ही नहीं, अपने प्रति भी सख़्त बन गई थी।

फिर भी बाहर से सब ठीक-ठीक ही चल रहा था। मति अपने ससुराल में रच-बस गई थी, उसी तरह, जिस तरह हमारी कोई भी औसत लड़की ससुराल के कायदे अपनाकर अपने को नए माहौल में खपा देती है। क्योंकि 'यही होता

है, ऐसे ही होना है' को अपनी नियति समझना भी हमारी शिक्षा में शामिल है। हम पर्वों पर उसे शगुन-कपड़े बराबर भेजते रहते। उसके पति का तबादला ब्रह्मपुर अस्पताल में हुआ था। मति का भी वहीं बैंक में तबादला करवा दिया गया था। दूर जाने पर वह बहुत कम मिलने आ पाती। जल्दी ही वह माँ भी बननेवाली थी।

इधर घर पर ख़ामोश तनाव खिंचने लगा था। कोई किसी से कुछ नहीं कहता। चुप्पी जैसे संवाद बन गई हो। प्रद्युम्न तो पहले से ही कम बोलता था, पर दिवाकर भी बिला-वजह मुझसे कतराने लगा था। सुधाकर और प्रीति तो कॉलेज से घर आते ही धमाचौकड़ी मचाया करते। बहन-भाई आपस में ही इतनी धौल-धप्पा और तू-तू मैं-मैं करते कि मुझे बार-बार टोकना पड़ता, "प्रीति, बड़े भइया के साथ इस तरह पेश नहीं आते। तू तो अब सयानी हो गई है। सुधाकर ! छोटी बहन को ऐसे ही सताते हैं, यही सीखा है तुमने ?"

प्रीति मचलती, "भइया मुझे स्कूटर पर कॉलेज क्यों नहीं छोड़ता ? मति दीदी को तो सभी ले जाते थे। रिक्शेवाला रोज़ देरी करता है। मैं असेंबली में पहुँच नहीं पाती और सर गुस्सा करते हैं··· "

"थोड़ा जल्दी तैयार हो जाया कर। रिक्शेवाला तो दस बार आवाज़ देता है तब कहीं महारानीजी तैयार होकर निकलती हैं। कॉलेज जाती है, किसी ब्यूटी कांपीटिशन में नहीं। दस घंटे लगते हैं सजने में··· "

"रहो, रहो, झगड़ो मत। कभी देर हो जाया करे तो छोड़ आया करेगा सुधाकर। तू तो दस बजे कॉलेज जाता है। दस मिनट ही न लगने हैं··· कभी बहन का मन रखो तो हर्ज़ ही क्या है ?"

प्रीति मुँह बनाकर भाई को चिढ़ाती। सुधाकर उसकी चोटी पकड़कर खींचता। मुझे दोनों पर प्यार आता है–बड़े हो गए हो, पर बचपना नहीं गया···

लेकिन इधर अकस्मात चुप्पी से लगा कि कुछ घट गया है। सभी अपने-अपने कामों की व्यस्तता का बहाना ओढ़े अपनी-अपनी खोहों में बंद हो गए थे। मैं फिर अपने से बाहर आ गई। क्या हो गया है हमारे घर को ? हम लोग व्यस्तता के बहाने एक-दूसरे से दूर क्यों होते जा रहे हैं। वजह क्या है ? क्या हो सकती है ?

और वजह भी जल्दी ही मेरी समझ में आ गई क्योंकि वह वहाँ मौजूद थी। चौथे नंबर की मति तो ससुराल चली गई पर दूसरे-तीसरे नंबर के प्रद्युम्न और दिवाकर ? उन्हें भी तो घर-गृहस्थी बसानी है। प्रद्युम्न अट्ठाईस पार कर चुका है और दिवाकर छब्बीस। दोनों कई वर्षों से नौकरियाँ कर रहे हैं। और अपनी जगहों पर संतुष्ट ही रहे हैं। प्रद्युम्न जीवन बीमा निगम और दिवाकर समाज-कल्याण विभाग में। ज्यादा पढ़ाकू नहीं रहे दोनों। ज़ाहिर है अब वे भी अपना घर-बार

बसाना चाहते होंगे। कई रिश्ते आ भी चुके हैं। बप्पा इस ओर ध्यान नहीं दे रहे। शायद फिर उनके दिमाग में अदृश्य कौंचा लगा हो कि कुनी के घर में रहते बेटों की शादियाँ कैसे करूँ ? यह मेरे आजन्म कुँवारेपन पर आख़िरी मुहर हो शायद। लोग सोचेंगे, अब बहुएँ भी घर में आ गईं। लड़की बूढ़ी हो गई, ज़रूर कोई खोट होगा उसमें ! माँ का कमरे से बरामदे और बरामदे से कमरे में बिलावजह आवागमन करना फिर चालू हो गया। काम करते-करते वह भूल जातीं कि मुझे क्या करना है–'ओ, वह टुटुल को टिफ़िन देना था··· पर वह तो दे दिया··· ना··· इन्होंने पान माँगा था··· याद नहीं दिया या नहीं।'

प्रीति सहेलियों के साथ गप्पें लगा रही होती। बरामदे में मेरे कदमों की आहट पाते ही उन्हें टहोकती, "शीऽऽ चुप्प। नानी आ रही है।" मैं कमरे में कोई चीज़-बस्त उठाने या रखने आती तो लड़कियों को सिमटते देख भीतर तक धँस जाती। बचपन में प्रीति के मचलने पर, चुप कराती मैं उसे 'बाया' (हौआ) का डर दिखाती··· चुप ! वह देख 'बाया' आ रहा है। प्रीति सहमकर चुप हो जाती।

बाया ! क्या मैं सचमुच खुद ही बाया बन गई थी ? रात तकिए पर सिर रखते मुझे दादी याद आ जातीं। उनके बूढ़े हाथों की छुअन अपने शरीर पर महसूस करना चाहती। इस वक़्त वे होतीं तो क्या कहकर मेरे छिले मन को बहलातीं ? मैं नींद में दादी की मोह-सनी छातियों में सिर देकर सो जाती। लेकिन कानों में उनकी वही लोरी गूँज उठती, जो बच्चों के मचलने और ज़िद करने पर उन्हें चुप कराने के लिए वह सुनाया करतीं 'घो रे बाया घो ! जेई कियारी रे गॅहल, माँड़िया, सेई कियारी रे सो।' मैं अपने-आपसे ही हँस पड़ती, दादी। मैं तो खुद 'बाया' बन गई, तू किस बाया को माँड़िया के खेतों में सोने के लिए भेज रही है ?

लेकिन बाहर से अपना संतुलन बनाए रखना ज़रूरी था।

"एलोरा ! तुम लोगों के नृत्य का अभ्यास कैसा चल रहा है ? दूरदर्शन पर कार्यक्रम दे पाओगी ?"

"प्रमोदिनी ! तू तो बड़े दिनों बाद दिखी आज, कहाँ रही ? प्रीति ! सहेलियों को खाना खिलाकर भेज देना। मैं काम से बाहर जा रही हूँ··· "

"अच्छा है दीदी···आई तो थी पिछले रवि को···हाँ दीदी···अच्छा नानी।" और मेरे बाहर जाते ही प्रीति सीढ़ियों पर या खिड़की से झाँककर तसल्ली कर लेती कि दीदी सचमुच चली गई या अभी घर में ही है। तब इत्मीनान से उनका खेल, हँसी-मज़ाक, कहकहे चालू हो जाते। बाया तो माँड़िया की घनी क्यारियों में सो गया। अब किसका भय ?

"अरी सुन, मालूम है आज प्रफुल्लदास ने क्या किया ? कावेरी की पुस्तक में चिट्ठी रख दी··· वह महेन्द्रा है न, जो अभी-अभी पटना से आया है, प्रमोदिनी

के घर के आगे रोज़ शाम को साइकिल लिए खड़ा रहता है। देवदास बन गया है बेचारा।"

"हट झूठी। मैंने तो कभी न देखा। होगा कोई तेरा दीवाना···"

आज सोचती हूँ कि मैं भी तो इन छोटी-छोटी बातों को ज्यादा ही तूल देने लगी थी। हो सकता है बड़ी बहन का लिहाज़ करती हों। आख़िर अच्छे घरों की लड़कियाँ थीं सभी। रक्षणशील मध्यवर्गीय संस्कारों में पलीं बढ़ीं। तेज़ी से जवान होती लड़कियाँ! उम्र के नए-नए अनुभव तो इस उम्र में रहस्यों की तरह उत्सुकताओं और आश्चर्य से भर देते हैं। मेरी और उनकी उम्र का फ़ासला भी अपने में एक अवरोध तो था ही। मैं मन को समझाती। प्रद्युम्न-दिवाकर तो सुबह के निकले शाम को थके-माँदे घर आते हैं। अब क्या बातें करेंगे मेरे साथ ? घर में साथ रहनेवालों के साथ रोज़-रोज़ कौन-सी बातें हो सकती हैं ? बच्चे थे तो बातों की वजहें थीं। खेल-खिलौने, छोटी-मोटी ज़रूरतों पर ज़िद और हठभरी बातें, उछलने-कूदने, बेबात हँसने-कहकहे लगाने की आदतें, किशोर होते-होते बातों के मुद्दे बदलते गए, पर मैं दिन-ब-दिन ज़रूरी होती गई – दीदी, मेरे कपड़े ठीक से धुले नहीं, यह कुंचकुंच कमीज़ पहनकर मैं स्कूल नहीं जाऊँगा···नानी! मेरा जेबख़र्च ? मैं प्रतिभा-जैसा पंजाबी ड्रेस लूँगी दीदी ··· बहुत दिनों से पिठा नहीं बनाया। आज काकरा पिठा खिलाओ। मैं रमेश के साथ फ़िल्म देखने जाऊँगा। देर से लौटूँगा। तुम बप्पा से कुछ कह देना नानी, वे गुस्सा करते हैं··· मेरी अच्छी दीदी।

लेकिन अब वे सब बड़े हो गए हैं। ज़िम्मेदार भी। उन्हें मुझसे कुछ माँगने या पूछने की भी ज़रूरत नहीं पड़ती। बाहर की ज़रूरतें वे बाहर ही पूरी कर लेते हैं और भीतर की ज़रूरतों के लिए ख़ामोश रहना सीख गए हैं। प्रद्युम्न-दिवाकर को अब साथी की ज़रूरत महसूस होती होगी, लेकिन घर में जो बड़ी दीदी बैठी है, उसका वे क्या करें ? मैंने भी तो खुद को मज़बूत रस्सों से घर के साथ बाँध दिया था। इसकी जकड़न मेरे भाइयों को महसूस होने लगी थी। लेकिन यह बात तो कहने की नहीं है, चुप रहकर महसूस कराने की है। घर में अतिरिक्त व्यस्तता दिखाकर एक-दूसरे से कम-से-कम रू-ब-रू होने की है। एक इतवार आता है, उस दिन प्रद्युम्न-दिवाकर कभी राशन-पानी के चक्कर में, कभी दोस्त-नातेदारों की खोज-ख़बर लेने घर से चले जाते हैं, कुछ न हो तो बगीचे में पेड़-पौधों की निराई-गोड़ाई में लगे रहते हैं। प्रीति की तो कई सहेलियाँ हैं ही।

छोटी टुटुल भी अब सहेलियों की पार्टियों में जाना सीख गई है। मेरा छुट्टियों का दिन हमेशा व्यस्त ही रहा है। घर-भर की सफ़ाई, बप्पा-बोऊ के कपड़े प्रेस करना, अपनी हफ़्ते-भर की साड़ियों को माँड देना। भाई लोग ज़रूर अब अपना काम खुद देखने लगे थे। पर प्रीति अभी भी धुले कपड़ों की गठरी बनाकर अलमारी

में ठूँस देती है। मालूम जो है कि दीदी सम्हाल लेगी। और दीदी सम्हाल ही रही थी तमाम भीतरी तनावों के बावजूद। लेकिन सबकुछ यथावत चलने के साथ-साथ घर-भर की हँसी को जो अदृश्य दीमक चाट रही थी उसे चुप रहकर ज्यादा देर देखा नहीं जा सकता था। मुझे कुछ तो करना ही था। कुछ करने की उम्मीदें तो मुझसे ही की जाती रही हैं। हालाँकि लड़कों के बड़े होने पर 'मैं जो हूँ' वाला मेरा आत्मविश्वास अब धीरे-धीरे मेरे सामने ही झूठा पड़ता जा रहा था, फिर भी मैं जानती थी कि बप्पा पहल नहीं करेंगे। मेरे घर में रहते बहुएँ लाने की बात करना उन्हें मेरे प्रति अन्याय लगेगा और वह मेरे साथ कोई अन्याय नहीं करना चाहेंगे। माँ से तो कोई उम्मीद करना ही व्यर्थ था। उन्होंने तो बच्चे पैदा कर उन्हें पाल-पोसकर बड़ा करने का अपना धर्म निभा लिया था। अब रसोई की मालकिन माँ घर-भर की अन्नपूर्णा बनी, शेष दायित्वों को जगन्नाथ को सौंपकर कमोबेश निश्चिंत हो गई थीं। हाँ जब कभी नाते-रिश्तेदारी में बेटियों को ससुराल जाते और बहुओं को ससुराल आते देखतीं तो कुछ दिन उनकी बेचैनी बढ़ जाती और वह कमरे से लेकर बरामदे के ख़ामोश चक्कर काटने लगतीं।

ऐसे कितनी देर चलेगा ? रीति-नीति, संस्कार, परंपरा, विश्वास, बहुत वज़नी शब्द लगने लगे थे और अब उनके अर्थ, जो बंदगोभी की परतों की तरह खुलते जा रहे थे, भारी चट्टानों की तरह हमारे घर को दबोचे जा रहे थे। इसका दबाव मैं ही नहीं, छोटे भाई और बहनें भी महसूस करने लगे थे। मैं इस बोझ को परिवार की छाती से उठा तो नहीं सकती थी, पर कम ज़रूर करना चाहती थी। मैंने अँधेरे में टटोलने की कोशिश की और मुझे प्रभा मौसी याद आईं। प्रभा मौसी यों भी हमारे परिवार से काफी जुड़ गई हैं, मुझसे प्यार भी बहुत करती हैं। मैंने उनके मन में अपने लिए लिजलिजी दया से ज्यादा प्यार का झरना बहते पाया है। हमारे घर में किसी को छींक आए तो उन्हें नज़ले की बू आने लगती है। मुझे अँधेरे में रोशनी की शहतीर नज़र आई।

"मौसी ! प्रद्युम्न-दिवाकर के लिए कुछ रिश्ते आए थे, पर बप्पा इस ओर ध्यान नहीं दे रहे। तुम समझा दो न बप्पा को। घर में बहुएँ तो आनी ही चाहिए अब !"

"वह तो ठीक है कुनी, पर तू क्या अपना घर बसाना नहीं चाहती ?" मौसी की आवाज़ में चिंता थी, प्यार और दुलार से पगी चिंता।

"वह बात छोड़ो मौसी। मेरा जब होगा तब देखा जाएगा। इसके लिए भाई बेचारे क्यों परेशान हों। तुम्हारी नज़र में कोई लड़की हो तो कहो।"

प्रभा मौसी ने मेरा सिर सहलाया। अपने हाथ से काटकर अपने बगीचे का पपीता खिलाया और दुलार भरे स्वर से पूछा, "तू कितनी चिंता करेगी सबकी झिओ ? तेरे बप्पा तो जैसे संन्यासी हो गए हैं। माँ तो चिंता से बौरा गई हैं।

उसे क्या दोष दूँ। तू उसकी पहली संतान है कुनी !"

मैं मौसी से वादा लेकर रही—"कुछ तो करना पड़ेगा मौसी !"

"ठीक है झिओ। पाँच-सात से पूछकर बता दूँगी।"

रात बप्पा को खाना देकर पान थमाया तो बड़ी हिम्मत करके जाने कैसे कहा, "बप्पा हमारे घर में कुल जमा तीन कमरे हैं। एक बैठक, दो बेडरूम ! बहुएँ आएँगी तो कहाँ रहेंगी ?"

"बहुएँ ?" बप्पा ने खिड़की से बाहर खड़े अशोक वृक्ष को देखकर दुहराया।

"हाँ बप्पा ! प्रद्युम्न-दिवाकर की शादी करनी है न ? ऊपर छत पर दो कमरे बनवा लेंगे, आप किसी ठेकेदार से बात कीजिए।"

"सो तो ठीक है, मैंने भी इस बारे में सोचा है, पर अभी जल्दी क्या है ?" यानी कि पहले तेरा कुछ तो हो जाए। बप्पा मेरी तरफ़ सीधे देखकर बात नहीं करते। ख़ासकर जब से मति की शादी हो गई। यह बात मुझे काफी परेशान करती रही है। बप्पा ख़ुद को अपराधी क्यों महसूस कर रहे हैं ? मुझे तो उनसे कोई शिकायत नहीं है। कभी थी भी नहीं। मैंने बप्पा को टोहने की कोशिश की, "भाइयों के लिए कई अच्छे रिश्ते आ रहे हैं, बप्पा। हमारा भी तो मन करता है भाभियाँ देखने का। आपकी इच्छा नहीं होती नन्हें पोतों-पोतियों से खेलने की ?"

बप्पा ने पल-भर मुझे देखा और उदास मुस्कुराहट के साथ सिर हिलाया। मेरी इच्छा के आगे तो उन्होंने कभी कोई प्रश्नचिह्न नहीं लगाया। कभी मुझसे मेरे मन की बात पूछनी चाही भी तो नहीं पूछी। एक तो हमारे घर में मन की बात पूछने-जानने की परंपरा ही नहीं रही; दूसरा, बप्पा ने भी एक भरी-पूरी ज़िंदगी जी थी। उम्र के कई पड़ाव पार किए थे, सो पूछने की ज़रूरत पड़ी भी नहीं।

मन की बात ! सोचती हूँ मेरे पास भी तो था मन ! अचानक कहाँ खो गया ? देखे-अदेखे सपनों की गंध से महकता था कभी। अब उस जगह एक खाली विवर क्यों रह गया था ? मेरे सपने क्या हो गए थे ? उस वक़्त अपने ही ख़यालों को मैं नाक पर बैठी मक्खी-सा उड़ा देती थी। अपने बारे में सोचना जैसे सीधी राह चलते-चलते पगडंडियों में भटकना था। मेरे सपने तो पूरे घर-भर के लिए थे अब। उनका आकार कितना विस्तार पा गया था। अपने प्यारे बहन-भाइयों के लिए थे मेरे सपने, अब आनेवाली नई भाभियों के लिए थे।

मेरा घर, मेरे भाई ! वे लोग ख़ुश रहें, रसें-बसें। मुझे और क्या चाहिए ? भीमा भोई, कोंड कवि ने क्या कहा था ? 'मैं नरक में रहना चाहूँगा, यदि इससे संसार का कल्याण हो।' मैं क्या अपने बहन-भाइयों के लिए, अपने परिवार के लिए अपना सुख भी नहीं छोड़ सकती ? मैं ख़ुद को ऊँचे आसन पर रखकर संतुष्ट हो जाती। आख़िर हैं तो सभी मेरे अपने लोग। इनके सिवा मेरा

और कौन है ?

घर की ऊपरली मंज़िल पर दो और कमरे बना दिए गए, बाथरूम अटैच्ड। 'बना ही रहे हैं तो क्यों न ढंग का घर बनाएँ ? भाभियों को भी सुविधा होगी।' थोड़ा-बहुत खर्चा भाइयों ने भी दिया। मेरे पास जो कुछ था वह तो उन लोगों का ही था।

फिर नई भाभियाँ आ गईं। एक बार फिर गहने बने, नई सरसराती सिल्क की रंगीन साड़ियों की बहार घर में छा गई। यह प्रद्युम्न की दुल्हन के लिए, यह दिवाकर की। बराबर के गहने, बराबर साड़ियाँ, बल्कि डिज़ाइनों-रंगों में भी बहुत कम फ़र्क ! बहुओं को न लगे कि कहीं भेदभाव की नीति बरती गई है। मेरा महत्त्व और बढ़ गया। 'दीदी से पूछो, दीदी से कहो, दीदी से माँगो। जैसा दीदी कहेंगी वैसा करो, मुझसे क्या पूछते हो ?' चाबियों का गुच्छा कमर में लटकाए मैं फिरकनी बनी घूमती रही—'पायसम ? रोसोगोल्ला ? माछ ? खट्टा ? थोड़ा पुलाव लेना।' मना-मनाकर मेहमानों को खिलाती रही। 'लीजिए न, और थोड़ा, संकोच न करें। घर में बहुएँ आ गई हैं···।'

मति, मानस और नन्हें बेटे बाबला के साथ आई तो बच्चे को लिए-लिए हुलसती रही। शादी के बाद आना बहुत कम हो पाया। मानस-मति दोनों ब्रह्मपुर में नौकरियाँ कर रहे थे। बाबला के लिए आया थी। उसकी सासूजी भी दो-एक मास बाद पंद्रह-बीस दिन आकर रह जातीं। अब मति के पास पीछे मुड़कर देखने के लिए वक़्त ही कहाँ था ?

ठीक भी है, शादी की है तो घर-परिवार बसाएगी। बच्चे जनेगी, फिर उनकी देखभाल, पालन-पोषण। मति नौकरी भी करती है। उसे तो खिड़की खोलकर बाहर झाँकने की फुरसत नहीं। दो दिन की छुट्टी लेकर ब्याह में शामिल होने आए थे। रविवार मिलाकर कुल तीन दिन। इतना ही क्या कम था ? मति घरबारी व्यस्तता से लदी-फदी इस-उससे कहती फिर रही थी, "दीदी, इन्हें तो छुट्टी मिलती ही न थी। बड़ी मुश्किल से आना हुआ। फिर जब से 'बाबला' आया, एक दिन भी ठीक नहीं रहा। कभी सर्दी, कभी जुकाम। दिन को थोड़ा सोएगा पर इत्ता बदमाश कि रात को हमें पलक न झपकने दे। बस, इसके साथ बैठकर खेलना होगा। बदमाश है बिल्कुल।"

"हाँ, हाँ।" अनुमोदन में सिर हिले, "ठीक बात ! नौकरी का सवाल है। फिर छोटा बच्चा। सभी कुछ तो देखना पड़ेगा।"

"हाँ, बेटी तो पराई, उस पर क्या अधिकार जो चार दिन ज़बर्दस्ती रोक लें। मानस को असुविधा होगी। चलो, अपने घर में रच जाए। भगवान मंगल करें··· पुओ बूढ़ो होइ जाए।"

मैं मति के साथ ढेर-सी बातें करना चाहती थी। कैसे करती हो घर-संसार

तुम ? यहाँ तो मैंने तुझे रेशम में लपेटकर सहेजा था। तेरे हाथ मैले न हो जाएँ, पैर में बिवाई न फटे ! तेरे बाल हठ करके गूँथ देती थी। अब सबकुछ··· घर··· बच्चा, नौकरी। कैसे निभाती है तू ? मैं मति से पूछना चाहती थी, 'आँख छूकर कह बहनी ! तेरे गले में कभी भात नहीं अटका ? तुझे कभी नानी याद नहीं आई ? नये रिश्तों में पुराने मोह-ममता के लिए कोई जगह नहीं होती ? मैं तो तेरे बिना बावली हो गई थी।'

लेकिन यह सब पूछनेवाली बातें नहीं थीं। फिर मति बेहद जल्दी में थी। मानस के आगे-पीछे डोलती-चहकती रही—पल-भर भी ओट हो जाता मानस तो परेशान हो उठती, "नानी, इन्हें चाय-कॉफी की बड़ी टेढ़ी आदत है। बोऊ ! ये भात थोड़ा पर मीठा बेसी खाएँगे !" नन्हें बाबला के लिए प्रीति-प्रणति छीनाझपटी करती रहीं। गोल-मटोल गदबदा नन्हा बाबला आश्चर्य और उत्सुकता से चौतरफ़ टुकुर-टुकुर ताकता, चुंबनों और गलबहियों से भिंचता रहा। मेरा मन करता था इसे अपनी छातियों से सटा लूँ। एकाध बार छिपकर अपनी छातियाँ उसके मुँह में दीं और उसके नन्हें होंठों की छुअन महसूस कर मीठी गुदगुदी से पूरे जिस्म में कँपकँपी-सी महसूस की। अजीब अचीन्हा-सा सुख। डर-सा लगा, कहीं मेरी अनछुई छातियों से दूध की धार न फूट पड़े। उसके नन्हें हाथ देर तक अपनी छातियों से सटाए रही। लेकिन मति के आते ही ब्लाउज़ के बटन बंद कर दिए। कहीं मति को मेरे भीतर उगी प्यास का अंदाज़ा न लगे। मन को कचोटती हौंस का अहसास न हो। एक नन्हें मांसपिंड को अपने भीतर उगते और बढ़ते देखने की अदम्य लालसा, एक नन्हीं जान को कोख में पालने का गर्व। गुलाब की पत्तियों-जैसे होंठों की छुअन ने मेरे भीतर के मातृत्व को अजीब-सी चुनौती दी थी और भीतर-ही-भीतर ढह गई थी। वक़्त के बेआवाज़ चक्कों की रौंध मुझे किस कदर अपाहिज बना गई थी।

मति जाते-जाते दूर तक हाथ हिलाती रही। एक बाँह पर नन्हें को सम्हाले दूसरे हाथ से बाई-बाई करती चली गई। वह बेहद जल्दी में थी। उसे तो मंज़िलों तक पहुँचना है, पड़ाव-दर-पड़ाव। और मैं ? मैं तो फ़ुरसत में बैठी हूँ। मेरे लिए तो समय का रथ ही रुक गया है। मुझे कहाँ जाना है ?

घर में नई चहल-पहल शुरू हो गई। दो-दो नवेलियों की महक, रेशमी साड़ियों की सरसराहट, पायलों की छनक और चूड़ियों की खनकती सदाएँ देती मधुर आवाज़ें घर में गूँजने लगीं। ख़ामोशी में लिपटा उदास घर चहक गया। दोनों बहुओं ने मेरे पाँव छुए तो दीदी का क़द और भी बढ़ गया। मैं आशीष देने की हकदार हो गई। 'सौभाग्यवती हो, त चूड़ी वज्र होऊ, भगवान तुमरो मंगल करंतु !' बोऊ ने बहुओं से कहा, "मुझे नहीं, दीदी को दो, उसी को पूछो, उसी की बात सुनो···।" बोऊ के लिए मन में करुणा का सोता उग आया, "बोऊ ! तू बहुओं

को क्यों एक अनावश्यक बोझ से लादना चाहती है ? मैं उनकी ननद हूँ, सास नहीं। वे उन घरों से आई हैं जहाँ लड़कियों की जगह मायके में नहीं होती। उनकी गति, दुर्गति जो भी होनी हो, सास-ससुर और पति के घर में ही लिखी होती है। मुझे वे कब तक सह लेंगी ?"

मैं इस सच का अंदाज़ा लगा सकती थी और यह भी जानती थी कि बहुत दिनों ये नवेलियाँ मुझे सहन नहीं कर पाएँगी। अपने घरों में एकछत्र राज्य की लालसा लेकर आई बहुएँ तमाम स्नेह-आदर देने के बावजूद, जल्दी ही मुझे शंका की नज़रों से देखने लगेंगी।

सात

शंका की नज़रें, मेरे मन का वहम ही नहीं था। आख़िर वे अपने हर काम में, हर ख़ुशी के लम्हे में चहकती-महकती, दो घूरती आँखों को कब तक सहन कर सकती थीं ? खासकर वे दो आँखें, जिनका वहाँ होना क़तई ज़रूरी नहीं था। यह दो-चार दिन-मास-या वर्षों की बात नहीं थी, यह जीवन-भर का बवाल था उनके लिए। हालाँकि मेरे विचार से यह सच नहीं था। मैं तो उनके घर-संसार की छोटी-बड़ी ख़ुशियों में ख़ुद चहकने लगती थी और अपने अंदर के सुरसामुखी अकेलेपन को बराबर भरती जा रही थी। लेकिन वे ऐसा सोचती नहीं थीं।

हाँ, यह सच है कि 'मैं जो हूँ' वाला अहसास धीरे-धीरे मेरा साथ छोड़ता जा रहा था। मैं धीरे-धीरे पर बराबर, थकान से भरती जा रही थी। रास्ते में गर्द-गुबार, कीचड़-काई न भी हो, तो भी चलते-चलते तन थकता है। मन की तरलता बूँद-बूँद झरने लगती है। 'एकला चलो रे' की कल्पना में भी किसी मंज़िल की ओर कदम बढ़ाने होते हैं। मैंने शायद अपने लोगों के आसपास वह मंज़िल-जैसा पड़ाव ढूँढ़ना चाहा था, पर दिन-ब-दिन मेरा विश्वास टुकड़ा-टुकड़ा कटता जा रहा था। फिर भी वक़्त के साथ मैं बिना शिकवे कदम-दर-कदम चलती जा रही थी। क्योंकि चलना, गुज़रना और बीतना हमारी नियति होती है। मेरी पहलेवाली मैं रास्ते के कुहरे में धीरे-धीरे ओझल होती जा रही थी और थके पैरों से उस गुम होती आकृति को दौड़कर रोक पाना मेरे लिए मुश्किल होता जा रहा था।

भाभियों के आते ही मैंने अपनी तरफ़ से परंपरावादी घर के तौर-तरीकों में काफ़ी ढील दी। बड़ी बहू तो निम्न-मध्यवर्गीय परिवार से आई थी और हर स्थिति को स्वीकार कर चलने की शिक्षा उसे सौरी में ही मिली थी, लेकिन दिवाकर की पत्नी भरे-पूरे धनी परिवार से थी। वक़्त के बदलाव के साथ अपने अधिकार बोलकर पाने की शिक्षा-दीक्षा की हिमायती भी थी। हमारे घर के लिए इस तरह के व्यवहार को देखना-सहना सहज नहीं था। बिना विवाद और मनमुटाव के इसे होने देना भी मुमकिन नहीं था। लेकिन माँ-बप्पा ने घर के अनुशासन की रास जाने-अनजाने मुझे सौंप दी थी। मुझे नए-पुराने के बीच पुल बनना था। यह काम मैंने अपनी

तरफ़ से ज़िम्मेदारी से ही निभाया। लेकिन कितनी देर निभ सका ?

प्रद्युम्न-दिवाकर अपनी-अपनी पत्नी-समेत जगन्नाथजी के दर्शन के बाद पुरी से लौट आए तो सप्ताह-भर के लिए मैंने उन्हें घर से बाहर सैर-सपाटे के लिए भेज दिया। छोटी बहू तो 'हनीमून' को अपना अधिकार समझती थी पर बड़ी अचानक पाए इस अप्रत्याशित सुयोग से कृतज्ञ हो आई। प्रद्युम्न-मंदा शायद चिलिका के आसपास ही घूमते रहे, पर दिवाकर ने गोपालपुर रुककर पत्नी की इच्छानुसार अपना प्रोग्राम बनाया। यह कुछ दिन का हनीमून, जो मैंने उनके लिए जुटाया, इसके लिए भी मुझे बड़े-बुजुर्गों से रू-ब-रू होना पड़ा। माँ-बप्पा को कैसा तो लगा। "लोग, नातेदार, मुहल्लेवालियाँ नई बहुएँ देखने आते हैं, उन्हें क्या कहें ? घूमने गई हैं ? यही कहना होगा ? हमारे घर में यह नई रीति-नीति भी घुस आई ? पहली बार, पहली बार ऐसा सुना कुनी और देखा भी।" यह आई ने कहा। बोऊ तो सारी बातों से हाथ झाड़कर एक तरफ़ हो गई थी।

"पहली बार ही तो इस घर में बहुएँ आई हैं, आई।" मैंने आई के साथ रिश्तेदारों को भी समझाया। आई ने उम्र-भर के अनुभवों को एक-एक कर सुनाते इस-उसका हवाला देते समझाया, "हमारे यहाँ कहीं भी, किसी नाते-रिश्तेदार के भी यहाँ ऐसा नहीं हुआ कि घर में क़दम रखते ही बहू पति को लेकर घूमने निकली हो। तुम जो भी कहो झिओ, यह नई रीति पहली बार ही इस घर में घुस आई है। आगे क्या होगा, कौन जाने ? शादी-ब्याह तो सभी के होते हैं...।"

"तो गलत क्या हुआ आई ? अब तो हमारे यहाँ भी कई घरों में लोग यह नई बात करने लगे हैं। आज नहीं तो कल हमें भी समय के साथ चलना होगा।"

लेकिन आई इतनी जल्दी नहीं मानीं।

"समय के साथ चलना तो ठीक है कुनी, पर मैं तो यह जानूँ कि इस तरह बहन-भाइयों के भरे-पूरे परिवार से अकेले दो जने जाएँ तो आगे छोटे देवर-ननदों को क्या पूछेंगे ?"

"यानी कि प्रीति-टुटुल, या सुधाकर को साथ लेकर जाते ?" मैंने हँसकर जोड़ा, "आई ! तुम अब बहुओं से ऐसी बात मत कहना। हँसेंगी तुम पर। यह कुछ दिन घूमना-फिरना तो एक-दूसरे को जानने-समझने के लिए होता है। परिवार-परिजन तो उम्र-भर साथ रहते ही हैं..."

"मैं तो इतना जानूँ कुनी, कि स्वयं जगन्नाथ भी माउसी माँ के घर गए तो बहन-भाई को संग लेकर। लक्ष्मी को साथ-साथ टाँगे नहीं फिरे। जानती तो है, रथ-यात्रा में क्या होता है। हमारे यहाँ तो परिवार के साथ ही घूमना-फिरना होता है। यह सब तो कलियुग की बातें हैं।"

"कलियुग की बातें क्यों, आई ?" मैंने आई को उनके ही विश्वासों से स्थिति समझा दी। "रथ-यात्रा की बात कहती हो तो हेरा पंचमी को लक्ष्मी जगन्नाथ

को ढूँढ़ते-ढूँढ़ते गुंड़िचाघर नहीं पहुँचतीं ? और द्वैतापतियों के द्वार बंद करने पर गुस्से में जगन्नाथ के रथ का पहिया नहीं तोड़तीं ?"

"है तो··· किंतु··· !"

"किंतु-परंतु नहीं, आई। तुम जानती हो जगन्नाथ के वापस श्रीमंदिर लौटने पर लक्ष्मी गुस्से में द्वार बंद कर देती हैं। कहती हैं, 'भाई-बहन को साथ लेकर घूमने निकले पर पत्नी को पूछा भी नहीं, यह कहाँ की रीत है ? आख़िर पत्नी के भी कुछ अधिकार हैं।' तब जगन्नाथ क्षमा माँगते हैं–'भूल हो गई'।"

"वह तो जगन्नाथ की लीला है, झिओ।"

"इसी लीला में स्त्री के मान और अधिकार की बात छिपी है, आई ! पत्नी को उसका अधिकार मिले तो वह शिकायत नहीं करेगी। नहीं तो मुँह खोलकर प्रश्न पूछेगी। इसीलिए हमने बहुओं को अपने पतियों के साथ भेजा है। इसमें कलियुग कहाँ से आ गया ?"

"अब तुमसे बहस में कौन जीते, कुनी !"

आई मान गईं या चुप रहीं; पर सनातन मिश्र के घर के लिए 'हनीमून' 'मधुचंद्र' तो अजूबी बातें थीं, किताबी बातें। लेकिन पढ़े-लिखे बच्चे और पढ़ी-लिखी बहुएँ जानती थीं कि बदलते समय के साथ पति के संग कुछ दिनों का एकांत, अधिकार की तरह उनकी झोली में डला हुआ है, और मैं अपने निचाट अकेलेपन में भी नवेलियों के स्वप्नों की भनक महसूस करती रही। आगे घर-परिवार, अपने बच्चों और आल-जाल में पड़ना ही है। कुछ दिनों की मधुर यादों पर उनका हक बनता है।

छोटी-छोटी रियायतें, छोटे-छोटे सुख उनकी झोली में डालते मैं शायद अपने भीतर की रिक्तता को भी पूरती थी। लेकिन यह सुख-संतोष का भाव ज्यादा दिन नहीं चल पाया, क्योंकि यह तो उनका अधिकार था जिसे बड़ी दीदी, कावेरी के कहे, सदाशयता से उनकी झोली में डाल रही थी। ऐसा प्रद्युम्न की पत्नी मंदा को इतना महसूस नहीं हुआ जितना दिवाकर की पत्नी कावेरी को। कावेरी राँची के एक कॉलेज में लेक्चरार है। कमोबेश खुली हवा में पली-बढ़ी ! छुट्टियों में पति के पास रहने आती, तो ज़ाहिर है पति का पूरा समय अपने लिए चाहती। कितना कम वक़्त था उनके पास, अपनी बातें कहने-सुनने के लिए। उस पर भरे घर में एकांत नहीं मिल पाता था। दिन को तो कतई नहीं। कावेरी को शिकायत थी। पता नहीं किससे ! बप्पा से ? जिनकी गोष्ठियाँ ख़त्म ही न हो पाती थीं। घर में बुजुर्गों का मेला जुटा रहता था। कोई प्राइवेसी नहीं। घर है या सराय ? बप्पा तो दोस्तों की दुनिया में मग्न रहनेवाले रहे हैं। खा-पीकर आराम करने के बाद चकाचक सफेद धोती-कुरता पहन कंधे पर चदरा डाल वे राधानाथ मौसा या सीताकांत सतपथी के यहाँ जम जाते हैं। कभी-कभी वे लोग ही घर पर आ

जाते हैं। वक़्त अच्छा कट जाता है। जीवन की संध्या में मिल-बैठकर गप्प लूटने का सुख भी लाजवाब ही होता है, "हाँ तो सनातन भाई, आज के क्या समाचार हैं ?"

"समाचार तो अख़बारों में पढ़ते ही हो भाई।"

"अरे वो समाचार नहीं।"

"ओ, हाँ, वो बैकुंठ का दोस्त है न, जो डेप्युटेशन पर दिल्ली चला गया है, कृषि मंत्रालय में ! उसकी बेटी गीता जर्मनी चली गई।"

"जर्मनी ? वह जो ओडिसी नृत्य सीखती थी, वही गीता ?" ज़ाहिर है आश्चर्य की बात। अपने यहाँ की लड़कियाँ तो दिल्ली-बंबई भी कम ही जाना पसंद करती हैं। यह सीधे जर्मनी कौन पहुँच गई ?

"सुना, कोई जर्मन लड़का पसंद आ गया उसे। गई थी न पिछले साल कल्चरल ट्रूप के साथ जर्मनी। तभी की बात है।"

"हूँ तो ?" यानी पसंद करने-आने से क्या होता है ? माता-पिता को भी तो रिश्ता मंजूर होना चाहिए।

"तो क्या भाईना, बैकुंठ ने भी हाँ कर दी। अब वो जानता है कि लड़की अपने पैरों पर खड़ी हो गई है। ज़माना बदल गया है।"

"कलियुग की बातें।" सीताकांत सतपथी कुछ ज्यादा ही परंपराप्रिय हैं। ब्राह्मण की लड़की विदेशी छोकरे के साथ जाएगी। गोत्र, वंश, जात-बिरादरी की कौन कहे, अपने परिजन, अपना देश छोड़कर सात समंदर पार चली जाएगी ?

उन्हें याद आती है कालिजई। बाणपुर की कालिजई। वह पारीपुद (चिलिका में बसा गाँव) में ब्याही गई। लड़की पिता से पूछती है, मुझे वहाँ क्यों ब्याहा ? मैं तुम लोगों से दूर कैसे रह पाऊँगी ? लड़की पिता के साथ ससुराल जाती है। रोते-रोते उसकी हिचकियाँ बँध जाती हैं। आकाश में बादल उमड़ आते हैं और तूफ़ान में उनकी नाव उलट जाती है। उस कालिजई के नाम पर चिलिका में मंदिर बन गया और उसे देवी मानकर पूजा जाता है और यह देखो आज की लड़कियाँ। सीधे जर्मनी पहुँच गईं।

लेकिन सीताकांत बाबू प्रबुद्ध हैं। लंबा निःश्वास छोड़कर कलियुग के प्रभाव को दोष देते हैं, "वो कहा है भैया, सात फन नीति के, उस पर वासुकि सारे संसार को सँभाले हैं। उसमें एक भी न रहे तो संसार डगमगा जाएगा। इस कलियुग में तो सातों फन हीनबल हैं तो संसार में रीति-नीति का लोप हुआ जा रहा है। तभी कहीं कोई शांति नहीं। कोई नियम-धर्म रहा नहीं।" सतपथी दुखी हैं।

बप्पा ऐसे प्रसंगों में अपना ज्ञान ज़रूर जोड़ देते हैं।

"देखा जाए तो अशांति और अधर्म का प्रारंभ तो महाभारत के धर्मयुद्ध के समय से ही हुआ। कलियुग के प्रवेश का संकेत था वह। यह तो श्रीकृष्ण के

आदेश पर सहदेव ने कलि को बाँधकर रखा कुछ काल के लिए, तो थोड़ी शांति बनी रही पांडवों के शासन में। युधिष्ठिर ने भाइयों-समेत जो कष्ट भोगा, शासन के समय वह कष्ट न रहे, यह श्रीकृष्ण की इच्छा थी।" राधानाथ मौसा भी कम जानकार नहीं हैं ऐतिहासिक-पौराणिक ग्रंथों के, वे तपाक से जोड़ देते–"यों तो भाईना, जिस दिन श्रीकृष्ण दूत बनकर कौरवों के पास गए उसी दिन से धरती पर कलि का आगमन हुआ था। तभी तो सत्यवादी युधिष्ठिर जैसे पुरुष भी बुजुर्गों के आगे झूठ बोले थे। वही अश्वत्थामा के निधन की बात–नरो वा कुंजरो वा···।"

मुँह का पान ख़त्म होने पर सतपथीजी दूसरा बीड़ा गाल के अंदर दबाते प्रसंग आगे बढ़ाते, "सुनी होगी, आप लोगों ने कलि को मुक्त करने की कथा। वही पांडवों के राज्य में जब ब्राह्मण सुरेश्वर और किसान तड़पा खेत में पाए एक स्वर्णकंकण को लेकर न्याय माँगने दरबार में आए। बड़ा विवाद हुआ दोनों में, कोई कंकण लेता ही नहीं था। किसान कहता, मालिक का है, उसी के खेत में मिला। सुरेश्वर कहे, मजूरी करते तड़पा को कंकण मिला तो उसी का। मैं यह लेकर क्यों पाप का भागी बनूँ। युधिष्ठिर आश्चर्यचकित ! यह सब क्या हो रहा है। तब सहदेव ने कलि को बाँधने की बात कही। युधिष्ठिर बोले, 'मुक्त करो कलि को ! अपने सुख के लिए हम समय की धारा को कैसे रोक सकते हैं' ? और भैया, तभी कलि के मुक्त होते ही पहला प्रभाव यह हुआ कि किसान और सुरेश्वर दोनों कंकण पर अपना अधिकार जताते लड़ने लगे। यह मेरा, यह मेरा कहकर। स्वयं युधिष्ठिर के मन में भी लोभ जागा और स्वर्णकंकण उन्होंने राज्यकोष में जमा करवा दिया। यह था कलि का प्रभाव। अब आज जो न हो उसी का आश्चर्य।" और यह अंतहीन आख्यान ख़त्म ही न होता।

ये बुजुर्ग पता नहीं अपने घरों में कलि का प्रभाव महसूस करते थे या नहीं। यदि करते भी होंगे तो मेरे ख़याल में चुप ही रहा करते थे क्योंकि इस प्रभाव को अनछुआ करना उनके बस में नहीं था। सहदेव ने जो कलि को मुक्त कर दिया था।

बहरहाल, बुजुर्ग अपनी जगह और नई पीढ़ी अपनी जगह, अपने ढंग से जिए जा रहे थे। मंदा-प्रद्युम्न घरवालों की एकरस दिनचर्या से वाकिफ़ तो थे ही, उन्होंने बड़े सहज भाव से घर की रीति-नीति को स्वीकार कर लिया था। इसी से घर में अपना एकांत खोज पाने के लिए उन्हें कोई दिक्कत महसूस नहीं होती थी। वे 'सुखी जीवन' के विज्ञापन में रुचि न रखकर जीवन को हर हाल में जीना जानते थे। मंदा उत्कलिका में डेलिवरी काउंटर पर काम करती है। पहली शिफ्ट का काम दो बजे तक ख़त्म होने पर वह घर लौटती और बिखरा घर सँभालने में जुट जाती। प्रद्युम्न साढ़े पाँच, छः बजे तक घर लौटता तो मंदा उसे सजी-धजी,

स्वागत के लिए तैयार मिलती, मुँह पर मुस्कुराहट लिए। उनकी दुनिया अपने हिसाब से ठीक-ठीक ही चल रही थी। उन्हें न बुजुर्गों से शिकायत थी, न बच्चों से।

प्रीति-सुधाकर अपनी पढ़ाइयों में और शेष समय अपने दोस्तों में व्यस्त रहते। टुटुल भी पड़ोस में अपनी हमउम्र लड़कियों के साथ खेलने चली जाती। एक मैं थी जो कॉलेज से लौटकर घर की दरोदीवारों से चिपकी रहती थी। शायद इसीलिए घर में ऊपर से नीचे तक बड़ी दीदी की छाया डोलती रहती। माँ को इस छाया का कुछ ज्यादा ही अहसास था। तभी उसने घर में मेरी उपस्थिति को गरिमा देने के लिए बहुओं को आदेश दिए थे। हर छोटे-बड़े काम में दीदी की इजाज़त ज़रूरी हो गई थी। घूमने जाओ तो दीदी से पूछकर, खरीददारी करनी है तो दीदी से पूछकर। घर की समस्या है, कोई सामान मँगाना है तो दीदी से कहो।

यह ज्यादती थी। मैंने माँ को समझाया भी, पर वह नहीं मानीं। उन्होंने तो अपने सभी अधिकार मुझे थमा दिए थे। किसी और ने चाहे शिकायत न की हो पर कावेरी को मेरा सर्वत्र छा जाना पहले दिन से ही रास नहीं आया।

कॉलेज की छुट्टियों में वह घर आई तो रशियन बैले ट्रुप शहर में आया जानकर दिवाकर से कहा, 'चलो देख आते हैं।' दिवाकर ने सहमति जताई। कावेरी कपड़े पहन तैयार होकर नीचे आई तो देखा दिवाकर चला गया है। वह पैर पटकती वापस अपने कमरे में लौटने लगी तो सीढ़ियों पर मुझसे टकरा गई। मैंने देखा वह बेहद गुस्से में है, पूछा "क्या बात हुई ?"

"कुछ नहीं।" कावेरी की आँखें मान-भरे गुस्से से छलक आईं। आवाज़ आवेश से थरथराने लगी।

"कुछ तो है कावेरी।" मैं कंधों से घेरकर उसे अपने कमरे में ले आई। अपने पास बिठाया। उसके क्रोध का बाँध भरभराकर ढह आया, "इस घर में बहुओं की बेइज्ज़ती के सिवा और क्या मिलता है, दीदी ? पूछती हो क्या हुआ ? आपकी तो घर में चलती खूब है। आप भी तो किसी को कुछ सिखाती-समझाती नहीं हैं।"

"लेकिन हुआ क्या ? मुझे मालूम भी तो हो।" मैंने संयम बनाए रखा।

"मैंने इनसे शादी की है। कोई भागकर तो नहीं आई हूँ। मेरी भी कोई मान-मर्यादा है, कोई इच्छा है। मुझे तैयार होने को कह गए और आप बिना बताए पता नहीं कहाँ चल दिए। क्या यही यहाँ का तौर-तरीका है ?"

कावेरी पति की गैर-ज़िम्मेदारी के लिए मुझे जवाबदेह ठहरा गई। दिवाकर लौटा तो मैंने उसे डाँटा, "तुम कावेरी के लिए रुके क्यों नहीं, जब उसे तैयार होने को कह गए थे ? वह तैयार होकर आई तो तुम पता नहीं कहाँ खिसक लिए। यह तो बड़ी बेहूदी बात है।"

"नानी, मैंने सोचा आप सभी जाओगे, तो वह भी आपके साथ चली जाएगी।

अब मुझे क्या मालूम उसे बुरा लगेगा…”

वाह मेरे भाई ! मुझे दिवाकर की सादगी पर तरस आ गया। बड़े सहज भाव से उसने कह दिया, मुझे क्या मालूम उसे बुरा लगेगा। पर कावेरी ने अन्न-शन्न कर दिया–“आख़िर मैंने इनसे शादी की है, भागकर तो नहीं आई हूँ। आप ही इनके दिमाग में कुछ भर देते !”

कावेरी अपने अधिकारों की ठसक बता गई। मुझे भी दिवाकर पर गुस्सा आया। कावेरी दूसरे माहौल से आई थी। दिवाकर को उसे समझने की कोशिश करनी चाहिए। पर वह तो उलटे उसे अपने ‘सामलाती परिवार’ के कायदे बता रहा है।

लेकिन कावेरी ने मुझे क्षमा नहीं किया, “आपकी बात तो सभी मानते हैं। आपको इन्हें सिखाना चाहिए था।”

पच्चीस साल की नई-नई लगी लेक्चरार कावेरी अपने से छः साल बड़ी ननद को तौर-तरीकों की सही जानकारी देती उसे उसका कर्तव्य सिखा रही थी। गोया मेरा कोई चारित्रिक दोष उसने ढूँढ़ निकाला हो और उसी की तरफ़ बार-बार इंगित कर वह मुझे ज़लील करना चाहती हो।

‘आप चाहती नहीं, या आपसे हमारा सुख देखा नहीं जाता, या आप खुद अकेली हैं तो भाई-भाभियों की हँसी-खुशी आपसे बरदाश्त कैसे हो सकती है ?’ या कुछ ऐसी ही दलील !

उस रात कावेरी-दिवाकर के कमरे से लड़ने-झगड़ने की आवाज़ें आती रहीं। फिर रूठन-मनौवल और कुछ देर बाद कावेरी की मुक्त हँसी। उनका मनोमालिन्य धुल गया शायद, पर मेरे भीतर सवालों के काँटे धँसते रहे। मैं रात-भर सो न पाई। मेरे लिए तनावमुक्त होना इतना सहज नहीं था क्योंकि न तो मैं अपना गुस्सा दूसरे पर उतारकर अलग हो सकती थी और न मेरा गुस्सा शेयर करनेवाला कोई दूसरा मुझे मुक्त होने में मदद कर सकता था। मैं नए-नए सवालों के लिए तैयार नहीं थी क्योंकि मैंने सोचा भी नहीं था, कोई मुझसे प्रश्न पूछने आएगा और मुझे हर किसी के सही-गलत के लिए जवाबदार समझा जाएगा। अपनी तरफ़ से तो मैंने घर के हर सदस्य के हाथों में हल किए सवाल थमाने की कोशिश की थी। मैं जानती थी कि जो कुछ मैंने नहीं किया वह सब वे अपने-आप अपनी ज़रूरतों के अहसास के साथ करते जाएँगे। हर व्यक्ति की अपनी हदें सुरक्षित थीं। मुझे गैरज़रूरी घुसपैठ करने की ज़रूरत भी नहीं पड़ी थी, वैसे मैं अपने घरवालों के लिए किसी भी हद तक जाने को तैयार थी, पर क्या मैं किसी को सुख की गारंटी दे सकती थी ? कोई दे सका है आज तक ? छोटे-मोटे घरेलू झगड़ों का निपटारा करना तो दूसरी बात है।

उसी रात मुझे पहली बार शिद्दत से लगा कि मैं इस भरे-पूरे परिवार में उतनी

ज़रूरी नहीं रही, जितना मैं समझती आई थी या जितना माँ-बप्पा ने मुझे बना दिया था। मेरे भीतर बवंडर उठने लगे। मैं तो इस घर की सुख-शांति के लिए खटती रही हूँ। यह बात क्या बहुएँ नहीं जान पाईं ? अपने पति की गलती के लिए कावेरी मुझे दस बातें क्यों सुना गई ? क्या मैं उनके आपसी झगड़ों के लिए भी जवाबदेह ठहराई जाऊँगी ? आज कावेरी ने सुनाया, कल देखादेखी मंदा भी मुँह खोल सकती है। तो क्या मुझे उनकी बे-सिर-पैर की बातें सुनना और माँ की तरह चुप रहना होगा ?

मेरा घर ! यह है मेरा घर ! इसमें उठे हर सवाल का जवाब मुझे देना है, हर शंका का समाधान मुझे करना है। और मेरी थकन-टूटन का समाधान कौन करेगा ? मेरे लीर-लीर होते विश्वासों को कौन समेट लेगा ? यह अहसास बेतरह डंक मारने लगा। घर ! किसका घर ? मैंने ख़ुद ही इस घर के बंधन में अपने-आपको कैद कर दिया। मकड़ी की तरह अपने चौतरफ़ जाला बुना और फँस गई। मैं तो इस मोह-सने जाल में ख़ुश थी। कभी लगा ही नहीं कि यहाँ मेरा दम भी घुट सकता है। लेकिन अब घुटन महसूस होने लगी थी। बप्पा हमेशा की तरह सभी तमाशे से तटस्थ अपनी मित्रमंडली और गप्प-गोष्ठियों में व्यस्त और मस्त थे। माँ बहुओं के घर में आने से थोड़ी राहत महसूस करने लगी थीं। सभी काम रोज़मर्रा की चक्की में एकरस चाल से चल रहे थे। मेरी अलग से कोई हैसियत भी शायद ख़त्म हो चुकी थी। जैसे सबकुछ था, इर्द-गिर्द, वैसे मैं भी थी। घर के सामान की तरह। घर मुझे आक्टोपस की तरह जकड़ने लगा था और शायद मेरे अवचेतन में मुक्ति के लिए हूक भी उठी थी उसी रात। मन पता नहीं किसको ढूँढ़ने लगा था। कोई तो दूर-दूर तक नज़र नहीं आ रहा था जो मेरे छिले मन पर सुकून की मलहम रख देता। माँ-बप्पा से कहनेवाली बातें नहीं थीं ये। कहने से बचकानी लगतीं। उनसे कहने का कोई मतलब भी नहीं था। कोई ठोस वजह, कोई दिखाई पड़नेवाली बात भी नहीं थी। भाभियाँ अपने घरों में रच-बस गई थीं। यह तो हम सबके लिए संतोष की बात थी। मैं भी तो ख़ुश थी। लेकिन अब मेरे दायित्व ख़त्म होने चाहिए थे, जो नहीं हो रहे थे। और मैं नए दायित्व ओढ़ लेने के लिए तैयार नहीं थी। ये दायित्व, मेरी अनचाही उपस्थिति के बोझ को कम करने की शर्त थे शायद, पर मुझे मंजूर नहीं थे। मैं उन लोगों के हाथों अपना इस्तेमाल नहीं होने दूँगी। उन्हीं दिनों मेरे मन में यह बात आई कि मैं घर से दूर रहकर कुछ काम करूँगी। पर कौन-सा काम करूँ, इसे तय करना पहले ज़रूरी था।

मैं अपने कमरे में बंद हो गई। नहीं, ज्यादा दखलंदाज़ी की ज़रूरत नहीं। भाभियाँ सब देख लेंगी। आख़िर यह उनका घर था अब। घर की सभी चाबियाँ मंदा को सौंप दीं। जैसा ठीक समझो, करो।

लेकिन मैं ख़ुद को घर से काट नहीं सकी। घर से कटकर मैं कैसे जी लेती ? मेरे जीने का कारण था यह आलजाल, जो मेरा नहीं था पर मैंने अपना मान लिया था। इससे कटना भी तो ज़ख्मी हुए बिना संभव नहीं था।

उस रात मेरी बेजुबान माँ चुपचाप मेरे कमरे में आ गई थीं। मुझे जागी देखकर माथा छुआ। तप रहा था, "कुनी ! कुछ दिन के लिए आई के पास गाँव जा। मेरी बात सुन !" उनकी आवाज़ में आजिज़ी थी।

"छुट्टियाँ नहीं हैं बोऊ !" मैंने माँ का हाथ कसकर पकड़ लिया और बच्चे की तरह सुबक उठी। माँ ने पल्लू से मेरी आँखें पोंछ दीं। अपने आँसू पलकों में ही सोख लिए।

"नहीं झिओ, तू जा। कुछ दिनों की छुट्टी ले ले, जैसे भी हो। गाँव में अच्छा लगेगा। उधर राधा-प्रभा भी हैं। तेरी सेहत भी तो ठीक नहीं रहती आजकल। कितना जंजाल···।"

माँ ने बात पूरी नहीं की। शायद जान गई थीं कि यह जंजाल ओढ़ने में उन्होंने भी मुझे उकसाया है। चाहे उसके पीछे जो भी कारण रहे हों। जो नेक इच्छाएँ रही हों, हालात उनके अनुरूप शक्ल अख़्तियार नहीं कर पाए थे। एक तनाव भीतर-ही-भीतर सुलग रहा था, जिसकी आँच सबसे ज्यादा मुझे ही झुलसा रही थी।

मुझे भी जगह बदली की ज़रूरत थी। इस घर की दीवारों से फूटते बेगानेपन और बिखराव की अशांत गंध से मैं कुछ दिन दूर रहना चाहती थी। घर के छोटे-बड़े दायित्व, जो पहले अपने होने की शर्त लगते थे, अब बोझ बनकर उकताने लगे। बड़ी घुटन-सी महसूस हो रही थी। मैं कहीं दूर जाकर खुली हवा में साँस लेना चाहती थी।

मैं कुछ दिनों के लिए ननिहाल, ओज्जा-आई के पास चली गई, कोरापुट के पास एक छोटे-से सोए-सोए गाँव में ! जहाँ दूर-दूर तक पाँव पसारे निश्चिंत लेटी हरियाली बीच खड़े लंबे ऊँचे देवदारों, केवड़े और कटहल के झुंड़ों बीच झुककर बैठे कच्चे-पक्के पचासेक घरों ने मुझे खुश होकर देखा। पक्की सड़क छोड़ कच्ची पगडंडियों पर पाँव रखे तो नारियल के पेड़ों ने कतार बाँधकर बाँहें फैलाईं। पीली चूनर ओढ़े धान के खेतों, छोटी-छोटी पद्म पोखरियों और कुई के नीले गलीचों से फूटती अनछुई टटकी गंध ने छूकर पुचकारा–उदास क्यों हो कुनी ? किसलिए घुटी जा रही हो ?

ओज्जा-आई ने गले लगाया तो भीतर ठिठुरकर बैठा तनाव बूँद-बूँद पिघलने लगा। "चेहरा उतरा क्यों है, झिओ ? इत्ती दुबली तो तू कभी न थी ? सब मंगल तो है ?"

आई ने राधा-प्रभा को मेरी देखभाल की ज़िम्मेदारी सौंप दी और पास बिठाकर

मुझे कौर-कौर खाते देखती रही, कैसा तो लगा ! पर आई के लिए मैं बड़ी हुई ही कहाँ ? क्या-कैसे-कब खाने-पीने का ढंग भी तो मालूम नहीं था मुझे !

रोज शाम आई 'भागवत घर' में भागवत की कथाएँ सुनतीं, मुझे साग्रह साथ ले चलतीं—"तू भी सुन कथा कुनी, मन शांत हो जाएगा···।" उम्रदराज़ अनुभवों से पगी नानी ने पता नहीं मेरे भीतर क्या देखा, मेरी अशांति का कौन-सा कारण खोजा, या शायद कारण ढूँढ़ने की ज़रूरत उन्होंने समझी ही नहीं। पर निदान ढूँढ़ लिया। तन-मन और ज़ेहन की व्यस्तता ! कभी वे मुझे 'पाला वालों' के गीत सुनाने ले जातीं, कभी राधा-प्रभा के साथ 'स्वाँग प्रतियोगिताएँ' देखने ! मैं मुग्ध हुई, उन अपढ़ सीधे-सादे किसानों को देखकर, जो दो जून पखाल और दो जोड़ी कपड़ों के लिए दिनभर गोड़-घुटनों तक माटी में धँसे, कंधे पर हल लिए धूप-घाम में पसीना बहाते थे और शाम होते ही 'जगन्नाथ' का आभार मानने 'भागवत घर' में इकट्ठा हो जाते ! जैसे सभी मुरादें पूरी हो गई हों, कहीं कोई अभाव नहीं हो ! रात तकिए पर सिर रखती तो हवा के झौंकों के साथ 'केंदेरा' बजाते किसी किसान की मीठी आवाज़ थपकियाँ देकर सुला देती। मैं हैरान हो गई। कैसे लोग रहते हैं यहाँ ? दुःख, कष्ट और हज़ारहा तकलीफ़ों के रहते उदासियों को खुद पर हावी नहीं होने देते ये लोग ! मैं सचमुच इन्हें पहचान नहीं पा रही थी।

राधा-प्रभा ने 'खुदरकुनी ओसा' व्रत रखा। नानी ने पारंपरिक व्रत-उपवासों की प्रथा बरकरार रखी है, गो कि इस व्रत का मेरे जाने अब कोई अर्थ नहीं था। अतीत के किसी कालखंड में, जब उड़ीसा का बर्मा, अफ्रीका, इंडोनेशिया आदि देशों के साथ समुद्री रास्ते से व्यापार हुआ करता था, तब घर के पुरुष जहाज़ों पर सवार होकर सुदूर देशों में व्यापार के लिए जाते थे। घर की महिलाएँ, पत्नियाँ-बहनें उनकी सकुशल वापसी के लिए व्रत रखतीं, लेकिन अब यात्राएँ अपना स्वरूप बदल गई हैं। आकाशी मार्ग से ग्रहों-नक्षत्रों को छान मारने पर भी कोई व्रत नहीं रखता, पर नानी का इससे कोई मतलब नहीं। उन्होंने मुझसे भी व्रत रखवाया।

"तू भी रख कुनी, भाइयों की सलामती के लिए ! भाभियों का क्या ? अच्छी हुईं तो गृहलक्ष्मी, नहीं तो बहन-भाई को अलग कर दें···"

नानी ने जाने किस अबूझी नज़र से मेरे मन को टटोला। मन की तहों को खँगालने की महारत हासिल है अनपढ़ नानी को ! मैंने तसल्ली दी, मेरे मन में किसी के लिए कोई मैल नहीं। व्रत रखकर नानी को प्रसन्न कर दिया।

राधा-प्रभा ने रँगोलियाँ सजाईं, घर की दीवारों पर सागर की उत्ताल तरंगें आँक दीं और 'मंगला देवी' की पूजा हुई। नानी ने 'तापोई' की कथा सुनाई। धनी सौदागर की सात बेटों में अकेली बेटी 'तापोई' की कथा, जिसे माता-पिता की मृत्यु के बाद भाइयों ने बेहद दुलार दिया पर जब भाई जहाज़ पर सवार होकर विदेश गए तो भाभियों ने अपार कष्ट दिए। तापोई ने मंगला देवी की पूजा की,

व्रत रखा और उसके भाई सकुशल लौट आए। बहन के कष्ट ही दूर नहीं हुए, दुष्टा भाभियों को भी सजा मिली।

नानी के भोले विश्वास पर मुझे हँसी आती, पर उनकी आस्था को चुनौती देकर उनके मन को खरोंचना मुझे मंजूर नहीं था।

गाँव में रघू, सतुरा, गणेशा जैसे बँधुआ मज़दूरों से मिली। दूसरों के लिए खटते उन लोगों के धूप-जले तनों पर कोई कपड़ा नहीं था, जूते पहनना तो अपने आक़ाओं का अपमान करना था, शायद ! मैं, पेशे से अध्यापिका, उन्हें उनके अधिकारों के प्रति सचेत करना चाहती थी। अचेत आकांक्षाओं को कोंच कर जगाना चाहती थी। मेरे मन में अजीब-सी बेचैनी भरने लगी थी। उन्हीं दिनों गाँव के प्रधान राजेन्द्र राय, आई से मिलने आए। वे आदिवासी बंडा क्षेत्र के लिए कुछ कार्य करते थे। मैं उनके साथ बंडा क्षेत्र में भी गई। उड़ीसा और आंध्र प्रदेश की सीमा पर, जहाँ माछकुंड नदी बहती है, वहीं उत्तर-पश्चिम में बंडा पर्वत है। नदी की सतह से साढ़े तीन हज़ार फुट की ऊँचाई पर स्थित इस 'बंडा साम्राज्य' में सरकार का कोई कानून नहीं चलता। सभ्यता के तकाज़ों से अपरिचित यहाँ का 'इगोर बोय' (बंडा पुरुष) नंग-धड़ंग रहकर शिकार और छिटपुट खेती करके जीवन-निर्वाह करता है। अस्त्र-शस्त्रों से लैस, ताड़ी में धुत बंडा पुरुष को देखकर लगा, हज़ारों सालों पूर्व के युग में लौट गई हूँ। पुरुषों से उम्र में कई-कई वर्ष बड़ी स्त्रियाँ ही घर-परिवार का दायित्व निभाती हैं। धूल-मिट्टी सने नंग-धड़ंग बच्चों को अस्त्रों से लैस देखा तो लगा, यहाँ आगामी कल के लिए भी किसी नई आशा की किरण नहीं दिखनी है !

राय मौसा से मशविरा किया, क्या मैं कुछ कर सकती हूँ इनके लिए ? उन्होंने बंडा क्षेत्र में जाने की सलाह नहीं दी, "बहुत खूँखार हैं बंडा लोग ! तुम आदिवासियों के लिए कुछ करना चाहती हो तो मयूरभंज, बालासोर, संबलपुर, गंजाम, किसी भी प्रदेश में जाओ, शोषण के शिकार आदिम अवस्था से चिपके आदिवासी मिल जाएँगे। अब तो वे कहीं-कहीं ग्रामवासियों के संपर्क में आकर आदान-प्रदान की नीति भी अपनाने लगे हैं। इनके बच्चों को शिक्षा दो ! एक अच्छा काम होगा··· " मैंने मन बना लिया। मैं कुछ वक्त आदिवासी बच्चों-स्त्रियों के साथ बाँट लूँगी। शायद मन को कोई सुकून मिल जाए। फालतू कामों में अब नहीं उलझना ! मैं निश्चय लेकर घर लौट आई !

आठ

मंदा ने गले में साड़ी का पल्लू डालकर मेरे पैर छुए। कावेरी ने भी पाँव छूने की रस्म निभाई। हालाँकि मैंने शादी के दूसरे दिन ही मंदा को मना कर दिया था, "नहीं, इस तरह झुककर पैर छूने की ज़रूरत नहीं। यह सब माँ-बप्पा के लिए ही रहने दो।"

"आप भी तो गुरुजन हैं···"। मंदा के भावहीन चेहरे से मन की बात मालूम नहीं पड़ती, पर मध्यवर्गीय परिवारों की संस्कारिता उसके आचरण में मेंहदी के रंग की तरह रच गई है। उसके दुबले-पतले शरीर और निरीह-से लगते साँवले चेहरे के साथ उसका व्यवहार स्वाभाविक-सा लगता है। झुकते वक़्त बड़ी सहजता से वह लगभग दुहरी हो जाती है। पर कावेरी ज़रा-सा झुकने की कोशिश करती है, तो लगता है कमर दर्द कर रही है। उसके चेहरे पर तनाव खिंच आता है। मैंने उसे भी बड़े प्यार से समझाया कि अदब-कायदा और मान-सम्मान देना तो अच्छी बात है, पर मुझे तुम लोगों से गले मिलना ज्यादा अच्छा लगता है। अनावश्यक शिष्टाचार या औपचारिकता कहकर मैंने भाभियों का दिल नहीं दुखाया। यों बड़ों के पाँव छूकर आशीष पाने की प्रथा हमारे घरों में पुरानी है, जिसे नई पीढ़ी भी बिना प्रश्न किए निभा रही है। पर कावेरी ने आते ही मंदा से कहा था, "क्या झुककर हर किसी का पाँव छूना होगा ? माँ-बापू की बात तो ठीक है···।" यह भी एक कारण था कि मैं पैर छूने की रस्म का विरोध करती रही। कावेरी रसायन विज्ञान में एम. फिल कर चुकी है। पिछले दो वर्षों से घर से दूर राँची में, होस्टल में रहकर छात्र-छात्राओं को पढ़ाती है। उसकी कई शिकायतों में एक बड़ी शिकायत यह है कि शादी के बाद भी वह पति से अलग और अकेली रहने को मजबूर है। उसने मेरे सामने ही बातों के दौरान दिवाकर से कहा कि अकेली रहते-रहते वह अब ऊब गई है। दिवाकर भी पत्नी के साथ रहकर अपने घर-संसार का सुख तो देखना-भोगना चाहता होगा, पर फिलहाल इस मामले में वह कुछ कर नहीं पा रहा था। उन्हीं दिनों मैंने कावेरी को सुझाव दिया था कि वह स्थानीय कॉलेज में तबादले के लिए कोशिश करे। तबादला न हो पाए तो किसी प्राइवेट कॉलेज

में नई नौकरी के लिए प्रयत्न किया जा सकता है। पर कावेरी नहीं मानी।

"आजकल पी. एच-डी. के बिना कॉलेजों में नियुक्ति कहाँ हो पाती है, दीदी। आप तो जानती हो। वह तो मेरे भाग्य से मौसा बिहार में शिक्षा मंत्रालय में डिप्टी सेक्रेटरी हैं। उनकी सिफ़ारिश से नौकरी मिली। नहीं बाबा, मैं तो यह नौकरी छोड़ नहीं सकती।"

कावेरी की बातों में उद्दंडता भले हो, सच्चाई का अंश भी था। नौकरियाँ इतनी सहजता से कहाँ मिलती हैं आजकल ? पर कोशिश की जा सकती थी, जिसके लिए वह तैयार नहीं थी।

"फिर क्या सोचा है तुमने ?" मुझे लगा कावेरी ने कोई विकल्प ज़रूर सोचा होगा, तभी तो अकेलापन बहुत ज्यादा खलने लगा है।

"क्यों ? क्या ये अपना ट्रांसफर वहाँ नहीं करा सकते ?" कावेरी ने प्रश्न का उत्तर प्रतिप्रश्न से दिया, "मौसा पहले ही कह चुके हैं कि वे मदद करेंगे, पर ये तो घर छोड़कर कहीं भी जाने को तैयार नहीं, एक आवेदन-पत्र लिखना भी नहीं होगा इनसे, ऐसे में कोई क्या कर सकता है ?"

कावेरी ने कड़वी हँसी हँसकर जोड़ दिया, "ज़रूरी है क्या कि हर बार पत्नी ही बलि का बकरा बने ? शादी के बाद घर-गृहस्थी में तो दोनों की बराबर हिस्सेदारी है।"

"कोशिश करके देख लो, शायद दिवाकर का ही तबादला हो सके।" मैं और क्या कह सकती थी ? "तुम दो जने दो घरों में रहो, यह तो हमें भी अच्छा नहीं लगता।"

"वैसे भी मुझे यहाँ घर-जैसा महसूस नहीं होता," पता नहीं कावेरी बार-बार जली-कटी बातों से मेरा दिल दुखाने पर क्यों उतर आती थी ?

दिवाकर पत्नी की बातों से हतप्रभ हो गया था—उसने एकसाथ ही पहले कावेरी और फिर मुझे देखा, मेरे चेहरे पर जैसे किसी ने राख मल दी हो।

"बिना सोचे-समझे ही बात करती हो, यही सीखा है तुमने अपने घर में ?" दिवाकर ने पत्नी को डाँट दिया, "यह तुम्हारा घर है अब, इसमें क्या गलत हो गया ?"

कावेरी भौंहों में बल दिए उबल पड़ी, "मुझे तो जैसा लगता है, वैसा ही कह रही हूँ। भीतर एक बात बाहर दूसरी, मैं नहीं जानती। इस घर में कोई प्राईवेसी तो है ही नहीं। कमरा-भर होने से कोई जगह घर थोड़ी बनती है ? मैं तो यहाँ अपनी सहेलियों को भी बुला नहीं सकती। सुबह से शाम तक कैसे-कैसे लोग तो आते-जाते रहते हैं।"

मेरे माथे की नसें तड़कने लगीं। आगे कुछ और सुनना मुश्किल था। कावेरी को चुप न कराती तो वह सामान्य शिष्टाचार भी भूल जाती।

"छोड़ो यह बहस ! तुम दोनों बड़े हो गए हो, जिम्मेदार हो। जैसा ठीक समझो, करो। घर तो तुम दोनों का है, फिर भी जहाँ मन हो, वहाँ नया घर बसा सकते हो। इस घर में सारा परिवार एकसाथ रहता है। यहाँ के कुछ नियम-कायदे हैं। सबसे पहले यह माँ-बप्पा का घर है। यहाँ उनका ही अनुशासन चलेगा। यह बात हमें भूलनी नहीं चाहिए।"

मैं आवेश में दो बातें ज्यादा कह गई, जो मैं कहना नहीं चाहती थी। पर मैं कावेरी के फूहड़पने से त्रस्त रहने लगी थी। हमारे वर्षों से पोसे मान-सम्मान और शिष्टाचार के कायदे उसके सामने कोई अर्थ नहीं रखते थे। और मुझे यह बात बेहद खल रही थी, इसलिए भी कि यह सब मेरे सामने हो रहा था। वह बप्पा के दोस्तों को भी घर में सह नहीं पाती थी। यह हद थी !

यों कावेरी अपनी जगह सही हो सकती थी। पच्चीस-छब्बीस साल की उम्र में विवाह उसने इसलिए नहीं किया कि उसका अकेलापन बरकरार रहे। उसने तो ऐसा साथी चाहा था जो उसके तन-मन का भागीदार होने के साथ उसकी अपेक्षाओं का संसार उसे मुहय्या कर सके।

लेकिन यहाँ एक तो नौकरियाँ अलग जगहों पर होने के कारण एक-दूसरे से दूर रहने की लाचारी थी। उस पर छः-आठ महीनों में कैजुअल लीव, सिक लीव वगैरह ख़त्म करके वह बिना वेतन भी कई छुट्टियाँ ले चुकी थी, अब नौकरी हाथ से जाने की चिंता भी सताने लगी थी। दूसरी तरफ़ इतने ख़तरे लेकर जो भी संग-साथ मिलता उसे पूरे परिवार के साथ बाँटना पड़ता था। इस सामलाती परिवार में सास-ससुर को तो सहा जा सकता था, सुधाकर-प्रीति-टुटुल को भी गवारा किया जा सकता था, पर सदा मौजूद दीदी की जगह को स्वीकारना कावेरी के लिए मुमकिन नहीं था। इसे वह कई बार संकेतों से बता चुकी थी।

मैं कावेरी की इस परेशानी का हल ढूँढ़ नहीं पा रही थी। भाइयों की शादी के बाद मैंने घर में हस्तक्षेप करना छोड़ ही दिया था। प्रद्युम्न-मंदा घर की रास सम्हाल रहे थे। मंदा ने बेटी को जन्म दिया था। माँ तो धीरे-धीरे रसोई से भी रुखसत होने लगी थीं क्योंकि जब से मंदा की बेटी हुई, माँ को पूरे दिन की व्यस्तता के लिए कारण मिल गया। बच्ची को मालिश, उबटन लगाकर दही-बेसन से नहलाना, पोतड़े-पातड़े बदलना, दूध पिलाना। मंदा नौकरी पर जाती तो माँ नन्हीं को काँधे से लगाकर भूले हुए निंदा मौसी के गीत सुनाती।

सुधाकर को सांबलपुर में बुरला मेडिकल कॉलेज में दाख़िला मिल गया था। उसके जीवन की हौंस पूरी हो गई थी। प्रीति कॉलेज में एम. ए. करने लगी थी। सभी अपने-अपने कामों, अपनी दिनचर्याओं में व्यस्त थे। मंदा से मुझे कभी कोई शिकायत न रही। वह घर में कुछ इस तरह रच-बस गई थी कि लगता था, हमेशा से यहीं रहती आई है। वह एक बड़े परिवार से आई थी और अपने आसपास

बच्चों-बड़ों को देखने की आदी थी। मेरे लिए उसके मन में आदर भी था। जब भी वह मायके चली जाती, मेरे लिए वहाँ से कोई छोटी-बड़ी चीज़ ज़रूर ले आती। उसका ननिहाल रघुराजपुर में है। शिल्पकारों के इस गाँव में उसके मामा चित्रकारों में अपनी खास जगह रखते हैं।

वे बड़े सुंदर पट्टचित्र बनाते हैं। पिछली बार, मेरे जन्म-दिन पर मंदा, मामा का बनाया एक बेहद सुंदर पट्टचित्र ले आई और बड़े आग्रह से उसे मेरे कमरे में टाँग दिया। मैंने प्यार से समझाया, "इतना कीमती चित्र क्यों ले आई मंदा ? लाना चाहती थी तो जगन्नाथजी की छोटी मूर्ति ले आती। तुम्हारे मामा का तो रोज़गार है यह। उनका नुक़सान होगा इस तरह चीज़ें लाती रही तो !"

मैं जानती थी कि साधना और श्रम से मंदा के मामा का लगभग पूरा परिवार इन चित्रों को बनाने-रँगने में जुटा रहता है, फिर भी दो जून भात के अलावा वे लोग बहुत ज्यादा संचय नहीं कर पाते। पर मंदा मचल गई, "नहीं नानी ! इसे रख लीजिए। आपके लिए ही ख़ास ले आई हूँ।"

कावेरी ने राँची लौटते वक़्त वही पट्टचित्र मेरे कमरे से उतारकर अपने अटैची में रख लिया। जाते-जाते इत्तला-सी दी, "नानी ! आपके कमरे का पट्टचित्र ले जा रही हूँ। आपके लिए मंदा दूसरा ले आएगी। मैंने उससे बात की है। मुझे वह चित्र बहुत अच्छा लगा। मेरी प्रिंसिपल ने माँगा है, उसी को देना है।"

मैं हैरान रह गई। इस पढ़ी-लिखी लड़की ने क्या साधारण-सा शिष्टाचार निभाना भी नहीं सीखा ? पूछ तो लेती लेने से पहले ! मंदा से बात की, "तुमने कावेरी को इतना कीमती चित्र क्यों लेने दिया ?"

मंदा सिर झुकाए चुप रही। मुँह पर बात करने की अभ्यस्त नहीं है वह। देवरानी के आगे भी बोल नहीं पाई होगी।

"अब दे दिया सो ठीक किया, पर अब मामा से और चित्र नहीं लेना। तुझे मेरी कसम है।" मेरे कसम दिलाने पर मंदा रोने लगी। वह भी भीतर-ही-भीतर कावेरी की ज्यादतियों से दुखी थी। जब भी वह आठ-दस दिन के लिए घर आती, कोई-न-कोई हंगामा खड़ा कर देती। किसी-न-किसी बात को लेकर तनाव ताँत की तरह कसा रहता।

कावेरी के जाने के बाद ही घर फिर से अपने रोज़मर्रा के ढर्रे पर आ जाता।

लेकिन उस बार तो कावेरी ने हद ही कर दी। मंदा से बतियाती वह बार-बार प्रत्यक्ष-परोक्ष रूप से मेरा प्रसंग उठाती, "मेरे बप्पा ने तो मेरे बीस साल पूरे करते ही मेरे लिए वर-ढुँढ़ाई शुरू कर दी। मैंने ज़िद की कि मैं पढ़ाई पूरी कर लूँगी तो मान गए। ओ दीदी ! मैं और एकाध-साल कुँवारी रहती तो बोऊ पता नहीं क्या करती। शायद विष खाकर प्राण त्याग देतीं।" फिर जैसे मंदा से कोई राज़ की बात कहना चाहती हो। उसने जोड़ दिया, "दीदी, तुम बोऊ से कहती क्यों

नहीं ? तुम बड़ी बहू हो, तुम्हारी बात मान लेंगी। नानी को अब शादी कर ही लेनी चाहिए। बाद में तो कोई दुहाजू भी नहीं मिलेगा।"

"इश्श··· कावेरी, चुप रहो, नानी सुन लेंगी," मंदा ने टोका था।

"मैंने कोई गाली नहीं दी। सच बात कही है। बोऊ-बप्पा कब तक रहेंगे ? कल दीदी बूढ़ी हो जाएँगी तो हमें ही देखना पड़ेगा न ?···"

साथ-लगे कमरे में बातें हों तो न सुनना चाहकर भी एकाध बात कान में पड़ ही जाती है। मैं अपने कान बंद भी कर लेती तो भी क्या फर्क पड़नेवाला था ? कावेरी अपनी जगह पर सही थी। लेकिन सही और सही के बीच ही तो विवादास्पद स्थितियाँ पैदा हो जाती हैं। क्योंकि एक का सही दूसरे के लिए उसी रूप में मान्य नहीं होता जैसे पहले के लिए। फिर दो का सोच भी भिन्न होता है। इसी से कावेरी की सही बातों ने मेरे रहे-सहे विश्वासों पर मारक चोट कर दी।

'कुनी ! शुक्र कर कावेरी घर में नहीं रहती। दो-तीन माह में आकर दसेक दिन रह जाती है। जब साथ रहने लगेगी तो तुम्हारा यहाँ साँस लेना भी मुश्किल हो जाएगा।' मेरे ज़ेहन ने मुझे चेताया और मैं हतप्रभ रह गई। बिना किसी बाहरी चोट के भी कैसे ज़ख्मी हो गई थी मैं ! मेरे अंदर पीप-भरे फोड़े चिरे जा रहे थे, और मैं कराह भी नहीं पा रही थी। मुझे याद है, उस रात मैंने बड़े मोह से घर को देखा था, जैसे वह अचानक मेरे लिए पराया हो गया हो या मैं ही उसके लिए अजनबी बन गई होऊँ। मेरा घर। मेरा कमरा, मेरा आल-जाल ! जहाँ मैं अपनी ज़िंदगी के बत्तीस वर्ष पूरे कर चुकी थी। लाड़-भरे बचपन से गुज़रती चंचल किशोरी बनी थी और उम्र की सीढ़ियाँ फलाँगती, जवानी की दहलीज़ लाँघ मैं तमाम सुख-दुख, मान-अपमान के मिले-जुले अहसासों को जीती रही। रगों-रेशों में उमगती इच्छाओं, कामयाबियों और असफलताओं का स्वाद पाया था मैंने। सूनी रातों में मेरी आहों-नाउम्मीदियों और अकेलेपन की साक्षी रही हैं ये मेरे कमरे की ख़ामोश दीवारें ! घर का चप्पा-चप्पा मेरे पाँवों की आहटों को सूँघता मेरा साथ निभाता रहा है। लेकिन अब मेरा यहाँ रहना नहीं होगा। उस रात मैं पूरी तरह टूट गई थी। कैसा रुख़ बदलते हैं हालात भी अचानक ! मैं माँ-बप्पा से भी जैसे दूर हो गई थी। बप्पा तो स्वभाव से ही विरागी हो गए थे। घर में रहकर भी संन्यासी-जैसे। न ऊधो का लेना न माधो का देना। उनसे क्या कहती ? कि तुम्हारा घर मुझे आक्टोपस की तरह जकड़ रहा है ? नहीं, मैं रक्त-नदी में तैर रही थी नितांत अकेली। मेरे आगे-पीछे कोई नहीं था। होता तो मैं इतनी अकेली पड़ जाती?

कैसा महाभारत उगा था मेरे भीतर उस रात ? आज भी सोचकर काँप उठती हूँ। क्या ऐसे ही फालतू पड़ जाने के अहसास के साथ आदमी में आत्महत्या की प्रवृत्ति नहीं जागती ? कितना व्यर्थ लगा था अपना होना उस वक़्त ? अपने घर

से बाहर की बातों को अनसुना करना तो मैंने सीख लिया था, पर अपने लोगों की आवाज़ों को कहाँ तक अनसुना किया जा सकता था ? और फिर सचमुच ही तो मैंने बुढ़ापे की बात सोची ही नहीं थी। सोचा नहीं कि मेरे कारण किसी दिन मेरे भाइयों-भाभियों को कष्ट हो सकता है। उन भाइयों को जिनके सुख के सामान बटोरते, मैंने अपने बारे में नहीं सोचा। जिनके सुख के सपने सँजोती रही, उन्हीं पर किसी दिन मैं बोझ-भी बन सकती हूँ। यह सब तो मुझे सोचना ही चाहिए था।

लेकिन टूटकर बिखरना मैंने कभी स्वीकार नहीं किया। मैं अगले दिन समय से नहा-धोकर कॉलेज गई। किसी को भी आभास न दिया कि मेरे भीतर महाशून्य उभर आया है। कक्षा में रोज़ की तरह ही पढ़ाती रही। गोपबंधुदास ! उड़ीसा के गांधी ! देशभक्त और बेजोड़ साहित्यकार। 1924 ईस्वी मेुं गांधी के असहयोग आंदोलन में भाग लेने पर जिन्हें जेल भेज दिया गया। उनका काव्य 'धर्मपद'…"

"आज गंगाधर मेहर की 'तपस्विनी' पाठ का अर्थ समझाइए, मैडम ! कल शुरू किया था न, आधा ही हुआ है।" छात्राओं ने टोका।

"ओ हाँ, ध्यान ही नहीं रहा।" मैंने विद्यार्थियों को गंगाधर मेहर की जीवनी और काव्य पर व्याख्यान दिया। बारपल्ली के यह बुनकर कवि रवींद्रनाथ टैगोर के समकालीन, उड़ीसा का गर्व हैं। उनकी 'तपस्विनी' पढ़ाते मैं ख़ुद वाल्मीकि आश्रम में रहती सीता बन गई। छात्राएँ भी मंत्रमुग्ध होकर निर्दोष सीता की व्यथा-कथा सुनती रहीं जो अग्नि-परीक्षा के बाद भी अपने निर्दोष होने को प्रमाणित नहीं कर सकी। मैं दिन-भर औरत की नियति पर सोचती रही। औरत ! तेरे भाल में शायद दुख ही लिखा है, कारण जो भी हो। मैं इतिहास के पन्ने पलटने लगी। सीता, द्रौपदी, मंदोदरी, अहल्या… हरम की मल्लिकाएँ, और आज की स्वतंत्र नारी ! घर बाहर के दुहरे दायित्व निभाती भी कितनी स्वतंत्र है ? मैं इस स्वतंत्रता का क्या उपयोग कर सकती हूँ ? क्या अपने रक्षणशील परिवार से दूर जाकर, सबसे नाता तोड़कर, स्वतंत्र रूप से जीना संभव होगा ? होगा भी तो क्या अपने बूढ़े अशक्त माँ-बाप को बिना चोट पहुँचाए ऐसा कर पाऊँगी ?

मेरे माँ-बप्पा मेरी ज़बर्दस्त बेड़ियाँ बन गए।

मैंने माँ को समझाया, "बोऊ ! सोच रही हूँ, अपना तबादला संबलपुर कराऊँ। तुम मेरे साथ रहने आ सकोगी ? तुम और बप्पा दोनों। यहाँ तो मंदा-प्रद्युम्न हैं ही। हो सकता है, कावेरी भी-तब यहीं आ जाए।" माँ ने मुझे पलक-भर देखा, फिर बिना बोले हाथ का काम पूरा करने लगीं। उड़द की बड़ियाँ कपड़े पर फैला रही थीं।

"बोऊ ! मैं तुमसे बात कर रही हूँ। यह बड़ियाँ बनाना थोड़ी देर के लिए

रोक ले।" मेरी आवाज़ में दबा-दबा गुस्सा था, असहाय क्रोध, जिसे मैं किसी पर उतार नहीं सकती थी। माँ का चेहरा उतर गया। मैंने स्वर सँभालकर कहा, "सुधाकर भी तब हमारे साथ आकर रह सकेगा।" माँ ने हाथ रोककर मुझे देखा। वह मेरे इस अचानक फैसले की पृष्ठभूमि से बेख़बर नहीं थीं। उनकी आँखों से झर-झर आँसुओं की धार बहने लगी, "झिओ, मरने से पहले कैसे छोड़ दूँगी यह घर-संसार ?"

"थाऊ बोऊ थाऊ ! (रहने दो माँ) मुझे तुमसे कुछ नहीं पूछना। मैं अकेली चली जाऊँगी। उधर होस्टल में रहूँगी···" मैं उफन पड़ी। माँ अपने ख़ामोश आँसुओं और मूक बधिर व्यवहार से मुझे बेहद उत्तेजित करती थीं कभी-कभी। छीलती भी कम नहीं। तुम इतनी असहाय क्यों हो माँ ?

"झिओ ! मेरे रहते ऐसा मत सोचो, अभी तो हम दोनों हैं न ?"

माँ की भी दिक्कतें थीं। प्रीति-टुटुल को छोड़कर कैसे आतीं ? जवान लड़कियों को उन्होंने मेरे ज़िम्मे कर दिया था। मेरे बाद तो उन्हें ही पहरेदारी करनी होगी। फिर उनके घर-संसार का क्या होगा ? उसका आदि, उसका अंत ! इसे वह कैसे छोड़ सकती हैं ? भला हो या बुरा, इस घर से तो उनकी अर्थी निकलनी है। बप्पा से भी अंत समय अपना घरौंदा छोड़कर नई जगह बसना नहीं होगा। उम्र-भर का कायदा वे अब नहीं बदलेंगे।

"ठीक है माँ ! तुम रहो। मुझे जाने दो। सुधाकर तो है न वहाँ ? वह मेरे साथ रहेगा तो तुम्हें भी चिंता न रहेगी। होस्टल से बुला लूँगी उसे।"

कॉलेज की प्रिंसिपल से बात कर मैंने संबलपुर तबादले के लिए कोशिशें शुरू कर दीं। एक तो सुधाकर वहाँ था; दूसरे वहीं मैं पास के आदिवासियों के साथ भी कुछ समय बिताकर अपनी योजना को कार्यान्वित कर सकती थी। सुधार के लिए मेरे पास बड़ी योजनाएँ नहीं थीं, पर उनके बीच रहकर उन्हें उनके अधिकार और कर्तव्यों के प्रति चेता तो सकती थी। नंग-धड़ंग घूमते बच्चों को कुछ अक्षर ज्ञान तो दे सकती थी और शायद अजनबियों के बीच रहकर अपने होने को कोई अर्थ भी दे सकती थी। मुझे अपने और पूरे घर की शांति के लिए यही उपाय सूझा। माँ-बप्पा ज़रूर दुखी होंगे, लेकिन रहते-रहते वे भी हालात से समझौता कर लेंगे। इससे बेहतर विकल्प तो मेरे पास नहीं था।

फिर भी यह सब इतना आसान नहीं था। कुछ समय लग सकता था और इस बीच मुझे घर में किसी भी तरह की परेशानी या तनाव पैदा करना अच्छा नहीं लगता। बाहर से स्थितियाँ पहले-जैसी ही थीं, पर मेरे भीतर काफ़ी कुछ घटने लगा था। पता नहीं घर के सदस्यों ने इसे महसूस किया या नहीं, पर मेरे फ़ैसले का किसी ने विरोध नहीं किया। यों मेरे फ़ैसलों का विरोध घर में कोई नहीं करता था। पीठ-पीछे भी नहीं, कावेरी को छोड़कर। फिलहाल वह वापस राँची चली गई थी।

नौ

चल ही रहा था सब हरि कृपा से, बप्पा के शब्दों में कहूँ तो ! खट्टा-मीठा जैसा भी था। बोसीदा रूटीन को सहने की आदत बन जाती है रहते-रहते। समय का स्वभाव जो है, उसी के अनुरूप व्यक्ति हर स्थिति को मानकर चलने की नियति को झेलता है और वक़्त के साथ धीरे-धीरे वह भी बीतता चला जाता है।

लेकिन अचानक सबकुछ बदल गया, बड़े अप्रत्याशित ढंग से। इसे संयोग कहूँ या होनी। कुछ समझ नहीं पाती। पर उस वक़्त सोचने-समझने का मौक़ा ही कहाँ मिला ? अचानक ही तो घटा सबकुछ ! या शायद अचानक-जैसा कुछ होते हुए भी मेरे भीतर उसकी पृष्ठभूमि बन चुकी थी। उम्र-भर पाले-पोसे विश्वास तेज़ी से झर रहे थे और मैं नए हादसों, अनुभवों के लिए तैयार हो रही थी।

कॉलेज की प्रिंसिपल ने मेरे तबादले की अर्ज़ी लेते हुए भी मुझे एक बार फिर सोचने के लिए कहा और साथ ही कॉलेज की तरफ़ से कलकत्ता सेमिनार में शामिल होने के लिए भेज दिया। मैं उसे नाराज़ नहीं करना चाहती थी। सो बिना बहाना किए चली गई। वहीं से लौट रही थी तो ट्रेन में सिद्धार्थ मिला। हड़बड़ी में अटैची बैग सँभालती स्टेशन पर पाँव उतार रही थी कि ट्रेन ने धीरे-धीरे सरकना शुरू कर दिया। दरवाज़े पर हैंडल पकड़े मैं परेशान-सी धीरे-धीरे सरकती ट्रेन की रफ्तार के हिसाब से कूदकर उतरने की सोच रही थी कि प्लेटफ़ार्म पर सामने एक लंबे-चौड़े युवक को अपनी ओर टकटकी लगाकर देखते पाया।

"प्लीज़ !" मैंने अटैची आगे बढ़ाते अनुनय-सी की। वह मेरी परेशानी बिना बोले ही समझ गया और लपककर एक हाथ से मेरी अटैची ले ली और दूसरे से बाजू पकड़कर प्लेटफ़ार्म पर खींच लिया। मैं हालाँकि गिरते-गिरते सँभली, पर इस अनजान पुरुष की तत्परता से हाथ-पैर तुड़ाने से बच गई। उलझन से उबरते ही धन्यवाद कहने के लिए उसकी तरफ़ देखा। वह हल्के-से मुस्कुरा रहा था।

"अह ! मैं जान ही न पाई, गाड़ी ने कब सिग्नल दिया।" मैं जैसे अपनी असावधानी के लिए कोई वजह ढूँढ़ रही थी।

"ऐसा होता है कभी-कभी !" उसने मुझे शरमिंदा होने का मौका नहीं दिया।

आगे कुछ कहती कि उसने अगला प्रश्न पूछ लिया, "किस तरफ़ जा रही हैं ?"

"शहीदनगर।"

"चलिए, मैं भी चल रहा हूँ।"

"आप ? कहाँ रहते हैं ?" पूछते-पूछते रुक गई। अपनी तरफ़ का नहीं लगा। पंजाबी लहजे में बात कर रहा था।

"प्राची, मेघदूत, कहीं भी।"

"होटल में ?"

"हाँ।" उसने सिर हिलाकर हामी भरी।

"मैं चली जाऊँगी। आप कष्ट न कीजिए।" मैंने सोचा, कोई सैलानी होगा। क्यों बेकार परेशान करना।

"कोई कष्ट नहीं। रास्ता तो एक ही है।" उसने मेरे ना-नुकर करने से पहले ही हाथ बढ़ाकर बैग ले लिया। मुझे लगा, वह काफ़ी देर से नज़रों से मुझे टटोल रहा है। मैं उसके पीछे-पीछे टैक्सी तक चली आई। मन में जाऊँ-न-जाऊँ की दुविधा के रहते भी सड़क पर हुज्जत करना ठीक नहीं लगा। अकेली लड़की को किसी भी समवयस्क पुरुष से बतियाते देख लोगों की नज़रें पैनी और कान यों भी तेज़ हो जाते हैं। फिर भीड़ में कोई रिश्तेदार निकला तो ?

टैक्सी में उसने मुझे बराबर बातों में उलझाए रखा। खोद-खोदकर मेरी और घरबार की जानकारी हासिल की। अपना परिचय भी बिना पूछे दे दिया, "मेरा नाम सिद्धार्थ है, घुमंतू हूँ। यों तो दिल्ली स्कूल ऑफ़ आरकिटेक्चर से ग्रेजुएट हूँ। देश-विदेश के भवन-निर्माण, मूर्तिकला और शिल्पकला का ज़बर्दस्त प्रेमी भी। वक़्त मिलते ही घर से खिसक लेता हूँ। अकेला हूँ न ? झंझट नहीं पाले अभी तक। हाँ, घरवाले व्यापारी हैं। मुझे भी व्यापार में ही डालना चाहते थे, पर मैं उस काम के लिए बना ही नहीं हूँ..."

मैं एक नितांत अपरिचित व्यक्ति के साथ बैठी कुछ उलझन-सी महसूस कर रही थी। आदत ही कहाँ थी इस तरह गैरपुरुषों से मुक्त होकर बात करने की, साथ बैठने का तो पहला ही मौक़ा था। कई तरह के डर मन में उग रहे थे। किसी सहकर्मी, पड़ोसी या नातेदार ने एक अपरिचित के साथ टैक्सी में बैठे देखा तो क्या सोचेगा ? सच कहूँ तो इस डर से ज्यादा गहरा एक और डर था, एक अनजान पुरुष के बहुत करीब बैठी मैं बिला वजह नर्वस हुई जा रही थी। आफ्टर शेव लोशन से जुड़ी एक युवा पुरुष के अहसास की गंध मुझे छू रही थी पहली बार, और मैं पसीना-पसीना हुई जा रही थी। हालाँकि सीट के बीच में एक आदमी की जगह छोड़कर हम एक-दूसरे से हटकर बैठे थे, पर हवा के तेज़ झोंकों से मेरी साड़ी का पल्लू उसकी कमीज़ या हाथों को छू जाता। मुझे अजीब-सी सिहरन होने लगती। मैं बार-बार पल्लू को मुट्ठी में कसे सिकुड़ने लगती। सिद्धार्थ ने मेरी

स्थिति भाँप ली। तभी शायद मुझे बराबर बातों में उलझाए रखा। बिना पूछे अगली-पिछली घटनाएँ सुनाता रहा। केरल से लेकर काश्मीर तक के मंदिरों की कहानियाँ! कन्याकुमारी का रॉक टैंपल, काश्मीर में मार्तंड के सूर्य मंदिर के भग्नावशेष, इतिहास की गाथाएँ, राजस्थान में दिलवाड़ा मंदिर···। वह धाराप्रवाह बोले जा रहा था जैसे कोई विद्यार्थी स्थापत्य कला पर भाषण दे रहा हो। कुछ देर मैं चुपचाप सुनती रही। बाद में लगा मैं तो घुन्नी-सी मुँह सिए बैठी हूँ और इसका एकतरफ़ा वार्तालाप चल रहा है, सो हूँ-हाँ में शिष्टाचार का तकाज़ा निभाती रही, "आप तो काफी घूमे हैं, मैं उड़ीसा से बाहर बहुत कम जगहें देख पाई हूँ।"

"हाँ, घूमना मेरा शौक है, पर इस तरफ़ दो-तीन बार ही आ पाया हूँ। वह भी काम के सिलसिले में। उधर गोपालपुर, पुरी, कोणार्क आदि जगहें देखी हैं। समुद्र मुझे खींचता है। कोणार्क से पुरी तक की यात्रा तो मुझे महायात्रा लगती है। जीवन और मृत्यु के सभी सत्य वहाँ चप्पे-चप्पे में खुदे हुए हैं। वह चिलिका झील भी मुझे पसंद आई। वहाँ ढेर सारे सारस-जैसे पक्षी देखे मैंने।"

"हाँ, वहाँ काफी जलसारस हैं, एरा पक्षी, काली गऊइनी, चक्रवाक···।"

"अच्छा यह बताओ कालिजई कौन थी ? वहाँ सुना, कोई देवी है, जिसकी पूजा होती है। झील में छोटी-सी पहाड़ी-सी थी।"

"कालिजई के बारे में लोककथा है कि वह बाणपुर की लड़की थी जिसे चिलिका के एक गाँव में ब्याहा गया। बेटी अपने पिता के साथ नाव में सवार होकर ससुराल जा रही थी और रो रही थी कि मुझे दूर क्यों भेज दिया। तभी कहते हैं ज़बर्दस्त तूफ़ान आ गया और नाव उन दोनों समेत डूब गई। चिलिका में उस जगह एक छोटी-सी पहाड़ी है, जिसे कालिजई नाम दिया गया है। वहाँ एक मंदिर भी है। लोग उसे देवी मानते हैं। उनका विश्वास है कि कालिजई वहाँ से गुज़रनेवालों की आँधी-तूफ़ान से रक्षा करती है।"

मैं सिद्धार्थ के साथ धीरे-धीरे खुलने लगी। जैसे मैं बरसों से उसे जानती थी।

"उड़ीसा तो बड़ा सुंदर प्रदेश है।" थोड़ी देर वह खिड़की से बाहर के परिदृश्य को देखता रहा। सड़क के बीचोबीच खड़ी भैंसों को देखकर मुस्कुराया, "यह अच्छा है।"

"क्या ?" मैं समझी नहीं उसे क्या अच्छा लगा था।

"ये भैंसें बीच सड़क खड़ी नज़ारा देख रही हैं। इन्हें हटाने में ड्राइवर को थोड़ा वक़्त लगेगा।"

"तो ?" (क्या कहना चाह रहा है ?)

"तो क्या ? मुझे आपके साथ कुछ और बातें करने का मौक़ा मिल जाएगा।"

उसके बचकाने उत्साह पर मैं हँस पड़ी। यह लंबा-चौड़ा, गंभीर-सा दिखता आदमी, एक अजनबी महिला से अपरिचय के दौरान भी खुलकर बतियाता रहा।

इसके मन में गाँठें नहीं हैं, यहाँ तक तो समझ में आ गया। चुपचाप सुननेवाला और जिज्ञासाओं का समाधान करनेवाला श्रोता भी मिल गया, पर सड़क पर खड़ी भैंसों को देखकर बच्चे की तरह चहककर बोलना–'मुझे आपके साथ कुछ और बातें करने का मौक़ा मिल जाएगा··· ?'

मेरी हँसी से वह कुछ और खुल गया, "आपकी जगह बड़ी रोमांटिक है। आपसे सच कहूँ तो मुझे रोमांटिक जगहें अकेले देखना पसंद नहीं। कोणार्क-पुरी तो मैं अपने दोस्तों के साथ गया था। पर इधर तो अभी अकेले ही आया हूँ। सोच रहा हूँ कैसे··· ?"

"इधर गाइड मिल जाएँगे। वे आपको सभी जानकारी देंगे। आप खुद आर्किटेक्ट हैं। इस लिहाज़ से भी यहाँ की भवन-निर्माण कला आपको पसंद आएगी।" मैंने अधबीच टोककर उसकी समस्या सुलझानी चाही।

मैं भी धीरे-धीरे खुल रही थी, बिना सोचे-समझे, पर बराबर बतियाने लगी थी। बंदगोभी की परतों की तरह मेरी ऊपरी परतें अलग हो रही थीं। तभी अचानक उसने मेरी तरफ़ झुककर पूछा, "आप चलेंगी मेरे साथ ?"

हे भगवान ! अपरिचय में यह कैसा आमंत्रण ? मैंने उसकी तरफ़ देखा यानी कि मैं तुम्हारे साथ घूमूँ ? भला क्यों ?

"जस्ट फ़ार कंपनीज़ सेक। देखिए। इस तरफ़ का कोई साथी मिले तो बेहतर होगा न ? यहाँ के बारे में, यानी यहाँ के इतिहास, कथा-कहानियों के साथ जोड़कर जगहों को देखना-जानना ज्यादा ठीक रहेगा। जानकारी भी सही मिलेगी। गाइड तो रटी-रटाई बातें ही बोलता है, बिल्कुल सिखाए-पढ़ाए तोते की तरह !"

अपनी इच्छा मुझे सौंपकर वह मेरी तरफ़ देखने लगा, किस तरह उसे ले रही हूँ, सँभालकर लूँगी या हाथ झाड़कर एक तरफ़ हो जाऊँगी।

कैसा तो लगा था मुझे। क्या उत्तर दूँ ? बड़ा अजीब-सा आदमी। जान न पहचान पर मेहमान बनकर ही रहेगा। अरे भई, राह चलते कोई मिला तो क्या पल्ला पकड़ते पहुँचा पकड़ लोगे ? यहाँ तो तुम मेरा गला पकड़ने जा रहे हो। यह तो सोचो, मेरे घरवाले क्या सोचेंगे ? रक्षणशील परिवार की लड़की हूँ। कुछ नियम-कायदों को मानकर चलती आई हूँ। तुम, जो मेरे हमउम्र लगते हो, तुम्हारे साथ कौन-सा रिश्ता जोड़कर घरवालों के सवालों के जवाब दूँगी ? तुम दिल्ली-बंबई से आए हो, तो तुम्हारे लिए कुछ भी ठीक हो, पर मेरे लिए इतना खुलापन मुमकिन नहीं। ना, इस तरफ़ ऐसा करने से दस सवाल पूछे जाएँगे।

"आप कहो तो मैं आपके घरवालों से इजाज़त लूँगा।"

मेरी चुप्पी का कारण उसने जो भी समझा हो, पर उसके अगले सुझाव पर मैं उछल-सी पड़ी, "ना-ना, ऐसी कोई दरकार नहीं।" मुझे डर-सा लगा। अगर ऐसा करेगा तो घर में मेरी क्या हालत होगी ? मैं किसको क्या जवाब दूँगी ?

उसने उस समय ज़रूर मेरी चुप्पी को मेरा संकोच या डर समझा होगा। शायद मन-ही-मन मुझ पर हँसा भी हो। ऐसी कोई सोलहसाला किशोरी तो मैं न थी कि मुझे कोई भटका सके। फिर डर कैसा ?

"दरअसल मैं काफ़ी व्यस्त रहती हूँ। आप तो जान सकते हो हमारे घरों में जो तौर-तरीके हैं। मैं घर में सबसे बड़ी हूँ। नौकरी-घर दोनों देखना होता है...।"

मैं इस आदमी से जल्दी अपना पल्ला छुड़ाना चाहती थी।

"कल तो छुट्टी का दिन है। सुबह नौ बजे के बाद एक-दो घंटे भी निकाल सकें तो नगर की दो-तीन जगहें देखी जा सकती हैं।" वह कोई बहाना सुनने को तैयार नहीं था। होनी जो अपना काम कर रही थी। मैं चाहती तो साफ़ इंकार कर सकती थी। यही शायद मुनासिब भी था। ऐसा करना हमारे पारंपरिक संस्कारों में शामिल भी था। पर मैंने नहीं किया। पता नहीं क्यों मुझे दादी की हिदायत भी याद नहीं आई। वही–'काष्ठ पितुले स्त्री रूपे...।' मैं चुप रही।

"तो कल नौ बजे मैं आपके घर आ जाऊँ ?"

"नहीं, आप घर मत आइए। मैं पहुँच जाऊँगी। प्राची में रुकेंगे न ?"

"हाँ, ज़रूर आइए। वादा ?" उसने हाथ आगे बढ़ाया।

"हाँ, वादा।" मैंने हाथ जोड़ दिए।

"नौ पंद्रह तक न पहुँचीं तो मैं टैक्सी लेकर घर आ जाऊँगा। घर तो देख ही लिया न ?" उसकी आवाज़ में शरारत भरी थी। अब तक मेरे विषय में वह जो भी जान पाया था उसमें मेरे भीतर का अनाम भय भी शामिल था। उसे लेकर ही वह शायद मज़ाक के मूड में आ गया था।

"प्लीज़ नो।" मैं उलझन में भी मुस्कुराई थी।

घर से थोड़ी दूर पर सिद्धार्थ को रुख़सत करने पर थोड़ा बुरा लगा। स्टेशन से साथ आए पर घर के अंदर आने का आमंत्रण भी न दिया। हमारे संस्कार हममें इतना डर क्यों भर देते हैं कभी-कभी, कि साधारण-सा शिष्टाचार निभाना भी मुश्किल लगता है ? उस वक़्त मुझे मति और हेमंतदास याद आए। मति ने भी एक दिन घर से थोड़ी दूर हेमंत का स्कूटर रुकवा दिया था। तो क्या उसी तरह की कोई घटना मेरे साथ भी घटनेवाली है ?

घर में क़दम रखते ही माँ ने पूछा, "कैसे आई ? कोई संग में नहीं था ? पहले पता होता तो दिवाकर को भेज देते स्टेशन, शाम तो हो गई..."

"ओ माँ ! मैं अब बच्ची नहीं हूँ। तुम ज्यादा चिंता मत किया करो मेरी !" स्वर में खीझ थी जिसने माँ को अगला प्रश्न करने से रोक दिया।

"टैक्सी से आई हूँ। कुछ और लोग भी साथ थे।" मैंने बप्पा को अपनी ओर ताकते देख खुलासा किया। "कुछ लोग।" कहकर बहुवचन का आश्वासन भी

थमा दिया। सिद्धार्थ का नाम लेती तो कई और सवालों के जवाब देने पड़ते और मैं उस वक़्त कोई भी उत्तर गढ़ना नहीं चाहती थी।

प्रीति-टुटुल मेरी अटैची के इर्द-गिर्द मँडराने लगीं।

"नानी थकी हुई है, खाना खाने दो।" माँ ने डाँटा।

"ना-ना। कोई थकावट नहीं।" मैंने टुटुल को प्यार किया। अटैची खोलकर प्रीति-टुटुल के लिए ड्रेस निकाले। प्रीति को पंजाबी ड्रेस के साथ ढेर-सी चूड़ियाँ पहनना अच्छा लगता है। माँ और मंदा के लिए ताँत की साड़ियाँ लाई थी, कलकत्ता की। मंदा ने खुश होकर 'बहोत सुंदर' कहा, तो अच्छा लगा। साड़ियाँ जितनी अच्छी अपने प्रदेश के कारीगर बुनते हैं उतनी और कहाँ ? लेकिन फिर भी कुछ भेंट तो थी। माँ ने माछ-भात परोसा और पास बैठकर खिलाती रहीं। कैसा तो लगा, यह माँ, यह भाभी, मेरी बहनें ! मेरे चारेक दिन दूर रहने से ही कैसे आगे-पीछे डोलने लगीं। इन्हें छोड़कर दूर जाना कैसे हो पाएगा ? मन में मोह ने सिर उठाया।

लेकिन उस वक़्त दिमाग पर कुछ दूसरी बातें हावी थीं। कल सुबह क्या होगा ? क्या करूँगी ? नहीं जाना शायद ठीक रहे। एकाध दिन की पहचान ही तो है, बल्कि रास्ते में कुछ घंटे-भर का साथ। इसे पहचान भी क्या कहना ! ऐसे तो कितने लोग मिला करते हैं आए-दिन।

'अगर जाऊँ भी तो क्या होगा ? कोई उठाकर तो मुझे नहीं ले जाएगा ? ऐसी छुईमुई उम्र तो नहीं है मेरी। आख़िर कॉलेज में लेक्चरार हूँ। अकेली घूमती फिरती भी हूँ। फिर शिष्टाचार भी तो कोई चीज़ है। एक-दो घंटे की ही बात है। आगे कहाँ वह और कहाँ मैं ?' रात-भर मेरे भीतर सवाल-जवाब चलते रहे।

'पर क्या जाना ठीक रहेगा ? माँ-बप्पा को क्या कहूँगी ? वे प्रश्न न भी पूछें पर सोचेंगे ज़रूर कि सुबह-सुबह छुट्टी के दिन कहाँ जा रही है ? एक अपरिचित को नगर-दर्शन कराने की बात उनके गले नहीं उतरेगी। भाई-बहनें भी चौंक जाएँगे। दीदी का रवैया एकदम कैसे बदल गया ? कभी घर से बाहर जाए तो बिना बताए नहीं जाती। और मंदा ? वह पूछती नहीं, पर सोच तो सकती है।

'आह ! ज़रूरी है क्या सबकुछ बताना। एक सहेली आई है कलकत्ता से, उसी के साथ जा रही हूँ।'

'हाँ ! यही ठीक रहेगा। 'सहेली' पर किसी को एतराज़ भी न होगा। पुरुष नाम से ही जो ख़तरे की घंटियाँ घर में बजने लगेंगी, उससे सभी की नींद हराम हो जाएगी, और मैं परिजनों की नींद की दुश्मन बनना नहीं चाहती थी। इसके लिए मुझे एक छोटा-सा झूठ बोलना था। मैं जानती थी कि एक झूठ की

शुरुआत करने पर मुझे अनेक झूठ बोलने पड़ेंगे। इस झूठ की गिरफ्त से निकलना बाद में मुश्किल हो जाएगा। उस वक़्त वह मेरी निजी ज़िंदगी का पहला झूठ था। तीन झूठ तो भगवान भी माफ़ करता है। मेरे पास तो कोई दूसरा रास्ता भी नहीं।'

पर हमारे घर में इस तरह का छोटा-सा झूठ भी घोर अपराधों में शामिल था। यही मेरी उलझन थी। अभी तक मैं बहन-भाइयों को रास्ते सुझाती आई थी, अब खुद रास्ता मिल नहीं पा रहा था। चाँद बीच आकाश आ गया पर मैं सो नहीं पाई थी। अजीब डर-सा दिल पर कुंडली मारे बैठा था।

'छोड़ो जंजाल, नहीं जाऊँगी।'

'अगर टैक्सी लेकर घर आ गया तो ?'

'तो क्या, सॉरी कह दूँगी। बस, बात ख़त्म !'

'लेकिन... घर में जो पूछेंगे कौन है ? कहाँ से आया है ? तुझे कैसे जानता है ? तो क्या उत्तर दूँगी ?'

पता नहीं भीतर क्या था जो दोटूक फ़ैसला नहीं होने दे रहा था। जैसे कोई भारी समस्या आ खड़ी हो गई हो और निर्णय लेना जोखम से गुज़रना हो। कोई अदृश्य खिंचाव ? या किसी आगामी हादसे का पूर्वाभास ? क्या था वह ?

पौने नौ बजे एक-दो बार सड़क से गुज़रती टैक्सी के हार्न की आवाज़ आई तो लपककर खिड़की से झाँकने लगी। नहीं, वह नहीं था। क्या हो गया था उस दिन मुझे ? मन ज्यों बेलगाम खिंचा जा रहा हो और मैं उसे रोक नहीं पा रही होऊँ।

नौ पंद्रह, नहीं, नौ दस पर ही मैं उस दिन होटल पहुँच गई। काउंटर पर पहुँचने की ख़बर कर दी और वेटिंग हॉल में दरवाज़े की तरफ़ पीठ कर बैठ गई। दिल इतनी ज़ोर से धड़क रहा था कि लगे अभी छाती फोड़कर बाहर आ जाएगा। भीतर-बाहर आती-जाती हर सूरत मुझे अपनी तरफ़ सवालिया नज़रों से घूरती नज़र आती। मैं थोड़ा मुड़कर ऊपर की तरफ़ जाती घुमावदार सीढ़ियाँ देखती रही। दो मिनट में ही वह सीढ़ियाँ फलाँगता नीचे आ गया। मुझे लगा, मैं बच गई।

"आइए-आइए, मैं दो चक्कर लगा आया पहले ही। ऊपर आइए, कुछ चाय-वाय पी लें तो चलें।"

"नहीं, अब चलेंगे। मेरे पास ज्यादा वक़्त नहीं है।" मेरे माथे पर उभर आए पसीने को उसने देख लिया।

"अच्छा ठीक है, चलते हैं। मैं तो तैयार हूँ। टैक्सी बाहर खड़ी है।" उसने ज़िद नहीं की।

कैसा लगा था उस दिन ? अच्छा ? बुरा ? अभी ज्यों किसी ने हाथ बढ़ा-

कर किसी छुईमुई के पौधे को छूकर कुम्हला दिया, और अभी ज्यों कुम्हलाए प्यासे पौधे को पानी की फुहार से जिला दिया।

"कहाँ ले चलेंगी पहले ? टैक्सीवाले को गाइड कीजिए।"

"लिंगराज मंदिर चलेंगे। भुवनेश्वर में सबसे पहले लिंगराज का मंदिर ही देखना चाहिए।"

"आपकी मर्ज़ी। मैंने तो खुद को आपके हवाले कर दिया।" कहते-कहते वह कुछ फैलकर इत्मीनान से सीट पर पसर गया। जैसे सचमुच ही अपने-आपको मुझे सौंपकर निश्चिन्तता की साँस ली हो। मुझे हँसी आ गई। कैसा अल्हड़ बचपना-सा उसके व्यवहार में झाँक आया था जो उसके डील-डौल और सूरत-सीरत से ज़रा भी मेल नहीं खा रहा था। क़द छः फुट से कुछ ऊपर ही है सिद्धार्थ का। गठी हुई देह। चुस्त क़दमों से चलता तो लगता धरती इज़्ज़त से रास्ता देती है। गंदुमी चेहरे पर दूर तक देखती, अनुपात में कुछ बड़ी आँखें। उसके साथ चलना भी मेरे लिए एक नया अनुभव था। वह बड़े सहज ढंग से हर स्थिति की रास सँभालना जानता था। उस दिन लिंगराज मंदिर जाते वक़्त ही मेरे भीतर की गाँठें खुलने लगी थीं। मेरे भीतर जमी बर्फ़ धीरे-धीरे पिघलने लगी और मैं सहज होती गई। लेकिन उसकी तरह चहकना मेरे लिए मुमकिन नहीं था। खुद को ढँक-मूँदकर रखने की आदत बदलना और सालों पहले पहनाई गई केंचुल उतार फेंकना आसान नहीं होता न ?

मंदिर के बाहर नल से अनवरत बहता पानी रास्ते की धूल-मिट्टी के साथ मिलकर कीचड़ हो गया था। जूते उतारते वक़्त वह पल-भर रुका। मेरी तरफ़ प्रश्नात्मक मुद्रा बनाकर देखा। 'जूते उतारूँ या बिना उतारे चलेगा' वाला उसके चेहरे का भाव मुझे गुदगुदा गया। मगर मैंने चेहरा निर्विकार रखा।

'जूते उतारिए।' यानी कि आनाकानी नहीं चलेगी। मेरे भीतर कोई सोई किशोरी जाग गई थी, जो उसकी हर हरकत पर खिलखिलाकर हँसना चाहती थी और मैं उसे हाथ से पीछे धकेलती आगे बढ़ रही थी। मुझे यहाँ गाइड का काम करना था, जो मैंने बखूबी निभाया।

"यह लिंगराज मंदिर देख रहे हैं न। कहा जाता है इसे ययापिं केसरी ने बनाना आरंभ किया और उसके पड़पोते ललितेन्दु केसरी ने सातवीं शताब्दी में इसे पूरा कर दिया, छः सौ अट्ठासी ईस्वी में। उड़ीसा की शिल्पकला का अद्‌भुत नमूना है यह। इसकी दीवारों पर खुदी मूर्तियाँ देखिए। शिल्पकारों, मूर्तिकारों ने अपनी कला के चरम कौशल को यहाँ स्थापित कर दिया है।"

"आपने कभी पहले गाइड का काम किया है ?" वह मुझे बीच में टोककर बोला था।

"अभी तक तो नहीं किया था।"

मैं बोलती जा रही थी और वह मुग्ध होकर सुनता और साथ-साथ दीवारों पर उत्कीर्ण मूर्तियों को देखता जा रहा था। बीच-बीच में चुलबुले वाक्य बोलकर निरंतर चलते एकतरफ़ा वार्तालाप की एकरसता तोड़ देता। दीवारों पर उत्कीर्ण मिथुन मूर्तियाँ देखकर वह ठिठक गया।

"यह मूर्तियाँ यहाँ मंदिर में क्यों ? इसके पीछे कोई पृष्ठभूमि तो होनी चाहिए।" उसके मन में सवाल उठे और उसने जवाब चाहे थे।

मैं एकदम से कोई उत्तर न दे पाई। वह चलते-चलते रुक गया, "आप मेरी गाइड हैं। मेरी शंकाओं का समाधान तो करना ही होगा।"

"हाँ-हाँ !" लाज का झीना-सा परदा, जो मेरे और उसके बीच पल-भर के लिए आ गया था, मैं उसे एक तरफ़ हटाकर चीज़ों को तटस्थ नज़र से देखने लगी। मुझे तो यहाँ गाइड का काम करना है, ख़ुद को याद दिलाया।

"दरअसल इन मूर्तियों को समझने के लिए आपको हमारा इतिहास भी समझना होगा। हमारी धार्मिक-सामाजिक मान्यताएँ, विश्वास वगैरह। कोई एक कारण तो है नहीं जो बता देने से सभी बातें स्पष्ट हो जाएँगी।"

"बताओ न, मैं सुनना चाहता हूँ।"

"आपको मालूम होगा कि कलिंग देश पर बौद्ध, शैव, वैष्णव, शाक्त आदि धर्मों ने अपने-अपने मतों की छाप छोड़ दी है।"

""हाँ, पुरी के जगन्नाथ मंदिर में भी मुझे ऐसा कुछ लगा था।"

"हमारे धर्मग्रंथों में लिखा है कि धर्म, अर्थ और काम के बाद ही मोक्ष की प्राप्ति संभव है। यह मंदिर इस विश्वास का एक व्यावहारिक उदाहरण है।"

"यह भी हो सकता है कि जिस दौर में यह मंदिर बने, उस वक़्त सेक्स 'टैबू' नहीं था।" सिद्धार्थ को एक बात कहती तो वह उसे अनुमानों के आधार पर, पूरे परिप्रेक्ष्य पर लागू करके देख लेता, अलग-अलग तथ्यों को जोड़कर अपनी राय बना लेता। उसकी वृत्ति अन्वेषी थी। मुझे उसके साथ इतिहास के पन्ने पलटना बहुत रोचक लगता। मैं उसकी बात का सिरा पकड़कर आगे बढ़ जाती।

"हो सकता है। नहीं तो मूर्तिकला में इतनी उन्मुक्तता नज़र नहीं आती। परंतु कुछ लोगों का विचार है कि इन कलात्मक मंदिरों को बुरी नज़र से बचाने के लिए भी दीवारों पर मिथुन मूर्तियाँ बनाई जाती थीं। एक तरह का नज़रबट्टू समझिए। कुछ तो कहते हैं कि इन मूर्तियों में सच्ची भक्ति और आस्था की परीक्षा भी होती थी। जो सच्चे भक्त हों वे इन चित्रों में रमेंगे नहीं। यानी कि बिना संयम के ईश्वर तक पहुँचना संभव नहीं। और भी कई कारण हो सकते हैं..."

"आप अच्छी लेक्चरार हैं।"

"जी ?" वह मुस्कुराते-मुस्कुराते गंभीर होने की कोशिश करने लगा।

"मेरा मतलब है कि आपको धर्म व दर्शन की अच्छी जानकारी है।" मुझे

उस वक़्त लगा कि मेरी बातों पर उसे विश्वास नहीं आ रहा है या शायद वह मज़ाक के मूड में है। इस तरह के विचार से ही मुझे बुरा लगने लगा और मैं उसे दो-एक उदाहरणों से अपनी जानकारी का सिक्का मनवाने की कोशिश करने लगी थी। मेरी जानकारी तो साहब बहुत न सही पर आपसे ज्यादा तो है ही। कम-से-कम अपने प्रदेश के बारे में। इतना तो तुम्हें मानना ही होगा। मैंने थोड़ा गंभीर मुद्रा बनाकर कहा था, "पता नहीं आपको धर्मग्रंथों में कोई रुचि है या नहीं, (यानी कि कुछ पढ़ते-लिखते भी हो या खालिस घुमक्कड़ी ही करते हो ?) वृहत संहिता में लिखा है कि पक्षी, श्रीवृक्ष, स्वस्तिक, पूर्णकुंभ, पत्रावलि व मिथुन चित्र सारे मंगलसूचक होते हैं। यह विश्वास या धारणा भी इन चित्रों की पृष्ठभूमि हो सकती है।"

मेरी बात से वह सँभल गया, "आप शायद बुरा मान गईं। मैं अपने तर्कों के आधार पर आपकी बात पर विचार करने लगा था। यों हमारे धार्मिक विश्वास जो भी हों, यह बात मैं मानता हूँ कि यौन जीवन का मूल है इसलिए इसे अपवित्र या अशुभ तो माना ही नहीं जा सकता।"

मैं पक्की उम्र की कुमारी लड़की इस विषय पर क्या टिप्पणी करती ? मेरा अनुभव ही क्या था इस क्षेत्र में ? पढ़ी-सुनी बातें उसे बताई थीं। अनुभवी तो वह मुझसे ज्यादा हो सकता था। बहरहाल ! उसके प्रश्न में ही उत्तर शामिल था। मुझे कुछ और बोलने की ज़रूरत ही नहीं पड़ी।

मंदिर से लौटकर हम खंडगिरि-उदयगिरि की पहाड़ियाँ देखने गए। पहाड़ियों पर बंदरों की जमात चने-मूँगफलियाँ खा रहे थे। कुछ सैलानी उन्हें केले भी खिला रहे थे। वह भी बंदरों को चने खिलाने लगा। मैं जल्दी घर लौटना चाहती थी। उसे कैसे समझाती कि मेरे घर में पीछे से क्या-क्या अटकलें लगनी शुरू हो गई होंगी।

"आप हनुमानजी के बंदों की ख़ातिरदारी कर चुके हों तो आगे बढ़ें ?"

"हाँ, हाँ, चल रहे हैं। देखिए न, कैसे छील-छीलकर केले खा रहे हैं ये बंदर साहब ! इन्हें देखकर आपको नहीं लगता कि ज़रूर ये हमारे पूर्वज रहे हैं। यानी कि हम इनकी सभ्य संतानें हैं··· वह देखिए, वह जो ऊपरले टीले पर बैठा हमारी तरफ़ घूर रहा है, उसकी सूरत मेरे एक दोस्त से मिलती है। माई गॉड ! कितनी समानता है।" उसके बोलने का ढंग कुछ ऐसा था कि मैं अपनी हँसी रोक नहीं पा रही थी। वह मुझे हँसते देखकर बेबात चहकने लगता।

गुफ़ाओं को वह मुग्ध होकर देख रहा था। छू-छूकर, दीवारें, गवाक्ष मूर्तियाँ !

"कोई दो हज़ार साल पहले जैन संस्कृति की पीठिका थीं ये गुफाएँ। बहुत पुरानी हैं। ईसापूर्व एक सौ वर्ष की बनी हैं। कलिंग देश के खारवेल राजा ने

ये गुफाएँ जैन मुनियों के लिए बनाई थीं। वह हाथी के आकार की विशाल गुफा हट्टिगुंफा है···"

"वह शेर का मुख लगता है न उधर उस ऊपरवाली गुफा का। यहाँ आपकी एक फोटो ले लूँ ?" उसने मेरे उत्तर की प्रतीक्षा किए बिना ही अपना कैमरा फोकस कर लिया, "आइए न, यादगार रहेगी।"

कितना चंचल था सिद्धार्थ, ज़िंदगी की ऊर्जा से भरा। मैं ज़रा भी गंभीर हो जाती तो कोई-न-कोई बचकानी-सी हरकत करके मुझे हँसा देता। फिर क्षमायाचना के स्वर में कहता, "क्या करूँ, मुझे लंबोतरे चेहरों से ज्यादा चौड़े चेहरे अच्छे लगते हैं।"

पता नहीं आज भी सिद्धार्थ वैसा ही चंचल और हँसमुख है या हालात ने उसका चेहरा भी लंबोतरा कर दिया। लेकिन उस दिन की एक बात, उसकी एक-एक हरकत मेरे मन के कैनवास पर खुदकर रह गई है। लगता है, अभी-अभी तो मेरे साथ उदयगिरि की गुफाएँ देख रहा है। अभी-अभी तो वह ऊपरवाली लंबी गुफा के भीतर घुसकर इतिहास के कोनों-अंतरों में झाँक रहा है।

"यह ऊपर गोलाकार में काटी गई परछत्ती-जैसी देखी है आपने ? इसके ऊपर चार-पाँच आदमी बड़े आराम से छिप सकते हैं।" उसने जैसे कोई नई खोज की हो।

"हाँ, हवा भीतर आए, इसके लिए पत्थरों को काटकर गवाक्ष भी बनाए गए हैं।"

"ज़रूर यह गुफा किसी राजा ने युद्ध के दौरान छिपने के लिए बनाई है।"

मैंने उसे गुफा के भीतर खोदी गई टनल का मुँह दिखाया तो पत्थरों को छू-छूकर भीतर झाँकने लगा। "इधर अंदर से टनल-सी दिख तो रही है।"

"हाँ, कहते हैं करीब दस किलोमीटर लंबी टनल है जो यहाँ से शुरू होकर धौलगिरि की पहाड़ी में खुलती है। यह टनल राजा खारवेल ने अपने गुप्तवास में शत्रुओं से बचने के लिए बनाई थी।"

वह दीवारों पर पाली भाषा में खुदे अभिलेख बड़ी रुचि से देखने लगा था, अचंभित होकर ! क्या लिखा होगा ? समाधान के लिए मेरी तरफ प्रश्नात्मक मुद्रा बनाई थी।

"इन हट्टिगुंफा की गुफाओं पर कलिंगवीर खारवेल ने अपनी जीत और शौर्य का वर्णन खुदवाया है। पढ़ तो खैर मैं भी नहीं सकती। सुना है, अशोक के कलिंग पर आक्रमण करने के एक सौ पचास वर्षों के बाद कलिंगवीर खारवेल ने मगध पर आक्रमण कर दिया और सुगंगा महल को जीतकर मगध के राजाओं से अपने पैरों की पूजा करवाई।"

"डेढ़ सौ साल पहले की हार का बदला ? याददाश्त तो बड़ी तेज़ रही होगी।"

उसने चुटकी ली।

"वे लोग योद्धा थे। उन वीरों को हार का तीखा दंश सदियों बाद भी सालता रहा होगा।"

"आपकी याददाश्त कैसी है ? मैं यहाँ से चला जाऊँगा तो मेरा यहाँ आना याद रहेगा ?" वह घूम-फिरकर बातों का रुख़ मेरे आसपास मोड़ देता। कुछ ऐसे अपनेपन से कि मेरा तटस्थ रवैया डगमगा जाता। लेकिन फिर भी मैं बार-बार उसका ध्यान गुफाओं की ओर मोड़ देती।

"अभी भी इन गुफाओं में कुछ अच्छी हालत में हैं। वक़्त की छाती पर ठसके से बैठी गुफाएँ कितनी अद्‌भुत रही होंगी, सोच सकते हैं आप।"

"इसके लिए आपको मेरा आभारी होना चाहिए।"

मैंने कुछ चौंककर उसे देखा था, "आपका आभारी ?"

"हाँ, मेरी बिरादरी का, यानी हम आर्किटेक्टों का। ये गुफाएँ जिन्होंने डिज़ाइन कीं, वे ज़रूर कुशल आर्किटेक्ट रहे होंगे।"

पहाड़ी चढ़ते मैं हाँफने लगी तो उसने बाँह पकड़कर सहारा दिया।

"नहीं, मैं थकी नहीं।" मैं दरअसल उसके स्पर्श को स्वीकार नहीं कर पा रही थी। पहाड़ी चढ़ते थकन तो मुझे भी होने लगी थी।

"आप नहीं, पर मैं तो हाँफने लगा हूँ। थोड़ा सहारा तो दीजिए।"

मेरी प्रतिक्रिया का इंतज़ार किए बिना उसने मेरा हाथ थाम लिया। बड़ी सहजता से। पर मैं उसी सहजता से उस स्पर्श को ग्रहण नहीं कर पाई। मेरे लिए एक अनजान पुरुष का स्पर्श इतना सहज हो ही नहीं सकता था। इस अनायास छुअन से मेरी हथेलियाँ पसीजने लगी थीं, पर मैंने कोई प्रतिवाद भी न किया। यह बात मेरे अपने लिए भी नई और अजूबी थी। कई वर्ष पहले, कॉलेज के दिनों में हेमंत आचार्य ने एक बार मेरा कंधा छुआ तो मैं तिलमिला उठी थी–'बात ज़बान से की जाती है या हाथों से ? आप कृपा करके अपनी सीमा में रहिए…' यह बात कॉलेज में फैल गई तो विद्यार्थियों और सहपाठियों ने मुझे 'टच मी नॉट' नाम दे दिया। लेकिन मैं सचमुच ही उस स्पर्श को सह नहीं पाई थी। हेमंत ने लड़कियों को आज़माने-फुसलाने का सस्ता-सा तरीका अपनाया था, मैं जानती थी। पर सिद्धार्थ के बारे में कुछ भी न जानते हुए भी मुझे वह स्पर्श गलत नहीं लगा। थोड़ी झेंप इसलिए हुई कि मैं इस खुले व्यवहार की आदी नहीं थी।

पहाड़ी के ऊपर हम पत्थरों की दीवार पर बैठ गए। पेड़ों को छूकर आती हवाओं ने पसीना सुखा दिया। बातचीत के दौरान वह कभी मेरी बाँह छू देता, जैसे किसी दोस्त से बतिया रहा हो, मैं आदतन पल्लू से बाँह ढँक देती। अजीब आँखमिचौनी का-सा खेल हमारे बीच चल रहा था और हम इस खेल के केंद्र

में होकर भी इस खेल को दूर से देख रहे थे। पहाड़ी के नीचे फैली हरियाली के बीच शहर दूर तक पसरा पड़ा था। हम न जाने कहाँ थे, अपने भीतर या बाहर की हलचल देखते हुए ? ठंडी हवाएँ देह की थकान मिटा रही थीं और मन ? मन में नन्हीं बसंत चिड़िया पंख फड़फड़ाना सीख रही थी।

"मेरा मन करता है इन गुफाओं की दीवारों पर मैं भी कुछ लिख दूँ।" दीवारों पर कोयले और चाक व ईंट के टुकड़ों से लिखे कई नाम पढ़ते उसने कहा।

"क्या ?" पता नहीं मैं क्या सुनना चाहती थी।

"कुछ भी, अपना-तुम्हारा नाम।" उसने मेरी तरफ़ मुड़कर मेरा हाथ अपनी हथेलियों में ले लिया और मैं उसे छुड़ा नहीं सकी। उसने पहली बार मुझे 'तुम' कहकर संबोधित किया था और मुझे पता नहीं कैसा लगा था। कैसा मोह था उसकी नज़र में, आवाज़ पारे-सी पारदर्शी। हाथ बढ़ाकर उसने मेरे मर्म को छुआ था। मैं कवयित्री होती तो ज़रूर अपनी उस मनःस्थिति पर सुंदर-सी कविता लिख लेती। लेकिन मैं तो केवल सुन्न-सी होकर रह गई थी। बाहर से सुन्न और भीतर से रेशा-रेशा जागने लगा था, चक्करघिन्नियाँ खाने लगा था। पता नहीं कैसे कह गई, "यह सब तो फ़िल्मों में होता है।"

"कभी-कभी जीवन में भी होता है।"

"अच्छा ! मुझे नहीं मालूम।"

"अब पता चला न ?" वह किसी जाइंट व्हील पर बिठाकर मुझे तेज़-तेज़ घुमाने लगा था, अपने साथ-साथ। मैं उसकी बाँहों में समाकर आँखें बंद कर लेना चाहती थी, धरती जो बेतहाशा भागने लगी थी। वह सचमुच मुझे हिप्नोटाइज़ करने लगा था और मैं हिप्नोटाइज़ हो रही थी। मैं, श्री सनातन मिश्र की बड़ी बेटी कुनी, प्रद्युम्न-दिवाकर, मति-प्रीति की दीदी, घर-भर को अनुशासन में रखने और देखने की आदी, बिना सोचे मुँह न खोलनेवाली, एक सख़्त झिल्ली से चेहरे को ढँकती आई लड़की ! उस वक़्त किस परदे के पीछे छिप गई थी ? कोई दूसरी ही चुलबुली लड़की मेरे अंदर से बाहर आ रही थी। मेरे भीतर की कुनी ! निहायत नई, अछूती, अभी-अभी जन्मी, इस कुनी को मैं पहचानना सीख रही थी, और इस पर मुझे बेहद दुलार आने लगा था, करुणाभरा दुलार !

लौटते वक़्त मैंने आग्रह किया कि मुझे घर के पास छोड़ दे। मैं होटल जाना नहीं चाहती थी। पिछले दो-तीन घंटों का सिद्धार्थ का साथ मेरे लिए एक नया अनुभव था। अछूते अनुभव की इस स्थिति ने मेरे अंदर नन्हें पक्षियों के परों की फड़फड़ाहट भर दी थी। मैं आकाश की ऊँचाइयाँ छूने को बेताब हो रही थी, पर यह अहसास भी साथ-साथ चल रहा था कि अपने पाँवों के सहारे ही मुझे ज़मीन पर चलना है। पंख मेरे काम नहीं आएँगे। मेरी ज़मीन बड़ी खुरदुरी थी। आसपास बीहड़ जंगल उगने लगा था। आकाश पर उड़ान का अर्थ धरती पर लहूलुहान

होकर गिर पड़ना था। मेरे ठहरे हुए ताल में सिद्धार्थ ने कंकर फेंककर भँवर उठा दिए थे। मैं कुछ देर के लिए एकांत चाहती थी, बिल्कुल एकांत। अपने लिए सोचने की ख़ातिर तन्हाई ! जो कुछ हो रहा था, मैं उसे समझना चाहती थी।

सिद्धार्थ ज़िद करने लगा, "बस ! एक कप चाय पिएँगे ऊपर चलकर। थक गए हैं। मैंने सुबह नाश्ता भी नहीं किया, सोचा आपके साथ लूँगा।"

"सॉरी ! पर मैं जल्दी में हूँ।"

"क्या मुझे थोड़ा-सा शिष्टाचार निभाने का मौक़ा भी नहीं देंगी ? मेरे कहने पर आप चली आईं, पर मैं इतना खुदगर्ज़ नहीं हूँ कि बिना किसी ख़ातिरदारी के आपको लौटा दूँ।"

"नहीं, ऐसा कुछ नहीं। मुझे भी अच्छा लगा।" मैं कहना नहीं चाहती थी पर कह गई। जाने क्या समझ बैठे, जल्दी ही जोड़ दिया, "हमारे यहाँ तो नगर-दर्शन के लिए लोग दूर-दूर से आते ही रहते हैं।"

मैंने उसे अनेक लोगों में शामिल कर दिया। यानी कि सिर्फ़ शिष्टता का तकाज़ा निभाने के लिए ही तुम्हारे साथ चली आई। और कुछ मत समझ बैठना।

उसने पल-भर मुझे देखा। झूठ को पकड़ने में वह माहिर था और उसने तत्काल ही मेरा झूठ पकड़ लिया था।

"अब कब मिलेंगी ?"

"कह नहीं सकती।" मैं बार-बार अपना पल्ला झाड़ लेती।

"अपना पता नहीं देंगी ? मैं कभी-कभार इधर से गुज़रता हूँ। अब शायद ज्यादा आने लगूँ। घर का फ़ोन नंबर हो तो दे दें।"

"नहीं।" मैंने सभी सवालों का एक ही जवाब दिया।

"चिट्ठी भी नहीं लिखूँ ?"

"नहीं, नहीं।"

"तो फिर ?" लगा, वह पीछा नहीं छोड़ेगा, "नहीं-नहीं के अलावा भी कोई और शब्द बोलना जानती हैं आप ?"

मैंने हारकर कॉलेज का फ़ोन नंबर दे दिया, "दिन में दस से तीन तक ! कोई ज़रूरी बात हो तो !"

"मैं ध्यान रखूँगा।" कहकर उसने हाथ हिलाया। "बहुत अच्छा लगा। समझ में नहीं आता कैसे कहूँ। शब्द ही नहीं मिल रहे।"

वह कितना अकेला लग रहा था उस वक़्त। जैसे कोई दोस्ती का वादा करके दगा दे गया हो। मेरे भीतर मोह-जैसा कुछ उगा। मैं भी तो इतनी जल्दी तुमसे अलग होना नहीं चाहती। पर मैं वह सब न कहकर कुछ और कह गई, "हमारे इन मंदिरों को देखकर कविवर रवीन्द्रनाथ टैगोर ने भी कुछ ऐसा ही कहा था कि यहाँ मनुष्य की भाषा पत्थरों की भाषा से हार गई है।"

वह मेरी चतुराई पर हँस पड़ा था। बात भी कही और प्रसंग भी टल गया। स्वस्थ होकर बोला, "हम लोग फिर मिलेंगे न ? अभी तो बहुत-कुछ देखना बाकी रह गया। हो सकता है पत्थरों को पढ़ते-पढ़ते हम कुछ बोलना भी सीख जाएँ ?"

मैंने सिर हिलाकर हामी भरी और लौट आई। मेरे शब्द भी तो मुझे दगा दे गए थे। मैं अजीब-से मोहपाश में फँसने लगी थी। मुझसे अलग कोई दूसरा मुझे निर्देश दे रहा था, 'हाँ बोलो कुनी, हाँ कहो !'

दस

मेरे भीतर का मंथन मुझमें उतावलापन भरता जा रहा था, पर घर रोज़ की तरह शांत था। ठहरा हुआ। एकरसता में हल्की-सी दरार कभी पड़ती तो बप्पा-नौसा की कथावार्ता से। शेष वही रोज़ का नज़ारा। आँगन में खड़े अशोक के लंबे-ऊँचे पहरेदारी करते वृक्ष। आम, अमरूद, करमंगा, काजू के वृक्षों से घना छायादार बागीचा। पिता भर दुपहर राधानाथ मौसा से बतियाने में मशगूल थे। बातों की हल्की गहरी उठान ख़ामोशी में लहरों की तरह उठ-गिर रही थी। देश की राजनीति की चर्चा हो रही थी शायद।

"इस बार फिर कांग्रेस जीत जाएगी, देख लेना। देश के युवा नेता की बलि व्यर्थ नहीं जाएगी…"

"हाँ, बदलाव चाहा था जनता ने, पर मिला क्या ?"

"नायक बाबू पर केंद्र की कृपादृष्टि भी है।"

"कृपादृष्टि क्या भाईना, खूब पैसा ख़र्च हो रहा है, सभी कर रहे हैं। अब देखो किसका पलड़ा भारी पड़ता है।"

"हाँ, अभी तो घर-घर जाकर नेतागण झोली फैला रहे हैं, हमें वोट दो, हम सभी अभाव दूर करेंगे, घर-घर पानी, बिजली, रोज़गार… और क्या-क्या… रामराज्य लाएँगे।"

"सऽऽब वादे हैं। पिछली बार क्या हुआ ? यों तो सब भले आदमी, साधु पुरुष, सेवाभावी बनेंगे। बार-बार जगन्नाथ का नाम लेकर कहेंगे जनता के सेवक हैं, हमारा क्या स्वार्थ है !"

"इन्हें देखकर तो न जाने क्यों मुझे तूलामुँह कंक याद आता है। मछलियाँ फँसाने के लिए वह भी तो मुँह में तूला लगाकर पानी पीता था।"

"और जैसे मछलियाँ उस साधु कंक के बहकावे में आ ही गई थीं, हमारी भोली जनता भी बहकावे में आती जा रही है।" राधानाथ मौसा दुखी होकर राष्ट्रीय नेताओं को याद करने लगे थे। वे जनजागरण के प्रणेता, श्री गोपबंधुदास कहाँ गए ?"

माँ शायद चौके में व्यस्त थीं। बर्तनों की खटर-पटर की आवाज़ें आ रही थीं। मैं दबे-पाँव सीढ़ी चढ़कर अपने कमरे में चली गई। थोड़ी देर में ही प्रीति कमरे में आ गई। इस घर का कोना-अंतरा मेरी भनक का इंतज़ार करता रहता है, मेरे पैरों की आहट सूँघता रहता है। मेरे मिनट-मिनट का हिसाब रखनेवाले मेरे घर के लोग, जिनकी इस आदत से मैं अंदर-ही-अंदर गुमान से भर जाती थी पहले, उस वक़्त जाने क्यों चिढ़-सी गई।

"प्रीति, अमृतांजन की शीशी इधर लाकर दो और दरवाज़ा उढ़का दो। मैं थोड़ी देर आराम करूँगी। माथा दर्द कर रहा है।"

"चाय लेकर आऊँ नानी ?"

"नहीं, कुछ नहीं चाहिए। बोऊ से कुछ मत कहना। घंटा-भर सो जाने से सब ठीक हो जाएगा।" मैं उस वक़्त एकांत चाहती थी जिसमें सिद्धार्थ के साथ बिताए कुछ घंटों को फिर से जी लूँ। उसकी एक-एक बात याद कर सकूँ। कुछ अनहोनी जो घट गई थी मेरे साथ।

जाते-जाते प्रीति को देखा। उसके अंगों का भराव इधर कपड़ों में नहीं समा पा रहा। कद-काठी में भी वह हम बहनों से लंबी निकली है। प्रीति इतनी बड़ी हो गई ! अभी तो मति की शादी को ढाई-एक वर्ष ही हुए। भाइयों की शादी ? कितना समय हो गया था ? हाँ, डेढ़ साल से ऊपर ही हो रहा था। मति के बाद साल-भर में ही तो घर में दूसरी शादी हुई थी।

दिमाग पर अदृश्य ने दस्तक दी। प्रीति बड़ी हो गई कुनी, और तू ? तू तो बुढ़ाने लगी है !

मैंने शीशे में अपना चेहरा देखा। मेरी त्वचा कितनी रूखी लग रही थी ! मैं अपनी बहनों के लिए हल्दी-चंदन का उबटन बनाती अपना चेहरा ही नहीं भूली थी, अपने-आपको भी भूल गई थी। मेरी आँखों के नीचे काले गड्ढे-से दिखने लगे थे। भला ऐसे में सिद्धार्थ ने मेरे चेहरे में क्या देखा होगा ?

उस दिन पता नहीं कैसी आत्मदया उगी थी मेरे भीतर। बहुत सुंदर तो मैं कभी नहीं रही, मति के मुकाबले में तो बिल्कुल नहीं, पर ठीकठाक तो थी। इधर मति और भाइयों की शादी के बाद जैसे मैं संन्यासिनी हो गई थी या बहुत बुजुर्ग। अपने बारे में सोचना मैंने बिल्कुल ही छोड़ दिया था। लेकिन उस दिन सिद्धार्थ से मिलने के बाद यही बात मुझे बेतरह कोंचती रही। क्या मैं सचमुच यों ही धूप में सूखते चमड़े-सी अकड़ जाऊँगी ? मेरे चेहरे पर झुर्रियाँ पड़ेंगी, बालों में चाँदी के तार झाँकने लगेंगे, और मैं घर के लिए खटते-खटते, एक बेचारी उम्रदराज़ बूढ़ी लड़की ही रह जाऊँगी, जिसकी झोली हमेशा ख़ाली रहेगी ? जिसके भीतर कभी कोई झरना नहीं फूटेगा ? और मैं अपनी बेचारगी पर त्याग-तपस्या का लबादा ओढ़े भाभियों की शंकालु नज़रों को झेलती, अपनी ऊँची जगह का भ्रम बरकरार

रख पाऊँगी ? हर सही-गलत के लिए कावेरी अभी से मुझे ज़िम्मेदार ठहराने लगी थी। मेरे बुढ़ापे की याद दिलाती वह मुझसे छुटकारा चाहती थी। इस घर को मैं अपना घर कहती आई। यही था मेरा घर ? और मेरे माँ-बप्पा ? अपना जंजाल छोड़कर मेरे साथ रहने को तैयार हो गए ? घर शायद बेहद निजी चीज़ है जो व्यक्ति अपनी अंतरंगता से केवल अपने लिए बनाता है, भले ही बाल-बच्चे उसे सजाने-सँवारने का काम करें पर आगे चलकर बच्चे भी अपना घर अलग ही बनाते हैं ! मैं सबके साथ खुद को जोड़कर शायद दूसरे के हिस्से को ही अपना समझती रही। उस दिन मुझे लगा, मैं एक झूठ को जीती रही हूँ। मैं तो अकेली हूँ और शायद अकेली ही रहूँगी।

मैंने जो कुछ भी ठीक समझा, किया था। अपनों के लिए अपने को ख़र्च करते कभी सोचा ही नहीं कि एक दिन सब अपनी-अपनी दुनिया में रच-बसकर अलग-अलग हो जाएँगे और मेरे लिए हताशा के सिवा कुछ भी अपना नहीं रहेगा ? वक़्त के हाथों की कठपुतली थी मैं। मेरा बड़प्पन कैसा ? जो उन हालात में मुझे सुख देता वही तो मैंने किया या मुझसे कराया गया। लेकिन अब ? अब तो पड़ोसी-नातेदार भी यही सोचकर तरस खाते हैं कि किसी ने पसंद ही नहीं किया। ऐसे में यह सिद्धार्थ कहाँ से आ गया मेरी परीक्षा लेने ? क्या इसने भी मुझमें कुछ पसंद नहीं किया ? मेरे भीतर क्या टटोल रहा है यह सैलानी ?

उस दिन मैं नये ढंग से सोचने लगी थी। मेरे अंदर नया ही तूफ़ान जन्म लेने लगा था। पारादीप के तट पर सागर की गज़-गज़-भर ऊँची झागल लहरें जिस तरह पछाड़ें खाकर सिर धुनती हैं और पत्थरों से टकराती छटपटाकर बिखर जाती हैं, कुछ वैसे ही मैं भी छटपटाती रही रात-भर। मालूम नहीं क्यों मेरे अंदर बेहद गुस्सा भरने लगा था। अवश गुस्सा। मेरी आँखों से उबलते आँसू बहे और मैं खुद को खरोंच-खरोंचकर छीलती रही। सिद्धार्थ पर भी रोष था। इस भरे-पूरे शहर में उसे मुझसे ही मिलना था ? अजीब-सी रस्साकशी भीतर चल रही थी। पुरुष वर्ग से जो दूरी मैंने बनाए रखी थी वह जैसे मेरा ही मुँह चिढ़ा रही थी। आख़िर पुरुष की चाह तेरे भीतर उग ही आई ना ? बिना पुरुष के अधूरापन सालने लगा। 'नहीं, ऐसा नहीं है, महज़ पुरुष का साथ नहीं है यह। मैं अपने अधूरेपन से ऊपर उठना चाहती हूँ। पाने से ज्यादा खुद को देने की चाह उगी है मेरे भीतर ! सिद्धार्थ के साथ यों तो अचानक ही भेंट हुई थी पर उसके साथ घूमते लगा कि इसे तो मैं अरसे से जानती हूँ। इसी को तो मैं आज तक तलाश रही थी !'

यह मैं बाद में समझ गई कि सिद्धार्थ का मुझसे अचानक टकराना, फिर उस मुलाकात का गहरे परिचय में बदलना और बाद में अंतरंगता से जुड़ना, मेरे लिए नए अनुभवों के द्वार खुलने का विधान था। मेरे भीतर की संभावनाओं के लिए

एक चुनौती थी। मैं जिस रास्ते पर अब तक पैर रखने से परहेज़ करती रही, वह रास्ता मुझे हज़ार हाथों से अब अपनी तरफ़ खींचने लगा था। वे दिन बड़ी कशमकश के दिन थे मेरे लिए। ज़िंदगी के ढर्रे से पहली तरह गुज़रती भी मैं वहाँ नहीं थी। बप्पा के लिए पान बनाती, टुटुल की चोटियाँ गूँथती, नन्हीं को अपने पैरों पर लिटाकर हल्दी-बेसन मलकर नहलाती मैं बहुत दूर पहुँच गई होती। कॉलेज में सच्चिदानंद राउतराय के 'बाजीराउत' को पढ़ाते, उस किशोर बालक का हौसला मेरे भीतर चुनौती की तरह भरने लगता। उस तेरहवर्षीय लड़के ने तो एक अंग्रेज को नदी पार उतारने से इंकार किया था। उसके भीतर एक गलत व्यवस्था के विरोध में आवाज़ उठी थी और उसने जान की बाज़ी लगाकर भी उस आवाज़ का गला नहीं घोंटा। मैं क्या पारंपरिक शील-संकोच के नाम पर अपने भीतर की आवाज़ को अनसुना कर तमाम संभावनाओं को ख़त्म कर दूँ ? ऐसा करने से लाभ भी किसे होगा ? मैं जो नदी बनकर बहना चाहती हूँ, रुकी हुई पोखरी बनकर सड़ाँध नहीं देने लगूँगी ? मैं ख़ुद को नए ख़तरे उठाने के लिए तैयार कर रही थी।

पता नहीं, मेरे इर्द-गिर्द लोगों ने मेरे मन की भटकन को समझा या सूँघा। शायद नहीं। क्योंकि उन्होंने बड़ी दीदी को अपने एकांत की सम्राज्ञी के रूप में कमोबेश स्वीकृत किया था, एक कावेरी के सिवा। वह मुझे उस एकांत कक्ष में भी नहीं सह पा रही थी। उसने मेरे भीतर जो हलचल पैदा कर दी, प्रकारांतर से मेरे लिए वह फायदेमंद ही साबित हुई। नहीं तो, बप्पा-माँ भी समझते थे कि अब तक मुझे अपने ही बनाए किले से प्यार हो गया है। लेकिन यह मज़बूत दीवारोंवाला किला सुरक्षा देने के बदले अब मुझमें घुटन का अहसास पैदा कर रहा था। फिर भी यह सच है कि मैं अभी तक लक्ष्मण-रेखाओं को लाँघने की हिम्मत बटोर नहीं पा रही थी। प्रकट में तो नहीं।

हाँ ! नहीं ! क्यों नहीं ? मेरे लिए ख़ुद के बारे में सोचना गुनाह क्यों है ? क्या मैं छोटे-से सुख की भी हकदार नहीं ? मैं किसी दूसरे का अधिकार तो नहीं छीन रही ? मैं भीतर-ही-भीतर बगावत करने लगी थी। बाहर से सबकुछ जस-का-तस होते हुए भी भीतर किलों का ढहना शुरू हो गया था। प्रलय के बाद ज्यों नई सृष्टि जन्म लेने को अकुला रही हो। नई सृष्टि के जन्म लेने से पहले पुरानी दुनिया का ढहना ज़रूरी था और वह ढहने लगी थी।

कुनी ! तेरे अकेलेपन का साझीदार कौन ? तेरे बंद अहसासों में सीलन और सड़ाँध पैदा होने लगी है। इन्हें खुली हवा और धूप की छुअन चाहिए। कितनी देर भीतर के कपाट बंद रख पाएगी तू ? कोई दस्तक दे भी गया कभी, तो तूने कान बंद कर दिए। नहीं, यह सब मेरे लिए नहीं है। लेकिन अब ?

मेरे अंदर ढेर-सा रुदन इकट्ठा हो रहा था। दुख, निराशा, बेबसी और गुस्से

का मिला-जुला अहसास ! मैं कोई कंधा तलाशने लगी थी जिस पर सिर रखकर मैं अपने मन का बोझ हल्का कर सकती। पर मुझे वह कंधा कहीं दिखाई नहीं पड़ रहा था। मैंने घर-परिवार की ख़ुशी के लिए सभी निजी आकांक्षाएँ होम कर ख़ुद को ऊँची जगह पर रखा था। पर वह जगह मुझे बीहड़ जंगल में एकाकी छोड़ गई थी। चाहती तो किसी को साथी बनाकर औसत जिंदगी जी लेती, पर मैं औसत होना नहीं चाहती थी। ऊँचा होने का दंभ मुझे फालतू के खाने में छोड़ गया था।

एक माँ थीं जो मेरी पीड़ा समझ सकती थीं। पर नियति को समर्पित औरत जो ख़ुद अपनी संभावनाओं के द्वार बंद कर देती है, मेरे लिए कौन-सा नया रास्ता खोल सकती थी ? मेरे भीतर उठे तूफ़ान को कोई किनारा चाहिए था और वह किनारा मुझे आप ही ढूँढ़ना था।

सचमुच ! सिद्धार्थ ने आकर सब गड़बड़ कर दिया। सप्ताह-भर फ़ोन नहीं आया तो कई बार चपरासी से पूछा, "मेरा फ़ोन तो नहीं आया ? थोड़ा ध्यान रखना, ज़रूरी फ़ोन आनेवाला है !"

"नहीं मैडम, जी मैडम, आज्ञा मैडम !"

चपरासी अदब से दुहरा होकर बोला था, पर मुझे लगा वह कनखियों से देखकर मुस्कुरा रहा है। मैडम का ऐसा कौन-सा ज़रूरी फ़ोन आनेवाला है अचानक ? कभी-कभार कोई फ़ोन आता भी है तो घर से ही आता है। "लौटते वक़्त बप्पा के लिए होम्योपैथ से दवाई ले आना, या बहनों की कोई ख़ास फ़रमाइश-गंगूराम का संदेश-राजभोग··· !" और कौन करेगा अब फ़ोन ? अब तो कॉलेज में देर होने पर भी घरवाले फ़ोन नहीं करते। जानते जो हैं अब इस उम्र में जाएगी कहाँ घर छोड़कर ? किसी के साथ जाना होता तो दस साल पहले चली गई होती। तैंतीस पार की लड़की को पूछेगा भी कौन ?

पता नहीं दूसरे लोग मेरे बारे में ऐसा सोचते थे या नहीं, पर उन दिनों मेरे दिमाग में यही ऊलजलूल विचार घुमेर उठाते रहते। मुझे हर आदमी जासूस लगता। ज़रूर मेरी गतिविधियों, मेरी हरकतों की छानबीन करता होगा। वीणापाणि 'फ़ोन' शब्द सुनकर दयाभाव से देखती मुझे टटोलने लगी थी, "कुनी, किसका फ़ोन आनेवाला है ? हमें नहीं बताओगी ?" कॉरीडोर से गुज़रती मिसेज़ पंडा ने वीणापाणि को टोका था।

"तुम भी क्या बात पूछ रही हो ! अरे होगा कोई दोस्त-वोस्त। राह-चलते हमसे ही कितने टकराते हैं, फिर ये तो कुँवारी हैं, सूरत-सीरत से भी अच्छी !"

"अच्छी तो है परंतु···"। यानी कि उम्र कितनी हो गई। कोई मिला होता तो अभी तक बैठी रहती ?

मैं इन बातों से इधर बेतरह बौखलाने लगी थी, लेकिन मुँहफट नहीं रही कभी।

इसी कारण सुनकर भी अनसुना कर देती। भीतर-ही-भीतर कुढ़ती रहती। क्यों चैन से नहीं बैठतीं ये लोग ? बीसेक दिन बाद सिद्धार्थ का फ़ोन आया था। स्टाफ़ रूम से गुज़र रही थी कि लक्ष्मण ने आवाज़ दी, "दीदी, आपका फ़ोन !" मैंने झपटकर रिसीवर उठाया। जैसे जल्दी न की तो वह उधर से फ़ोन रख देता। कितना बड़ा खजाना हाथ से चला जाता।

"सॉरी ! मैं जाने से पहले फ़ोन न कर पाया। अचानक ही व्यापार के सिलसिले में काठमांडू जाना पड़ा। जल्दी ही सब तय हो गया था।"

"अच्छा ! हाँ, कोई बात नहीं।" मैंने तटस्थ दिखने की पूरी कोशिश की, पर मेरी आवाज़ घुटे-घुटे आवेश से काँपने लगी थी। सोचा था, बीसेक दिनों में उसे भूल गई हूँ, पर कहाँ ?

"आप ठीक तो हैं ?" उसके स्वर में चिंता थी।

"हाँ, ठीक हूँ। और सब कैसा है ?" मुझे भी कुछ तो पूछना चाहिए था।

"कोई ख़ास ठीक तो नहीं। इतने दिन बात नहीं कर पाया आपसे, बड़ा ख़राब लगा। आप जाने क्या सोचती रही होंगी।"

"नहीं, ऐसा कुछ नहीं। सोचना क्या था। अच्छा !" मैंने फ़ोन रख देना चाहा। छोड़ो, क्या करना है। ज़रा-सी पहचान को क्या तूल देना। परदेसी है। इन परदेसियों का क्या भरोसा। दो दिन में ही भूल जाएगा, जैसे कभी मिले ही न हों।

"देखिए, फ़ोन नहीं रखिए। मुझे कुछ ज़रूरी बातें करनी हैं। मैं होटल 'कोणार्क' में ठहरा हूँ, रूम नंबर पंद्रह में।"

"देखूँगी, अगर समय मिला तो···।"

"नहीं, ज़रूर आइएगा। दस मिनट के लिए ही सही, एक कप चाय साथ पिएँगे। प्लीज़, डोंट डिच मी।" उसकी आवाज़ में गिड़गिड़ाहट थी। मैं फिर पिघलने लगी। 'कुनी किसी का अनुरोध टाल नहीं सकती, प्यार से जान भी माँगोगे तो ज़रूर देगी।' मुझे प्रभा मौसी की बात याद आ गई और मैंने उसे सिद्धार्थ के अनुरोध के साथ जोड़ दिया। फिर यह अनुरोध तो मेरे मन की अनुगूँज था। "ठीक है, आ जाऊँगी।" मैंने समय दे दिया। स्टाफ़ रूम में मिसेज़ होता घुस आई थीं और उनके कान खड़े हो गए थे। मैंने जल्दी से फ़ोन रख दिया।

उस दिन कक्षा में राधानाथ राय की कविता 'चंद्रभागा' पढ़ाई थी। कवि ने इस कविता में ग्रीक माइथोलोजी के अपोलो और डैफिनी की तरह का कथा-आधार लेकर पुरुष सूर्य और शर्मीली चंद्रभागा का वर्णन किया है। छात्र-छात्राएँ मुग्ध होकर सुन रहे थे। कोणार्क मंदिर की वर्तमान दशा पर लिखी यह कविता मुझे भी बाँधती रही है। कहानी पूर्णमासी के उत्सव से आरंभ होती है। मुझे अकसर लगता रहा है कि मैं वहीं कहीं इस घटना को घटते देख रही हूँ। जगन्नाथ-पुरी

में सभी देवता स्वामी जगन्नाथ की आराधना कर रहे हैं। समस्त देवता आकर पहले मुख्य द्वार पर खड़े कामदेव को नमन करते हैं। पर सूर्यदेव बिना नमन किए सीधे ही भीतर चले जाते हैं। कामदेव इसे अपनी उपेक्षा समझ बुरा मान जाते हैं और बदला लेने की सोचते हैं। मौक़ा भी उन्हें मिल जाता है। एक बार ऋषि सुमन्यु की कन्या चंद्रभागा समुद्र के किनारे खेल रही होती है, सूर्य उसे देखता है और कामदेव के प्रभाव में आकर उसका पीछा करने लगता है। चंद्रभागा अपने पिता के अलावा और किसी पुरुष को नहीं जानती। सो सूर्य को पीछा करते देख घबराकर भागने लगती है। सूर्य पीछे-पीछे भागता है। चंद्रभागा डरकर समुद्र में कूद जाती है। सूर्य निराश होकर कोणार्क मंदिर लौट आते हैं तो वहाँ मंदिर को खँडहर हुआ पाते हैं। चंद्रभागा के पिता ऋषि सुमन्यु ने सूर्य के मन में चंद्रभागा के प्रति उगे पाप के कारण शाप देकर कोणार्क को खंडित कर दिया है···

चंद्रभागा नदी, जो कभी कोणार्क के पास बहा करती थी, सूर्य-किरणों के ताप से धीरे-धीरे सूखकर विलुप्त हो गई। राधानाथ राय की कल्पना ने इसी तथ्य को सुंदर कविता का रूप देकर कथाशैली में बाँध दिया।

उस दिन सूर्य के पीछा करने और चंद्रभागा के समुद्र में कूदने के दृश्य बार-बार मेरी आँखों के आगे घूमते रहे। चंद्रभागा के मन में प्रेम-जैसी भावना का अंकुर नहीं फूटा था। तभी एक डर, एक वहम उसे पुरुष-संपर्क से बचने के लिए मजबूर करता रहा और वह भागती रही, भागती रही, सागर में अलोप होने तक।

पता नहीं क्यों, मैं अपने-आपको चंद्रभागा की जगह देखने लगी। कहीं कोई साम्य था क्या ? बाहरी तो नहीं, पर भीतर अवश्य कुछ समान था। पुरुष की छाया से भागने की प्रवृत्ति ! मैं भी तो अब तक पुरुष की छाया से दूर छिटकती रही थी। मैंने सोचा, कभी यदि कोई मेरा पीछा करे, तो क्या मैं भी सागर में कूदकर अलोप हो जाऊँगी ? दरअसल उस दिन मन बड़े बेतुके ढंग से सोचने लगा था। सिद्धार्थ से फ़ोन पर हुई बात से अनाम डर-सा मन में उगने लगा था—वह मुझे बुला रहा है, या मेरा पीछा कर रहा है ? मेरे भीतर सागर की उत्ताल लहरों का ज्वार उफनने लगा।

'नहीं, मैं नहीं जाऊँगी। इस बार जाकर लौटना नहीं होगा।' लेकिन मुझमें बैठा कोई दूसरा मुझे धकेल रहा था। 'जा न··· चली जा। वह इंतज़ार में बैठा होगा।' उसकी काँपती-सी आवाज़ कानों में गूँज उठती। 'प्लीज़, डोंट डिच मी।'

आज सोचती हूँ, न मैं चंद्रभागा थी और न ही सिद्धार्थ सूर्यदेव ! हम दोनों साधारण इंसान थे और युवा स्त्री-पुरुष की इच्छाओं-आकांक्षाओं से भरे ! हमारे मनों की दौड़-भाग डूबकर उबरने के लिए थी। हमारी ऊहापोह अपने इर्दगिर्द बुने जालों को न तोड़ पाने की दुविधा थी।

लेकिन उस वक़्त ? उस वक़्त सोचा कि जाऊँगी तो क्या पहले की तरह

अलग-थलग रह पाऊँगी ? पहली मुलाक़ात को औपचारिकता का जामा पहनाकर मैंने सहज होने की कोशिश की थी। पर अब मन बेतरह डगमगा रहा था। बार-बार सिद्धार्थ की अनुरोधभरी, काँपती आवाज़ मेरा पीछा करती, 'प्लीज़ डोंट डिच मी !'

तो क्या सूर्य फिर चंद्रभागा का पीछा कर रहा था ? लेकिन इस बार की चंद्रभागा किशोरी बालिका नहीं थी। डरकर समुद्र में छलाँग नहीं लगाएगी। भीतर का डर बाहर दिखाने में भी संकोच आड़े आ जाएगा। उम्र ने उसे बाहर से पक्का तो कर दिया पर भीतर की अनछुई किशोरी छुईमुई-सी मुरझा रही है।

मैं कुछ देर बिखरे काम समेटती रही। अपने-आपको आश्वस्त करती रही। आह ! यह सब भावुकता है ! कोई अपराध करने तो नहीं जा रही, मिलने जा रही हूँ। सिद्धार्थ की जगह कोई लड़की होती, तो यह सब उधेड़-बुन होती ही नहीं। मैं भी कम पिछड़ी हुई नहीं हूँ। सदियों पहले का सोच मुझे जकड़े बैठा है।

यह स्त्री-पुरुष का भेद करके मैं नाहक उलझने लगी हूँ। मेरे भीतर की कुंठाएँ मुझे सहज नहीं होने दे रहीं !

मन हर बात को मानने से पहले तर्क गढ़ने लगता था। गलत को सही और सही को गलत करने के हास्यास्पद तर्क ! दरअसल मेरा मन तब बेहद अस्पष्ट और कमज़ोर था। चीज़ों को सही-स्वाभाविक ढंग से देखना मुमकिन नहीं हो पा रहा था। फिर अपने लिए सोचना भी तो गुनाह लगता था।

पता नहीं, तमाम ऊहापोह के बावजूद, उस दिन मैं कैसे 'कोणार्क' होटल पहुँच गई। पाँव अपने-आप उसी दिशा में चल पड़े थे। वह लाऊंज में चहलकदमी करता हुआ मिला था। मुझे देखते ही लपककर आगे बढ़ आया, "आधे घंटे से इंतज़ार कर रहा हूँ।" उसने उँगली से कलाई पर बँधी घड़ी की तरफ़ इशारा किया।

"निकलते-निकलते थोड़ी देर हो गई। पर आ तो गई न ?"

"थैंक्स ए लॉट ! मुझे डर था, कहीं मैं इंतज़ार ही न करता रहूँ..."

"नहीं, मैंने वादा किया था।" मैं उससे आँख नहीं मिला पा रही थी जबकि वह सीधे मेरी तरफ़ देखकर बात कर रहा था। इस 'आई कांटेक्ट' से मैं बेहद उलझ जाती थी। आँखें मन का आईना जो होती हैं। पता नहीं कौन-सा रूप दिखा दें।

"सो नाईस आफ़ यू। आइए, ऊपर चलें।"

"यहीं लाऊंज में बैठकर बातें कर सकते हैं।" मैं उसके साथ कमरे में चलने को राज़ी नहीं हो पा रही थी हालाँकि यह भी जानती थी कि लाऊंज में बैठना ख़तरे से खाली नहीं। लोगों का आना-जाना जारी था। कब कौन पहचानवाला नज़र आए... कौन जाने !

"यहाँ भीड़ है। आइए, घबराने की कोई बात नहीं।" वह बिना उत्तर की

प्रतीक्षा किए सीढ़ियों की तरफ़ जाने लगा और मैं अपने क़दमों को उसके पीछे-पीछे घसीटने लगी थी। मैं दो क़दम पीछे रह जाती तो वह रुककर मेरे बराबर हो लेता। उसे तो साथ चलनेवाला दोस्त चाहिए था। दो कदम पीछे चलनेवाली अनुगामिनी नहीं। उस वक़्त होटल के कर्मचारी, बैरे, यात्री वगैरह ऊपर-नीचे आवाजाही कर रहे थे। इस वजह से भी मैं बहस-मुबाहिसे में न पड़कर चुपचाप साथ हो ली थी। सहज होने की तमाम कोशिशों के बाद भी लग रहा था कि आते-जाते लोग मुझे शंका की नज़रों से देख रहे हैं।

कमरे में पैर रखते ही मेरी नज़र सिंगल बेड पर पड़ी। दिमाग ने चेताया—यह बैचलर का कमरा है। यहाँ तुम्हारा क्या काम ? मेज़ पर कुछ छिले-अधछिले संतरे रखे हुए थे। साइड टेबल पर पैड और पैन रखा था। खुले कागज पर सुंदर अक्षरों में कुछ पंक्तियाँ लिखी थीं। शायद लिखते-लिखते अधबीच ही उठना पड़ा हो। कागज़ पेपरवेट के नीचे दबा पंखे की हवा से फड़फड़ा रहा था।

"बैठिए।" उसने अकेली कुर्सी की तरफ़ इशारा किया और खुद पलँग के किनारे पर बैठ गया।

"फ्लाइट आज देर से आई। दो बजे यहाँ पहुँचा तो एयरपोर्ट से ही आपको फ़ोन कर दिया। वाराणसी में दो घंटे रुकना पड़ा। वहाँ प्लेटफ़ार्म पर बोर होते आपके बारे में ही सोचता रहा तो वक़्त कट गया।"

"उससे तो बोरियत और ज्यादा बढ़ गई होगी।" मैं कुछ कहने की ख़ातिर ही कह गई।

"नहीं। बल्कि लगा, आपसे बतिया रहा हूँ। आपके साथ बिताए वक़्त को दोबारा से जी लिया। जाते वक़्त आपसे बात नहीं हो पाई थी न, इसलिए ख़राब-सा लग रहा था। यह पिछले बीसेक दिन मैंने कैसे गुज़ारे, आपको क्या बताऊँ ? कहूँ भी तो शायद आप विश्वास न करें। वैसे भी आप मुझ पर विश्वास कम ही करती हैं।"

"नहीं, ऐसी तो कोई बात नहीं।" मैं छोटी-सी हँसी हँसकर रह गई, थोड़ी नर्वस-सी हँसी। वह कितने अरसे से मुझे जानता था ? मेरे मन की हर बात, हर आशंका, डर, उससे कुछ भी अचीन्हा नहीं रह पाया था। मैं तो बस, अवश खिंचाव से उसके आसपास डोलने लगी थी, अपनी लक्ष्मण-रेखाओं को लाँघती। पूर्वजन्म के बारे में मैंने कभी नहीं सोचा। अगर पूर्वजन्म होता हो तो ज़रूर इस व्यक्ति से मेरा कोई रिश्ता रहा होगा। नहीं तो मैं एक लगभग अनजान आदमी के साथ होटल के कमरे में आने की हिम्मत ही कैसे करती ? मैं, जो मिश्र परिवार की परंपराओं और मान्यताओं के प्रति बचपन से ही प्रतिबद्ध रही हूँ, घर-परिवार के अनुशासन की धुरी, जिसके बारे में मेरी ख़ामोश माँ भी कभी-कभी कह ही लेती हैं, 'घर-परिवार के सुख में अपना सुख देखती इस लड़की ने

अपने लिए कभी कुछ नहीं सोचा, कभी कुछ नहीं माँगा ! जाने किस जन्म की तपस्विनी है…'

मैं, अब तक की तपस्विनी, इस अजाने पुरुष के पास चाय-कॉफी पीने और बतियाने के आमंत्रण पर होटल में ! मेरे परिजन देखें तो शायद अपनी आँखों को ही दोष दें, या घोर आश्चर्य से गूँगे हो जाएँ। मगर मैं भीतर से नर्वस होते हुए भी बाहर से सहज बनी रही।

"आपने कहा था, कोई ज़रूरी बात करनी है।"

"हाँ, पहले चाय तो पी लें। खाने को क्या मँगाऊँ ?"

"मैं जल्दी में हूँ। एक कप चाय पी लूँगी, बस। आप जो मन हो, ले लें।"

"जल्दी में तो आप हमेशा ही होती हैं।" वह मुस्कुराया। मैंने देखा, मुस्कुराने से उसका गंदुमी चेहरा उजला हो जाता है। आँखें ढेर-सी अनकही बातें कहती गुदगुदाने लगती हैं।

"इस बार आपके साथ कोणार्क का प्रोग्राम बनाना है। दो दिन शहर में रहूँगा। एक पूरा दिन आपके नाम करना है। उसके बाद कलकत्ता जा रहा हूँ। जीजाजी ने एक बिज़नेस डील में फँसा दिया है।"

"कोणार्क ? ओ माँ ! मैं नहीं जा पाऊँगी। सॉरी ! घरवाले इजाज़त नहीं देंगे, और बिना बताए जाना ठीक नहीं होगा।" मेरे भीतर की 'मैं' के आसन पर बाहर की कुनी बैठती हुई बोली। ठीक तो यहाँ आना भी नहीं था। पर वह सब मैंने नहीं कहा। सिद्धार्थ का चेहरा मेरी बातें सुनकर उतर गया था।

"आप ठीक कहती हैं पर…"

कुछ देर के लिए कमरा चुप हो गया। अपनी साँसों की आवाज़ सुनती मैं अगली बात का इंतज़ार करती रही। क्या कहेगा सिद्धार्थ ?

"बुरा लगे तो माफ़ करना, एक बात पूछ सकता हूँ ?" वह गांभीर्य झटककर सहज हो आया था।

"कहिए।"

"क्या आप अपनी सभी बातें घरवालों को बताती हैं ?"

"मैं समझी नहीं।"

"मतलब यह कि आपका निजी भी तो कुछ होगा, जिसे सभी के साथ शेयर नहीं किया जा सकता हो। या शेयर करना ज़रूरी नहीं हो।"

सिद्धार्थ की बात ने मुझे आहत-सा कर दिया था। उसके शब्द कठोर नहीं थे, पर मेरे लिए उनका अर्थ यातनाप्रद था। मैंने किसी को भी अपने निजी सुख-दुख का भागीदार नहीं बनाया था। मेरे भीतर उगता निचाट अकेलापन और खाली झोली का अहसास मुझे बेतरह सालने लगा था और सिद्धार्थ ने मेरी दुखती रग पर उँगली रख दी थी। सिद्धार्थ की बात का उत्तर देते इसीलिए मेरा लहजा सख़्त

हो गया था।

"मेरा ऐसा निजी कुछ भी नहीं है जिसे दूसरों से छिपाना पड़े। मैं गैरज़रूरी पचड़ों में पड़ती ही नहीं।"

बोलते-बोलते मेरा चेहरा सफेद पड़ गया था। उसी ने बाद में बताया, "तुम्हें क्या हो गया था अचानक ?" लेकिन उस वक़्त वह क्षमायाचना-सी करते बोला, "आय एम सॉरी ! मेरा मतलब यह नहीं था।"

"अच्छा, मैं चलूँगी अब।" मैं अचानक खड़ी हो गई थी। "घर पर चिंता करेंगे।" उस वक़्त लगा था, किसी ने मेरे निजी मामले में दखलंदाज़ी कर मुझे अपमानित कर दिया है। आज तक मैंने किसी को इस तरह के हस्तक्षेप का अधिकार नहीं दिया था।

"मैंने आपको नाराज़ कर दिया।" वह भी मेरे साथ उठ खड़ा हुआ। "मुझे सचमुच अफ़सोस है, मैं ऐसा चाहता नहीं था।"

"नहीं, ऐसा कुछ नहीं।" मुझे उसके उतरे चेहरे पर फिर ममता हो आई। "मैंने सच ही कहा है। घर में सबसे बड़ी हूँ न ? अपने लिए कभी सोचने का मौका ही नहीं मिला। सभी जो मेरे लिए चिंता करनेवाले हैं।"

दरवाजे पर पहुँचकर उसने मेरे कंधे पर हाथ रख दिए। क्या मालूम क्या हरकत करे, मैं चौकन्नी हो आई। लेकिन उसने कोई बेअदबी नहीं की।

"तो मैं समझूँ कि मेरी बात आपको बुरी नहीं लगी ?"

"नहीं, नहीं। इसमें बुरा क्या लगना, बस, ज़रा जल्दी में हूँ..."

"अगर सचमुच बुरा नहीं लगा तो मेरी एक बात याद रखिए। अपने लिए सोचना गुनाह नहीं होता। आख़िर हम खुद अपने बारे में न सोचें तो दूसरा क्योंकर सोचेगा ? आप भी अपने लिए सोचना सीखिए।"

वह बहुत पास आकर खड़ा हो गया था। मैं उसकी साँसों की आवाज़ सुन सकती थी। कोलोन और आफ्टर शेव लोशन की मिली-जुली गंध मेरी साँसों में घुलने लगी थी। मैं वहाँ से भागना चाहती थी। पता नहीं किससे ? सिद्धार्थ से या अपने-आपसे ? मैं लगभग दौड़ती-सी बाहर जाने लगी तो उसने मेरी बाँह पकड़ ली।

"ऐसे नहीं भागो प्लीज़। मुझसे क्या भागना ? कहोगी तो आप ही दूर चला जाऊँगा। जैसे आया वैसे जाऊँगा भी। पर तुम अपने से भागकर कहाँ जाओगी ? एक मिनट रुक जाओ। जाने से पहले तुम्हें कुछ देना है। इसे लेती जाओ।"

उसने साइड टेबल पर पेपरवेट के नीचे दबा पड़ा कागज़ मोड़कर लिफ़ाफ़े में डाल दिया और मेरी ओर बढ़ाया, "इसका जवाब देना ! दोगी न ?" आवाज़ में वही आत्मीय आग्रह !

"कल मैं यहीं हूँ। कोई अपाइंटमेंट नहीं है। तुम्हारा इंतज़ार करूँगा। कोणार्क

न सही, और भी तो जगहें हैं इधर देखने की। ज़रूर आना। साथ चलेंगे।"

"देखूँगी, अगर मुमकिन हुआ तो।" मैं फिर सुन्न-सी होने लगी। अवश खिंचाव से असहाय-सी।

"होगा मुमकिन कुनी ! तुम चाहो तो ज़रूर आ सकती हो।"

इस बार उसने हाथ नहीं हिलाया। कंधों को हल्के-से घेर लिया, "सी यू।"

उस दिन मैं घर कैसे पहुँची, मालूम नहीं। धड़कनों का बेकाबू होकर सीने से बाहर निकलने को उतावला होना, मैंने उस दिन पूरी शिद्दत से महसूस किया था। कंधों पर कोई जादुई छुअन ठहर गई थी और मैं उस अहसास से होश खोने लगी थी। मैं अपने कंधे बार-बार ढँक लेती। लगता, अगर कंधे ढँक नहीं लिए तो वह मीठी छुअन उड़कर मुझसे दूर हो जाएगी। मुझे कोई नायाब चीज़ मिली थी जो बिना खोजे ही मेरी झोली में आ गिरी थी। मैं उसे सहेजकर रखना चाहती थी। मेरे भीतर की सोई पड़ी औरत अँगड़ाई लेकर जाग रही थी। एक बार ज़रूर लगा था कि मुझसे कुछ गलत हुआ है, पर उस गलत के लिए मैं अपने को दोषी नहीं ठहरा सकी। उसने मुझमें आतंकभरा सुख भर दिया था। जो कभी असंभव था, वह अचानक संभव हो गया था।

'होगा, कुनी होगा'।

मेरे अवचेतन के भीतर उठते कई-कई प्रश्नों का उत्तर सिद्धार्थ ने मुझे थमा दिया था। 'होगा, कुनी होगा'। तुम चाहो तो ज़रूर होगा। क्या होगा ? उस होने का कोई चेहरा मेरे सामने स्पष्ट नहीं था।

घर पहुँचकर मैंने सिद्धार्थ का छोटा-सा पत्र खोलकर पढ़ा, बड़े सुंदर अक्षरों में लिखा था–"कुनी डियर ! तुम नए अनुभव की ताज़गी लेकर मेरे मन में उतरी हो। जब से देखा है, पल-भर के लिए भी तुम्हें अपनी आँखों से दूर नहीं कर पाया हूँ। अब तक कहाँ थीं तुम ? अब आई हो तो जाना मत। मैंने मन का एक ख़ाली कोना तुम्हारे लिए सुरक्षित रखा है। तुम्हारे पास कोई ख़ाली जगह हो तो मैं आ जाऊँ ???"

ख़ाली जगह ! कैसे कहती कि मैं तो मनवंतरों से तुम्हें खोज रही हूँ। मेरे भीतर तो आकाश-भर जगह है तुम्हें सँजोकर रखने के लिए। तुम्हारी अहसानमंद हूँ कि तुमने मुझे एक चिड़चिड़ी लड़की होने से बचा लिया। अपनी ख़ाली झोली पर पछताती ताउम्र अपनी मजबूरियों का स्यापा पढ़ती, 'तपस्विनी' का चोला पहने मैं अपने स्त्री होने का मातम मनाती ही गुज़र जाती। अपने भीतर उगती इच्छाओं का गला घोंटती मैं, कुढ़ती-खीजती दूसरों की हँसी से खामखाह ईर्ष्या करने लगी थी। तुमने मेरे बाकी बचे दिनों को कोई अर्थ दिया है। मेरे भीतर गज़ब का विश्वास जन्म लेने लगा था। कुनी ! एक ही रात में तेरी झोली चाँद-तारों से भर गई। तेरे भीतर नई उम्मीदों के सूरज उगने लगे। इतनी खुशी तू कैसे सम्हाल पाएगी ?

उस रात मैंने कुछ नहीं सोचा। सिर्फ़ रात बीतने का इंतज़ार करती रही। सुबह घर में कहा कि कुछ लोग बाहर से आए हैं, उन्हें नगर-दर्शन कराना है। कॉलेज से छूटते ही उनके साथ जाना होगा। देर हो जाए तो चिंता मत करना।

मेरी बातों की प्रतिक्रिया माँ और मंदा पर क्या हुई, मैंने नहीं देखा। यों भी उन दोनों के चेहरे इतने सपाट और भावहीन रहते हैं कि उनके मन में क्या उग रहा है, इसका अनुमान लगाना मुश्किल होता है। उस वक़्त मैं उनकी प्रतिक्रिया पर माथापच्ची करने की स्थिति में नहीं थी। मैं किसी का अधिकार नहीं छीन रही, किसी का सुख नहीं बाँट रही। मन में एक ठोस तर्क घर कर चुका था। बस, अपने लिए कुछ ख़ुशी के पल बटोर रही हूँ, जिन्हें अगर हाथ से निकलने दूँ, तो दोबारा पाने का अवसर नहीं मिलेगा।

उसी अगले दिन मैं और सिद्धार्थ धौलगिरि की पहाड़ी चढ़े थे। चढ़ाई चढ़ते पल-भर किसी पत्थर या पेड़ की टेक लेकर मैं सुस्ताने को रुक जाती तो सिद्धार्थ अपनी बाँह का सहारा देता और फिर दोनों साथ-साथ हवा के थपेड़ों को समूचे जिस्म पर झेलते आगे बढ़ जाते। हवा के वेग से साँसें रुँध-सी जातीं–"ऐऽऽ! थोड़ा रुक जाओ न ! कोई पीछा कर रहा है क्या ?" मैं फेफड़ों में भरी साँस बाहर फेंक देती। वह क़दम रोक लेता।

"अब ठीक ?"

"हाँ, मुझसे इस तरह भागा नहीं जाएगा।"

"सॉरी ! दरअसल मैं धीरे चलने का आदी नहीं हूँ। टाँगें भी कुछ ज्यादा ही लंबी हैं न ? छोटे क़दम उठा ही नहीं पाता। कॉलेज के दिनों में दोस्त मुझे अब्राहम लिंकन कहकर पुकारते थे..." वह चहकने लगा था। मैं भी खुल गई थी। मौसम बेहद ख़ुशगवार था। वर्षा के बाद की हवा में गीली मिट्टी की सौंधी ख़ुशबू घुल गई थी। दूर तक पहाड़ी की तराई में बिखरे पेड़-पौधों के बीच बिछी चट्टानों की दरारों में हरी दूब झाँक रही थी। पथरीले जोड़ों पर काई के गुच्छे ! शहर के कोलाहल से दूर हरियाली और हवा के खेल में थकान भाग गई थी। काजू, नारियल और केवड़े के दरख़्तों की ख़ुशबुओं से महकी हवा हमें छूकर गुदगुदा रही थी और हम बेहद ख़ुश थे। धौलगिरि के दामन में हरियाली का आलम पसरा पड़ा था और ऊपर पहाड़ी की चोटी पर श्वेत संगमरमर का शांति स्तूप ! वहाँ पहुँचना उस समूचे माहौल में रमने का लाजवाब सुख हथियाना था। ऊपर तक पहुँचते-पहुँचते हम दोनों हाँफने लगे थे और हाँफते-हाँफते एक-दूसरे को थाम बिला वजह खिलखिला रहे थे। या शायद वजह थी, कुनी और सिद्धार्थ एकसाथ भीतर से बाहर आ गए थे। वक़्त के एक नायाब टुकड़े को फूलों की तरह थामे, और हवा उनके साथ थी।

ऊपर तथागत के चेहरे पर इतनी शांति थी कि देखकर शांति का अहसास

अंतरात्मा को अनायास छू जाए और मन का सारा क्षोभ धुल जाए। काफ़ी देर तक हम स्तूप की परिक्रमा में दीवारों पर अंकित ठहरे हुए अतीत के कालखंड को देखते रहे। बोधिसत्व के जन्म से लेकर निर्वाण तक की मुख्य घटनाएँ! अशोक का शौर्य-मद से चूर होकर शूरवीर कलिंगवासियों का निर्मम शिरोच्छेदन करना और मुकाबले में रक्त-नदी में तैरते योद्धाओं का हार स्वीकार न करने का प्रण! कैसा चीत्कार गूँज उठा होगा चौतरफ़ तब ? दया नदी वीर पाइकों के खून से लाल हो गई। यह कैसी विजय थी कि सम्राट अशोक बुद्ध के चरणों पर ढह पड़ा। "मुक्त करो। मुझे इस नृशंस नरसंहार की आत्मप्रताड़ना से मुक्त करो तथागत !"

जब-जब मैं धौलगिरि में बुद्ध की प्रतिमा के पास आती हूँ, तथागत की शांत मुद्रा को मोहाविष्ट हो देखती रहती हूँ। उनकी दृष्टि से कई-कई अदृश्य ज्योतिपुंज फैलते दिखाई पड़ते हैं। इसी तेजस्वी दृष्टि ने तो 'चंड अशोक' को 'धर्म अशोक' बना दिया था। यहाँ मन की गिठानें खुलने लगती हैं। मैं यहाँ अक्सर आती रहती हूँ पर सिद्धार्थ पहली बार आया था, उत्कल प्रदेश की सांस्कृतिक-ऐतिहासिक गरिमा से खिंचा ! वह मुग्ध था। उसे तो जड़ शिल्प, मूर्तियाँ और भवन देखने थे। मूर्तियों का इतिहास जानना था, उनमें उगती साँस को महसूस करने का अनुभव तो यहीं आकर हुआ। उसने कहा भी, "यहाँ की हर मूर्ति बोलती है कुनी, फिर तुम पत्थर कैसे बन गईं ?"

"लेकिन तुम्हारे छूने से तो मैं पत्थर से हाड़-माँस की स्त्री बन गई। तुमने तो असंभव को संभव कर दिया सिद्धार्थ !"

"कभी-कभी ऐसा होता है जो शायद पहले से ही तय हो चुका होता है। जैसे यहाँ तुम्हारे चंड अशोक का धर्मनिष्ठ बनना पूर्वनिर्धारित था, वैसे ही हमारा-तुम्हारा अचानक मिलन भी वक़्त के लमहों में पहले से दर्ज़ था।"

हम ध्यानमग्न तथागत के निर्विकार चेहरे के सामने खड़े थे। अपने भीतर जन्मे नए राग की चंचल उद्विग्नता को धड़कनों में सँभाले हुए ! हमारे लिए बुद्ध होना संभव नहीं था। राग और विराग के लंबे ऊबड़-खाबड़ रास्तों से गुज़रे बिना बुद्ध की शांति पाना मुमकिन नहीं होता ! इस सच को हम दोनों अनाड़ी होने के बावजूद तब भी जानते थे ! फिर भी मेरे भीतर सवाल उठे थे !

"इतनी शांति ! इतनी बेफ़िक्री ! मुमकिन हो सकती है क्या आदमी के लिए आज ? भीतर की लड़ाइयों से छुटकारा पाना तुमसे कैसे संभव हो सका तथागत ?"

सिद्धार्थ मुझे कंधों से घेरकर गोलाकार दीवार के पिछवाड़े ले गया, "इधर देखो ! यहाँ ! ऊँचाई पर खड़े अस्त होते सूर्य की किरणों का मोहजाल ! अपने में जज़्ब कर देता है यह नज़ारा ! यह फलसफ़ा छोड़ो। सच कहो, मन बेफ़िक्र

नहीं होता कुछ देर के लिए ? निर्द्वंद्व !

आसमान के पश्चिमी घेरे पर सफेद काले बादलों के टुकड़े गुलाबी-सुनहरे रंगों में रँग गए थे। नीचे दूर तक बिछी हरियाली लाज के रंगों में घुल रही थी–सुनहरे रंगों के अक्स में सिद्धार्थ का चेहरा भी उजला हो आया था। बेरोक हवाओं ने हमारे बाल छितरा दिए थे। लेकिन बिखरी लटों को बार-बार कानों के पीछे खोंसकर मैं अपने मुग्ध क्षणों में बाधा नहीं चाहती थी। मोहसनी किशोरी-सी मैं आसपास के कई बार देखे दृश्यों को विभोर होकर देख रही थी। आकाश से धरती पर बरसे ढेर से सुवर्ण रंग ! धरती की छाती में बहती दया नदी का रंग भी सुनहरा हो आया था। सिद्धार्थ ने दाईं बाँह से मेरे कंधे को जकड़-सा लिया था। मैं उसे हटा नहीं पा रही थी क्योंकि मेरे अंदर कई-कई वाद्यों की सिंफनी बज रही थी। यहूदी-मेनह्युन का आत्मलीन करनेवाला आर्केस्ट्रा ! मैं सुन रही थी उस संगीत को, जो आदम और हव्वा की धमनियों में भी शायद इसी तरह से गूँजा होगा कभी ! रगों-रेशों में गुनगुने रक्त का प्रवाह तेज़ और तेज़ होता हुआ। मेरी सोई देह तन गई थी। चलते-चलते ज्यों चीड़ के फिसलने पत्तों पर पाँव पड़े हों और मैं रपटने लगी होऊँ। मुझे सँभालो ! मैं हाथ बढ़ाकर सिद्धार्थ को थामना चाहती थी, मुझे बचा लो ! गिर पड़ी तो टूटकर बिखर जाऊँगी‥ लेकिन मेरे लिए खुद ही सँभलना ज़रूरी था। कई-कई जोड़ी अदृश्य आँखों के प्रेत जो मुझे घूरे जा रहे थे, भीतर तक चीरती हुई प्रश्नाकुल आँखें ! उदास आँखें ! धमकाती आँखें। बोलो ! अब अगला क़दम क्या होगा तुम्हारा ?

हव्वा को तो इन आँखों का सामना नहीं करना था। तभी शायद देह को तड़ककर टूटने से बचाना ही उसकी अकेली चाह बन गई थी ! देह-मन के ताप से मुक्ति ! पर मेरे लिए मुक्ति अभी भी सहज नहीं हो पा रही थी। शायद इसीलिए मैं एक लंबी दूरी तय करने के बाद नज़दीक पहुँचने पर यकायक छिटक आई थी। सिद्धार्थ से ज़्यादा अपने प्रति बेरहम होते हुए।

"इसी दया नदी में पानी के बदले रक्त बहा था जब अशोक ने कलिंग देश पर आक्रमण किया था। कैसा दृश्य रहा होगा वह, जब दया के किनारे, इन काजू, कटहल और आमों के पेड़ों के बीच यह शांत पहाड़ी लाशों से पटी होगी और इसके दामन में बिछी धरती की छाती छलनी हो गई होगी !"

लेकिन इस वक़्त वह सब क्यों याद करना ? शांति और द्वंद्व साथ-साथ ! उँगलियाँ जब मनचाहे वाद्यों पर थिरकने को मचल रही हों, उस वक़्त यह बेसुरा आलाप क्यों ? मंत्रबिद्ध-सा सिद्धार्थ इस अप्रत्याशित संवाद से उत्पन्न स्थिति के लिए तैयार नहीं था।

"कम ऑन कुनी ! अब इन खूबसूरत लम्हों को यों हलाल न करो। कुछ देर तो भूलने दो इतिहास को ! तुम्हारे वर्तमान का कोई भी पल क्या अपने में

पूरा नहीं होता ?"

मैं चुप हो गई थी। एकदम पूरा माहौल चुप हो गया था। कितनी ख़ामोशी छा गई थी वहाँ ! हवा के झोंकों से गिरते पत्ते भी बुदबुदा रहे थे–शीऽऽ ! चुप !

"अब चलें ?" मैं जल्दी ही अपनी धरती पर लौट आई थी या शायद मैं उससे दूर हो ही नहीं पाई थी। ज़रा से पर तौलने लगी थी आकाश में उड़ान भरने के लिए, कि वापस ज़मीन पर लौट आई। वह भी जल्दी ही सँभल गया।

"हाँ, देर हो रही है तुम्हें ! चलो !"

पथरीली सीढ़ियाँ उतरते हम फिर एक-दूसरे से दूर चले गए। तराई पर ढोक चट्टानों बीच उगे जंगल को पार कर हम पहाड़ी के दामन तक उतर आए। काई जमी चट्टानों के पास टैक्सी खड़ी थी। साँझ ने सुरमई रंग पेड़-पौधों और दूर तक फैले खेतों पर उलीचना शुरू कर दिया था। अब और रुकना ठीक नहीं था। लेकिन सिद्धार्थ को अगली सुबह जाना था। फिर न जाने कब इस तरफ़ आना हो। कल हम फिर अलग हो जाएँगे और अपनी-अपनी काई-कछारों से ढँक जाएँगे···। वह अचानक बीच में आई दूरी से उदास हो गया था, और शायद विदा होने से पहले उस खाई को पाटना चाहता था।

"उधर शिलालेखों के पास, ऊपरवाली चट्टानों पर बैठ जाएँ ?" उसकी आवाज़ में चिरौरी थी।

"इस वक़्त नहीं। अगली बार। अभी आपने ही तो कहा था देर हो रही है। भूल गए ?" मैंने उसका मूड सुधारने के लिए अगली बार का लालच दिया। सचमुच ही उसका चेहरा खिल आया।

"अच्छा, ज़रा दो मिनट देखें, उन शिलालेखों पर क्या लिखवाया है चंड अशोक ने ?"

"जब यह शिलालेख लिखे गए तब चंड अशोक बुद्ध की शरण में आकर 'धर्म अशोक' बन गया था। ज़ाहिर है उन अभिलेखों पर महात्मा बुद्ध के दर्शन की प्रतिच्छाया है, जो पाली में लिखे हैं और हमारी समझ से बाहर हैं। उसके ऊपर विशाल चट्टानों पर बैठना भी ख़तरे से ख़ाली नहीं है। वहाँ ज़हरीले साँप-बिच्छू बेधड़क घूमते रहते हैं।"

"ओ गॉड ! तुमने तो मुझे डरा ही दिया। तो चलो, वहाँ उस बरगद के नीचे उन पट्टों पर देखें क्या लिखा है। ओडिया, अंग्रेज़ी और हिंदी में लिखा है। दो भाषाएँ तो मैं पढ़ सकता हूँ, तीसरी तुम पढ़कर समझा देना।"

वह एक-एक पल चुराकर यादों में सँजोना चाहता था। उसके लिए उसे बचकानी हरकतें करने में भी कोई गुरेज़ नहीं था। जटाधारी बरगद की छाँह में, जहाँ पट्टों पर संदेश लिखा था, अँधेरा चुपचाप खड़ा हो गया था। सिद्धार्थ मेरा हाथ थाम उस ओर बढ़ने लगा।

"आप तो बच्चों की तरह ज़िद करते हैं।"

"नहीं, बच्चों की तरह नहीं, कुनी ! कल मैं चला जाऊँगा। एक बार करीब से तुम्हें महसूस करना चाहता हूँ।" बरगद की घनी छाँह में उसने मेरी पत्ते-सी काँपती देह को बाजुओं में भींचकर सीने से लगा लिया, और जल्दी ही अलग हो गया। बस, कुछ पल ! पर वे पल हमेशा के लिए मेरी छाती पर खुदकर रह गए।

"थैंक यू डियर ! थैंक्स ए लॉट !"

हम लोग टैक्सी में बैठ गए तो सिद्धार्थ के सीने की धड़कन मेरी साँसों के गुंबद में गूँज रही थी। नीला-नीला जादुई-सा कुहरा मुझे अपनी गिरफ्त में ले चुका था, पहाड़ी कुहरा, जो ऊँची-ऊँची चोटियों को लिहाफ की तरह ढँक देता है। मेरा ज़ेहन भी उस जादुई कुहरे से कुछ देर ढँक गया था। फिर तन्नाई हुई देह धीरे-धीरे कुनकुनी धूप में पिघलने लगी और पसीने से सराबोर हो गई। यह सब अचानक ही हो गया। पल-भर में ही दुनिया का चेहरा बदल गया।

वह बीता हुआ कालखंड कैसे आज भी ज़ेहन में सुरक्षित है। कुछ भी तो भूली नहीं हूँ मैं ! विदा लेते उसने कहा था, "दो जने साथ हों तो दुनिया कितनी सुंदर लगती है। ऐसे मिलकर जिए क्षण भी ज़िंदगी में बहुत कम आते हैं। बाकी तो रूटीन है ही, कुनी !"

मैं तब तक भीतर चलती ग्रंथियों से मुक्त नहीं हो पाई थी, बदलाव की प्रक्रिया हालाँकि शुरू हो चुकी थी। नैतिकता का जो रूढ़ अर्थ मेरे ज़ेहन में भरा था उसे बदले बिना मैं सिद्धार्थ को अपना नहीं सकती थी क्योंकि मेरे रूढ़िवादी परिवार के मानदंडों पर हमारा रिश्ता खरा नहीं उतरता था। लेकिन सिद्धार्थ में गज़ब का धैर्य था ! "मैं फिर आऊँगा, कुनी !"

ग्यारह

मैं नहीं जानती मेरे भीतर इच्छा का बीज सिद्धार्थ ने बोया या वह वहाँ पहले से ही मौजूद था। सिद्धार्थ ने कहा था कि इच्छा-आकांक्षा तो हमारे होने की मूलभूत शर्तें हैं ! वह मेरे भीतर रहा भी हो पर यह सच है कि सिद्धार्थ से मिलने के बाद उस बीज को खाद-पानी मिल गया और उसमें कोंपलें फूट आईं। वह दो-तीन महीनों के अंतराल पर मिलता रहा और मैं इस मित्रता की अगली सीढ़ियों के बारे में माथापच्ची किए बिना प्रतीक्षा करती रही। दिन बीतते जाते और मुझे लगता कि अब मुझसे इंतज़ार नहीं हो सकता। दिन घर-बाहर की व्यस्तताओं में गुज़र जाते, पर रातें मनों बोझ लिए छाती पर सवार हो जातीं। नारियल के पेड़ों के बीच चाँद लुका-छिपी खेल खेलता और मैं उसमें सिद्धार्थ का चेहरा तलाशती रहती। हवा पंखेदार पत्तों को सहलाकर दुलाती और मुझे उसके हाथों की छुअन याद आ जाती। कंधों पर उसकी बाँहों का स्पर्श जी उठता। मुझे लगता, मैं तो अरसे से उसी की राह देख रही हूँ। वही मुझे समझ नहीं पा रहा। ख़ामोश रातों में मेरी तरह ही धरती सिसकती रहती और लोग नींद में बेखबर सो रहे होते। कोई किसी की पीड़ा नहीं समझता। मैं अबूझे दर्द की कचोट सहती करवटें बदलती रहती।

मंदा-प्रद्युम्न के कमरे से रूठन-मनौवल की फुसफुसाहटें और उत्तेजक आवाज़ें आ जातीं तो मैं अनायास सिद्धार्थ को अपने आसपास टटोलने लगती। इतनी विह्वलता, इतना उत्ताप मैंने पहले कभी महसूस नहीं किया था। उन दिनों मैं अधसोई-अधजागी सिद्धार्थ के आसपास ही डोलती थी। कैसे दिन थे वे ? सूर्योदय के साथ रोज़ के काम शुरू हो जाते। वही-वही क्रम जीने का। सालों का एकरस रूटीन। जिसके बारे में कभी सोचा तक नहीं, अब बेहद उबाने लगा था। मैं बड़े बेमन से उठकर तैयार होती। चौके में अब मेरी ज़रूरत नहीं रही थी। मंदा नाश्ता-खाना तैयार करती। माँ नन्हीं को सँभाल लेती। प्रीति-प्रणति मुझसे पहले ही तैयार हो चुकी होतीं। नाश्ता–पूरी-सब्ज़ी, दही-चिड़वा, डिंब, लंच बॉक्स, टिफ़िन ! इन्हीं आवाज़ों के बीच कोई बस के लिए दौड़ता, कोई रिक्शा की ट्रिनन-ट्रिनन पर भागता।

"बोऊ, जा रही हूँ··· अच्छा चलता हूँ··· जाऊ छी नानी··· देरी हो गई···। दीदी आप नाश्ता लो।"

"ना मंदा, भूख नहीं है।"

"थोड़ा-सा दही-चिउड़ा, नानी !"

"नहीं, बाद में थोड़ा पखाल लूँगी···।"

मैं अनमनी-सी कुछ देर बरामदे में खड़ी पड़ोस के घरों की गतिविधियाँ देखती रहती, जैसे इससे अहम और कोई काम न हो। रामनाथ की किराएदारिन बच्चों को तैयार कर स्कूल की रिक्शा में बिठा रही होती। बच्चे माँ के गाल पर बारी-बारी से पप्पी देते मुड़-मुड़कर बाई-बाई टा-टा की रट लगाते–'देर हो रही है, माला ! मेरे मोज़े नहीं मिल रहे'··· गुप्ताजी डाँट-भरी आवाज़ लगाते। भीतर-बाहर लपक-लपककर माला कभी रसोई में नाश्ता तैयार करती, कभी पति की हाँकों पर आवाज़ें देती। गुप्ताजी कभी कंधों से घेरकर माला को भीतर कमरे में ले जाते, कभी हाथ हिलाकर विदा देते स्कूटर स्टार्ट करते···।

मैं देखती और सोचती, औरत घर में इतनी महत्त्वपूर्ण कब हो जाती है और कब तक रहती है कि उसके बिना घर का कोई भी काम पूरा नहीं होता ? मैं भी तो घर में महत्त्वपूर्ण थी। मेरी जगह भी किसी से कम न थी, पर अब मैं इतनी ख़ाली फुरसती कैसे हो गई ? मुझे आदर तो खूब मिला, पर किसी ने इस तरह अधिकार से न डाँटा और न कोई मेरे बिना उदास हो गया। मुझे देखकर नन्हीं बाँहें ज़रूर अकुलाईं पर मेरी छाती को नन्हें होंठों का स्पर्श नहीं मिला। मेरे चेहरे पर··· !

यह तो मैंने बाद में जाना कि हमेशा कोई भी व्यक्ति महत्त्वपूर्ण नहीं रहता। ज़िंदगी की यही खूबी या ख़राबी है कि वह कहीं भी संपूर्ण नहीं होती। इसीलिए उसके सुख-दुख आते-जाते रहते हैं। बहते पानी पर तेल की बूँदों-सा सुख ! हर रिश्ता अंततः हमें इस्तेमाल ही करता है। और यह सबकुछ जानते हुए भी हम खुद को इस्तेमाल होने देते हैं। इसी में हम जीने के अर्थ ढूँढ़ते हैं।

लेकिन उस वक़्त जिंदगी का मेरा अनुभव आधा-अधूरा ही था। निष्कर्ष कैसे निकालती ? ढेर से अनुभव मेरी राहों में पड़े थे। मुझे उनके बीच से गुज़रकर समय की भट्ठी में और पकना था।

अपने आधे-अधूरेपन में मैं ख़ाली-ख़ाली महसूस कर रही थी, फ़ालतू भी। इधर प्रीति को न जाने क्या हो गया था कि वह काबू में ही नहीं आ रही थी। उसकी मनमानियाँ, देर शाम तक सहेलियों के घर रहना और पूछने पर नाराज़ होकर अन्न-शन्न करना, दिन-ब-दिन बढ़ता जा रहा था। प्रद्युम्न-मंदा तो अभी भी दीदी का लिहाज़ कर रू-ब-रू नहीं होते, पर प्रीति देर-सबेर सहेलियों को बुलाकर मेरे कमरे में आ धमकती। टू-इन-वन इतने ज़ोरों से बजता कि कान फटने लगते।

देर रात तक टी. वी. के साथ चिपकी रहती। मैं समझाती, "प्रीति ! इतनी देर तक तुम लोग कमरे में हो-हल्ला मचाते हो, दूसरे कमरे में बप्पा हैं, इसका भी ध्यान नहीं रहता ? इससे कुछ पढ़ाई करते। तुम लोगों की परीक्षाएँ भी पास आ रही हैं।"

"पढ़ाई तो मैं रात को करती हूँ, नानी ! अभी मेरा पढ़ने का मूड नहीं..."

"लेकिन यह तो सोचा करो प्रीति, कि दीदी लेटना चाहेगी। मेरे सिर में इस शोर से दर्द होने लगता है..."

उसका जवाब हाज़िर रहता, "मैं अपनी सहेलियों को कहाँ बिठाऊँ ? नीचे कमरे में बप्पा लेटे रहते हैं। मंदा भाभी के कमरे में नन्हीं के पोतड़े-पातड़े फैले रहते हैं। छोटी भाभी ने कमरे में ताला ठोक रखा है। आपका ही तो एक ढंग का कमरा है, साफ़-सुथरा; जिसमें सहेलियों को बिठा सकती हूँ। आप नीचे बोऊ के पास भी तो लेट सकती हैं।"

प्रीति सचमुच बड़ी हो गई थी और मैं उसे बच्ची समझ रही थी। मुझे वह वक़्त-वक़्त पर याद दिलाती कि तुम्हें प्राइवेसी की क्या ज़रूरत है ? माँ के साथ भी तो कमरा शेयर कर सकती हो। मेरी ज़रूरतें ज्यादा अहम हैं। ढेर-सी सहेलियाँ। फैलती हुई दुनिया। तुम तो एक कोने में सिकुड़कर समा सकती हो। रहना तो तुम्हें यहीं है। कम-से-कम मेरे जाने तक थोड़ी असुविधा तो सह लो।

मुझे भी अब घर पहले-जैसा घर नहीं लगता था। घर के नाम से एक लंबा रेगिस्तान मेरे भीतर फैलता जा रहा था। यहाँ अब मेरी ज़रूरत किसी को नहीं थी। मेरी प्रिंसिपल ने संबलपुर तबादले का आश्वासन दिया था पर वहाँ की लेक्चरार लंबी छुट्टी पर गई थी। उसके मेरी जगह पर ज्वाइन करने तक मुझे रिहा नहीं किया जा सकता था। घर पर हालाँकि मेरी उपयोगिता ख़त्म हो चुकी थी, पर मेरा तन्नाया वजूद चोट खाया नाग बन गया था। मेरा कॉलेज भी मुझे बाँधे हुए था। वहाँ मधुसूदनदास और गोपबंधुदास की राष्ट्रीय प्रेम से ओत-प्रोत कविताएँ थीं। सबुजा साहित्यिक ग्रुप, समाजवादी व साम्यवादी लेखक थे। सच्चिदानंद राउतराय की 'पल्लिश्री' और 'बाजीराउत' विभूतिनारायण पट्टनायक, नित्यानंद महापात्र, सुरेन्द्र महांती और ढेर सारे साहित्यकार थे, जिनकी रचनाएँ पढ़ाती मैं अपने-आपको भूलने की कोशिश किया करती। भूलना शायद इलाज़ था मन की उथल-पुथल का। न भूलने से विचार बनते हैं और विचारों से मन में तर्क और तर्क से विद्रोह जन्म लेता है। विद्रोही लड़की परंपरावादी समाज में फ़ज़ीहत का शिकार हो जाती है। इसलिए भूलना ज़रूरी है अच्छी लड़की बनी रहने के लिए।

लेकिन मुझसे भूलना भी कहाँ हुआ ? करीब दो महीने बाद सिद्धार्थ फिर आ गया। इस बार ज्यादा अपना, ज्यादा घनिष्ठ बनकर। फोन पर उसकी आवाज़ पहचानते मैंने ही पूछा था, "कहाँ ठहरे हो ?"

"वहीं, जहाँ पिछली बार था। मैं नहीं चाहता, मुझे ढूँढ़ने में तुम्हारा वक़्त बरबाद हो।"

मिलते ही उसने पहला सवाल किया, "इस बार तो चल रही हो न मेरे साथ कोणार्क ?"

मैं हँस पड़ी, "तुम जानते हो, चलूँगी।" मेरी आवाज़ से आत्मविश्वास छलकने लगा था। उसे अच्छा लगा।

"दैट्स लाइक ए गुड फ्रैंड ! सुबह नौ बजे यहाँ से चलेंगे। शाम पाँच बजे तक वापस ! ठीक ?"

"फिर झूठ बोलना पड़ेगा।"

"जो सच किसी को तकलीफ़ पहुँचाए, वह झूठ से भी बुरा। यह मालूम है किस महापुरुष ने कहा था ?"

"हम क्या किसी महापुरुष से कम हैं ?" मैं अपने और सिद्धार्थ से बाहर दूसरों की बात करना ही नहीं चाहती थी।

यों सच और झूठ के अर्थ हमारे घर में पहले ही बदल चुके थे। मंदा-प्रद्युम्न फिल्म देखने जाते तो नन्हीं को माँ के हवाले कर कहते, "बहुत दिनों से मौसी के पास नहीं गए, ज़रा देखकर आएँगे।"

प्रीति को तो देर-सबेर आने की आदत-सी हो गई थी। प्रश्न पूछने पर वह अनेक सच्चे-झूठे बहाने गढ़ देती। दीप्ति से साइंस नोट्स लेने हैं, एक्स्ट्रा क्लासेस हैं। दिवाकर का इतना कहना-भर ही काफ़ी था कि दफ़्तर में आज काम ज्यादा था, रुकना पड़ा। छोटे-छोटे झूठ एक-दूसरे के सवालों से बचने के लिए ज़रूरी हो गए थे। हम सब जानते थे कि अगला उठी हुई भौंहों की तरेर सहने के लिए तैयार नहीं है। मुझे भी कोई रोक-टोक नहीं थी, लेकिन मैंने तो अपने इर्द-गिर्द खुद ही लकीरें खींच दी थीं। ऐसे ही चलता शायद उम्र-भर, अगर सिद्धार्थ न आता। उसी ने तो मुझे बंधन और मुक्ति का फ़र्क सिखा दिया। अपने मन की आवाज़ सुनने की हिम्मत दिलाई।

बहरहाल ! न चाहते हुए भी अब मैंने छोटे-छोटे झूठ अपना ही लिए थे। मिसेज़ होता की बहन राउरकेला से आई या मिस पाणिग्रही की भानजी दिल्ली से। कोई-न-कोई मेरा साथ चाहनेवाला प्रकट हो ही जाता। माँ को अच्छा लगता, "हाँ-हाँ, जा ! तू भी थोड़ा घूम-फिर आ। तेरी दुनिया तो घर से कॉलेज और कॉलेज से घर तक ही सिमटकर रह गई।" मेरी माँ ! अपने चौखट-भर आकाश की छाँह में टुकड़ा-भर ज़मीन से जकड़ी-बँधी औरत, जो घर-परिवार के बंधन में ही जीवन के अर्थ खोजती और पाती आई हैं, अपनी सोना बेटी के लिए हमेशा ही दुखी रही हैं। करतीं भी क्या ? उनकी सहेलियाँ क्या झूठ कहती हैं--'धृतराष्ट्र को कन्या नाँहि, गांधारी कु वर नाँहि।' जो नहीं होने का, उसमें किसी की हुज्जत

चलती है ?

बप्पा यों भी घर के पचड़ों में कम ही पड़ते हैं, फिर अब स्वास्थ्य भी गिरा-गिरा रहने लगा था। दोस्तों से अब इतिहास-राजनीति से ज्यादा शाटिका, गाऊट, आरथराइटिस वगैरह की बारीकियों, इलाजों व परहेज़ों पर चर्चा होती थी, एलोपैथी में तो आरथराइटिस का इलाज़ नहीं, होम्योपैथी चाहो तो आज़मा लो ! नहीं तो आयुर्वेद में एक रामबाण दवा है, 'कोंचला खाई' चिड़िया से मोदक बनता है, सुना है वह असरदार है…।

बप्पा के काम जगन्नाथ जैसे-तैसे साध ही रहे थे। कुछ सध गए थे, जो नहीं सधे, वह भी किसी दिन सध जाएँगे। उन्हें अखंड विश्वास है, 'ईश्वर की अनुकंपा हो तो असंभव भी संभव हो जाता है। नपुंसक शिखंडी अनंग और मकरध्वज जैसे रूपवान बेटों का पिता बन पाएगा, इसकी कल्पना भी क्या पांचाल नरेश द्रुपद कर सकते थे ? कहाँ गंधर्व तूलाकर्ण का इंद्र द्वारा नाट्याचार्य बनाया जाना, उसका अप्सराओं के भोग में रमकर व्यभिचारी बन जाना, फिर इंद्र द्वारा ही प्रताड़ित होकर वन में अनुताप करना ! किसे मालूम था कि वहाँ उसे शिखंडी मिलेगा और वह अपना पुंसत्व उसे सौंपकर अपने पापों का प्रायश्चित करेगा ? यह सब तो होनी थी ! बस ऐसे ही अनहोनी घटती है ! मनुष्य को समय की प्रतीक्षा करनी चाहिए…'

लेकिन अब मुझसे समय के चमत्कार की प्रतीक्षा नहीं हो पा रही थी। या मेरे साथ तो चमत्कार हो ही चुका था। सिद्धार्थ के साथ कोणार्क जाना भी मेरे लिए चमत्कार-जैसा ही था। कई बार देखा कोणार्क सिद्धार्थ के साथ देखा तो नया ही बोध हुआ। ऐसा अद्भुत, इतना रोमांचक तो पहले कभी नहीं लगा था। वह पूरा दिन, जो ज़हेन में खुदकर रह गया, शायद ही कभी भूल सकूँगी। लगता है अभी-अभी तो वह सब घटा है। अभी-अभी ही तो मैं और सिद्धार्थ टैक्सी में बैठे थे और टैक्सी शहर को पीछे छोड़ खुले खेतों-खलिहानों के साथ दौड़ लगा रही थी। मेघों ने हल्के-से पंख झाड़ने शुरू कर दिए थे।

कुई के काशनी गलीचों और कमल तालों पर हल्की बूँदाबाँदी ! जैसे नन्हें मोतियों की बौछारें हो रही हों। हवा के झोंकों में जंगली फूलों की मोहक गंध ! अभी भी वह सरूर-भरा मौसम अपनी साँसों में घुला महसूस कर सकती हूँ।

मैं और सिद्धार्थ चुप थे पर हमारा रोम-रोम ख़ामोश संवाद में मशगूल था। सिद्धार्थ बीच-बीच में भीतर से बाहर आ जाता।

"उधर ताड़-पत्तों और बाँसों से बँधा खेत-जैसा क्या दिख रहा है ?"

"पान बरज ! इधर पान की खेती होती है न !"

"यह कौन-सी नदी है ?"

"यह काठजोड़ी है, महानदी की उपधारा।"

"काठजोड़ी ? यह नाम विचित्र लगता है नदी के लिए।"

"कहते हैं, कभी छोटी-सी नदी हुआ करती थी यह। एक काठ या लकड़ी का तख़्ता रखकर एक किनारे से दूसरे किनारे तक जाया जा सकता था। अब तो काफ़ी फैल गई है यह नदी, मगर नाम वही रह गया।"

"इस गाँव का नाम 'पिपली' है शायद। पिछली बार मैंने यहाँ से कुछ बेडकवर और वालहैंगिंग्स ली थीं। घरवालों को काफ़ी पसंद आ गए। इधर जो ख़ास पैचवर्क का काम होता है···"

आगे समुद्र को छूकर आती हवाएँ जैसे लोरियाँ गा रही हों। उसकी आँखें मुँदने लगी थीं।

"सो गए ? लगता है, रात अच्छी नींद नहीं ली।"

"नहीं, ऐसा नहीं, यह हवाएँ ही सुला रही हैं, कितनी सुकूनदेह हैं ! कांक्रीट के जंगलों में रहने के बाद इधर ज़िंदगी को साँस मिलती है।"

झाऊ के जंगल देखकर वह अल्हड़ बन गया था।

"इन लंबे-ऊँचे दरख़्तों के बीच हाथ में हाथ डाले घूमना कितना अच्छा लगेगा ! चलोगी न मेरे साथ ?"

"पहले कोणार्क तो देख लो। बाद में समय मिलेगा तो देखेंगे।" इस बार मैं उसकी किसी भी बात को काट नहीं पाई थी। काटना चाहा भी नहीं, बल्कि उसकी हर बात पर चहकने लगी थी।

"यों पहले एक बार आया तो हूँ इधर दोस्तों के साथ। कई वर्ष पहले ! पर तुम्हारे साथ आना तो अलग बात है न ?···"

"मतलब ?" उसके लहजे में शरारत महसूस कर मेरी भौंहें जुड़ गईं। वह एकदम सँभल गया, "मतलब तुम इसका इतिहास-भूगोल भी बताती जाओगी।"

"इतिहास-भूगोल बताने के लिए यहाँ कई गाइड मिल जाएँगे। यों इसकी भव्यता का अनुमान तो देखने से ही लगता है, हाँ ! कोणार्क के बारे में कई कहानियाँ हैं, कई किंवदंतियाँ हैं···"

"हमें अपना गाइड ही पसंद है, दूसरा नहीं चाहिए। उसी से हम कहानियाँ सुनेंगे।"

बातों के दौरान वह बार-बार मेरे कंधों को घेरकर अपने करीब खींचना चाहता और मैं बार-बार बरज देती···

"ऐऽऽ ! टैक्सीवाला देख रहा है।"

वह मायूस होकर बाँह सीट के ऊपर टिका देता। तब उसका चेहरा देखकर मुझे हँसी आती। रूठे हुए बच्चे-सा चेहरा !

कोणार्क पहुँचकर टैक्सी से बाहर निकले ही थे कि एक गाइड पीछे लग गया। मना करने पर भी साथ-साथ चलता रहा, "सर ! यह कोणार्क मंदिर गंगवंश के

सातवें नरपति अनंग भीमदेव के पराक्रमी पुत्र नरसिंह देव ने सात सौ वर्ष पहले बनवाया था, तेरहवीं शताब्दी में। मुसलमान आक्रमणकारियों पर विजय पाकर उन्होंने यह विजय-स्तंभ बनवा दिया...।" उसने रटे-रटाए बोल शुरू कर दिए। मैंने बुजुर्ग से दिखते गाइड को ओडिया भाषा में समझाया कि हम इधर के ही रहनेवाले हैं। गाइड की दरकार नहीं है। वह बेमन से लौटने लगा पर मुड़-मुड़कर सिद्धार्थ को देखता रहा—यह तो बाहर का आदमी लगता है।

"आप कुछ चित्र तो लीजिए। कुछ स्पेशल फोटो हैं।"

वह सिद्धार्थ को एक ओर ले जाकर चित्र दिखाने लगा। मिथुन चित्रों में तो रुचि रहती ही है सैलानियों की। पर सिद्धार्थ ने कोई उत्सुकता नहीं दिखाई।

"ले लेंगे बाद में। अभी तो हम आए ही हैं।"

वह रेत के ढूह पर खड़े ध्वस्त शिखर कोणार्क को मुग्ध होकर देख रहा था। मेरे ज़ेहन पर रवीन्द्रनाथ टैगोर के शब्द दस्तक देने लगे थे और मैंने वे सिद्धार्थ को सुनाए—"मेरी माट ऑफ़ एटरनल यूथ।" पत्थरों में प्यार और शौर्य के गीत खोदकर रख दिए हैं शिल्पियों ने। नृत्य और संगीत की लय को ज्यों चट्टानों में कैद कर दिया गया हो।

मुझे ठीक से याद है, उस वक़्त बादल का एक पनियल टुकड़ा कोणार्क के ऊपर झुक आया था और हम अभिभूत होकर पत्थरों पर खुदे राग देख रहे थे, हज़ारों कानों से उन्हें सुन रहे थे और रगों-रेशों से महसूस कर रहे थे। उस दिन से पहले जब कभी कोणार्क जाना हुआ था, एक अजीब-सी लज्जा और संकोच कोणार्क की भव्यता देखने-महसूस करने में बाधा डाल देते थे। दूर से दिखती आदमकद मिथुन मूर्तियाँ कोणार्क का कलंक लगती थीं। लेकिन जब कोणार्क का इतिहास जाना, कहानियाँ और किंवदंतियाँ सुनीं तो मालूम पड़ा कि जिन अनाम शिल्पकारों ने ये मिथुन मूर्तियाँ गढ़ीं, वे बारह लंबे वर्ष संयम और ब्रह्मचर्य का पालन करते रहे। बारह वर्षों का तप माँगा था शिल्पियों से, राजा नरसिंह देव, महारानी सीतादेवी और निर्माण विभाग मंत्री सदाशिव सामंत राय ने।

"बारह सौ शिल्पी बारह वर्ष घर-परिवार से दूर रहे। अपने बच्चों, परिजनों, पत्नियों से दूर। मुझे लगता है उन शिल्पकारों ने अपनी अधूरी इच्छाओं को इन पत्थरों की आकृतियों में ढालकर पूरा कर दिया है। तभी लगता है कि इन्हें ज़रा-सा छू दें तो बोलने लगेंगी।"

सिद्धार्थ आश्चर्य से देखता रहा और अपनी टिप्पणियाँ देता रहा, "देखो तो उन बारह सौ शिल्पियों के नाम कहीं नहीं लिखे हैं जिन्होंने कठोर तपस्या करके पत्थरों पर जीवन के राग खोदे।"

"कलिंग शिल्पी सदा से अनाम ही रहा है, सिद्धार्थ ! जगन्नाथ मंदिर के निर्माता राजा इंद्रद्युम्न ने भगवान से वर माँगा कि उन्हें निर्वंश रखे, ताकि कोई यह न

कहे कि मेरे पिता या दादा ने यह मंदिर बनाया है।"

"हूँ ! बिना समर्पण की भावना के ऐसी कला संभव नहीं हो सकती। चाहे वह भगवान के प्रति हो, राजा के प्रति या सामान्य जन के प्रति।"

"मुझे लगता है प्यार करती ये आकृतियाँ किसी दैवी शाप से पत्थर बन गई हैं। क्या पता किसी जलनखोर ने इन प्रेमियों के चरम सुख से कुढ़कर इन्हें शाप दिया हो।" कोणार्क की परिक्रमा करते पता नहीं मैंने ऐसा क्यों कहा।

"नहीं कुनी ! ऐसा क्यों सोचती हो ! तुम जानती हो, उपनिषदों नें कहा है कि मनुष्य का जीवन आनंदमय है। यहाँ आनंद दो व्यक्तियों के शरीर और मन के मिलन से जन्म लेता है। यही आनंद का चरम क्षण शिल्पियों ने पत्थरों में जीवंत कर दिया है। कितना अद्‌भुत है ! एक आर्टिस्ट की नज़र से देखो। इसे देखकर पर्सी ब्राऊन ने कहा था कि यदि यूरोपीय यात्रियों ने ताजमहल से पहले कोणार्क देखा होता तो संसार के महान आश्चर्यों में कोणार्क को भी एक आश्चर्य माना जाता।"

"हाँ, यहाँ कुछ भी तो ख़ामोश नहीं। नृत्यशाला देखो, लगता है अभी नर्तकियों के पाँव में बँधे घुँघरू बज उठेंगे। युद्ध के घोड़े देखकर इनके अपूर्व बल का अहसास होने लगता है। जैसे अभी दौड़ पड़ेंगे। मालूम है सिद्धार्थ, यहाँ के महाराणा शिल्पियों का विश्वास है कि आधी रात को कोणार्क की आत्मा जी उठती है। इसके परिसर में निहाण और छेनी की आवाज़ें गूँजती हैं, घुँघरू बजने लगते हैं। घोड़ों की हिनहिनाहट और हाथियों की चिंघाड़ सुनाई पड़ती है।"

काफी देर तक हम कोणार्क के चारों ओर घूमते रहे। वह जितना देखता उतना ही और देखने की प्यास बढ़ती। कोणार्क के अभियांत्रिक कौशल से आश्चर्यचकित !

"यह विशाल लौहस्तंभ, सात सदियों से सागर के खारे हवा-पानी को झेलता भी जंग नहीं खा गया। इसकी गोलाई कितनी होगी भला ? तुम्हें कुछ मालूम है ?"

"कहते हैं गोलाई 36 इंच है, लंबाई 35 फुट और वज़न 90 टन।"

"कोई ताज्जुब नहीं कि फरगूसन उड़ीसा की भवन-निर्माण कला से अभिभूत हो गया था। आदमी के कद से दुगुनी ऊँची ये प्रतिमाएँ ! इन विशाल चट्टानों को कैसे खड़ा कर दिया गया होगा क्योंकि तब तो भवन-निर्माण के आधुनिक साधनों का आविष्कार ही नहीं हुआ था ?" मैं जितना कुछ जानती थी उतना उस तक पहुँचा देती; "कभी यहाँ से चंद्रभागा नदी बहा करती थी। आज विश्वास करना भी मुश्किल लगता है। एक छोटे-से ताल में सिमटकर रह गई है अब। यही नदी समुद्र से जुड़ती थी। इसी से बड़ी-बड़ी नौकाओं, जहाज़ों में देश-विदेश से कोणार्क की निर्माण सामग्री लाई गई होगी। कहते हैं यहाँ के सागर-तट से

कलिंग के व्यापारी सीलोन, दक्षिण पूर्व एशिया, अफ्रीका आदि देशों से व्यापार करते थे। मंदिर के दक्षिण में एक चित्र में कुछ लोग 'जिराफ' के साथ खड़े हैं जो बाहर से ही लाया-गया होगा। कुछ पत्थर शायद नीलगिरि की पहाड़ियों से भी लाए गए हों..."

"चारों ओर रेतीली धरती, उस पर सात सौ वर्षों से खड़ा कोणार्क ! इस रेतीली सतह पर मंदिर धँसा नहीं, यही क्या कम आश्चर्य की बात है ?"

"इसका कलश आज गिर चुका है। कहते हैं दो सौ फुट की ऊँचाई पर स्थित था और उसका वज़न दो हज़ार टन था। उसके गिरने को यहाँ के लोग 'धर्मपद' की आत्महत्या के साथ जोड़कर देखते हैं। अपशकुन जो हुआ था।"

"कैसा अपशकुन ? कौन धर्मपद ?" सिद्धार्थ जानना चाहता था और मैंने उसे मंदिर के ऊपर कलश रखे जाने की कथा सुनाई थी। धर्मपद की कथा। जब बारह सौ शिल्पी शिखर स्थापित न कर सके तो कैसे एक शिल्पी के बारहवर्षीय बालक ने कोणार्क के शिखर की समस्या सुलझाई।

"वह बच्चा यहाँ कैसे पहुँचा ? तुम तो कहती हो, शिल्पी घरवालों से दूर रहे थे ?"

उसकी उत्सुकता भी बच्चों से कम नहीं थी।

"हाँ, दूर ही थे। कहते हैं जिस समय उस बच्चे का शिल्पी पिता कोणार्क-निर्माण के लिए चला गया, उस समय वह माँ के गर्भ में था। बारह वर्ष बीत जाने पर भी जब उसने अपने पिता को नहीं देखा तो एक दिन मचलकर माँ से कहा कि मैं पिता को देखने जाऊँगा। माँ ने हारकर बेटे को कोणार्क भेज दिया। पर पिता बेटे को पहचाने कैसे ? उसने तो उसे देखा भी नहीं है, सो पहचान के लिए अपने घर के कुछ ख़ास किस्म के बेर साथ दिए। पिता उन बेरों से ही बेटे को पहचान पाया।"

"फिर ?"

"फिर क्या, उसे देखकर शिल्पी काफ़ी ख़ुश हो गया पर वह शिखर की समस्या से दुखी था। यह बात बेटे ने जान ली। कहते हैं, सारी बात जानकर बेटा मंदिर को ऊपर से नीचे तक देख आया और पिता को कुछ सुझाव दिया। बेटे का सुझाव सही काम कर गया। शिखर यथास्थान रखा गया और मंदिर पूरा हो गया। पर इससे बाकी शिल्पकार भयभीत हो गए। कहीं राजा को मालूम पड़ा कि जो काम एक बच्चे ने कर दिया वह बारह सौ कुशल शिल्पी न कर सके तो वह सभी को मृत्यु-दंड दे देगा। कहते हैं, शिल्पियों की चिंता जानकर, उनकी रक्षा के लिए, धर्मपद ने उसी शिखर से कूदकर आत्महत्या कर ली।"

"लेकिन शिखर गिरने के कुछ तर्क-सम्मत कारण भी तो हो सकते हैं।"

"हाँ, कुछ लोग कहते हैं कि विमान के ऊपर चुंबक था, जिससे समुद्री जहाज़ तट की ओर खिंचते थे। हो सकता है गुस्से में आकर किसी सामुद्रिक ने उसे

हटा दिया हो। पर यह बात भी सौ फ़ीसदी जँचती नहीं क्योंकि उन दिनों लकड़ी के जहाज़ हुआ करते थे। फिर ऐसा होता तो इस भवन में जो लोहे के विशाल स्तंभ हैं उनको भी नुकसान पहुँच सकता था। इतिहास कहता है कि 1628 ई. में जहाँगीर का सूबेदार बाकर खाँ कोणार्क आया, उसने इस मंदिर को काफ़ी नुकसान पहुँचाया। फिर 1901 में लार्ड कर्ज़न के वक़्त सौ फ़ुट ऊँचा पत्थर का स्तंभ कमरे के अंदर बनाकर इसकी छत को सहारा दिया गया। तभी मंदिर को पत्थरों से ढँककर बंद कर दिया गया है। अंदर नहीं जा सकते।"

लेकिन सिद्धार्थ सबसे ज्यादा अभिभूत खड़ा रहा समय के रथ के आगे। वर्ष के चौबीस पक्षों पर टिका यह समय का रथ, जिसे सात अश्व खींच रहे हैं, सप्ताह के सात दिनों के प्रतीक ! रथ की कमानियों और मध्य में अंकित प्रेमी युगल, देह की शिराओं का उत्तप्त ज्वार, कामना, चरमानुभूति का भाव, ज्यों पत्थरों में कैद कर दिया गया हो ! प्रतीक्षा करती हुई नायिका, बच्चे को गोद में लिए ममता बरसाती स्त्री, प्रेमी को चुंबन देती प्रिया, बच्चों से विदा लेती वेदना-विह्वल वृद्धा, नहाकर आई नायिका के बालों से रिसती पानी की बूँदें, जिन्हें मोती जानकर हंस चुग रहा है··· औरत के अनेक पहलुओं को छूतीं कलात्मक प्रस्तुतियाँ !

हम सूर्यमंदिर के आगे पत्थरों की साँसें महसूस कर रहे थे। मुख्य मंदिर विमान के तीन तरफ़ की दीवारों पर वृहत आकार की सूर्य-प्रतिमाएँ, प्रभात सूर्य, मध्यान्ह सूर्य और अस्ताचल सूर्य के मुग्ध करनेवाले भाव देखते रहे। कोमल मुस्कान लिए प्रभात सूर्य, मध्यान्ह सूर्य के मुख पर तेज और ताप और अस्ताचल सूर्य में श्रम की हल्की-सी थकान !

गाइड की आवाज़ें बराबर हमारा पीछा कर रही थीं, "सोलहवीं शताब्दी में मूर्ति-भंजक काला पहाड़ उड़ीसा के मंदिरों को ढहाने आ गया पर मुखशाला और मूर्तियों का भंजक इस समय के रथ को न ढहा सका। उन्नीसवीं सदी में भयानक तूफ़ान से मंदिर की दीवारें ढह गईं। सागर की पछाड़ें खाती लहरों ने कोणार्क को खंडित कर दिया पर दीवारों पर खुदे उन्मुक्त प्रेम के यह चरम क्षण कोई न मिटा सका···।"

"इस प्रेम के अमर काव्य को काल भी न मिटा सका।" सिद्धार्थ कुछ सोचता-सा बुदबुदाया था।

मुझे लगा, सिद्धार्थ वहाँ समय का बोध ही भूल गया है। मैंने घड़ी की ओर इशारा कर चेताया न होता तो वह घंटा-भर और टकटकी लगाए देखता रहता।

"कोणार्क का सागर-तट नहीं देखना ?"

"अरे हाँ। वहाँ तो ज़रूर जाना है।" वह जैसे नींद से जाग गया था। "तुमने मुझे वक़्त की हदों में बाँधकर बिल्कुल जकड़ दिया है।" वह नाराज़ था। "इस तरह थोड़े भागमभागी में कोणार्क देखा जाता है ?"

"तुम दूसरी बार ही इसे देख रहे हो तभी उठने का मन नहीं करता। मैं तो अनेक बार देख चुकी हूँ।"

"खाक देख चुकी हो।"

"मतलब ?"

"मतलब यह कि चाहे तुमने सौ बार भी इसे देखा हो, पर महसूस एक बार भी नहीं किया है।"

हम दोनों बच्चों की तरह झगड़ने लगे थे। तब भी हम बच्चे नहीं थे और झगड़ने का मुद्दा भी बचकाना नहीं था। सिद्धार्थ सुलह करता-सा बोला था, "कुनी ! तुमने मुझे कोणार्क का इतिहास बताया, किंवदंतियाँ सुनाईं, पर क्या तुम्हें मालूम है कि देर-सबेर जीवन में हम सब अपने मनों में एक कोणार्क अवश्य बनाते हैं ? प्रेम, उल्लास, आशा और उजास का मंदिर ! उसमें सूर्य का तेज और मिथुनरत मूर्तियों का प्रेमोन्माद होता है। हर शिरा नर्तकियों की तरह उस संगीतमय अहसास पर थिरकती है ! कुनी ! यही हमारे होने का प्रमाण है।"

मैंने उसकी गंभीर होती बात को मज़ाक में बदलना चाहा था, "मुझे तो यह दिमागी फितूर लगता है। कोणार्क चाहे जितने बनाओ, ढहना उनकी नियति है।"

"लेकिन कुनी ! इस कोणार्क की तरह ही मन के कोणार्क ढहकर भी निःशेष नहीं होते ! मेरी बात एक दिन तुम ज़रूर समझ जाओगी। आज शायद मानना नहीं चाहती हो।"

छः मीटर लंबी और करीब सवा मीटर ऊँची, दो मीटर गहरी पत्थरों की विशाल पट्टी पर बने नवग्रहों पर आख़िरी नज़र डाल हम उठ खड़े हुए, जो कभी मुख्य मंदिर जगमोहन के प्रवेश-द्वार के ऊपर रही होगी, और अब दो हिस्सों में बँटी मंदिर के एक तरफ़ रखी गई थी।

एक-दूसरे को 'आगे फिर कभी' का आश्वासन देकर हम सागर देखने गए थे। उस दिन लहरें गज़-गज़-भर ऊँची उठ रही थीं। झागदार लहरें उछाल मारतीं तट की ओर लपकतीं और ढेर सारे शंख-सीपियों के तोहफ़े थमाकर लौट जातीं। पता नहीं मुझे क्या हो गया था उस दिन। मेरे अंदर अजाना तूफ़ान थपेड़े मारने लगा था। सिद्धार्थ की बातें मेरे ज़ेहन में शोर-सा उठा रही थीं। मन करता था लहरों के भीतर घुसकर पानी के बेअंत फैलाव में गुम हो जाऊँ। सिद्धार्थ मेरे साथ था। हम लोग सागर-तट की बालू पर दूर-दूर तक साथ चलते पैरों के निशान छोड़ रहे थे। मन पास आने को छटपटा रहा था मगर बाँह-भर की दूरी तोड़ पाना मुश्किल लग रहा था। तभी उसने मुझे पानी में खींच लिया था।

"तुम्हारा दिल नहीं करता इन लहरों से खिलवाड़ करने का ?"

"नहीं, नहीं, मैं डूब जाऊँगी।"

"मैं साथ हूँ न !"

मैंने कसकर उसका हाथ पकड़ लिया था। ज्यों अब डूबना-उबरना साथ ही होगा। और हम दोनों एक-दूसरे को थामे तूफ़ानी बहाव में बहे थे, एक-दूसरे से होड़ लेते। मैं अपने पर पहली बार मुग्ध हुई थी। मेरे भीतर जीवन का आवेग अभी बाक़ी है। मैं कोणार्क की नर्तकी की तरह लहरों की ताल पर थिरक सकती हूँ। मैं ज़िंदा हूँ। यह क्या मैं हूँ ? मैं, कुनी ? जो आज कोई बाधा नहीं मान रही। मुक्त होकर सागर की गहराइयाँ मापना चाहती है ? मेरे सारे अवरोध कहाँ गए ? कहाँ गई वह पीछा करती आँख, जो मुझे कभी सिर उठाकर चलने नहीं देती थी ? यह भी न सोचा कि कोई परिचित आसपास हो सकता है तब इन गीले कपड़ों में कहाँ छिपती फिरूँगी ? ओ सिद्धार्थ ! मेरे अंदर यह कैसा तूफ़ान भर दिया तुमने ?

उसी दिन सागर-तट पर मैंने पुरुष-स्पर्श का प्रथम उन्माद महसूस किया था। उद्दाम आवेगों को थामता और धार देता पहला चुंबन। और मैंने बंद आँखों से तारामंडल में भटकते-खोजते अचानक सबसे तेजवान और चमकदार तारे को छू लिया। नहीं, छुआ ही नहीं, अपने मन के भीतरी तहखाने में छिपा लिया।

कोणार्क मठ दिखाते मैंने उसे श्रीकृष्ण जामवंती के पुत्र शांब के शाप की कथा सुनाई तो उसने मुझसे सवाल किया, "शांब तो यहाँ शापमुक्त हो गया, पर तुम्हें मुक्ति कब मिलेगी ?"

अजीब लगा था उस वक़्त। कुछ कह भी न पाई थी। आज सोचती हूँ कि मुक्ति की हकदार तो मैं थी। पूरे तैंतीस साल मैंने अपने को नकारकर एक तरह का तप तो किया था। अपनी इच्छाओं, देह की माँगों को बेरहमी से घोंट दिया था। अपने इर्द-गिर्द के लोगों में ही अपनी सारी आरज़ुओं को पनपते देखने का ख्वाब देखा था। लेकिन आख़िर में वह सब मेरा भ्रम साबित हो चुका था। 'ऐसा ही होना है' के खाते में डालकर वक़्त ने मुझे 'फालतू' या 'गैरज़रूरी' करार दिया था और मैं भूल गई थी कि फालतू या गैरज़रूरी कहने से ही व्यक्ति की मौत नहीं हो जाती। मेरे भीतर ख़ुद को देने की चाहत मिट नहीं पाई थी। मैं अपने अधूरेपन से त्रस्त थी। जान गई थी कि अपनी भीतरी ताकत पहचानने के साथ ही सही मायनों में जीना शुरू हो जाता है। अपनी खूबियों-खामियों के साथ ख़ुद को जानना और स्वीकार लेना ! सिद्धार्थ ने भी कहा था कि तुम अपने को देवी की जगह बिठाओगी तो दो क़दम भी बिना छिले चल नहीं पाओगी क्योंकि तुम देवी नहीं हो और तुम्हारे चौतरफ़ भी अच्छे-बुरे इंसान ही हैं, जिनके साथ हर घड़ी तुम्हारा साबका पड़ता है। तुम्हारे लोगों ने बहुत ऊँची जगह देकर तुममें ऊँचा होने का गुमान भर दिया, यही तुम्हारे दुखों का कारण है ! अपने को बहुत ऊँचा मत रखो, कुनी ! साथ रहकर जीना सीखो। उससे तुम्हें कम तकलीफ़ होगी।

बारह

तकलीफ़ों की कभी मैंने शिकायत की हो, याद नहीं, पर सिद्धार्थ से मिलने के बाद तो मैंने हर छोटी-बड़ी तकलीफ को नजरअंदाज़ करना सीख लिया। सचमुच मेरा नया जन्म हुआ था। मैंने नई नज़र से अपने आसपास को देखा। बागी प्रीति को गले लगाकर उसके मन की थाह ली। छोटी प्रणति, बहन को ओडिसी सीखते देख मुग्ध हो जाती। उसके पाँव धरती पर ख़ामोश ताल देने लगते। मैंने पूछा, "मेरी टुटुल भी ओडिसी नृत्य सीखेगी ?" टुटुल शरमाई–"हाँ", कहकर सिर हिलाया। मैंने बाँहों में भरकर उसे भींच लिया, "क्यों नहीं मेरी बिटिया ?"

मैं ख़ुश थी और पूरी दुनिया ख़ुश थी। मगर फिर भी सबकुछ सुखसान कैसे हो सकता था ? जिसकी दूर तक संभावना नहीं दिखी थी, वही हुआ। दिवाकर के दफ्तर में ग़बन हो गया। अकाउंट्स में कुछ घपला। कुछ कर्मचारियों के ख़िलाफ घूसखोरी की शिकायत भी हुई और दिवाकर भी लपेट में आ गया। यह एक ज़बर्दस्त धक्का था पूरे घर के लिए। बप्पा तो सुनकर बड़े हैरान हो गए थे। यों छोटे-मोटे उलट-फेर चाहे उन्होंने भी अपने कार्यकाल में किए हों, पर इस तरह भरे बाज़ार में नंगा होकर फज़ीहत का शिकार होना उन्हें किसी भी तरह मंज़ूर नहीं था। मैं दिवाकर को इस तरह के कामों के लिए सर्वथा अयोग्य मानकर चली थी। वह इतना सीधा और ईमानदार था कि दाईं चीज़ बाईं तरफ़ रखने से पहले दो बार सोच लेता। उसका किसी बड़े घपले में फँसना मेरे लिए भी दुखभरा आश्चर्य था। दिवाकर से पूछा तो उसने एक बार फिर ईमानदारी का सबूत दिया, "हाँ दीदी, मुझसे भूल हो गई।"

"पर क्यों ?" मैं पूछे बिना रह न सकी। "तुम कैसे अपराधी हो। एक ओर ख़ुद अपना ईमान गँवाते हो, दूसरी ओर ख़ुद को कसूरवार भी ठहराते हो। ऐसी सादगी तेरे किस काम की ?"

यों मुझे दिवाकर से प्रश्न नहीं पूछने चाहिए थे, क्योंकि, क्यों, क्या, कब मेरे लिए अब आश्चर्य के शब्द नहीं रह गए थे। कब किन परिस्थितियों से गुज़र कर आदमी जीने की तमाम शर्तें और ढंग बदल देता है, इसका कोई निश्चित

उत्तर या कारण देना मेरे लिए भी मुमकिन नहीं रह गया था। वक़्त के साथ हम सभी बदलते जा रहे थे। हमारा सोच भी पहले-जैसा तो नहीं रह गया था।

दिवाकर ने मुझसे कुछ भी न छिपाया। अनाड़ी था न ! बाहर से कुसूरवार ठहराया तो गया था फिर अपने भीतर को धोखे में कैसे रख सकता था ? "दीदी, आफ़िस में दो-चार जने काफ़ी मँजे हुए हैं। मेज़ के नीचे रकमें वसूलते रहे हैं पहले से। यों तो चपरासी स्वाँई भी बड़े साहब से मुलाक़ात करवाने के लिए ज़रूरतमंद आदमी से पाँच-दस रुपए झटक ही लेता है। मुझे वह सब अच्छा नहीं लगता था। कभी-कभी मैं उन्हें डाँट भी दिया करता। पर···"

"पर क्या ? अचानक ऐसा क्या हो गया कि तुम्हें भी हाथ मारने की ज़रूरत पड़ गई ?"

"दीदी ! इधर कावेरी की महत्त्वाकांक्षाएँ इतनी बढ़ गई हैं कि अब मैं तुम्हें क्या बताऊँ। नया घर लेने के लिए कह रही है। मैं इतना पैसा कहाँ से लाऊँ ? नौकरी की तनखाह से तो होगा नहीं। कुछ पैसा उसके पिता ने दिया है, कुछ तो मुझे भी निकालना होगा···"

मैं अवाक् सुनती रही। क्या कहूँ ?

"लेकिन दिवाकर ! अभी तुम्हारी उम्र ज्यादा नहीं हुई है। आज न सही, चार-छः साल बाद घर भी लोगे। तुम्हारा ख़र्चा भी नहीं है ज्यादा। कावेरी भी कमाती है। जोड़ लोगे। यह सब करके तुमने अपना भविष्य ही नहीं बिगाड़ा, हम सबको परेशानी में डाल दिया है···"

सदाचारी बेटे को नौकरी से सस्पेंशन का नोटिस मिला तो बप्पा टूट ही गए, "जो किया, उसका फल भुगतने दो।" कह तो दिया, पर फल भुगतना इतना आसान तो न था। मुझसे दिवाकर की हालत देखी न गई। थका, अपमानित और अपनी ही नज़रों में गिरा हुआ। राधानाथ मौसा ही मँझधार में डूबते का सहारा दिखाई पड़े।

"मौसा ! पट्टनायक बाबू आपके मित्र रहे हैं। कुछ कह-सुनकर दिवाकर की नौकरी बचा लें। बप्पा तो इस धक्के से टूट ही गए हैं। एक बार आप कोशिश कर लें, वह बहुत पछता रहा है···"

राधानाथ मौसा ख़ुद भी परेशान थे। कुछ दे-दिलाकर मामला रफ़ा-दफ़ा करवा दिया। उनकी बड़े आदमियों से दोस्ती काम आ गई। दिवाकर की नौकरी बच गई पर उसका तबादला नागालैंड करवा दिया गया। कावेरी ने इस हादसे के बाद घर आना लगभग छोड़ ही दिया। छुट्टियों में माँ के घर आती तो दस-पंद्रह मिनट के लिए आकर हालचाल पूछकर लौट जाती। वह बेहद कड़ुवा गई थी। इतनी दुखी नहीं जितनी नाराज़ थी। नाराज़ अपने माँ-बप्पा से, जिन्हें उसके लिए कोई बेहतर घर और वर नहीं मिला, नाराज़ भगवान से, जिसने उसके भाल में एक

दिन का भी सुख नहीं लिखा, नाराज़ हम सब ससुरालवालों से, जहाँ वह दिवाकर जैसे अनाड़ी व्यक्ति की पत्नी कहलाई जाती है, जो आदमी अपनी पत्नी के प्रति ज़रा से दायित्व भी नहीं निभा सकता...

मैं सचमुच उसके लिए दुखी थी। यों भी अकेलेपन का कष्ट उससे सहा नहीं जाता था, अब तो दिवाकर और भी दूर चला गया। फिलहाल उसकी परेशानियाँ बढ़ती ही जा रही थीं।

इधर प्रीति में भी ज़बर्दस्त बदलाव आ गया था। थोड़ी-बहुत आज़ाद तबीयत तो वह पहले से ही रही है। मैंने जानकर भी उसे ज्यादा टोका नहीं बल्कि नृत्य सीखने के लिए मैंने ही उसे उत्साहित किया। देर-सबेर सखी-सहेलियों के घर जाने पर भी पाबंदी नहीं लगाई। चाहती थी, वह ख़ुद सही-गलत का फ़र्क करके अपने लिए सही रास्ता चुन ले। उन दिनों कॉलेज में पढ़ाती भी मैं बड़ी उधेड़बुन में रहा करती थी। मैं आज की लड़कियों को एक बनी-बनाई लीक क्यों परोस रही हूँ ? गुज़रे वक़्त के नियम, नीति और संयम के पाठ क्या आज उन्हें पुरानी शक्ल में ही अख़्तियार करने होंगे ? हालात बदलने के बावजूद ? संयम और त्याग आदमी के कल्याण के लिए हैं पर वे यदि दबाव में आकर सीखने पड़ें तो क्या सज़ा नहीं बनेंगे ?

मैं अपने-आपसे सवाल-जवाब करती। मैं उन्हें नारी का कौन-सा रूप दिखा रही हूँ। पुरुषों की दृष्टि से देखी गई नारी ! पुरुषों द्वारा बनाई संहिताओं का पालन करती नारी तो कठपुतली मात्र रही है। पुरुष ने अक्सर अपने स्वार्थ के लिए उसे बलि का बकरा बनाया है। मनु के अनुसार, जन्म से ही पहले पिता, फिर पति और फिर पुत्र के संरक्षण को सौंपी गई नारी की क्या अपनी कोई आकांक्षा नहीं रही होगी ? कक्षा में कुछ विद्यार्थी ऐसे प्रश्न पूछते कि उत्तर देना मुश्किल हो जाता, "मैडम ! नारी सीता बनी, नियोग से उत्पत्ति हुई। शिवधनुष तोड़कर स्वयंवर रचाया गया। फिर वनवास, हरण, और चरित्र पर लांछन सहे, निरपराध होकर अपराधिनी बनी और दुखी व अपमानित होकर उसने आत्महत्या में मुक्ति पाई। मर्यादा पुरुष राम भी तो उसके साथ न्याय न कर पाया... !"

"मैडम ! द्रौपदी बनकर नारी ने कौन-सी स्वतंत्रता पाई ? पाँच पतियों की पत्नी कृष्ण की कृपापात्र रही। पर उसकी इच्छा किसने पूछी ? पाँच पतियों के सामने ही भरी सभा में निर्वस्त्र की गई...।"

"मैडम ! भीष्म को क्या अधिकार था कि अंबा, अंबालिका और अंबिका को उनकी इच्छा के विरुद्ध हस्तिनापुर की वंशवृद्धि के लिए मजबूर किया ?"

"समय बदल गया, राजाओं ने उसे हृदय की सम्राज्ञी कहकर 'हरम' की शोभा बनाया। दानी बनकर पुरुष अपने अहंकार में भरकर 'दया, धर्म, प्रेम' भिक्षा की तरह उसकी झोली में डालता रहा...और आज स्वतंत्र भारत में जब संविधान ने

उसे तमाम अधिकार दिए, क्या पुरुष ने उसे प्रेम का अधिकार दिया ? वह आज भी अपने दंभ में चूर, स्त्री को सौन्दर्यमयी, त्यागमयी, ढँकी-मुँदी, पुरुष के पदचिन्हों पर चलती प्राणी के रूप में देखना चाहता है। अधिकार तो पुरुष के ही खाते में जमा हैं…"

लड़कियों के प्रश्नों ने मुझे दोबारा सोचने पर मजबूर कर दिया। काश ! मैं इस नई पौध को आँख-कान खोलकर अपनी आस्थाएँ आप बनाने की प्रेरणा दे पाती, फिर चाहे वे सीता बनतीं या अहिल्या, अपनी इच्छा और अस्तित्व की माँग के अनुरूप बनतीं। मुझे लगता, स्त्री में देने की जन्मजात प्रवृत्ति है। ममता, करुणा के स्रोत, उसके अस्तित्व की शर्तें हैं, सही सोच से क्या वह अपना सही अकुंठ जीवन नहीं जी सकती ?

मैं शायद प्रीति पर अपने सोच और दर्शन का प्रभाव देखना चाहती थी। उसमें आत्मविश्वास भी कम न था।

मंदा ने एक बार हिचकिचाते हुए मुझसे पूछा कि उसने एम्पोरियम से लौटते समय कई बार प्रीति को किसी आदमी के साथ स्कूटर पर बैठे देखा है। वह कॉलेज में पढ़नेवाला लड़का-जैसा दिखता नहीं था। मंदा बोलते हुए अपराधिन महसूस कर रही थी, "दीदी ! आप समझा देना। मेरा नाम न लेना। गुस्सा हो जाएगी। ये सुनेंगे तो जाने क्या कर बैठें…"

"उसे कुछ सुनाने की ज़रूरत नहीं। मैं प्रीति से बात करूँगी…"

मैंने मंदा से कह तो दिया पर समझ न पाई कि प्रीति को क्या और कैसे कहूँ ? उम्र का फ़र्क भी आड़े आ रहा था। बात होंठों तक आकर निगल जाती। खुलकर मन की बात पूछने-कहने का अभ्यास ही कहाँ था ? पर इधर वह मुझसे खुलने लगी थी। मेरा बदला रवैया भी शायद इसका कारण रहा हो।

दो दिन मैं प्रीति के बदले तौर-तरीके देखती रही। वह सचमुच कहीं खो गई थी। कहाँ पहले, यह चाहिए, यह नहीं चाहिए कहकर नाक में दम कर दिया करती, कहाँ अब जो भी परोस दो, दो-चार ग्रास खाकर चुपचाप उठ जाती। पढ़ाई के नाम पर सामने खुली किताब रहती और आँखें खिड़की से बाहर कटहल के पेड़ पर जाने क्या देखा करतीं। बार-बार बरामदे में निकलकर सड़क निहारती और थकी, निराश-सी लौट आती। उसका समय लंबा इंतज़ार बन गया था। कभी शीशे के सामने देर तक सँवरती अपने-आपसे मुस्कुराती, कभी ज़रा-ज़रा-सी बात पर तुनक उठती। छुट्टी का दिन वह किसी-न-किसी बहाने घर से बाहर चली जाती।

मंदा की बात सुनकर, एक छुट्टी के दिन, जब वह बाहर जाने की तैयारी कर रही थी, मैंने उसे टोका, "आज कहीं न जाना, प्रीति। आज मुझे तुमसे कुछ ज़रूरी बातें करनी हैं।"

"बात तो नानी, शाम को कर लेंगे। मुझे तनुजा से कुछ ज़रूरी नोट्स लेने

हैं। सर ने काम दिया है। बिना नोट्स के कर नहीं पाऊँगी।"

"पर तुम खुद नोट्स क्यों नहीं लेतीं, रोज़ तो कॉलेज जाती रही हो, या कहीं और जाया करती हो ?"

प्रीति अचानक हड़बड़ा-सी गई, "नहीं-नहीं, नोट्स लिए तो थे पर जाने नोटबुक कहाँ रह गई। यह टुटुल भी तो मेरी पुस्तकों से छेड़छाड़ करती रहती है।"

मैंने ज्यादा भूमिका नहीं बाँधी, "यहाँ आओ प्रीति। सच-सच बताओ, क्या बात है ? कहाँ जाना है ?"

बड़ी ढीठ-सी नज़र से प्रीति ने मुझे देखा था–"क्या बात होगी नानी, तुम तो यों ही सब पर शक करती हो। कहा न, तनुजा के पास जाना है।"

मैं नाराज़ नहीं हुई। जानती थी, प्रश्न पूछने पर एक बार वह ज़रूर छिटक जाएगी। झल्लाएगी भी। अपनी बनाई दुनिया में वह किसी को भी घुसपैठ नहीं करने देगी। मैंने बाँह पकड़कर पास बिठाया। मुस्कुराकर बाल सहलाए। वह आश्चर्य से मुझे देखने लगी।

"हाँ प्रीति, कहो ! तुम कॉलेज से क्लासिस छोड़कर किसके साथ घूमने जाती हो ?"

प्रीति चुपचाप धरती ताकने लगी। चेहरा सफेद पड़ गया। इतने सीधे प्रश्न की तो वह कल्पना भी नहीं कर सकती थी।

"तुम एम. ए. फाइनल में हो, प्रीति ! कुछ महीनों बाद परीक्षा दोगी। चाहो तो उसके बाद तुम्हारी शादी कर देंगे। एम. फिल् शादी के बाद कर लेना। तुम्हारी उम्र अब शादी के लायक हो भी चुकी है। मुझे सच-सच बताओ, क्या बात है ? मैं गुस्सा नहीं करूँगी। बल्कि हो सका तो तुम्हारी मदद ही करूँगी।"

प्रीति चुप !

"लड़के का नाम बताओ, प्रीति ? कौन है, कहाँ का रहनेवाला है ?"

"बप्पा नहीं मानेंगे। वे लोग ब्राह्मण नहीं हैं।" प्रीति आश्वासन पाकर खुलने लगी, "वो मारवाड़ी है। कई पीढ़ियों से कटक में बस गए हैं। वहीं गोल्डस्मिथ की दूकान है..."

"लड़का भी व्यापार ही करता होगा।"

प्रीति ने सिर हिलाकर हामी भरी।

"पर यह तो बताओ कि यह सोने-चाँदी का व्यापारी तुम्हें कहाँ मिला ? कॉलेज में पढ़ता नहीं। अपनी दूकान छोड़कर घुमक्कड़ी करेगा तो बाप-दादों के व्यापार का क्या होगा। हैं ?"

प्रीति ने सभी बातें विस्तार से बताईं। बसंत की बहन अणिमा उसके साथ कॉलेज में पढ़ती है। इंटर कॉलेज नृत्य प्रतियोगिता में पहली भेंट हुई। बसंत को प्रीति का नृत्य बहुत पसंद आ गया था।

"शादी करना चाहता है ?" पूछते-पूछते कैसा तो लगा। अपने से दस वर्ष छोटी बहन से प्यार की बात पूछना।

"तुम उससे शादी करना चाहती हो ?" यह पूछना ज्यादा सहज लगा। प्रीति ने एक बार फिर सिर हिलाकर हामी भरी।

"अगर बप्पा न माने तो ?" सोचा, देखूँ कितना गहरे उतरी है पानी में। कुछ देर की चुप्पी के बाद उसने धीमे-से, पर फ़ैसलाकुन लहज़े में कहा, "वह कहता है, कोर्ट में शादी करेंगे। हम दोनों बालिग़ हैं।"

"ऐसा करने की ज़रूरत नहीं पड़ेगी।" मैंने एक बार फिर अपना निर्णय सुनाया, "जाओ, तुम अपनी पढ़ाई की तरफ़ ध्यान दो। बसंत से कह देना कि मैं एक बार उससे मिलना चाहती हूँ। देखो, क्या हो सकता है।"

प्रीति, जो अब तक अनिश्चय और ज़िद की मिली-जुली भंगिमा में बात कर रही थी, मेरे गले लगकर रोने लगी, "नानी ! प्लीज़, डू समथिंग।" प्रीति की भीगी आवाज़ मेरे भीतर भोंथरे चाकू-सी चुभ गई। तो यह है नई-नई प्रेमिका ! इसे मैं अल्हड़ छात्रा मात्र समझ रही थी। इसके अंदर भी नीली झील लहराने लगी है, या दादी के शब्दों में कहें तो 'मन्मथ का प्रभाव' है।

लेकिन, जैसा मुझे डर था वैसा ही हुआ। बप्पा को मनाना सहज नहीं था, "पैसा है तो क्या सर ख़रीद लेगा ? हम जात-पात नहीं देखें ? ग़ैर बिरादरी में लड़की दे दें ? कल को कुछ उल्टा-सीधा हो गया तो कौन जिम्मेदार होगा ?"

"बप्पा ! वे भले लोग हैं। मैं उनसे मिलकर आई हूँ। बसंत की माँ प्रीति को पसंद करती है। हमसे वे दान-दहेज भी नहीं माँग रहे। भगवान का दिया बहुत कुछ है उनके पास ! प्रीति भी इसी में ख़ुश है…"

"प्रीति इतनी बड़ी हो गई कि अपने भविष्य का फ़ैसला आप कर ले ? हमारे घर में ऐसा तो पहली बार ही हो रहा है। आगे टुटुल भी यही करेगी, तो ? प्रीति ने तो व्यापारी चुन लिया, टुटुल किसी राह-चलते लोफर को पसंद करे तो क्या हम सिर हिलाकर हाँ-हाँ करेंगे ?"

उस दिन बप्पा मुझसे भी नाराज़ हो गए थे, "तुम जो नियम-अनुशासन मानकर चलती हो, छोटी बहन को सही-गलत का फ़र्क भी नहीं समझा सकती ? आख़िर हम लोग अपनी बिरादरीवालों को क्या जवाब देंगे ? बाप-दादाओं की चौदह पीढ़ियों ने जो न किया, वह हम करेंगे ?"

प्रीति के लिए मुझे मनाना पड़ा, "बप्पा, प्रीति अब बड़ी हो गई है। अपना भला-बुरा समझने लगी है। यह उसकी ज़िद मात्र ही नहीं है। दोनों ब्याह के मामले में गंभीर हैं। आप उन्हें आशीष दें तो घर की इज़्ज़त भी बनी रहेगी और बच्चे भी सुखी रहेंगे। नहीं तो क्या मालूम घर की बात चौरास्ते पर आ जाए…"

हारकर बप्पा मान गए, "ठीक है, कर, कपाल, कुंडली, इन्हें कौन काट सकता

है। जगन्नाथ की जैसी इच्छा।"

बप्पा अपने पारंपरिक विश्वासों को ढहते देख रहे थे। कुछ दिन कुढ़ते-कुड़मुड़ाते, फिर 'जगन्नाथ इच्छा' कहकर प्रकृतिस्थ हो जाते। वक़्त के बदलाव को उन्होंने पसंद न करते हुए भी स्वीकृति दी थी। 'ऐसा होना ही है' कहकर। ज्यादा माथापच्ची नहीं की। मुझे उनकी यह आदत कई मायनों में अच्छी लगी है। जिस स्थिति पर हमारा वश नहीं, उस पर फ़ालतू दिमाग ख़र्च करना और घर-भर को हैरान कर अशांति फैलाना। नहीं, हमारे बप्पा ऐसे पचड़ों में नहीं पड़ते। घर के बड़े होने के कारण अपने विचार ज़रूर हम तक पहुँचाते पर उन पर अड़ते नहीं। तीर्थ में रसोई बनाकर हाँडी फोड़कर चल देने की तरह वह आगे बढ़ जाते। पीछे मुड़कर देखना और कुढ़ना उनकी आदत नहीं रही।

एक बार घर फिर शांत हो गया। शादी तो बाद में होगी। रज़ामंदी हो गई।

मंदा-प्रद्युम्न तो अपने रोज़मर्रा के कार्यकलापों में वक़्त को ठीक-ठीक ही जी रहे थे। नन्हीं तुतलाकर माँ-बप्पा बोलने लगी थी। और उनकी दुनिया में नई चहक भर गई थी। कभी-कभी मैं मंदा-प्रद्युम्न की दुनिया में झाँकती तो अच्छा लगता। प्रद्युम्न लॉन में फूलों की क्यारियों को पानी देता तो मंदा मोहसनी भीतर से बाहर निकल आती। कभी नन्हीं को चिड़ी-कौवा दिखाकर दूध-भात खिलाने के बहाने, कभी प्रद्युम्न को छोटी-छोटी हिदायतें देने के लिए। प्रद्युम्न अक्सर घर में लुंगी पहने, नंगे बदन बागवानी करता है। मंदा मोहसनी उसकी चौड़ी छाती और उभरी मछलियोंवाली बाँहें देखती। फिर शायद अपनी ही नज़र लगने के डर से एकदम अपने पैर देखकर कुछ बुदबुदातीं। पारंपरिक विश्वासों, वहमों और डरों को मन में पालते भी मंदा घर-भर के लिए छोटी-मोटी सुविधाएँ जुटा लेती है। पति के ज़रा-सा 'सुनो' कहकर पुकारने पर आटे-सने हाथ लिए या हाथ का दूसरा काम छोड़कर दौड़ी आती और पति को मुग्ध होकर देखती। मुँह पर गुस्सा तो नहीं ? माथे पर बल तो नहीं ? "बस करो, अब थक गए, थोड़ा नाश्ता करो पहले।" मंदा पति के हर मूड और मुद्रा के लिए खुद को जवाबदेह समझती है। मैं इस मकड़ी को जाल बुनते देखती और अजीब-से संतोष से भर उठती। मकड़ी ख़ुश है अपने जाल में। मनुष्य के मन का यह कैसा सच है कि वह बँधना चाहता है, मुक्त होने के लिए, सुख पाने के लिए। मुक्ति के लिए बंधन क्या ज़रूरी है ? लेकिन क्या मंदा इसे बंधन समझती है, जिसके लिए उसका मन बार-बार ललचता है ?

मंदा के लिए प्रद्युम्न जीवन का आदि और अंत दोनों है। उसका मन जीतना, उससे प्रशंसा के दो बोल सुनना, और उसका प्यार पाना, बस ! यही उसकी आकांक्षा है, यही उसका स्वप्न ! उसके आगे शायद वह कुछ माँगना जानती ही नहीं। प्रद्युम्न ज़रा मुस्कुराकर बात करे तो दुनिया के सारे सुख मंदा की झोली में आ गिरते

हैं। जगन्नाथ मंदिर के 'बाईस पावच्छ'* चढ़ने का सुख। प्रद्युम्न के पास उसके बाईस पावच्छ समाप्त होते हैं। उसके आगे कुछ भी नहीं है। आगे एक गहरा तल है जिसमें समाकर वह अपने अस्तित्व को मिटा देना चाहती है। मंदा ! मेरी भाभी ! कलियुग की इस सती को कौन-सा नाम देकर कोई याद करेगा ? इसका नाम इतिहास की किस किताब में दर्ज़ हो जाएगा ?

कावेरी हँसती है, "मंदा भाभी की कोई अपेक्षाएँ हैं ही नहीं। वह तो बस, चार पहर घर-बाहर खटने के लिए ही बनी हैं। ऐसी औरतों की अपने यहाँ कौन-सी कमी है ?" लेकिन प्रद्युम्न-मंदा को साथ देखकर मुझे बेहद अच्छा लगता है। उनके चौखट-भर आकाश में ढेर सारे तारे हैं और वे खुश हैं, अपनी हदों में कहीं पूर्ण भी !

सुधाकर छुट्टियों में संबलपुर से आया तो खूब चहक रहा था। स्वभाव भी पहले से कुछ खुला-खुला लगा। मैंने पूछा, "कैसा लगता है होस्टल में ?"

"खूब अच्छा दीदी !"

"पढ़ाई ठीक चल रही है न ? अच्छे नंबरों से पास होना है।"

"कोशिश कर रहा हूँ, नानी।"

"कोशिश तो कर रहा है भैया, पर वह··· क्या नाम है उसका ?"

"चुप्प मारूँगा।" सुधाकर ने प्रीति को इशारे से बरज दिया, आगे कुछ न कहना। मुझे एक और सुखद आश्चर्य हुआ। अब मेरे सामने प्रीति-सुधाकर खुलकर बात करने लगे थे। हँसी-मज़ाक भी। मैं 'अंधार गुड़गुड़ी' (हौआ) नहीं रही थी। मैंने सुधाकर से लड़की के बारे में कुछ नहीं पूछा। उसका अभी पहला वर्ष ही था कॉलेज में। सोचा, नये माहौल में कोई लड़की दोस्त बन गई होगी। इसमें पूछना क्या ? उम्र है। पर प्रीति चुप रहनेवाली नहीं है। सुधाकर छुट्टियाँ बिताकर होस्टल जा रहा था तो मुँह में छेनागुड़ देते बोल पड़ी, "भैया ! उस 'ढोलखाई' और 'चुक्कचुटा' नृत्य करनेवाली लड़की से ज़रा दूर ही रहना फिलहाल। नहीं तो परीक्षा में तेरा तबला बज जाएगा।"

सुधाकर का मुँह लाल हो गया। मैंने प्रीति को मना कर दिया।

"क्यों परेशान कर रही हो भैया को ?" जाते-जाते सुधाकर से कहा, "मैं भी शायद जल्दी ही आऊँगी वहाँ। मेरी पोस्टिंग का ऑर्डर जल्दी आने की उम्मीद है। रहूँगी तो मैं कॉलेज होस्टल में ही पर तू तो मिलने आया करेगा···"

सुधाकर सुनकर उछल पड़ा, "मुझे खूब अच्छा लगेगा, नानी ! मैं रोज़ आया करूँगा। तुम्हारे हाथ के माछ-भात को तरस गया हूँ वहाँ।" लेकिन प्रीति का मुँह

---

* बाईस पावच्छ–जगन्नाथ मंदिर पुरी की बाईस सीढ़ियाँ जिनको आध्यात्मिक अर्थों में मुक्ति का सूचक माना जाता है।

उतर गया। कहा कुछ नहीं। हर बात बोलकर जताने की उम्र अब वह लाँघ चुकी है। मैंने तबादले के लिए कितनी कोशिशें की हैं, यह वह नहीं जानती, पर तबादला क्यों चाहा है, इसका एक कारण तो वह जानती है कि दीदी के लिए अब घर पहले-जैसा घर नहीं रहा, या अब वह इस घर में रहकर उकताने लगी है। दूसरा कारण तो मेरा अपना है, इसे वह कैसे जान पाती ?

बहरहाल ! सुधाकर ने भी अपने लिए लड़की पसंद कर ली। सचमुच, हमारे घर में बदलाव तेज़ी से आने लगा था। बेचारे प्रद्युम्न और दिवाकर तो लड़की देखकर ज़मीन ताकने लगते थे। अब इन नई उम्र के युवकों में अपने फ़ैसले आप लेने की ताकत आने लगी है, यह मुझे अच्छा लगा। सही-गलत का फ़ैसला तो वक़्त ही करेगा।

इस बीच सिद्धार्थ एक बार आया। जल्दी में था। थका-थका-सा लगा। एकाम्र कानन में मिला। मैंने उसे संबलपुर जाने की बात बता दी। वह अनमना-सा हो गया। कारण पूछा, तो उसने अपनी उलझन बता दी। घरवाले उसे जीजाजी का व्यापार सम्हालने पर ज़ोर दे रहे थे, और वह बँधना नहीं चाहता। इधर उसके जीजाजी उसे आर्किटेक्चरल कोर्स के लिए स्टेट्स भेज रहे थे, और आगे काम सम्हालने का आश्वासन चाहते थे।

"तुम क्या चाहते हो ?" मैंने सीधा-सा सवाल किया। वह दुविधा में था।

"जीजाजी के हम पर बहुत अहसान हैं। मैं ना भी नहीं कर पा रहा पर सोचता हूँ उनके ख़र्चे पर स्टेट्स चला जाऊँगा तो आगे भी इंकार नहीं कर पाऊँगा। पापा-मम्मी भी पीछे पड़ गए हैं। सोच रहे हैं, बेटे की ज़िंदगी बन जाएगी। पर मैं बँधना नहीं चाहता। मैं अपनी फ्रीलांसिंग में ही खुश हूँ। घर में बड़ा तनाव है।"

"देखो, कोई फ़ैसला तो तुम्हें करना ही होगा। जो तुम्हारा मन कहे, विवेक माने, वही कर लो। मम्मी-पापा को तो तुम समझा सकते हो। तुम्हारा जीवन तो तुम्हारा ही है न ?"

"मैंने कोशिश तो की थी, कुनी ! बड़े भैया का सुझाव भी दिया। वे भी तैयार हो जाते, पर जीजाजी मुझ पर ज्यादा मेहरबान हैं। पिछले कुछ महीनों से वे अस्वस्थ चल रहे हैं। हाई ब्लड प्रेशर, टेंशन वगैरह ! अपने माता-पिता के अकेले वारिस हैं। दो बेटियाँ हैं जो अभी काफ़ी छोटी हैं। मुझ पर ही उम्मीद लगाए बैठे हैं। उनका दिल भी दुखाना नहीं चाहता। क्या करूँ ? बड़े पसोपेश में हूँ।"

मैं सिद्धार्थ का हाथ अपने हाथ में थामे बैठी रही।

"तुम्हारा मन भी कह रहा है उनकी बात मानूँ, फिर दुविधा कैसी···?"

"पता नहीं कुनी, मैं अपने बारे में भी स्पष्ट नहीं हूँ। मैं शायद इस तरह के काम के लिए नहीं बना, दूसरी बात, तुमसे इतने दिन दूर कैसे रह पाऊँगा ?"

उसने भीतर घुमड़ती बात कह दी और मैंने उसकी आवाज़ में तरल पिघलाव महसूस किया। हमारे मन के जो तार जुड़े थे, उसने मुझे भी कँपा दिया। लेकिन मैं अचानक उसकी माँ बन गई। देवदार की घनी छाया में, नन्हें बच्चे की तरह गोद में समेटकर तसल्ली देती रही। ख़ामोश स्पर्श से उसका अंतर सहलाती रही। मुझसे क़रीब एक फुट लंबा सिद्धार्थ मेरी गोद में दुबक गया। मैं बड़ी हो आई, बहुत बड़ी। भीतर से झर-झर आता दुलार, जो अंदर के गहरे तहखानों में रुका पड़ा था, धारासार बरसने लगा।

शायद यही चाहती है औरत ! अपने अंदर की तमाम आर्द्रता उँड़ेलकर दूसरे का तपा तन-मन भिगो देना और खुद को रिक्त कर बड़ा होना ! माँ, बहन, प्रेयसी, पत्नी, किसी भी रूप में पहचानी जाकर, सहलाना, दुलराना ! बाँहों में आकाश को समेटना !

लेकिन मैं जल्दी ही वर्तमान में लौट आई। मैं प्यार करती लड़को, बड़ी ही सही, सिद्धार्थ से दूर कैसे रह पाऊँगी।

उससे कहा, "तुम ऐसे हिम्मत हारोगे, तो मैं यहाँ कैसे रह पाऊँगी, यह नहीं सोचा ?"

सिद्धार्थ सँभल गया, "नहीं कुनी ! यह सब तो बस ऐसे ही मन में कुछ जम-सा गया था। इतने दिनों तुमसे मिला भी नहीं। यही सोचता रहा कैसे, क्या कहूँ ? यों इतना कमज़ोर नहीं हूँ कि हालात को सँभाल न सकूँ। जाऊँगा ज़रूर, क्योंकि विदेशों में कई जगहें आर्किटेक्चर की नज़र से काफ़ी महत्त्वपूर्ण हैं। उन्हें देखने का शौक भी रहा है। बस, एक-दो साल में लौट आऊँगा। तुम मेरा इंतज़ार करोगी न ?"

तेरह

तैंतीस और दो पैंतीस ! मैंने मन-ही-मन जोड़ा। हँसना चाहा पर आँखों की कोर भीग गई। उत्तर नहीं दे सकी। कुछ देर हमारे बीच चुप्पी छाई रही। गुलाब की पीली-लाल क्यारियों के पीछे सरोवर में पाँखियों के झुंड के झुंड पानी पीने उतर आए और हम उन्हें देखते रहे। या उन्हें देखने के बहाने अपने अंदर की दुनिया में खोए रहे। कुछ देर बाद मैंने ही ख़ामोशी तोड़ी, अचानक प्रार्थना से !

"सिद्धार्थ ! जाने से पहले मेरे साथ पुरी चलोगे ?"

"पुरी ?" वह कुछ आश्चर्य से बोला, "पुरी जाने का विचार कैसे आया ?"

"जगन्नाथजी के दर्शन करने का मन हो रहा है।"

"इस वक़्त अचानक ?"

"अचानक तो नहीं। जाने की बात मन में पहले से थी। अब तुम विदेश जा रहे हो, पता नहीं लौटने में कितना समय लगे।"

"तुम कहती हो तो ज़रूर चलेंगे।"

मेरे मन में पता नहीं किन आशंकाओं ने सिर उठाना शुरू कर दिया था। आनेवाले वक़्त ने जैसे चेतावनी दी हो। 'कुनी ! तेरे सुख के दिन अब समाप्ति पर हैं। आख़िरी उम्मीद की तरह मुझे जगन्नाथ याद आए। आस्थावादी हूँ न ! मैं सिद्धार्थ के लिए प्रार्थना करना चाहती थी। उसके साथ बिताए वक़्त को जगन्नाथ की साक्षी देना चाहती थी और शायद भगवान को याद दिलाना चाहती थी कि असंभव को संभव तुम ही कर सकते हो। कांचीपुरम् की पदमावती को पुरुषोत्तम तुमने ही लौटाया था। मेरे मन ने तमाम निष्ठा से, आकांक्षा और प्यार का जो कोणार्क बनाया है, उसे किसी का शाप न लगे। उसे ढहने से बचाना।'

वह कुछ सोचता-सा ख़ामोश बना रहा ! न, मैं उसके मूड को हल्का करने की बजाय उसे उदास कर रही हूँ। मैंने हँसना चाहा।

"देखो, हमारे यहाँ कहते हैं–'अहो तत्क्षेत्र महात्म्य गर्दभोऽपि चतुर्भुजः' ! (श्रीक्षेत्र का ऐसा महात्म्य है कि गर्दभ भी चतुर्भुज रूप धारण करता है) हम तो फिर मनुष्य हैं, कुछ तो भला होगा ही हमारा।"

"यह सब तुम मेरे लिए कह रही हो न ? तुम तो अब तक सौ चक्कर लगा चुकी होगी। मैं भी एक बार रथ-यात्रा में शामिल हुआ हूँ तो गर्दभ होने से बच गया हूँ..."

हम दोनों हल्के हो आए। सहज होकर मखमली हरियाली पर नंगे पाँव घूमे। सूर्य किरणों से उत्पन्न बिजली से चालित छोटे-से गेस्ट हाउस का हीटिंग सिस्टम देखा। सिद्धार्थ को गेस्ट हाउस बहुत पसंद आ गया, "ऐसा ही एक छोटा-सा घर हमारे लिए ठीक रहेगा न ?" हमने गुलाब की रंग-बिरंगी क्यारियों में कुछ फ़ोटोग्राफ ले लिए। लौटते वक़्त वह छुईमुई के पौधों से छेड़खानी करता रहा। ज़रा-सा उँगली से छू देता और नन्हीं-सी बेल मुरझा जाती। मैं मना करती रही, "मत छेड़ो इन्हें, देखो कैसे मुरझा जाती हैं।"

"अरे ! यह तो खेल है। देखो, कितनी जल्दी दोबारा पहली जैसी तरोताज़ा हो जाती हैं ये बेलें। जैसे कुछ हुआ ही न हो। ज़रा-सा समय दो, बस !"

कितना विचित्र लगा था तब। पर आज कितना सच लग रहा है। मुरझाने और फिर से पहली-जैसी तरोताज़ा स्थिति में लौटने का वह छुईमुई का खेल। ऐसा ही तो हमारे साथ भी होता है। हमारे मन भी कभी छुईमुई बेल की तरह मुरझाते हैं और फिर थोड़ी देर बाद अपनी पहलीवाली स्थिति में लौट आते हैं। लेकिन समय के इस खेल में कुम्हलाने और खिलने के बीच कितना कुछ घट जाता है हमारे भीतर ! रिक्तता का अछोर रेतीला विस्तार भीतर की नमी सोखता जाता है और हम जान भी नहीं पाते।

पता नहीं क्यों मेरा मन बार-बार कह रहा था कि पुरी में हमारी आख़िरी मुलाकात होगी। मैं जैसे जान गई थी कि सिद्धार्थ अब मेरे पास लौटकर नहीं आएगा। बाहर से चहकने के बावजूद मेरे अंदर गुमनाम अँधेरा पंजे फैलाने लगा था और मेरी रोशनी का संसार धुँधला पड़ता जा रहा था। अभी तो कुछ भी नहीं हुआ था, न अच्छा, न बुरा। फिर मेरा मन तमाम आस्था के बावजूद क्यों बुझने लगा था ? मात्र आशंका से या आगत का कोई पूर्वसंकेत था वह ? एक बार संबंधों की छोटी उम्र के बारे में सिद्धार्थ से कहा था तो वह भावुक हो उठा, "हमारा प्रेम हमेशा अंतरंगता की चरम स्थिति में रहेगा, रगोरेशों में बुना हुआ।"

"आवेश उतर जाने के बाद ?" मैंने हँसकर छेड़ा था।

"आवेश उतर जाने के बाद वह मेहंदी के रंग-सा जीवन में रच जाएगा।"

मैं तब भी आश्वस्त नहीं हुई थी। पर आँखें मूँदकर मैंने जुगनुओं के प्रकाश में सूर्य की रोशनी का उजास महसूस किया था। मेरे लिए उतना ही बहुत था। बिना माँगे ही मेरी झोली में जो मुट्ठी-भर तारे आ गिरे थे, मैंने उन्हें कंजूस की तरह सँजोकर मन के भीतर तहखाने में छिपा लिया था। उससे आगे कुछ नहीं माँगा। औसत लड़कियों की तरह दूसरी-तीसरी मुलाकात में ही मैंने सिद्धार्थ से

शादी की बात नहीं की थी। मैं एक घनिष्ठ संबंध को उस हद तक जीना चाहती थी, जहाँ मौत भी दो रूहों को अलग नहीं कर सकती। विवाह संस्था में पूरी आस्था होने के बावजूद मेरे लिए वह माँगने की चीज़ नहीं थी। वह तो रास्ते में पड़नेवाला कमोबेश एक ज़रूरी पड़ाव था, जो एक समाज में जीने के लिए अनिवार्य होता है। इसीलिए मैंने विवाह का प्रश्न कभी नहीं उठाया। मैं चाहती थी, वह प्रस्ताव सिद्धार्थ की तरफ़ से सहज स्वाभाविक रूप से आए। मेरी उम्र भी शायद एक मनोवैज्ञानिक कारण रही हो। सिद्धार्थ उम्र में मुझसे दो-तीन साल छोटा है। यों उसके सामने दो-तीन वर्षों का फर्क कोई मायने नहीं रखता। कोणार्क में जब एक आदिवासी जोड़े से मिलकर हमने उनकी उम्र पूछी थी तो सोलह साल के पुरुष की बाईस-तेईस वर्षीय पत्नी को देखकर वह मुस्कुराया था, "देखा कुनी, प्रेम में उम्र का हिसाब नहीं रखा जाता। ये लोग खुद अपने जीवनसाथी चुनते हैं। पिछड़े होकर भी कई मायनों में हमसे आगे हैं…"

उसके शब्द महज़ मुझे बहलाने के लिए नहीं कहे गए थे, वह जान गया था कि उम्र को लेकर मेरे मन में कोई द्वंद्व है। मैं जानती थी कि हमारे सभ्य कहे जानेवाले समाज में पुरुष कम उम्र लड़की को ही पत्नी के रूप में पाना चाहता है, प्रेमिका के लिए भले ही ऐसी कोई शर्त न हो क्योंकि प्रेम सही-गलत की तराजू पर तौलकर नहीं किया जाता। वह तो एक अचानक क्षण-भीतर से उठता कोई त्वरित-सा आभास है, जहाँ दो अपरिचित एक-दूसरे से जुड़कर आत्मीय हो जाते हैं। वहाँ जीवन-भर का जोड़-घटाव बिठाने का वक़्त किसे मिलता है ? और इसकी ज़रूरत भी कौन समझता है ?

लेकिन एकाम्र कानन में ढेरों-ढेर पीले गुलाबों के बीच सिद्धार्थ ने मुझसे कहा था, "कुनी ! मैं साथी के रूप में तुम्हें ही चाहूँगा। मेरे लौटने तक मेरा इंतज़ार करना…।"

"तुम लौट आओ, मैं यहीं मिलूँगी।" कहते-कहते मेरी आँखें उमड़ आई थीं। मैं उस वक़्त अपने आँसुओं पर कोई काबू नहीं पा सकी। शायद उन्हें रोकने की तरफ़ मेरा ध्यान ही नहीं गया। मैं उससे बहुत कुछ कहना चाहती थी। पर उस सबको शब्दों में बाँधना मुश्किल हो रहा था। शब्द आँसुओं से ज्यादा बचकाने लगते थे। क्या कहती ? तुम मत जाओ ? या जाते हो तो मुझे साथ लेकर जाओ ! या मैं जिस भयावह गुफा से बाहर निकली हूँ उस अँधेरे में मुझे वापस मत धकेलो ?

"कुनी ! मैं तुम्हें बेहद क्रूर लगता हूँ न ? नीचता की हद तक ? तुम्हें अकेली छोड़कर जा रहा हूँ…"

"अरे नहीं।" मैं सँभल गई थी। "ऐसा मत कहो, तुमने इतना कुछ दिया है कि उम्र-भर के लिए यादों में सँजोए रख सकती हूँ। फिर तुम सिर्फ़ मेरे ही तो

नहीं हो। घरवालों के भी कई कर्ज़ हैं तुम पर। तुम्हारे अपने शौक हैं..."

हमने कुछ औपचारिक बातें करके अपना मूड बदलने की कोशिश की। पर यह सच है कि उसके इस तरह अचानक विदेश जाने के समाचार ने भूचाल के झटके की तरह मुझे हिला दिया था। मैं भीतर-ही-भीतर हज़ारों आशंकाओं से ढह गई थी। मेरे मन के कोणार्क में मिलनातुर प्रेमियों की युगल-मूर्ति के बीचोबीच किसी काले पहाड़ ने दरार डाल दी थी, और तभी मैंने आख़िरी उम्मीद की तरह जगन्नाथ को याद किया था।

पुरी कई बार गई हूँ। पर उस बार का पुरी जाना बिल्कुल अलग था। मैंने रास्ते-भर सिद्धार्थ को किस्से-कहानियों में व्यस्त रखा। कोई उदास करनेवाली बात नहीं की। मैं मैच्योर गर्ल ! जैसे मुझे कोई फ़र्क पड़नेवाला नहीं था। सिद्धार्थ ने उन दिनों दाढ़ी बढ़ा ली थी। मैंने मज़ाक किया, "इधर तुमने यह दाढ़ी जो बढ़ा रखी है, बिल्कुल ईरानी लगते हो। क्या पता, पंडे लोग तुम्हें श्रीमंदिर में प्रवेश करने देंगे या नहीं।"

"हाँ, यह बात तो है।" वह नई-नई उगाई दाढ़ी प्यार से सहलाता हुआ बोला, "हिंदू तो मैं शक्ल से लगता नहीं पर, प्लीज़ ! अब इस दाढ़ी को मुँड़वाने के लिए मत कहना। बड़ी मेहनत से उगाई है।"

"नहीं, नहीं, उसकी ज़रूरत नहीं पड़ेगी। तुम्हारी आस्था तो है न ? मुख्य द्वार में स्थापित जगन्नाथ की चलंती प्रतिमा के दर्शन कर लेना।"

"यानी कि तुम बाईस पावच्छ चढ़कर जगन्नाथजी के दर्शन कर लोगी और मुझे दरवाज़े से ही लौटा दोगी ? क्यों भई, क्या मैं इतना अपवित्र हूँ ?"

"यह तुमसे किसने कहा कि जो लोग बाईस पावच्छ चढ़ते हैं, भगवान उन्हें ही दर्शन देता है ? सिंह द्वार में जगन्नाथ के प्रतिष्ठित होने की कथा जानते हो ?"

"नहीं, मैं नहीं जानता।" उसने जानना चाहा तो मैंने उसे रामचंद्र देव उर्फ हाफिज़ कादिर बेग की कथा सुनाई थी। भोई वंश के राजा रामचंद्र देव द्वितीय की कहानी ! अट्ठारहवीं शती में जब तकी खाँ ने उड़ीसा पर आक्रमण किया और उड़ीसा के मंदिरों को तोड़कर मस्जिदें बनाने के प्रयास किए, उस वक़्त राजा रामचंद्र देव ने किस प्रकार जगन्नाथ की रक्षा के लिए धर्म-परिवर्तन किया। उन्होंने तकी खाँ की बहन रज़िया से शादी की और हाफिज़ कादिर बेग के नाम से जाने गए। रामचंद्र देव ने उड़ीसा के इष्टदेव जगन्नाथ की रक्षा के लिए अनेक कष्ट, अपमान और लांछन सहे। जगन्नाथ की त्रिमूर्तियों को रात के अँधेरे में चिलिका के जंगलों से लेकर आठगढ़ (गंजाम) के मेरदा जंगल तक छिपाते फिरे, जिससे जगन्नाथ यवनों के प्रहार से बच सकें। अंत में कटक के नायब तकी खाँ के धर्मांध हठ को हार माननी पड़ी। वह न तो जगन्नाथ को स्पर्श कर सका और न खोर्धा राज्य को

जीत सका। लेकिन धर्म-परिवर्तन करने के कारण जनता ने मलेच्छ कहकर रामचंद्र देव को अपमानित किया। उन्हें पुरी में भगवांन के दर्शन के अयोग्य ठहराया गया। रथ-यात्रा के दिन वे रथों के आगे 'छेरा पहरा' (बुहारी) करते थे पर उनके विरोधियों ने उन्हें इस अधिकार से भी वंचित कर दिया। उनकी पत्नी और पुत्री भी उनके विरोधी हो गए। पर रामचंद्र देव की भक्ति और दृढ़ संकल्प से भगवान उनसे प्रसन्न हो गए। उनके धर्मच्युत होने पर जगन्नाथ ने स्वयं सिंहद्वार में आकर उन्हें दर्शन दिए जिससे कि यवन होने पर भी वे भगवान के दर्शनों से वंचित न रहें।"

"चलो फिर ठीक है," सिद्धार्थ बोला, "जब महत्त्व एक-जैसा ही है तो फ़र्क भी कुछ नहीं। परंतु मंदिर के प्रवेश-द्वार के ऊपर तो लिखा है कि धर्मनिष्ठ हिंदू ही मंदिर में प्रवेश कर सकता है।"

"वह सब तो पंडे-पुरोहितों की रीति-नीतियाँ हैं। उसमें जगन्नाथ कहाँ आते हैं।"

टैक्सी में रास्ते-भर वह मेरी बातें सुनता रहा था। सुबह की भीगी हवाओं में केवड़े और कटहल की गंध थी। सागर से आते पनीली हवा के मदिर झोंके, कुईं के गलीचे, पोखरियों में खिले कमल और साथ-साथ चलते छोटे-बड़े गाँव-कस्बे। सबकुछ कितना सुकूनदेह था। उस दिन पूरे रास्ते मैंने अपनी कोई बात नहीं की। जगन्नाथ की यात्रा में वैसे भी अपने छोटे-बड़े सुख-दुख, मनुष्य कुछ देर के लिए भूल जाता है। एक अचीन्हा-सा आध्यात्मिक अहसास मन पर सुकून की तरह छा जाता है। सबकुछ उस अदेखी सत्ता को सौंपकर हम निश्चिंत-से हो जाते हैं।

सिद्धार्थ ने कहा था, "कुनी ! हम जहाँ-जहाँ भी साथ गए, तुमने मेरे लिए गाइड का काम किया..."

मैंने अधूरी बात पूरी कर दी, "आज जब तुम जा रहे हो, तब भी करूँगी सिद्धार्थ ! जाने कब तुम्हारा लौटना होगा। और कौन जाने तब तक कितना कुछ बदल गया हो..."

मैं कहना नहीं चाहती थी पर मन में घुमड़ती बात ज़बान पर आ ही गई। "साल-डेढ़ साल के अंदर ही लौट आऊँगा, कुनी ! इतनी जल्दी यहाँ क्या बदलनेवाला है ?" उसने कुछ लापरवाही से कहा था।

उस वक़्त सिद्धार्थ की बात मन को थोड़ी-सी चुभ गई। हमारे रक्षणशील परिवारों में बदलाव की संभावनाएँ कितनी कम होती हैं, यह एक कड़ुवा सच था जो मन को कचोट गया। फिर भी आगत के बारे में आदमी कोई भी पक्की राय कैसे बना सकता है ? मैं कुछ देर चुप रही। आँखें बंद करके सीट से सिर टिका दिया। अगले दिनों को भेदने की नज़र मेरे पास नहीं है। कल भी नहीं थी, आज भी नहीं है। किसी के पास हो तो हो। मैं कल्पनाओं और संभावनाओं के रंगीन चित्र सजाने की उम्र भी शायद पार करने लगी थी।

उसने बाँह छूकर चेताया, "मेरा गाइड क्या शुरुआत से पहले ही सो गया ?"

"नहीं, कहो कहाँ से शुरू करूँ।"

"जगन्नाथ के जन्म की कथा तो मैं जानता हूँ। जारा शबर के बाण से बिंध कर श्रीकृष्ण ने देह त्याग दी थी। वही श्रीकृष्ण जगन्नाथ बने।"

"कैसे ?"

"वह सब तुम बताओगी।"

मैंने संक्षिप्त में नीलमाधव से जगन्नाथ बनने तक की कथा सुनाई।

"इतनी जल्दी क्यों कर रही हो ? अभी तो घंटा-भर लगेगा पहुँचने में। विस्तार से सुनाओ न ?" वह फुरसती मूड में था और बहुत कुछ जानना चाहता था। मैं हैरान थी उसकी जिज्ञासा पर। यह आर्किटेक्ट, फ्रीलांसर, व्यापारी, कथा-कहानियों का शौकीन, आतुर प्रेमी, वक़्त के हर पल को तहे-दिल से जीनेवाला युवक, इसकी कौन-सी शक्ल अपनी है, कौन-सा रुझान अर्जित किया हुआ है और कौन-सा औपचारिक है ?

"ऐ···! फिर सोचों में गुम हो गईं ?"

मैंने कथा सुनाई थी, श्रीकृष्ण की नश्वर देह-त्याग से शुरू करते हुए। "श्रीकृष्ण की देह को अग्नि के समर्पित कर दिया गया। उनकी काया भस्म हो गई पर हृदय नहीं जला। सो उसे सागर में प्रवाहित कर दिया गया। यही हृदय नीले पत्थर के रूप में परिवर्तित हुआ जिसे जारा शबर पानी से निकालकर अपने घर ले आया और बड़ी श्रद्धा से पूजने लगा। तब इसे नीलमाधव कहा गया।"

"फिर ? पुरीवाले मंदिर में कैसे पहुँचे नीलमाधव ?" सिद्धार्थ बीच-बीच में हुंकारा देते प्रश्न पूछ लेता।

"इस विषय में हमारी किंवदंतियों और विश्वासों के आधार हैं सारलादास की कथाएँ और विप्र नीलांबर की पुस्तक 'देवल तोला स्वाँग'। तुम्हें सबकुछ तो नहीं बता पाऊँगी। संक्षिप्त में कहती हूँ। कहते हैं सदियों पहले मालवा का राजा इंद्रद्युम्न विष्णु पूजा के लिए देव-प्रतिमा तलाश रहा था। उसका एक ब्राह्मण दूत विद्यापति मूर्ति की खोज में जारा शबर के गाँव पहुँचा। वहाँ उसे एक शबर कन्या ने नीलमाधव का रहस्य बता दिया।"

"यह कन्याएँ क्या अपने पेट में कोई बात नहीं रख सकतीं ?"

"टोको मत ! सुनो ! विद्यापति ने मालवा लौटकर राजा को मूर्ति का रहस्य बता दिया। राजा सेना सहित मूर्ति लेने आ गया। जारा ने मूर्ति नहीं दी तो राजा ने बल-प्रयोग करना चाहा। लेकिन मूर्ति अंतर्ध्यान हो गई। यहाँ कई उपकथाएँ हैं। संक्षेप में समझ लो कि इंद्रद्युम्न ने अपने बल-प्रयोग करने की भूल पर पश्चात्ताप किया तो मूर्ति फिर पानी के कुंड में मिल गई। राजा को स्वप्न में आदेश मिला कि इस मूर्ति को एक तरफ़ जारा शबर और दूसरी तरफ़ ब्राह्मण विद्यापति उठाएगा,

तभी मूर्ति उठेगी। ऐसा ही किया गया।"

"अच्छा तो मंदिर भी इंद्रद्युम्न ने ही बनाया होगा ?"

"हाँ, स्वप्नादेश पर राजा ने मंदिर बनवाया और मूर्ति की विधिवत स्थापना के लिए ब्रह्मा से अनुरोध करने गया। ब्रह्मा उस समय ध्यान में थे। राजा को प्रतीक्षा करनी पड़ी।"

"इस बीच पृथ्वी पर कई युग बीत गए। एक बार राजा गाल माधव घोड़े पर सवार होकर सागर-तट से गुज़रा तो उसका घोड़ा किसी दूह से अचानक टकराया। राजा ने दूह खुदवाया तो नीचे से मंदिर निकल आया। राजा इस मंदिर के निर्माण का श्रेय खुद लेना चाहता था। परंतु तभी इंद्रद्युम्न ब्रह्मा को लेकर पृथ्वी पर लौट आया। विवाद हुआ। मंदिर के अहाते में रहते कछुओं ने गवाही दी कि राजा इंद्रद्युम्न ने ही मंदिर बनाया है। सो ब्रह्मा ने मूर्ति की स्थापना की।"

"इंटरेस्टिंग !" सिद्धार्थ तन्मयता से कहानी सुन रहा था।

"इससे ज्यादा रोचक तो तुम्हें यह बात लगेगी कि आज भी हमारे यहाँ ऐसे सहज विश्वासी जन मौजूद हैं जो मानते हैं कि ये कछुवे वे ही कारीगर हैं जिन्होंने अपनी पीठ पर मंदिर-निर्माण के लिए पत्थर ढोए थे। तभी इनकी पीठ इतनी सख़्त हो गई है।"

"वैसे कछुओं की पीठ सख्त तो होती है। उम्र भी बहुत लंबी। अच्छा, गुंड़िचाघर से जगन्नाथ का संबंध कैसे जुड़ा ?"

"तुम्हारी जिज्ञासा तो बच्चों-जैसी है सिद्धार्थ ! कुछ भी चूकना नहीं चाहते।"

"सुनना अच्छा लगता है कुनी, तुम्हारे मुँह से और भी अच्छा।"

"रहने दो, ज्यादा मक्खन मत लगाओ। हाँ, तो मैंने तुमसे कहा है कि जिस मूर्ति की स्थापना ब्रह्मा करनेवाले थे वह इस बार पत्थर के रूप में नहीं, लकड़ी के कुंदे के रूप में मिली थी। उसे देखकर राजा इंद्रद्युम्न की पत्नी, रानी गुंड़िचा ने इच्छा प्रकट की कि इस कुंदे को सुंदर आकार देकर स्थापित किया जाए।"

मैंने सिद्धार्थ को गुंड़िचाघर में जगन्नाथ की त्रिमूर्तियों के निर्माण और उनके अधूरे रहने की कथा सुनाई।

"सो गुंड़िचाघर जगन्नाथ की जन्मभूमि है और रानी गुंड़िचा उनकी मौसी।"

"समझ गया। तभी जगन्नाथ साल में एक बार रथ-यात्रा के दिन जन्मभूमि आते हैं और मौसी माँ के दर्शन करते हैं। भगवान का यह पारिवारिक स्वरूप तो यहीं पुजते देखा है मैंने। यह सब कथाएँ सुनने में भी अच्छी लगती हैं। पर इन कथाओं को क्या ऐतिहासिक परिप्रेक्ष्य में नहीं देखा जा सकता ? यही कि मूर्ति का पहले पत्थर के रूप में मिलना, फिर गायब होना। फिर लकड़ी के कुंदे के आकार में दोबारा प्राप्त होना, वगैरह-वगैरह।"

"हाँ, क्यों नहीं। कलिंग देश का इतिहास पढ़ो तो यहाँ अनेक विजेता, धर्माचार्य,

और तापस आए। अशोक के समय में बौद्धधर्म का प्रचार हुआ, जैन धर्म की भी गहरी छाप पड़ी। वैष्णव धर्म का भी खासा प्रचार हुआ। स्वामी शंकराचार्य यहाँ आए···"

सिद्धार्थ जगन्नाथ की कथाओं को विभिन्न धर्मों की पृष्ठभूमि में देखता-परखता रहा। चीज़ों-स्थितियों की तह तक जाना और उनके आधार खोजना उसकी हॉबी रही है।

"क्या जगन्नाथ 'जि ननाथ' नहीं हो सकता ? जैन धर्म की स्थापना भी तो यहाँ हुई थी।" उसने इतिहास के पृष्ठ पलटे थे।

"हाँ, कुछ इतिहासकारों का मत है कि गालमाधव, कलिंग का खारवेल राजा मेघवाहन था, जिसने मगध के राजा नंद को हराकर यह प्रतिमा फिर से प्राप्त की थी। कथाओं में प्रतिमा का दो बार गायब होना और फिर दोबारा प्रकट होना इस संभावना का आधार हो सकता है। अशोक ने कलिंग में बौद्ध मत का प्रचार किया था, यह समय मूर्ति के गायब होने का हो सकता है। गालमाधव के जैन धर्म की स्थापना के साथ मूर्ति फिर से मिल गई परंतु भिन्न रूप में। इस लकड़ी की मूर्ति को, हो सकता है, जि ननाथ या जिनेश्वर ने पुरी में स्थापित किया हो। एक सदी बाद उड़ीसा में फिर बौद्ध धर्म छा गया तभी शायद जगन्नाथ की त्रिमूर्तियों का निर्माण हुआ हो। कुछ यूरोपीय विद्वानों का अनुमान है कि बौद्ध काल में यह मूर्तियाँ 'बुद्ध, धम्म और संघ' के तीन रत्नों का प्रतीक बन गईं। तभी शायद जगन्नाथ के थान को आज भी 'रत्नवेदी' कहा जाता है···"

"रुको, रुको, यहाँ मुझे कुछ याद आ रहा है," सिद्धार्थ ने बीच में मुझे टोका था, "भुवनेश्वर के संग्रहालय में मैंने दो पहियोंवाली, एक रथ-जैसी गाड़ी देखी, जिसे दो बैल खींच रहे हैं। इस गाड़ी में कमल के फूल-जैसी तीन वस्तुएँ रखी हुई हैं। एक चालक गाड़ी के आगे बैठा हुआ है। दूसरा पीछे। यह तीन फूल बौद्ध धर्म के प्रतीक माने जाते हैं। बुद्ध, धम्म और संघ के प्रतीक ! शायद रथ-यात्रा के प्रारंभ का रहस्य भी इसी में छिपा है, यानी बौद्ध धर्म का प्रचार।"

"हो सकता है सिद्धार्थ ! जगन्नाथ तो कई धर्मों के प्रतीक हैं।"

वह देर तक जगन्नाथ को विष्णु का अवतार बनानेवाले वैष्णव संतों और साधकों की बातें करता रहा। स्वामी शंकराचार्य, रामानुजाचार्य···वल्लभाचार्य ! कौन कितने समय पुरी में रहा···। तमाम रास्ते हम जगन्नाथ की गाथाओं में रमे रहे। श्रीमंदिर पहुँचकर हम साथ-साथ मंदिर के बाईस पावच्छ चढ़े। रत्नवेदी की त्रिमूर्तियों के आगे खड़े होकर बंद आँखों हमने मन-ही-मन एक-दूसरे के लिए दुआएँ माँगीं। "हे भगवान ! मेरे सिद्धार्थ को शंख में रखकर चक्र की ओट करना !" इससे आगे कुछ और माँगने की हिम्मत ही नहीं हुई। अपने लिए क्या माँगती ? बस, हमेशा की तरह हाथ जोड़ लिए–

"अहो दीनानाथं निहितंचलम् निश्चित पद्म
जगन्नाथ स्वामी नयनपथगामी भवतु मे।"

सिद्धार्थ ने पंडों से बचते-बचाते मंदिर की परिक्रमा की। पीपल के पेड़ में धागा बाँधकर मनौती माँगी।

"तुम भी बाँधो न !" उसने आग्रह किया।

"क्या माँगूँ ?"

"जो भी मन चाहे।"

मैंने भी सूत बाँधा। "तुम लौट आओ तो साथ ही इसे खोलेंगे।"

"ज़रूर।" वह अच्छे मूड में था। हमने अनेक छोटे-बड़े मंदिरों के आगे माथा नवाया। मंदिर के प्रांगण में पीछे की तरफ़ देवी विमला का मंदिर देखा। मंदिर के पीछे दीवारों पर कई जगह मिथुन मूर्तियाँ देखकर वह सोच में पड़ गया।

"इतनी आस्था है लोगों को जगन्नाथ में। कुछ देर के लिए तो नास्तिक भी आस्तिक बन जाते हैं यहाँ। ऐसे में इन मिथुन मूर्तियों का यहाँ होना गलत लगता है न ?"

"यह सब तो तांत्रिक प्रभाव का साक्ष्य है, सिद्धार्थ।"

"चार धामों में एक धाम जगन्नाथ धाम ! ओडियावासी बड़े गर्व से कहता है, 'मोर गौरव जगन्नाथ !' यहाँ कितना वैचित्र्य, कितनी विविधता बिखरी है।" सिद्धार्थ कुछ देर के लिए जगन्नाथमय हो गया था।

सीढ़ियाँ उतरते मैंने सिद्धार्थ से कहा, "हमारे यहाँ शादी के बाद नवविवाहित जोड़ा जगन्नाथ का आशीष लेने आता है।"

"यानी हमें थोड़ा रुककर आना चाहिए था। थोड़ी जल्दीबाज़ी की न ?" बड़ी सहज मुस्कुराहट के साथ उसने गोया मुझसे मेरी राय माँगी। मैं छोटी-सी हँसी हँसकर चुप रही। मैंने तो सिद्धार्थ का साथ तन-मन और आत्मा का महामिलन समझा था। शादी तो बस एक सामाजिक स्वीकृति-भर थी। मेरे संस्कारी मन ने जगन्नाथ के सामने सिद्धार्थ के प्रति तन-मन की निष्ठा स्वीकार की। वह क्या 'कनफेशन' जैसा कुछ था ?

पुरी-तट पर हम देर तक बैठे लहरों का उद्वेलन देखते रहे थे। वह दिन जैसे आज मेरे आगे लौटकर खड़ा हो गया है। उस वक़्त तट पर ढेर-से लोग यहाँ-वहाँ बिखरे थे। 'फ्रिज़बी' खेलते हुए युवा सैलानी, हाथ पकड़कर घुटनों तक पानी में उतरते जोड़े। सिद्धार्थ चुपचाप बालू में से सीपियाँ चुनकर बटोर रहा था, बच्चों की तरह 'रेतघर' बनाता रहा था, "यह घर ठीक रहेगा न हमारे लिए ? तीन कमरे का घर। आगे छोटा-सा बागीचा ! पीछे चाहो तो छोटा-सा किचन गार्डन बना लेना···।"

वह जब बालू पर बने निशान मिटाने लगा तो मैंने टोका था, "क्यों मिटा

रहे हो यह निशान ? मालूम नहीं किसके होंगे।"

"किसके होंगे भला ?" उसने हैरत से मुझे देखा। कई बार वह मुझे अजीब नज़रों से देखता था, जैसे मुझे समझ नहीं पा रहा हो।

"तुमने उड़ीसा की धरती पर जन्म लिया होता तो मेरी बात सनझ लेते। मैं तो रेत पर पड़े इन निशानों को पहचान भी रही हूँ।"

"क्या कोई 'क्रिस्टल बॉल' छिपा रखा है अपने पास ?"

"नहीं, उसमें तो देखनेवाले भविष्य देख लेते हैं। मैं तो अपने कल का एक पल भी नहीं देख सकती। पर अतीत को तो हम वर्तमान में भी जी लेते हैं !"

"तो बताओ, यह वाला निशान किसका है ?" उसने सामने बने पाँवों के निशानों की ओर इशारा करके पूछा था।

"वह निशान ? वह तो पाँच पांडवों के साथ चलती द्रौपदी के पैरों के निशान हैं।" मैं भी हार माननेवाली कहाँ थी ?

"वाह ! क्या कल्पना हैं ? द्रौपदी भला यहाँ कैसे पहुँची ?"

"यह तुम ओडिया के भक्त कवि सारलादास से पूछो। उन्होंने ओडिया महाभारत में लिखा है कि पांडव वैतरणी जाने से पहले महोदधि में अपने पाप-शाप धोने आए थे। सारलादास ने तो याजनगरी में हरि साहू की कन्या सुहानी से युधिष्ठिर का विवाह भी करवाया था, वह भी तब, जब पांडव राज्य छोड़कर तीर्थाटन के लिए इस ओर आए थे।"

"हाँ भई ! कवि लोग तो कुछ भी करा सकते हैं।"

"तभी तो कहती हूँ कि इस तट पर यहीं कहीं उनके पैरों के निशान अंकित हो गए होंगे।"

"तो आज जो हम इस तट पर साथ-साथ घूमे हैं, हमारे पैरों के निशान भी कहीं ठप्पे की तरह चिन्हित हो जाएँगे।" सिद्धार्थ ने मज़ाक के मूड में आकर कहा था।

"ज़रूर ! वह देखो, यहाँ से वहाँ तक पैरों की लंबी पगडंडी-सी बन गई है...।"

"अच्छा ! जब मैं विदेश से लौट आऊँगा, तब तुम मेरे साथ यहाँ आकर मुझे ये निशान दिखा देना। मैं तो पहचान नहीं पाऊँगा। तुम्हारी-जैसी नज़र और विश्वास तो मेरे पास नहीं है।"

हमने एक-दूसरे से वादा किया कि हम दोबारा यहाँ आएँगे एकसाथ, अपने पाँवों के निशान ढूँढ़ने।

"मुझे पूरी उम्मीद है सिद्धार्थ, कि तुम यह दिन और लौट आने का वादा वहाँ जाकर भूलोगे नहीं।" मैंने शायद आश्वस्त होने के लिए उसे टटोला। वह नाराज़-सा हो गया, "देख रहा हूँ कुनी कि तुम कभी-कभी मुझ पर अविश्वास

करने लगती हो। यह बात मुझे अच्छी नहीं लगती। सहज विश्वास में भी अपना एक सुख होता है। बेकार में तुम गहरे मत जाया करो। वहाँ टटोलते-खोजते आदमी अक्सर भटक जाता है।"

"नहीं, ऐसी बात नहीं। मैं तो यूँ ही कह रही थी।"

"यह सब कहने की अब ज़रूरत नहीं कुनी ! मैं तुम्हारे बिना अधूरा महसूस करता हूँ। कल को हम देख नहीं सकते, यह सच है, पर कल अँधेरा ही होगा, ऐसा मानकर चलना भी तो ग़लत है। कुछ देर मेरा इंतज़ार करो और खुश रहो। बस, मुझे तुमसे यही कहना है। तुम्हारे पास काम है, नई योजनाएँ हैं। यह वक़्त तो पंख लगाकर उड़ जाएगा...।"

उसने बेहद कोमल स्पर्श से मेरे मानस को सहलाया था। मेरे वहम दूर हो गए थे। तब हमने अपने भीतर शफ्फाक नदी का बहना महसूस किया था। मुक्त होकर हमने समुद्र की अथाह जलराशि को रगों-रेशों में बहते देखा था। सागर-तट पर उस दिन हमने पूरा जीवन जिया था। सागर के गर्भ से जन्म लेते सूर्य का मध्यान्ह में तपना और साँझ के नरम रंगों में धीरे-धीरे शांत और शिथिल होना। हमने टूरिस्टों को झागल लहरों के थपेड़े सीने तक झेलते, समुद्र से छेड़खानी करते देखा था। तीर्थकों के रोली-सने भालों से बहते स्वेद कणों और श्रीक्षेत्र पर फहराती जगन्नाथ की ध्वज को एकटक निहारते सागर का निरासक्त चेहरा देखा था। पिंड-अस्थियाँ, विषाद, वियोग एक तरफ़ और जीवन के राग, हँसी, खेल, चहक को एक-जैसी निर्लिप्तता से स्वीकारता अथाह समुद्र ! कभी धीर-गंभीर गहन और अडोल बोधिसत्व, कभी उद्दाम चंचल और उतावला प्रेमी ! उस दिन सागर ने जीवन और मृत्यु की आस्था के रहस्य हमारे सामने खोल दिए थे।

"माई गॉड ! पूरी ज़िंदगी का सारांश यहीं देखने को मिलता है। जन्म से लेकर मृत्यु तक का दर्शन !"

"हाँ, देखने की नज़र चाहिए।"

सिद्धार्थ का मन वहाँ से उठने को नहीं हो रहा था। लेकिन मुझे शाम होने से पहले घर पहुँचना था। सिद्धार्थ के लिए ऐसा कोई बंधन नहीं था। मेरे घरवालों के मन में मेरे हर कदम पर सवाल उगने शुरू हो गए थे। उन्होंने हालाँकि, अभी तक मुझसे उत्तर नहीं माँगे थे पर इधर काम के अलावा मेरे घंटों बाहर रहने पर वे पैनी नज़रों से मुझे देखने लगे थे। मैं चाहती तो अपने और सिद्धार्थ के बारे में बता देती, पर मेरा मन अभी उसके लिए तैयार नहीं था। क्योंकि हमारे घरों में प्रेम-जैसी खूबसूरत चीज़ यों भी लड़कियों के साथ जुड़कर बदसूरत और अवैध हो जाती है। फिर मेरे साथ ऐसी अनहोनी की कल्पना करनी भी मेरे घरवालों ने छोड़ दी थी। उनके लिए यह सब एक भयावह हादसा साबित होता। इसीलिए मैं इंतज़ार कर रही थी, सही वक़्त का इंतज़ार। अब तो सिद्धार्थ के लौटने तक

मुझे चुप रहना ही था।

उस दिन पुरी से लौटते वक़्त जब मैं घर के पास पहुँचने लगी तो वह भावुक हो आया था। मेरे बँधे बाल छितरा देने पर मैंने उसे टोका था, "टैक्सी ड्राइवर क्या सोचेगा ?"

"कुनी ! मुझे बहुत याद आएँगे ये बादलों के रेशमी साए···"

"थोड़े-से काटकर दूँ कविजी ? अपने पर्स में रख लेना।" मैंने उसे उबारना चाहा, पर वह नहीं उबरा, "तुमसे दूर जाना आसान नहीं है मेरे लिए। कम-से-कम इस वक़्त तो मैं बुद्ध नहीं हो सकता।"

अलग होते वक़्त की कुहरिल उदासी में लिपटा वह बेहद अकेला लगा था। मेरे भीतर रुदन थरथराया···उसके दोनों हाथ अपने हाथों में भींचकर कहा, "पर सिद्धार्थ तो तुम हो ही न ?"

मैंने मन-ही-मन प्रार्थना की कि सिद्धार्थ के मन का यह कोना हमेशा मेरे लिए आरक्षित रहे। उसमें सदा मैं रहूँ। ख़ालिस मैं ! ज़ेहन में कई बातें घुमड़ रही थीं, पूछने और बताने की। लेकिन मैं कठोर हो आई। नहीं, कुछ भी पूछकर खुद को उथला नहीं दिखाना है। विदाई में उसका मोहसना, आवेशभरा स्पर्श शिराओं में मुखर हो उठा था। "मेरे साथ होटल नहीं चलोगी ? सिर्फ़ दस मिनट के लिए, प्लीज़···" उसने मिन्नत की। लेकिन मैं नहीं पिघली।

"सिद्धार्थ ! मैं तुम्हारे लौटने की राह देखूँगी।" मेरी आवाज़ में ठंडा निश्चय था।

उसने जाते-जाते कहा, "कुनी ! हमने मिलकर जो मंदिर बनाया है, उसे ढहने नहीं देना···।"

"कोणार्क नहीं ढहते सिद्धार्थ ! खंडित भले हों। कोई मूर्ति, कोई पत्थर उसमें ज़रूर बचा रहता है, वक़्त की गाथा कहने के लिए। कोई काला पहाड़ उसे जड़ से उखाड़ नहीं सकता।"

चौदह

उस वक़्त गले में रुँघती साँस और पानी के थरथराते परदे के पीछे देखती नज़रों ने सिद्धार्थ को धुँधली लकीर में ओझल होते देखा था। सिर्फ़ उसके शब्द कानों में गूँजते रह गए थे—'हमने जो··· उसे ढहने नहीं देना !'

और आज तक सिद्धार्थ के वही शब्द मुझे याद हैं। उन्हें भूलना कैसे संभव होगा ? और भूलना ज़रूरी क्यों है ? आज इस प्रश्न का उत्तर खोजना चाहती हूँ।

सिद्धार्थ के जाने के बाद काफ़ी दिन तक लगता रहा कि वक़्त थम गया है। बीतता ही नहीं। घर और कॉलेज, दोनों जगहों में ख़ुद को बाँटती-ख़र्चती भी मैं अजीब ख़ालीपन महसूस करती रही थी। मुझे यकायक चहक-भरे संसार से उठाकर सूने जंगल में भटकने के लिए छोड़ दिया गया था, जहाँ वहम की परछाइयाँ मुझे डरा रही थीं। सिद्धार्थ क्या सचमुच मेरे पास लौट आएगा ? दूसरी दुनिया की चकाचौंध में उसे कुनी याद आएगी ? सिद्धार्थ के साथ बिताया हर पल मेरी यादों में कौंधने लगा था। मैं उसे हर जगह ढूँढ़ने लगती। कैसी बौरा गई थी मैं ! मेरी रूह प्यास से तड़कने लगी थी। ग्रीष्म ऋतु अभी नहीं आई थी पर मेरे चारों ओर पशु-पक्षी तक आतप के संताप से व्याकुल होने लगे थे। मुझे बार-बार मधुसूदन राओ की पंक्तियाँ याद आतीं—

"आतप संतापे संतापित, सर्वे पशु-पक्षी जीव कुल
शुष्क कंठ तालु विकल, अथय सरब तृष्णा आकुल।"

मेरे आकाश का पनीला बादल छिटककर दूर देश चला गया था। और मैं प्यास से अकुलाने लगी थी।

विदेश जाने के बाद सिद्धार्थ ने दो पत्र जल्दी-जल्दी लिखे। एक वाशिंगटन पहुँचते ही, जिसमें बड़ी दुनिया में एक अजनबी की पराई ज़मीन पर अपनी पहचान बनाने की मुहिम का ज़िक्र था। अपने मन से जीनेवाले सिद्धार्थ को जीजाजी ने ज़िम्मेदारी की साँकल से बाँध दिया था। थोड़ी जकड़न उसने महसूस की थी, पर जल्दी ही वह एक नई दुनिया को जानने-पहचानने की कोशिशों में जुट गया।

'ब्लेसिंग इन डिसगाइस' ! उसने अपने दूसरे पत्र में लिखा था, "शायद मुझे जीजाजी का अहसान मानना चाहिए। वे मुझे यहाँ नहीं भेजते तो मैं अपनी छोटी दुनिया में ही मस्त रहता और बहुत कुछ देखने-जानने से वंचित रह जाता। सच कुनी ! यह दुनिया बहुत बड़ी है। इसे देखना एक नए अनुभव से गुज़रना है। अपने देश में प्यार करना अभी भी गुनाह समझा जाता है, पर यहाँ तो हर युवा का अधिकार है। हाँ, यह बात सच है कि प्यार की परिभाषाएँ यहाँ भिन्न हैं··· काश ! तुम भी यहाँ मेरे साथ होतीं !"

उसमें यही तो खूबी थी कि जल्दी ही किसी भी माहौल में रमकर उसका हिस्सा बन जाता था।

तीसरा पत्र क़रीब तीन मास के अंतराल के बाद आया। उसमें नए दोस्तों का ज़िक्र था, जिसमें प्रियंवद से दोस्ती भी शामिल थी। उसने लिखा था–"जानती हो कुनी, मुझे तुम्हारी तरफ़ का एक दोस्त मिला है प्रियंवद। बहुत अच्छा लड़का है। पिछले तीन मास से हम एक ही कमरा शेयर कर रहे हैं। वह यहाँ पी. एच-डी. के लिए आया है। पढ़ाकू है। लड़कियों से शरमाता भी है और घबराता भी, (मेरी तरह)।" यह ब्रेकेट में लिखा था।

सिद्धार्थ ने लिखा था कि प्रियंवद छुट्टियों में एक मास के लिए घर आ रहा है। उसके हाथ कुछ फोटोग्राफ भेज देगा, 'देख लेना वही हूँ, कुछ भी नहीं बदला। थोड़ा व्यस्त रहता हूँ। सुबह-शाम पैसा कमाने में लगा हूँ न ! पत्र में देरी हो जाए तो चिंता मत करना। तुझे चिंता करने की आदत जो है···।'

उसी पत्र में उस जापानी लड़की का भी ज़िक्र था जिसकी उम्र वह कभी जान नहीं पाएगा। लंबी, छरहरी, सुनहरे बालोंवाली लड़की, जो झुककर अभिवादन करती है और बहुत कम बोलती है। मेरी तरह ही जिसके बाल लंबे और घने हैं और यही बात सिद्धार्थ को उसमें अच्छी लगी। उसे देखकर मैं जो याद आती हूँ।

वह पत्र पाकर मैं देर तक सोचती रही। क्या सिद्धार्थ उस लड़की में मुझे ढूँढ़ रहा है या मुझसे दूर होकर उसके मन का कोना फिर ख़ाली हो गया है। उस खाली कोने को भरने के लिए वह कोई नई लड़की तलाश रहा है क्या ? वह मैं हूँ या कोई और, इससे क्या फ़र्क पड़ता है ? मुझे डर-सा लगा। मेरी जगह कोई दूसरी आ गई तो ?

फिर वहम ! मेरा मन मेरे वहमों पर मुझे डाँटने लगा। धत् ! ज़रा-सा किसी लड़की के बारे में लिखा तो तुम्हारा विश्वास ढह गया ? ऐसे शीशमहल तो तूने नहीं बनाए कुनी ?

तो फिर ? भीतर जो आँच-सी सुलगने लगी, वह क्या थी ? ईर्ष्या ? सदियों पुरानी औरत की दूसरी औरत से ईर्ष्या ? अपने विश्वास और प्रेम को निजी जागीर

मानकर चलते, उस जागीर की अकेली सम्राज्ञी होने की हवस ? या मात्र आशंका ! अपना प्यार बँटने का डर ! खंडित होने की आशंका। 'कुछ तो रहने दो देव मेरा भी' ! मैंने जगन्नाथ के आगे बिनती की थी।

लेकिन मैं जल्दी ही सँभल गई। हर अवश स्थिति पर हम अपने सहज ज्ञान से ही पकड़ हासिल कर लेते हैं। इसे समझौता कहें या उदारता, हमारे ज़िंदा रहने की शर्त होती है यह। हमारे तर्क भी तब भिन्न हो जाते हैं। मेरे साथ भी ऐसा ही हुआ। मैंने खुद से सवाल-जवाब किए। तुम स्वार्थी हो रही हो कुनी ? तुम क्या सिद्धार्थ को अकेला और उदास देखना चाहती हो ? बत्तीस साल का युवा विदेश में क्या तुम्हारे नाम की माला फेरकर संन्यासी बनेगा ?

"नहीं ! वह सब मैं नहीं चाहती। सिद्धार्थ खुश रहे, कुछ भी करे पर मेरे पास लौट आए।"

मैं जान गई कि कुछ न पाने के दुख से, पाकर खोने का दुख ज्यादा त्रासद होता है। लेकिन मैंने अपना डर सिद्धार्थ के सामने प्रकट नहीं किया। उसे लिखती रही। यहाँ सब ठीक है। तुम अपना काम पूरा कर लौट आओ। मैं उस दिन का इंतजार कर रही हूँ जब हम दोनों एक बार फिर साथ-साथ सागर-तट पर घूमने जाएँगे और अपने पाँवों के निशान ढूँढ़ेंगे…।

प्रियंवद पत्र के छः मास बाद घर आया था। "मिस मिश्रा का विद्यार्थी रह चुका हूँ", कहकर घरवालों को अपना परिचय दिया। मंदा उसके लिए चाय-नाश्ता लाने गई तो सिद्धार्थ का भेजा हुआ फोटो पैकेट थमा दिया। उसमें कई जगहों के चित्र थे। व्हाइट हाउस, आईफिल टावर, फिलेडेलफिया का विशाल घंटा, डिजनी लैंड के मिकी माऊस, डोनाल्ड डक… अम्यूजमेंट पार्क, अपने स्कूल के चित्र ! सिद्धार्थ खुश नज़र आया। प्रियंवद ने कहा, "सिद्धार्थ घूमने का शौकीन है। जीजाजी पैसे भेज रहे हैं पर अब वह खुद भी अपने ख़र्चे के लिए काफ़ी कमाने लगा है। शुरू से ही एक गुजराती बनिए का हिसाब-किताब रखकर कुछ कमाने लगा था। आगे शायद जीजाजी से पैसा नहीं ले। बड़ा स्वाभिमानी है…।"

"आगे क्या प्रोग्राम है ?" मैंने प्रियंवद से ज्यादा जानना चाहा।

"वह कोर्स ख़त्म कर कुछ जगहें देखना चाहता है। एक ईराकी दोस्त है उसका। उसके साथ शायद ईराक चला जाए। ईरान-ईराक-अरब देश ! ईराक आर्किटेक्चर की दृष्टि से काफ़ी पुराना और महत्त्वपूर्ण देश है। ईसापूर्व की हज़ारों साल पुरानी सभ्यता को देखने के लिए उतावला है। हैंगिंग गार्डन्स आफ बैबीलोन, एडम और ईव की जगह, पाषाण युग के अवशेष ! पैसा हाथ में आते ही प्रोग्राम बनाएगा।"

"तो अभी वहाँ ठहरेगा ? मतलब कोर्स पूरा होने के बाद ?"

"नहीं दीदी। वहाँ ज्यादा रुकेगा नहीं। साल-भर तो हो गया उसे वहाँ। शायद चार-छः मास में ही लौट आए। वह जल्दी लौटना चाहता है। आपका ज़िक्र कई

बार कर चुका है। कहता है–भारत में कोई मेरा इंतज़ार कर रहा है।"

"जब लौटकर जाओगे तो सिद्धार्थ से कहना, काम पूरा कर लौट आए, हम सब इंतज़ार कर रहे हैं।"

मैंने 'मैं' की जगह 'हम' रख दिया, पर प्रियंवद समझ गया, "ज़रूर कहूँगा दीदी !"

उसके बाद छः महीने तक कोई पत्र नहीं आया। मैंने दो पत्र डाले जो अनुत्तरित रहे। एक पत्र प्रियंवद को भी लिखा। उसका भी जवाब नहीं आया। शायद दोनों वहाँ से दूसरी जगह पर चले गए थे।

उन दिनों की हालत याद कर अजीब-सी करुणा हो आती है अपने पर। हर रोज़ कॉलेज से घर आकर पत्र के लिए पूछताछ करती थी। घरवाले आश्चर्य से देखते–ऐसा कौन है जिसके पत्र का इंतज़ार कुनी को बौरा गया है ? मैं सचमुच बेचैन थी। क्या सचमुच सिद्धार्थ मुझे भूल गया ? नहीं, यह मुमकिन नहीं हो सकता। शायद कहीं जाना पड़ा हो अचानक ! पर दो शब्द तो लिख सकता था। क्या अब वह मेरे साथ सागर-तट पर साथ चले पैरों के निशान ढूँढ़ने नहीं आएगा ? या उसे उन निशानों के वहाँ होने का विश्वास ही चुक गया ? आह ! रेती पर पैरों के निशान ! समुद्र की उत्ताल लहरें और हवा के बवंडर ! उनमें वे निशान धुल-पुँछ नहीं जाएँगे ? कुनी पागल है ! अतीतजीवी भावुक लड़की। उसने भागती हुई दुनिया के साथ जीना सीखा ही नहीं। ऐसी भावुक लड़की को क्या समझाए कोई, जो वक़्त का मिज़ाज ही न समझे ?

मैंने कितनी रातें उसकी यादों में बिताईं, इसका कोई हिसाब नहीं। मौसम बीतते गए पर मेरे लिए वक़्त ठहर गया। बाँस वनों में ठंडी हवाएँ चलीं और मेरे भीतर से चीख उठी। कड़ी धूप का संताप था वह। मेरी देह, मेरी आत्मा तपती रही और मैं डरावनी ख़ामोश रातों में अपने भीतर उगते डर की शक्ल देखती काँपती रही। मेरी अँधेरी रातों से जुगनू भी गायब हो गए। मैं सिद्धार्थ के साथ बिताए वक्त को जीती, यादों को कुरेदती, एकाकी रह गई। सिद्धार्थ मेरा दुख नहीं जान पाया, क्योंकि वह मेरा अपना दुख था, उसका कारण सिद्धार्थ से दूर होना ही नहीं था। मैं दिन के उजाले में ही नहीं, रात के अँधेरे में भी अपनी देह पर बीतते वक़्त के हस्ताक्षर देखने लगी थी। झाँइयों के खेल ! मेरी उम्र की कंदील तेज़ी से जलने लगी थी और मैं हर पल खुद को ठगा हुआ और अवश महसूस करने लगी थी। मेरे मन में नए प्रश्न उठने शुरू हो गए थे–क्या यह वही प्रेम है जिसने मुझमें वसंत की चहक और फूलों की महक भर दी थी ? मेरी वह उदारता, वह मन का धुले निखरे झरनों-सा झर-झर बहना, वह सब क्या हो गया ? पूरी दुनिया मेरे लिए अचानक अंधा कुआँ कैसे हो गई, कि मुझे अँधेरे के सिवा कुछ भी नज़र नहीं आता।

मैंने ख़ुद को एक बार फिर नए सिरे से जाँचा। मैं जो पिछले साल-भर से अपने अंदर बंद हो गई थी, दोबारा खुले में आ गई। बार-बार गिरकर उठना, बार-बार मरकर जीना ! मेरे सोच और स्वभाव में ही ऐसा कुछ रहा है जिसने मुझे ख़त्म होने से बचाया है। मुँह-नाक तक पानी में डूबने पर भी मैंने हाथ-पैर मारकर उबरने की कोशिश की है। नहीं, मुझे अंधी खोह में गुम नहीं होना है। सिद्धार्थ के प्यार ने मुझे जीने का राज़ सिखाया। वह हर पल तन्मयता से जीने का क़ायल है। जिस वक़्त जो कुछ सामने है, उसी में रमना उसकी प्रकृति है। वह अगर मुझे भूल गया है तो मैं उसे अपनी याद नहीं दिलाऊँगी। मैं अपने प्यार की गरिमा पर आँच नहीं आने दूँगी। वह मेरा अपना सच है। मेरी निजी संपत्ति। फिर मेरे साथ मेरा परिवार, मेरा समाज और सिद्धार्थ के साथ जिया वक़्त है, उसमें कटुता पैदा कर मैं उन यादों को मैला नहीं होने दूँगी।

मैंने तय किया, अब मुझे यहाँ नहीं रुकना है। संबलपुर जाने का प्रोग्राम इधर थम-सा गया था। साल-भर से ऊपर हो गया था प्रिंसिपल से बात किए। वे भी मेरे जाने के हक में नहीं थीं, इसलिए चुप रहीं। या शायद सोचा हो कि मैंने जाने का इरादा छोड़ दिया। पर अब मैं अपने कार्यक्रम को जल्दी कोई शक्ल देना चाहती थी। पत्रों के इंतज़ार में पलकें उघाड़े बैठना और ज़िंदगी का मातम मनाना बड़ा शर्मनाक और बचकाना लगने लगा था।

मैंने प्रिंसिपल से फिर मनुहार की कि मुझे जाने की इजाज़त दें। उन्होंने जान लिया कि अब मैं फ़ैसला कर चुकी हूँ।

"ठीक है मिस मिश्रा। तुम जाना ही चाहती हो तो संबलपुर कॉलेज में साहित्य पढ़ाने के लिए लेक्चरार की नई पोस्ट निकली है। पर मैं तुम्हें प्रमोशन पर भेजना चाहती थी।"

"कोई बात नहीं मैडम ! मैं उसी पोस्ट पर जाऊँगी।"

मैं अब किसी लालच में आकर रुकना नहीं चाहती थी। सिद्धार्थ यहाँ होता तो शायद रुक भी जाती। बहरहाल ! मैं संबलपुर चली गई। करीब दस साल स्थानीय कॉलेज में काम करने के बाद नई जगह थोड़ा अकेलापन लगना स्वाभाविक था। जिस घर में मैंने उम्र के चौंतीस साल बिताए, वह घर जल्दी भूल भी कैसे सकती थी ? घर के लोग ही नहीं, मुझे घर की दीवारें भी याद आती रहीं। आँगन में खड़े अशोक के आकाश छूते पेड़, जो मेरी खिड़कियों तक आकर मुझसे बतियाते रहे हैं, जिनके ऊपर नीले आसमान में कभी-कभी सफेद चिड़ियों का निहायत खूबसूरत जोड़ा उड़ान भरता और मुझे लगता कि मैं अकेली नहीं हूँ। एक दिन मैंने भी उस खूबसूरत जोड़े की तरह सिद्धार्थ के साथ आकाश की ऊँचाइयाँ नापने की हिम्मत की थी…।

वक़्त गुज़रते मैंने अपना मन मज़बूत कर लिया। मैं अपने भीतर से बाहर

आ गई। अकेलापन क्यों ? सिद्धार्थ की याद तो मेरे साथ है। और फिर मुझे तो नए लोगों से जुड़ना है। एक बड़े परिवार की सदस्या बनना है। अजनबियों के बीच अपनी पहचान बनानी है।

कॉलेज की विभागाध्यक्ष श्रुति राय जल्दी ही मेरी सहेली बन गईं। वह बलांगीर से आई थीं और कई वर्षों से कॉलेज के हॉस्टल की वार्डन बनकर वहीं रहती थीं। दो महीने तो मैं उन्हीं के साथ रही। अपने निजी सुख-दुख शायद मैं किसी के साथ न बाँटती, अगर मुझे श्रुति-जैसी संवेदनशील मित्र न मिलती। उन्होंने मुझे उबारा। मेरे साथ वह पास के गाँवों में गईं। वहाँ आदिवासी कल्याण समिति के प्रधान से परिचय कराया। श्री बनमाली पंडा मेरे विचारों से प्रभावित हुए।

"सौभाग्य है हमारा जो आप इन पिछड़े लोगों के कल्याण में रुचि रखती हैं। आप-जैसी संवेदनशील समाज-सेविकाओं की हमें बड़ी ज़रूरत है, जो इन लोगों का विश्वास पाकर काम करें। इनके साथ हमें बड़ी दिक्कतों का सामना करना पड़ता है…।"

श्री पंडा के पास शिकायतों की लंबी सूची थी। "गाँव में स्कूल तो खोला है पर ये लोग अपने बच्चों को पढ़ने के लिए नहीं भेजते। कहते हैं बच्चा खेत में हमारा हाथ बँटाएगा। पढ़कर कौन अफसरी करनी है। छोटे-छोटे बच्चे महाजनों के पास बँधुवा मज़दूरी करते हैं। आदिवासियों के लिए डिस्पेंसरी खोली है पर कोई इलाज़ के लिए आता भी है ? मुफ्त दवाई, इंजेक्शन सब उपलब्ध हैं पर इन्हें तो भूत भगानेवाले ओझाओं और झाड़-फूँकवाले मंत्रों पर ही भरोसा है। दुनिया बदल रही है पर ये लोग वही लकीर के फकीर हैं।"

श्री पंडा को मैंने समझाया कि "मैं कॉलेज में पढ़ाती हूँ और उस अर्थ में समाज-सेविका नहीं हूँ कि नियमित रूप से यहाँ आकर उनके साथ काम कर सकूँ। पर शनि-रवि मेरी छुट्टी रहती है। हफ्ते के ये दो दिन मैं यहाँ आया करूँगी। और इनके सोच और समस्याओं को समझने की कोशिश करूँगी। हो सका तो इन्हें समय की धारा के साथ बदलने की प्रेरणा भी दूँगी। श्री पंडा ने मेरे साथ स्थानीय स्कूल की एकमात्र अध्यापिका गीता महांती को भेज दिया। आदिवासियों की भाषा थोड़ी भिन्न है। गीता वर्ष-भर से उनके संपर्क में रहकर उनकी भाषा जान गई है सो असुविधा नहीं होगी। गीता यों तो समझदार महिला थी पर अपने चिड़चिड़े स्वभाव और अधैर्य के कारण बात-बात पर उन अपढ़ ग्रामीणों को डाँट-फटकार देती, 'कुछ सीखना भी है तुम्हें या उम्र-भर जाहिल ही रहना है ? दो अक्षर सीखना नहीं है ? महाजन जो भी बही पर लिखें, तुम अँगूठा टीप देना और उम्र-भर कपाल पर हाथ धरकर रोते रहना…'

मैंने गीता को टोका। समझाया कि हफ्ते में दो दिन आकर मैं उन्हें पढ़ाया

करूँगी। वह उन्हें स्कूल में इकट्ठा कर ले, बाकी मैं देख लूँगी।

गीता तो वर्ष-भर में ही उन लोगों की अरुचि और लापरवाही से ऊब गई थी। वेतन बराबर मिल रहा था। बस, यही बात उसे इस जंगली गाँव से बाँधे रख रही थी। मेरे सुझाव से उसे छुटकारा सा मिला–"ठीक है, आप भी कोशिश करके देख लो। बाकी यह साक्षात पशु हैं, कितना भी मगज़ मारो इनके साथ, कुछ होनेवाला नहीं है। मैंने तो बहुत कोशिश की···।"

मैं करीब साल-भर उन दरिद्र आदिवासियों के संपर्क में रही। बल्कि अभाव क्या चीज़ है, इसका साक्षात्कार वहीं पर हुआ। स्वभाव से सीधे, परिश्रमी, पर अंधविश्वासों और पीने-पिलाने की आदतों में ग़र्क उन लोगों को समझाना आसान नहीं था। वे अपने विश्वासों को वेद की लकीर समझते थे। अपने को प्रकृति-पुत्र और 'मनुष्य' कहनेवाले वे आदिवासी बाहर के लोगों से थोड़ी दूरी बनाए रखना पसंद करते थे, जैसे कोई उनके साम्राज्य में आकर उनकी निजी ज़िंदगी में दखलंदाज़ी करने आया हो।

वहाँ कई तरह के आदिवासियों से भेंट हुई। कुछ आदिवासी जंगल काटकर अस्थायी खेती करते। तीनेक वर्षों के बाद दूसरी जगह चले जाते। इन्हें बच्चों को पढ़ाने-लिखाने में कोई रुचि नहीं। इन घुमंतू आदिवासियों के छोटे बच्चे भी बड़ों के साथ खेतों पर काम करते। ये अपने जीने के ढंग को बदलने के लिए तैयार नहीं थे। लेकिन कोंड, भूमिया, संथाल, जुआंग, पेंटिया, भोई आदि जातियाँ पड़ोसी गाँव की हिंदू जातियों के संसर्ग में आकर आदान-प्रदान की नीति में विश्वास करने लगी हैं। उनमें कृषि के अलावा, कुशल-अर्धकुशल कारीगर लोहार और टोकरियाँ बुनने का काम भी करने लगे हैं। हफ्ते में दो दिन मैं उन लोगों के बीच रहती, उनकी व्यथा-कथाएँ सुनती। वे मेरे चौगिर्द बैठकर मेरी बातें सुनते और समझने की कोशिश करते। धीरे-धीरे बच्चों के साथ उनके माँ-बाप, भाई-बहन भी फ़ुरसत निकालकर बैठने लगे। वे ज़िद्दी और रूठे हुए बच्चों की तरह थे जिन्हें मैं छोटे-छोटे उपहारों, मीठी गोलियों और खाने की छुटपुट चीज़ों का लालच देकर बहलाया करती। किसी पेड़ के नीचे खुले में मेरी कक्षा लगती जिसमें पहले तो दो-चार बच्चों को फुसलाकर लाया गया फिर धीरे-धीरे उनकी संख्या बढ़ती गई। उम्र का कोई बंधन भी न रहा। वे लोग मुझे कहानियाँ सुनाने का आग्रह करते। रामायण, महाभारत ! जगन्नाथ की कहानियाँ। कहीं मेरी बात समझ न आती तो गीता अर्थ समझाती। मैं धीरे-धीरे उनकी दीदी बन गई। जिस शनि या रविवार को मैं न आ पाती, वे इंतज़ार में बैठे रहते। अगले दिन पूछते, "क्यों नहीं आईं ? सब ठीक तो है ?"

छोटे बच्चे आकर साधिकार मेरी गोद में बैठ जाते। उन्हें नाक-मुँह पोंछना, साफ़-सुथरा रहना सिखाती। कई बार उनके धूल-मिट्टी सने कपड़ों से मेरी साड़ी

गंदी हो जाती, तो मैं उन्हें प्यार से समझाती, "तुम अगर नहाकर आते तो मेरे कपड़े गंदे नहीं होते।" मेरे उजले कपड़ों से वे भी धीरे-धीरे प्रभावित होने लगे। अगले दिन एक-दूसरे की देखादेखी वे नदी-पोखरी में डुबकी लगाकर आते और मेरी गोद में जम जाते, "मू तुमरो पुओ।" (मैं तुम्हारा बेटा हूँ)।

"तुम्हारे पेट से निकला हूँ न ?"

मैं उनकी माँ बन गई। माँ, जो सबसे ज्यादा अपनी है, क्योंकि वह बच्चों को सभी रिश्तों से बढ़कर प्यार करती है।

पहले-पहल अजीब-सा लगता। दस-बारह साल के बच्चों का मस्तिष्क तीन-चार साल के शहरी बच्चों से भी कम विकसित लगता। मैं उन्हें धैर्य से सुनती। हाथ पकड़कर लिखना सिखाती। ब्लैक बोर्ड पर कुत्ते-बिल्ली-चूहे बनाकर उन्हें अक्षर-ज्ञान देती। कथा-कहानियाँ वे साँस रोककर सुनते थे। मेरे ज़रा से धैर्य और प्यार से वे अजनबी लोग मेरे अपने हो गए। कहीं किसी बच्चे का जन्म होता, किसी का विवाह होता तो मुझे साग्रह बुलाया जाता। वहाँ नृत्य और गीतों का समाँ बँध जाता। पुरुष मृदंग, ढोल बजाते, स्त्रियाँ ताल दे-देकर लय से थिरकतीं। आवाज़ें दूर-दूर तक गूँज उठतीं। धिन्न, धिन्न धिन्न। धा धिन धा धिन। ए, होऽऽऽ होऽऽऽ ! छुक छम्म, छुक-छम्म ! हाथों की चूड़ियाँ और पैरों के कड़े बज उठते। एक-दूसरे की कमर में हाथ डाले युवतियाँ नाचतीं। नृत्य में लड़कियाँ मुझे भी खींच लेतीं।

"अरे-अरे, क्या करती हो, मुझे नाचना नहीं आता।"

"हम सिखाएँगी न ? आ जाओ··· यह पाँव आगे करो, वह हाथ इधर रखो–अब पैर उठाओ··· न··· न··· ऐसे नहीं। ऐऽऽ से। लछमी ! तू दिखा···।"

नृत्यों में मुझे प्रेमियों के नृत्य भी बहुत अच्छे लगते। पास-पड़ोस के गाँव के युवक दूसरे गाँव की युवतियों के लिए उपहार लेकर आते, मिलकर नाचते और अपने जीवनसाथी भी चुन लेते। बाद में गाँववाले अच्छा दिन देखकर विवाह की रस्म निभाते। वर पक्ष 'दुल्हन का मूल्य' चुकाता, भले ही वह थोड़ा अनाज, मुर्गा या बकरी हो !

कुछ बातें मुझे उनमें बहुत अच्छी लगीं। वे परिश्रमी और सीधे-सादे थे पर पीढ़ियों से चले आते अंधविश्वास और प्रथाएँ उनके दारिद्रय का कारण थीं। सत्तर से नब्बे प्रतिशत आदिवासी तमाम उम्र महाजनों के कर्ज़दार रहते हैं, जो इनकी स्त्रियों और बच्चों को भी बंधक बनाकर शोषित करते हैं। पशु-पक्षियों की बलि, शराब की लत आदि से भी इनका छुटकारा ज़रूरी लगा, जिसमें समय लग सकता था। फिलहाल इस ओर जाग्रत करना और अक्षर-ज्ञान कराना काफ़ी था।

बुरला से कभी-कभी सुधाकर चला आता तो परिवार का सुख भी निलता।

संबलपुर रहकर छुट्टियों में दस-बीस दिन के लिए घर आ जाती। माँ-बप्पा की चिंता बराबर बनी रहती। लौटते समय हठ करके उन्हें भी कुछ दिनों के लिए साथ लेकर आती। धीरे-धीरे माँ को भी विश्वास हो गया कि उनके पीछे घर बार ठीक-ठीक ही चलता है। कोई काज रुकता नहीं। प्रीति-टुटुल भी छुट्टियाँ मेरे साथ बिताना पसंद करतीं। लेकिन इधर माँ दिन-ब-दिन कमज़ोर और ख़ामोश होती जा रही थीं। अस्थमा भी जोर पकड़ने लगा था। बप्पा की गोष्ठियाँ भी अब कम हो गई थीं। कावेरी कभी सप्ताह-भर के लिए घर आती तो बप्पा आप ही दोस्तों के यहाँ चले जाते। कहते, "घर की शांति बनी रहे, मेरा क्या, पका फल हूँ। कब गिरूँ, कुछ मालूम है ? क्यों बेकार बहू को परेशान करूँ ?" मैं आ जाती तो राधानाथ मौसा और सतपति बाबू आप ही चले आते। फिर गोष्ठी का माहौल बन जाता। लेकिन अब बप्पा की गोष्ठियों में विराग भाव ही झलकता था। अतीत में जीनेवाले बुजुर्ग अपने आस-पास आशा-उत्साह का कोई कारण नहीं पाते। नई पीढ़ी के साथ उनका तादात्म्य नहीं हो पा रहा था। समय ने दूरियाँ बढ़ा दी थीं। राजनीति में रुचि रखनेवाले भी चौतरफ़ के अशांत माहौल से क्षुब्ध थे, "क्या बात करें ? आसाम, पंजाब, काश्मीर ! चारों ओर आतंकवाद, उधर राम-रहीम का झगड़ा, इधर नक्सलवाद ! ऊपर से ईराक में सद्दाम के अहंकार ने तीसरे विश्वयुद्ध का ख़तरा पैदा कर दिया था। अब बताओ बैठे-बिठाए कुवैत को हथिया लिया…"

"तेल झगड़े की जड़ हो गया भाईना।" एक शुरू करता, दूसरा बात की रास पकड़ लेता, "तेल क्या, टोंका बोलो टोंका। भाई, भाई का खून बहा रहा है। इधर महाशक्तियों को बहाना मिल गया अपनी ताकत दिखाने का। बच्चे-बच्चे की जबान पर 'पैट्रियाट मिसाइल' और 'स्कड मिसाइल' का नाम चढ़ गया।"

"अब देखो, युद्ध कहीं पर और उसका प्रभाव पूरी दुनिया पर। हमारे देश में भी सद्दाम और बुश के पुतले जलाए जाने लगे। बैठे-बिठाए सांप्रदायिक तनाव का एक और कारण पैदा हो गया…।"

वे लोग भागवत-पुराण के उद्धरण देकर मन की भड़ास निकालते, "कहा था हमारे बुजुर्गों ने भैया, 'प्रजाये अन्योअन्ये होइ, आपणा छाइ नाश जाइ, एक आर के गर्व करि, मरिबे हिंसा भाव भरि'–(प्रजा एक-दूसरे से झगड़कर नष्ट होगी। अहंकार और ईर्ष्या उनका नाश करेंगे)।"

जगन्नाथ को समर्पित बप्पा भी पूरे समय के लिए दुखी और चिंतित थे। "लोगों की नीयत में फ़र्क आ गया। अपने स्वार्थ के सिवा किसी को परमार्थ सूझता है ? आपणा पेट कु पोषिणा, बड प्रयोजन होइ गला।"

बप्पा पर अजीब-सी उदासी छा गई थी। बूढ़ा होता शरीर एक कारण तो

था ही, पर बदलती स्थितियों से भी वे अपने विचारों का तालमेल बिठा नहीं पा रहे थे। दिवाकर नागालैंड में था, वह भी माथे पर ग़बन का दाग लिए, प्रमोशन पर नहीं, कावेरी राँची में, और मैं अकेली संबलपुर में ! अच्छी-भली नौकरी छोड़कर मैं घर से दूर क्यों गई, बप्पा इसे समझकर भी स्वीकार नहीं पा रहे थे।

वर्ष-भर से कुछ ऊपर ही हो गया था मुझे संबलपुर में। विषुव पर्व पर घर जाने की सोच रही थी कि प्रद्युम्न का पत्र आया, "बप्पा बीमार हैं, कुछ दिनों के लिए आ सको तो अच्छा हो। मंदा की छुट्टियाँ ख़त्म हो गई हैं..."

बप्पा की बीमारी की बात सुनकर मैं चार दिन पहले ही घर आ गई। बोऊ मुझे गले लगाकर रो पड़ीं। बप्पा ने काँपता-कमज़ोर हाथ मेरे सिर पर रखकर असीसा-"भगवन् तुमरो मंगल करंतु।"

"क्या हुआ बप्पा को, इतने कमज़ोर कैसे हो गए ?" मैंने माँ से पूछा।

"बूढ़ा शरीर है झिओ ! चिंता की कोई बात नहीं। तू आ गई न !"

बप्पा का अस्पताल में पूरा चेकअप कराया। मलेरिया के बाद पीलिया हो गया था। खाने-पीने में अरुचि। दवाई भी ठीक से नहीं लेते। मंदा ने शिकायत की, "कहते हैं आप ही ठीक हो जाऊँगा। दो कौर भात गले से नीचे नहीं उतारते। मैंने सोचा आप आकर उन्हें समझाएँगी।"

"ठीक किया मंदा।" मैंने मंदा को अपराध-भाव से उभारा।

"मुझे बुलाया, अच्छा किया। मैं तो यों भी आनेवाली थी। बहुत दिन हो गए न तुम लोगों को देखे हुए।"

बप्पा की पूरी ज़िम्मेदारी अपने ऊपर लेकर मैं उनके साथ लगी रही। वे मेरे हाथ से छोटे बच्चे की तरह आँख बंद कर दवाई लेते, पथ्य खाते-मैं ज़रा-सा दूसरे कमरे में चली जाती तो बुला लेते, "मो पाखरे बसि जा झिओ...। (मेरे पास बैठ जा बेटी) बप्पा मुझसे दूर रहकर अकेले हो गए थे। कैसी विडंबना थी कि मेरे बिना बप्पा भरे-पूरे घर में इतने अकेले हो गए कि जीने की इच्छा भी जाती रही। मैंने प्रभा मौसी से बप्पा की मनःस्थिति कही तो वे चिंता में पड़ गईं। माँ-बप्पा को समझाया-"आप लोग बुद्धिमान हैं। कल कुनी ससुराल जाएगी तो क्या उसे रोक लोगे ?"

"वह तो दूसरी बात है न।" बप्पा बुदबुदाए, "इस तरह बेटी घर से दूर रहे, अच्छा नहीं लगता। अभी तो हम हैं न।"

मेरे भीतर बप्पा के मोह-सने शब्दों से पानी की झील थरथराई। लेकिन भावुक होकर कब तक जिया जा सकता है ? मैं जिस भीतर-बाहर के तनाव-भरे माहौल से बाहर निकल आई थी, दोबारा उसमें लौटना नहीं चाहती थी। मैं अब एक बड़े परिवार की सदस्या बन गई थी। मुझ पर अधिकार जतानेवाले वे जंगली बच्चे-बूढ़े, स्त्री-पुरुष भी थे जिनकी मैं अचानक माँ बन गई थी।

प्रभा मौसी ने माँ को धैर्य दिलाया और दुलार-भरी चेतावनी भी दी–"दीदी, झिओ तो पराई। तुम जानो। अब इसका ब्याह करके विदाई देनी होगी। मैंने इसके लिए अच्छा वर ढूँढ़ लिया है। अब तैयारी में जुट जाओ…।"

माँ-बप्पा ने पता नहीं, यकीन किया या नहीं पर मैंने प्रभा मौसी की बात माँ का मन रखने की एक तरकीब-भर समझ ली और उदारता से हँस पड़ी।

बप्पा थोड़ा सम्हल गए तो प्रीति-प्रणति मचल गईं, "आपके साथ चिलिका जाएँगे, पिकनिक मनाएँगे। कितने दिन तो हो गए। कोई हमें घुमाने नहीं ले जाता।" प्रद्युम्न भी उदार हो आया, "हो आओ दीदी, मैं माँ-बप्पा के पास रहूँगा। शाम तक लौट ही आओगी। बच्चे बेचारे भी कहाँ जा पाते हैं सैर-सपाटे को… ?"

मंदा और लड़कियों के साथ मैं चिलिका गई। मंदा शायद पहली बार ही मेरे साथ सैर को निकली थी और खूब चहक रही थी। एक अरसे बाद मंदा और बहनों को ख़ुश देखा तो मुझे बेहद अच्छा लगा। लड़कियों और मंदा को मोटरबोट में बिठाकर मैं नन्हीं को लेकर झील के किनारे बैठ गई। नन्हीं जलसारस और एरा पक्षियों को फुदकते-चहकते देख हुलसने लगी थी। कालिजई पहाड़ी की ओर देखते मुझे अचानक सिद्धार्थ याद आ गया था। उसने एक बार पूछा था, "कालिजई कौन थी ?" कितनी कहानियाँ सुनाई थीं मैंने उसे। बच्चों की-सी जिज्ञासा थी उसमें। "और सुनाओ न ! तुम्हारे मुँह से सुनना अच्छा लगता है। तुम जब बोलती हो तो मैं तुम्हारी आवाज़ अपने भीतर गूँजती महसूस करता हूँ, बड़ी सुरीली आवाज़ है तुम्हारी। मेरी आँखें तुम्हारे हिलते हुए होंठ देखती रहती हैं। तुम्हारे तराशे हुए होंठ छूने को मन करता है…।"

एक अरसा हो गया था उसका पत्र मिले। पिछली बार जब करीब छः मास तक सिद्धार्थ का पत्र नहीं आया तो मैं कितनी उद्विग्न रहा करती थी। वक़्त की बाढ़ में बहती, हिचकोले खाती, मुझसे मेरा किनारा छूट गया था। मैं हाथ-पैर मारकर उसे छूना चाहती थी पर मेरा संपूर्ण शरीर जैसे पानी में भीगकर वज़नी हो गया था और मैं इंच-भर भी हिल नहीं पा रही थी। जिस दिन सिद्धार्थ का पत्र आया था, लगा मैंने अपना तट छू लिया। तब अचानक मुझे 'माटी मटाल' (गोपीनाथ महांती का उपन्यास) में, बाढ़ में बहते रोहीनाथ और उसकी पत्नी दूल याद आ गए थे, जो घर की टूटी छान को जकड़े भयंकर बाढ़ में बह रहे थे। पानी के भँवरों में डूबते-उबरते धक्के-हिचकोले खाते ! जब वे किनारे लगे तो आस-पास की झाड़ियाँ, नागफनी और बिच्छी की बेल भी उनके मन को चैन दे गई थी, आशा और जीवन की चेतना कि हम जी रहे हैं। लंबे अंतराल के बाद जब सिद्धार्थ का पत्र आया तो मुझे भी लगा कि मेरा किनारा मुझे मिल गया। पता नहीं वह नागफनी या बिच्छी की बेल थी या सचमुच तट

का कोई ठोस आधार, पर मुझे लगा था कि सिद्धार्थ मेरे साथ है। जीवन मेरे साथ है।

लेकिन तब से कोई वर्ष-भर हो गया, सिद्धार्थ का कोई पत्र नहीं आया, कोई संदेश नहीं आया। अब मन कुछ ठोस होने लगा है। यों वह भूला नहीं। अब भी उसके साथ के लिए कसक उठती है, पर अब मैंने अपना अकेलापन दूसरों के साथ बाँटकर काम में मन लगा लिया है। भीतर ज़रूर कुछ टीसता है। सिद्धार्थ ने जाते-जाते कहा था कि हमने मिलकर जो कोणार्क बनाया है उसे ढहने मत देना। मैं इस मंदिर को बचाने के लिए कब तक आधार-स्तंभ की तरह खड़ी रह पाऊँगी ?

पंद्रह

झील में हवा के झकोरों से लहरियाँ उठ रही थीं। पक्षी तारों पर कतार बनाकर बैठे थे और मैं सोचों में खो गई थी। नन्हीं मेरी गोद में सो गई थी। मेरा मन सेमल की रुई की तरह कहीं-से-कहीं उड़ रहा था। प्रकृति मन का क्षोभ हरना जानती है। कितनी सगी दोस्त है। कितने ही लोग झील के किनारे पिकनिक मना रहे थे। मैं सभी से तटस्थ लहरों की थिरकन में खोई थी कि कोई मेरे बहुत करीब आकर खड़ा हो गया, "दीदी !" मैंने चौंककर देखा, प्रियंवद था।

"अरे तुम ? कब आए। यहाँ कैसे ? बैठो-बैठो।" मैंने आश्चर्यचकित होकर कई सवाल एकसाथ किए।

"महीना-भर हो गया लौटे दीदी। पी. एच-डी. पूरी करके लौटा हूँ। आपके घर हो आया पर सुना आप संबलपुर में नौकरी करती हैं..."

"हाँ साल-भर से वहाँ हूँ। तुम कैसे हो ?"

"ठीक हूँ दीदी, दिल्ली जाना है। वहीं नौकरी मिली है।"

प्रियंवद को देखकर सिद्धार्थ की याद हो आई। पूछा, "सिद्धार्थ कभी मिला ?"

"तुम्हें उसका पत्र नहीं मिला ?" उसने प्रति प्रश्न किया।

"नहीं, उसने लिखा होता तो मिल ही जाता।"

"लेकिन उसने तुम्हें पत्र लिखा है। तो... तो तुम कुछ नहीं जानतीं ?" वह भी कुछ दुविधा में था।

मैं प्रियंवद की हिचकिचाहट का अर्थ समझ नहीं पाई–"मुझे तो साल-भर से उसका कोई समाचार नहीं मिला। वह ठीक तो है न ?" मैं आशंकाओं से घिरने लगी थी। हाथ-पैर सुन्न होने लगे थे। पता नहीं क्या सुनाने जा रहा है प्रियंवद।

"दीदी, उधर रेस्तराँ में बैठकर बात करेंगे। मुझे चाय की तलब हो रही है। तुमसे लंबी बात करनी है।"

मेरे पास थोड़ा समय था। जब तक मंदा और लड़कियाँ घूमकर लौटतीं, मैं प्रियंवद से सिद्धार्थ की बात कर सकती थी। गेस्ट हाउस के बरामदे में बैठकर

चाय पीते प्रियंवद ने मेरा हालचाल पूछा था। लेकिन मैं सिद्धार्थ की बात सुनना चाहती थी।

"प्लीज़ प्रियंवद ! कुछ कहो, सब खैरियत तो है ?"

"अरे दीदी। ऐसे क्यों हुई जा रही हो। सब ठीक है अब तो।"

"क्या कोई खौफनाक वारदात घटी है इस बीच ?"

"ईराक के बारे में तो तुम्हें मालूम ही होगा। बहुराष्ट्रीय सेनाओं की ईराक पर बमवर्षा और सद्दाम का कुवैत में तेल के कुँओं को आग लगाना··· "

"हाँ, यह सब तो बच्चा-बच्चा जानता है।" मेरा धैर्य जवाब देने लगा था। मुद्दे की बात क्यों नहीं कहता प्रियंवद ?

"दीदी ! जिस रात ईराक में पहली बमवर्षा हुई, सिद्धार्थ अपने एक मित्र के साथ जोरडन की तरफ़ जा रहा था। माहौल में तनाव पहले से ही था। हमने सिद्धार्थ को मना भी किया था कि इस वक़्त उधर जाना ठीक नहीं, पर सिद्धार्थ तो अपने मन की बात करनेवाला है। ख़तरों से खेलना उसकी आदत है। कहा—दस-पंद्रह दिन में लौट आएगा। ईराकी मित्र भी साथ था। कोर्स पूरा हो ही चुका था।"

"फिर ?"

"मित्र से विदा लेकर सिद्धार्थ लौट ही रहा था तो होटल में ही बहुराष्ट्रीय सेनाओं के आक्रमण की चर्चा सुनी। एक पत्रकार भी साथ था, उसने सुझाया कि जोरडन की तरफ़ चले जाएँगे। वह सुरक्षित जगह है। मित्र के पास पैसे थे और कुछ विदेशी जानकर स्थानीय लोगों ने भी आर्थिक सहायता की तो वे टैक्सीवाले को चौगुनी रकम देकर जोरडन की तरफ़ रवाना हुए। पर होनी ऐसी कि बार्डर पर पहुँचते ही एक और हवाई हमला हुआ और बम का टुकड़ा छितरकर उनकी टैक्सी पर गिरा। दोनों ज़ख्मी हो गए। सुबह रेडक्रासवालों ने उन्हें जोरडन के किसी अस्पताल में पहुँचा दिया। महीना-भर तो वह अस्पताल नें ही पड़ा रहा था।"

"अब कैसा है सिद्धार्थ ?" मैं बदहवास हुई जा रही थी।

"उसके एक पैर में सैप्टिक हो गया था। उसे काट देना पड़ा··· "

"पैर काटना पड़ा ?" मुझे किसी भूकंप के झटके ने सिद्धार्थ के साथ सागर-तट पर पटक दिया। मैं वहाँ पाँवों के निशान ढूँढ़ने लगी। यकायक समुद्र की झालदार लहर ने निशान मिटा दिए। रेत पर खून के धब्बे शेष रह गए। अब सिद्धार्थ आएगा भी तो वे निशान कहाँ से खोज पाएगा ?

प्रियंवद बोले जा रहा था, "पैर काटना ज़रूरी था नहीं तो पूरी टाँग में इन्फेक्शन हो जाता। डॉक्टरों ने उसकी जान बचाई। हमें उनका शुक्रगुज़ार होना चाहिए।"

"हाँ प्रियंवद ! तुम ठीक कहते हो। जगन्नाथ ने रक्षा की।"

"सिद्धार्थ का भाग्य अच्छा था, तभी उसे नासिरा-जैसी समर्पित नर्स मिली।"

"नासिरा ? कौन ?" अब आगे और क्या सुनना होगा ?

"उसी अस्पताल में नर्स थी नासिरा। उसने काफ़ी मदद की। अस्पताल से छुट्टी मिली पर सिद्धार्थ चलने-फिरने के लायक नहीं था। पैर कटने का दुख और मानसिक धक्का भी था। पराई जगह पराए लोगों के बीच अकेला और बीमार आदमी कितना असहाय हो सकता है, तुम खूब समझ सकती हो दीदी। कितना भी हिम्मती हो आदमी, ऐसे में टूट ही जाता है। उस वक़्त नासिरा उसे देवदूत-जैसी लगी होगी। वह उसे अस्पताल से सीधे अपने घर ले आई। नकली पैर लगवाया। साथ रहकर व्यायाम कराती रही। सिद्धार्थ ने लिखा है कि नासिरा ने उसे फिर से जीने की हिम्मत दी। वह तो निराश हो चुका था। जेब भी ख़ाली थी। एक्सीडेंट में पर्स पता नहीं कहीं रह गया। साथी का भी कुछ पता नहीं चला।"

"अब कहाँ है ?" मेरी आवाज़ किसी गहरे कुएँ से आ रही थी।

"अभी शायद जोरडन में ही है, या शायद अमेरिका चला गया होगा। नासिरा भी अकेली ही है। उसके माता-पिता कुवैत में थे। शायद बमबारी में मारे गए हैं। नासिरा अभी भी उनका इंतज़ार कर रही है। पाँचेक वर्ष का भाई उसके साथ रहता है। सिद्धार्थ ने लिखा था, नासिरा सिद्धार्थ के साथ वहाँ ज्यादा देर नहीं रह सकती। हालात सुधरते ही वे अमेरिका जाएँगे। वहाँ का कट्टर समाज शायद सिद्धार्थ को उसके पति के रूप में भी स्वीकार न करे···"

"सिद्धार्थ ने और क्या लिखा है ?" मैं अभी भी उम्मीद का दामन छोड़ नहीं पा रही थी। पानी मुँह-नाक तक आ गया था और मैं किसी बेल, किसी सहारे के लिए छटपटा रही थी। क्या गोपीनाथ महांती के 'माटी मटाल' की दूल भी इसी तरह बाढ़ में बहते किनारा तलाश रही थी ?

"सच कहूँ तो दीदी, सिद्धार्थ ने नासिरा से शादी कर ली है।" अब प्रियंवद समझ गया कि ज्यादा देर सच को छुपाना व्यर्थ है, "उसके पास कोई विकल्प नहीं था दीदी।" प्रियंवद सफ़ाई-सी देने लगा था।

"उस लड़की के कितने अहसान थे उस पर ! ज़रूर पूर्व-जन्म का कोई संबंध रहा होगा। नहीं तो परदेस में उसका अचानक मिलना और अपनों की तरह सेवा करना···"

प्रियंवद दलीलें दे रहा था। मैं इतना जान गई थी कि होनी होकर रही है। वक़्त के काले पहाड़ ने हमारे बनाए कोणार्क को खंडित कर दिया है। यह दीगर बात है कि उसका कोई शिलापद्म, कोई प्रेमिल मूर्ति हमारे मन में ताउम्र खुदी रहे···।

प्रियंवद देर तक बतियाता रहा। शायद मुझे तसल्ली देना चाहता था। मेरे मन की भावदशा का कुछ-कुछ अंदाज़ा तो उसे था, "यों तो अट्ठाईस

दिनों बाद युद्ध-विराम हो गया था। सिद्धार्थ पहले-जैसा होता तो ज़रूर वापस लौट आता..."

मैंने आगे कुछ नहीं सुना। सुनने की उत्सुकता ही थम गई। सोचने लगी, क्या व्यक्ति के लिए स्थितियाँ ही सबकुछ निर्धारित करती रहती हैं ?

वांछित-अवांछित, सही-गलत क सिर्फ़ स्थितियों के माथे थोपकर बरी हुआ जा सकता है ? हालात के लिए कौन ज़िम्मेदार होता है ? नियति, व्यक्ति की कोई चारित्रिक कमज़ोरी या कोई भीतरी कारण ?

पराई धरती पर, अपनों से दूर, साधनोंरहित, शरीर की तमाम पीड़ा सहना और अपना मानसिक संतुलन बनाए रखना आसान नहीं होता। वह भी तब, जब आसपास मौत का भयावह तांडव हो रहा हो। लेकिन सिद्धार्थ के शब्दकोष में असंभव शब्द तो था ही नहीं। तो क्या नासिरा की सेवा ने उसके कोमल मन को छू लिया और उसके पैर बाँध दिए ?

'तुमने कितने दुख सहे सिद्धार्थ ! मैं तुम्हारे साथ रहकर उन्हें बाँट न सकी। नासिरा सचमुच अच्छी लड़की है।' मैं मन-ही-मन नासिरा की कृतज्ञ हो आई। प्रियंवद चुप हो गया तो मैं सँभल गई।

"अब तो ठीक है न वह ? यानी खुश है ?"

"हाँ, उसका पत्र आया था। यहाँ आने से कुछ दिन पहले। मेरा यहाँ आने का प्रोग्राम बना तो पत्र साथ लाया। मन में विश्वास था कि तुमसे भेंट होगी।" उसने जेब से पत्र निकाला, "लो पढ़ो दीदी, सबकुछ मालूम पड़ जाएगा।"

सिद्धार्थ का पत्र ! उसके अक्षर भी कितने अपने-से लगे। उन उँगलियों को छूकर सहलाने की हूब-सी उठी। दूसरे का पत्र कभी पढ़ा नहीं। झिझक-सी हो आई। लेकिन यह तो अपने सिद्धार्थ का पत्र था। मन कैसा तो बावला है। उतना सब सुनने के बाद भी सिद्धार्थ मुझे अपना ही लगा। धान के बरजस्त लहलहाते खेतों में, नरम घासीली पगडंडियों पर हम साथ-साथ चल रहे थे कि कुछ क़दम आगे-पीछे हो लिए। कुछ देर के लिए हम नज़र की ओट हो गए थे, अलग नहीं हुए थे। तभी अचानक बारूदी गुबार बीच में आ गया। इस ज़हरीले कुकुरमुत्ते ने पल-भर में सब्ज़ खेतों को उजाड़ दिया। बहुराष्ट्रीय सेनाओं ने कुवैत को आज़ाद करने के लिए मिसाइल और मारक बम छोड़े थे। उद्देश्य उनका शुभ ही रहा होगा, पर बीच में, दूर-दूर तक बने प्यार के घरौंदे उजड़ गए। युद्ध की तो नीति ही है—बरबादी ! जल और थल में भूचाल। लाशों और शवों के जले-अधजले ढेर, जिन्हें दूर-दूर तक लोगों ने दूरदर्शन पर देखा था। और देखे थे सागर में बहते तेल से लिथड़े पक्षियों के निर्जीव शरीर ! युद्ध मेरी उम्मीदों का भी क़ातिल बन जाएगा, यह तो मैंने दूर तक नहीं सोचा था।

"दीदी, कहाँ खो गईं ?" प्रियंवद ने चेताया तो मैं वर्तमान में लौट आई।

नहीं, मैं ज़िंदा हूँ, मरी हुई चिड़िया नहीं। मैं साँस ले सकती हूँ। और सिद्धार्थ के लिए दुआ कर सकती हूँ। वह मुझसे दूर कहाँ हुआ ? रगों-रेशों में तो उसकी यादों की गंध बसी है।

मैंने पत्र पढ़ा था। उसका अक्षर-अक्षर स्मृतियों की स्लेट पर खुदा हुआ है। सिद्धार्थ की व्यथा-कथा, उसका अपराधबोध, नासिरा के लिए कृतज्ञता और करुणा !

मेरे प्रियंवद,

पत्र पाकर हैरान न हो। काफ़ी दिनों बाद तुम्हें लिख रहा हूँ, और वह भी जोरडन से। ईराक के दर्शनीय स्थल देखकर वापस लौटते वक़्त एक होटल में पत्रकार मित्र के साथ रुका, तो गहराती शाम आकाश पर हज़ारों आतिशबाज़ियों का खेल देखा। पहले सोचा, कहीं कोई उत्सव मन रहा है, पर यथास्थिति जानकर होश उड़ गए। यों माहौल तनावपूर्ण तो था पर बहुराष्ट्रीय सेनाएँ हवाई हमला करेंगी, इस पर विश्वास नहीं हो रहा था। बहरहाल, ऐसा हुआ तो लगा, बीच राह मौत ही हमारे हिस्से में लिख गई है। साथी ने हिम्मत दिखाई। उसकी भाषा और भरी जेब काम कर गई। आधी रात को ही चौगुना दाम देकर टैक्सी से जोरडन की तरफ़ रवाना हुए। लेकिन सीमा के पास ही फूटते बम का टुकड़ा छितरकर हमारी टैक्सी पर गिरा और हम किसी करिश्मे की तरह लुढ़कते-भागते ज़ख्मी होकर सड़क की एक तरफ़ पड़े रहे। लंबी दास्तान है, कभी मिलेंगे तो विस्तार से बताऊँगा। अभी इतना ही कि होश आने पर ख़ुद को जोरडन के एक अस्पताल में पाया। साथी कहाँ छूट गया, पता नहीं। रेडक्रासवाले मुझे अस्पताल ले आए थे। मेरे दाएँ पैर में सैप्टिक हो गया था, उसे काट दिया गया। अपना एक अंग कट जाना व्यक्ति को कितना मजबूर और दयनीय बना देता है, इसका अनुभव बेहद तकलीफ़देह होता है दोस्त ! मैं बेहद दुखी और परेशान हो गया था। ऊपर से युद्ध बाकायदा शुरू हो गया था। रोज़ लाशों के ढेर लगते थे। सद्दाम ने तेल के कुँओं में आग लगवा दी तो चौतरफ़ दमघोंट धुआँ छा गया। मैं हालात से घिरकर शायद हार मान जाता पर नासिरा ने उबारा। अस्पताल में नर्स है नासिरा। मैं अस्पताल के बेड पर ज़ख्मी, अपाहिज और टूटा हुआ पड़ा था। ज़िंदगी में पहली बार रोया प्रियंवद ! उस वक़्त नासिरा देवदूत-सी आकर मुझे उबार गई। उसकी रात-दिन की अथक सेवा और स्नेह से मैं अभिभूत हो गया। पता नहीं उसने मेरे साथ कौन-सा लगाव महसूस किया। उसके माता-पिता कुवैत गए थे, किसे रिश्तेदार के पास, सुना है बमबारी में मारे गए। छोटा भाई गुल उसके साथ है। वह भी बेहद दुखी और अकेली है। शायद यही दुख हमें एक-दूसरे के करीब ले आया। मैं आख़िरी उम्मीद की तरह नासिरा और गुल से बँध गया। पता नहीं यह प्यार है या जीने की हविश। नासिरा इसे प्यार ही

कहती है। उसकी आँखों में देखता हूँ तो डर जाता हूँ। मुझमें ऊँची उड़ानों का हौसला नहीं रहा। सच कहूँ दोस्त ! कुनी को प्यार करने के बाद मैं किसी को भी उस तरह डूबकर प्यार नहीं कर पाया। एक-दो लड़कियाँ ज़रूर मिलीं, पर देह के अलावा उनमें कुछ भी नहीं था। कुनी के साथ चार-छः मुलाकातों में ही मैंने पूरा जीवन जिया है। वैसा रगों-रेशों में थिरकता उन्माद, परत-दर-परत खुलता उजास-भरा चहकता आकाश और मन का धुलकर निखर आना…। फिर वैसा कभी महसूस नहीं किया। नासिरा के साथ भी नहीं। मगर फिर भी मैं इस लड़की का अहसानमंद हूँ। इसने मुझे भगोड़ा होने से बचा लिया। शायद प्यार के अलावा भी कुछ और है जो हमें जिलाए रखता है प्रियंवद ! यह करुणा है या किसी से जुड़कर खुद को देने का भाव ? पता नहीं। यहाँ मौत को करीब देखकर, इस महीने-भर के भयंकर युद्ध के दौरान मैंने जान लिया कि अपनी छोटी-बड़ी इच्छाओं-आकांक्षाओं के लिए जीवन-भर घुलते रहना, ज़िंदगी की तौहीन करना है। हमारे दुख दूसरों के दुखों से बड़े नहीं हैं। जब नन्हें मासूम बच्चों के अधजले शव उठाती माँओं और मलबों की ढेरी से अपने परिजनों के टुकड़े बीनते लोगों को देखता हूँ तो भगवान को धन्यवाद देता हूँ कि अभी मैं ज़िंदा हूँ। अपाहिज ही सही।

मैं नासिरा के साथ विवाह-बंधन में नहीं बँधता पर वह नहीं मानी। उसके लिए रिश्ते का सामाजिक या धार्मिक आधार ज़रूरी है। मैंने हुज्जत नहीं की। एक बार ज़रूर उसे घर लौटने की अपनी इच्छा बताई। उस वक़्त गोया उसने कुछ कहा नहीं पर उसका चेहरा इतना सपाट और भावहीन हो गया कि मुझे डर-सा लगा। उसने अनजाने में मुझसे बहुत उम्मीदें बाँधी हैं। सबसे बड़ी शायद साथ की उम्मीद। शेष वह खुद सक्षम है। मैं उसके अहसानों का बदला तो नहीं चुका सकता, पर उसे अकेली छोड़कर जाना क्रूर होता। पता नहीं मैंने उससे विवाह करके अच्छा किया या गलत। वक़्ती हालात में कोई विकल्प था ही नहीं।

और क्या लिखूँ ? पाँव लगा लिया है। व्यायाम कर रहा हूँ। कुछ दिनों में अपने-आप चल-फिर सकूँगा। सहना सीख लिया है। तुम्हारा प्रोजेक्ट पूरा हो गया होगा। घर जाओगे तो कुनी से मिलना। कहना, मुझे क्षमा करे। एक पत्र बग़दाद से उसे डाला था। उसके साथ किया वादा निभा नहीं पाया—हालात के आगे शायद कमज़ोर पड़ गया। अब जिस हाल में हूँ, उसमें उस तक पहुँचने में वक़्त लगेगा। ज़िंदगी इतना लंबा इंतज़ार करेगी या नहीं, इसका कोई भरोसा नहीं। एक टीस है मन में कि वह मेरा इंतज़ार कर रही होगी। उससे मिलकर सारा हाल सुनाना। मैं भी उसे जल्दी ही लिखूँगा। काश ! वह भी ज़िंदगी के पड़ाव तय करने के लिए कोई साथी चुन लेती तो मेरे मन का बोझ कुछ कम हो जाता। वह मुझे जो भी समझे बस, स्वार्थी न समझे। एक पल के लिए भी तो मुझसे दूर नहीं होती वह ! कभी-कभी नासिरा में उसे देखता हूँ। शायद यह गलत हो, पर मन

का एक सच तो है कि जिसे हम प्यार करते हैं वह कई शक्लों में हमारे सामने आता है।

रात बहुत हो गई है। शेष फिर कभी।

तुम्हारा अपना
सिद्धार्थ

पत्र पढ़कर मन का सारा गुबार आँखों से बह गया। पत्र लौटाते प्रियंवद से एक ही वाक्य कहा, "यह सब वह मुझे भी तो लिख सकता था। उसके मन में दुराव क्यों आ गया प्रियंवद ?"

"नहीं दीदी, दुराव नहीं आया। इस पत्र को पढ़कर क्या नहीं लगा कि वह अभी भी तुमसे कितने गहरे जुड़ा हुआ है ? वह शायद मन-ही-मन ख़ुद को अपराधी महसूस कर रहा है। तुम उसे इस अपराधबोध से उबार सकती हो दीदी। तुम ही दो शब्द क्यों नहीं लिखतीं ? उसने बहुत सहा है। फिर पत्र तो उसने तुम्हें लिखा था, शायद रास्ते में खो गया हो।"

मैंने प्रियंवद से सिद्धार्थ का पता ले लिया। कहा, "सोचूँगी," और बात ख़त्म कर दी।

लड़कियाँ और मंदा लौट आई थीं। उनके सामने सिद्धार्थ का ज़िक्र करना नहीं चाहती थी। उस सपने का क्या ज़िक्र जो गर्भ में ही ढह गया हो ?

चिलिका से लौटी तो नई ही उलझनों में पड़ी रही। मेरे लिए अचानक ही दुनिया का चेहरा बिल्कुल बदल गया था, बड़े अप्रत्याशित ढंग से। मैंने हालात के इस रुख को सोचने की भी हिम्मत कभी नहीं की थी। लेकिन अब सचमुच वक़्त की स्लेट से पिछला आलेख मिट चुका था। अब नई इबारत लिखनी होगी। लेकिन मन पर जो खुदकर अटक गया, उसे कैसे मिटा पाएँगे ? और नया कुछ लिखने के लिए पुराने को मिटाना ज़रूरी होगा क्या ? अगर ऐसा ज़रूरी है तो मुझसे नया कुछ भी लिखा नहीं जाएगा। सिद्धार्थ से भी ऐसा नहीं हो पाएगा, इतना दावे से कह सकती हूँ।

प्रियंवद के कहे सिद्धार्थ ने मुझे पत्र लिखा था। सिद्धार्थ ने भी उसके पत्र में इस बात का ज़िक्र किया था। उसमें क्या लिखा था और वह पत्र कहाँ गया ? मैं जानने को बेचैन हो उठी। क्या वह पत्र घर आया और मुझे भेजा नहीं गया ? लेकिन ऐसा कौन और क्यों करेगा ? मन में शंकाएँ सिर उठाने लगीं। घर में किसी को दूसरे के पत्र पढ़ने की आदत नहीं है, तब ?

सुबह होते ही मैंने प्रीति की किताबें उलट-पलटकर देखीं। बप्पा के कागज़, और आलमारी की दराज़ें छान मारीं। मंदा के आफ़िस जाते ही प्रद्युम्न की मेज़ के ड्राअर खोलकर देखने लगी। शायद पत्र रखकर रिडायरेक्ट करना भूल गए। शायद अभी भी मेरे हाथ वह अनमोल खज़ाना लग जाए। तभी प्रद्युम्न की फाइल

के बीच वह अधखुला लिफ़ाफ़ा मुझे मिल गया। दिल जैसे उसे देखकर उछल पड़ा। हाथों में अतिरिक्त फुर्ती और ज़ेहन में अनाम गुस्सा भर गया। खुले हुए पत्र को गोद में लिए न जाने कितनी देर बैठी रही। मेरा पत्र किसने खोला ? इस बात को लेकर माथा भन्नाता रहा। मंदा ऐसा नहीं कर सकती। तो क्या यह प्रद्युम्न का काम है ? उसे शायद पहले से ही कुछ शक हो गया था। मेरा घर से देर-सबेर आना-जाना घर-भर के लिए आश्चर्य और उत्सुकता की बात तो थी। यह दीगर बात है कि मुँह खोलकर किसी ने मुझसे सवाल नहीं पूछे। घर की बड़ी दीदी जो थी। मैं प्रद्युम्न से इस तरह के छोटे काम की उम्मीद कर ही नहीं सकती थी। हमेशा चुप रहकर अपने काम से काम रखनेवाला मेरा भाई प्रद्युम्न। कभी बचपन में भी कोई गलत काम करके बड़ों की डाँट खाई हो, याद नहीं। लेकिन मेरी नज़रों में उसने पत्र खोलकर और मुझ तक न पहुँचाकर अक्षम्य अपराध किया था। मेरे और सिद्धार्थ के बीच अविश्वास की दरार डालने का घृणित काम ! मैं क्षोभ से भर उठी।

उस वक़्त घर के ज़्यादा सदस्य अपने-अपने काम से घर के बाहर चले गए थे। यह अच्छा हुआ था। नहीं तो आवेश में आकर मैं अपना संतुलन खो बैठती। मेरे अपने लोग मेरे मन की दुनिया से बाहर थे। मेरी कोई चीख़, कोई पुकार उन तक कभी नहीं पहुँची। मेरे भीतर कितने पीप-भरे फोड़े पक रहे थे। उनकी चीस का किसी को कोई अंदाज़ा नहीं था। प्रद्युम्न उस पत्र की मेरे लिए अहमियत को क्या समझ सकता था, जिसकी प्रतीक्षा में मेरे दिन सालों लंबे खिंच गए थे ?

बहरहाल ! अब प्रद्युम्न मेरे और सिद्धार्थ के बारे में जान गया था। हालाँकि अपने व्यवहार से उसने ऐसा कोई आभास नहीं दिया था। सचमुच अब मेरा भाई काफ़ी समझदार और व्यावहारिक बन गया था। उस दिन लगा कि मैं अपने माँ-जायों को भी समझने में चूक गई। अपमान, दुख और क्रोध से ज़ख्मी शेरनी-सी मैं एक कमरे से दूसरे कमरे में आवाजाही करती रही। खाना भी नहीं खाया गया। मन हो रहा था कि एक-एक से पूछूँ कि मेरे साथ तुमने ऐसा क्यों किया ? मेरे निजी जीवन में दखलअंदाज़ी करनेवाले तुम कौन होते हो ? मैं जो हमेशा तुम लोगों की सुख-सुविधा के लिए होम होती रही, मेरे छोटे-से सुख में भी तुमने सेंध मारी ? तुम लोग हद दर्ज़े के स्वार्थी और क्रूर हो। मैं तुम्हें कभी माफ़ नहीं कर सकती।

लेकिन गुस्से से क्या होनेवाला था ? अब प्रद्युम्न जान गया है। ज़रूर मंदा भी जान गई होगी। ठीक है, जानने दो। मेरे भीतर की औरत ज़िंदा है, इन्हें भी मालूम होना चाहिए। मैंने मन को अपनी दलीलों से समझाया, शांत किया तो सिद्धार्थ का पत्र पढ़ने बैठ गई। महीनों पहले लिखा गया पत्र ! खूब मन से लिखा हुआ पत्र ! उस पत्र से सिद्धार्थ की आत्मीयता, उसकी घुमक्कड़ी का शौक और उसके

साथ-साथ चलती कुनी का अहसास झर रहा था। उसको भूलना मुमकिन होगा क्या कभी ? पत्र उसने बगदाद से लिखा था। उसमें ऐतिहासिक जानकारियाँ थीं, भवन-निर्माण कला और भव्यता का अभिभूत करनेवाला वर्णन था। पत्र के आरंभ में ही लिखा था, "मालूम है कुनी, 762 ईस्वी में अब्बासिद खलीफ़ा अबू जाफर अल मंसूर ने टिगरिस नदी के पश्चिम में इस सुंदर शहर बगदाद का निर्माण किया।" उसके पत्र में बगदाद के म्यूजियम में सुरक्षित प्रागैतिहासिक समय के सुमेरियन, अकादियन, बैबीलोनियन आदि सभ्यताओं के अवशेषों का वर्णन था। "मालूम है कुनी, कहते हैं ईसा से दो हज़ार वर्ष पहले बैबीलोनियन युग में भवन-निर्माण कला, साहित्य, विज्ञान, गणित आदि की उन्नति हुई। बैबीलोनियन साम्राज्य के ध्वस्त होने पर विदेशियों ने ईराक पर अधिकार जमाया। ग्रीकों ने यहाँ की विरासत से लाभ उठाया...।"

पत्र पढ़ते लगा, मैं उसके साथ हूँ और वह एक गाइड की तरह मुझे समझा रहा है। "म्यूजियम का भवन बगदाद के विशिष्ट आर्किटेक्चर का खूबसूरत नमूना है...।"

उसने अपने ईराकी दोस्त का जिक्र किया था जो अपने देश की बड़ी डींगें हाँकता था, "हमारा ईराक दुनिया की प्राचीनतम सभ्यता का देश है। वहाँ बैबीलोन है, जारमो गाँव है, पाषाण युग का पहला गाँव, जहाँ मनुष्य ने खेती करना सीखा। हमारा देश 'अली बाबा चालीस चोर' और 'सिंदबाद द सेलर' की कहानियों का देश है। बसरा शहर से ही सिंदबाद ने दुनिया की यात्रा शुरू की थी...।"

और भी बहुत कुछ कहा था। भला इतना कुछ सुनने के बाद सिद्धार्थ उस देश को देखे बिना रह सकता था ?

सिद्धार्थ के पत्र के कुछ हिस्से जेहन में लिखे रह गए हैं, अक्षर-अक्षर। यह शायद उसकी आत्मीयता ही है जो उन्हें भूलने नहीं देती।

"कुनी ! यहाँ बसरा में सुच्चे मोती मिलते हैं। मैंने तुम्हारे लिए थोड़े मोती लिए हैं। क्या करूँ, जहाँ-जहाँ जाता हूँ, साथ-साथ तुम भी चलती हो। कैसे मेरे दिल और दिमाग पर कब्ज़ा कर लिया है तुमने। यहाँ बगदाद के पश्चिम में, चौरासी किलोमीटर की दूरी पर 'हब्बानिया विलेज' है। झील के किनारे बसा यह टूरिस्ट कांप्लेक्स और हब्बानिया झील का नीला-नीला पानी, बेहद सुंदर है। तुम्हारे बगैर अकेले-अकेले यहाँ 'देवदास'-सा घूम रहा हूँ। तुम कहाँ हो इस वक्त ? 'अब्बू नुवास स्ट्रीट' में टहलते मुझे तुम बहुत याद आई हो कुनी ! तुम्हारे यहाँ देवी पूजा में जैसे 'खडंगा' और 'मेकटा' मछली जलती आग के अंगारों में गाड़ दी जाती है और भुनी जाने पर प्रसाद समझकर उसका भोग लगाते हैं, कुछ-कुछ वैसे ही तरीके से यहाँ नदी-किनारे 'मज़गुफ मछली' आग में भूनी जाती है। बगदादी तरीके से मसाला मिलाकर लोग उसे शौक से खाते हैं। तुम्हें मछली बहुत पसंद है न ?

भला बताओ तो उस वक़्त तुम्हारी याद कैसे न आती ?"

बहुत लंबा पत्र लिखा था सिद्धार्थ ने। एक-एक जगह का जीवंत वर्णन ! ईराक के भवन, पैलेस, श्रायन, 'अगरगोफ जिगुरत' में लाईम स्टोन से बने भवन, 'किरकुक' के पुराने कैसल, 'खान मुरजान' का कलात्मक भवन, दीवारें, वाच टॉवर्स, 'अननोन-सोलजर मानूमेंट' आदि की कलात्मकता से वह बेहद प्रभावित हुआ था। 'कदीसिया पैनोरामा' में कदीसिया की लड़ाई के दृश्य उसे इतने जीवंत लगे थे कि बार-बार आँखें मलकर उसने खुद को विश्वास दिलाया कि वह मात्र एक कलात्नक पेंटिंग देख रहा है, युद्ध के मैदान में खड़ा नहीं है...।

सिद्धार्थ का पत्र पढ़ते हुए मैंने भी उसके साथ ईराक के करीब दस हजार दर्शनीय स्थल देखे थे, जिनमें कई जगह पाषाण युग के अवशेष भी थे। 'तेल अल सुआन' की खुदाई में मिले पत्थरों पर अंकित चित्रकारी के आठ हज़ार वर्ष पुराने नमूने भी देखे और देखी थी सिद्धार्थ के मन में गहरी पैठी अपनी तस्वीर ! सिद्धार्थ ने लिखा था कि जल्दी लौट आएगा। "सद्दाम हुसैन ने तो कुवैत पर कब्जा करके मुसीबत मोल ली है। बहुराष्ट्रीय सेनाएँ ईराक की घेराबंदी कर चुकी है। बस ! बुश साहब के इशारे-भर की देर है। अब यहाँ रुकना ठीक नहीं होगा।"

लेकिन सिद्धार्थ को लौटने में सचमुच देर हो गई थी। उसने जो सोचा था, नहीं हुआ और जो नहीं सोचा था वह होकर रह गया था। हालात बदल गए थे। और हमारी नियति भी।

अब खुद को बहलाने की कोई गुंजाइश नहीं थी। मेरी नाव किनारे पहुँची ही थी कि किनारा धसककर नदी में आ गिरा था। मैं लहरों पर डूबती-उतराती बहती रही काफी देर तक। भयंकर बाढ़ में नितांत अकेली। क्या डूबकर खो जाना ही मेरी नियति है ? उस वक्त ऐसा ही लगा था। वह रात प्रलय की रात थी मेरे लिए। सबकुछ ख़त्म होकर निःशेष होने की रात। चारों ओर पानी की ऊँची उछाल मारती प्राचीरें थीं और मैं किनारे पड़े पत्थर की तरह थपेड़े सहने को अभिशप्त थी। वक़्त के सागर का कठोर और बेदर्द प्रहार !

अगले दिन मैंने बोऊ से कहा कि वह और बप्पा मेरे साथ चलेंगे। वहीं इलाज होगा। उधर भी अच्छे डॉक्टर हैं। मेरे पास ज्यादा छुट्टियाँ नहीं थीं और उन्हें छोड़कर जाने से पीछे उनकी चिंता लगी रहती। छोटी टुटुल को भी साथ ले जाने का विचार था। कुछ दिन की छुट्टियाँ लेने से पढ़ाई में कोई हर्जा नहीं होगा...।

माँ हतबुद्धि-सी देखती रही। पूछा नहीं कि तू तो कल ही हमारे साथ कुछ और दिन बिताने की बात कर रही थी, आज अचानक यह नई बात क्यों कर रही है ?

"तुम अपनी तैयारी करो माँ ! हम कल ही चले जाएँगे।" माँ को आदेश-सा

देकर मैं प्रभा मौसी से मिलने चली गई। नहीं, अब किसी तरह के बहाने नहीं सुनने हैं मुझे।

मौसी उम्र में माँ के बराबर होते हुए भी मेरी सहेली जैसी राज़दार बन गई थीं। उनकी ममता में कोई झोल नहीं था। मुझे अपने कमरे में बिठाकर उन्होंने ढेर-सी बातें पूछीं। कहीं। यह भी कहा कि, "तेरी उम्र बड़ी लंबी है, मैं तुझे ही याद कर रही थी।"

"लंबी उम्र !" मौसी का आशीष मेरे भीतर जख़्म की तरह टीस गया, "क्या करूँ लंबी उम्र लेकर मौसी ? पहले ही क्या कम दागदार हुई है मेरी उम्र ?"

"शुभ-शुभ बोल झिओ, आज कैसी बातें कर रही है ? सब कुशलमंगल तो है, घर-बाहर ?"

"हाँ मौसी, सब ठीक है। बस यूँ ही मन कुछ बिखरा-बिखरा-सा है।"

मौसी ने बाल सहलाए। पीठ पर तसल्ली देता हाथ फेरा। मौन सांत्वना की छुअन मुझे छूकर भिगो गई। मौसी जल्दी ही काम की बात पर आ गईं।

"कुनी, तुमसे कुछ ज़रूरी बात करनी है। ध्यान से सुन और सोचकर जवाब दे। जल्दबाज़ी में हाँ-ना कहने की दरकार नहीं···"

"कहो मौसी।"

मेरा आश्वासन पाकर उन्होंने अनिरुद्ध की बात कही थी। अनिरुद्ध, प्रभा मौसी की सहेली का लड़का। डॉक्टर अनिरुद्ध, हार्ट सर्जन। जिसकी प्रशंसा मौसी के मुँह से ही नहीं, औरों की जुबान से भी काफी सुन चुकी थी। "अचानक छः मास पहले उसकी पत्नी का देहांत हो गया था। दो बच्चे हैं–बारह साल का परीक्षित और छः साल की तन्वी।" प्रभा मौसी ने भीगी आँखों से बच्चों के दुर्भाग्य का ज़िक्र किया, उनके पिता की परेशानी बयान की। "माँ के बिना तमाम सुख-साज बच्चों को बहला नहीं पाते। नौकर, दाई सब हैं, पर प्यार से मनाकर खिलानेवाली माँ नहीं। अनिरुद्ध का तो बुरा हाल है। वह बच्चों को देखे या अपने हज़ारों-हज़ार मरीजों··· को ? खुद भी क्या कम दुखी है ? रची-बसी गृहस्थी उजड़ने का दुख आदमी को भीतर-बाहर से असहाय कर देता है कुनी !"

यानी डॉक्टर अनिरुद्ध को एक अदद पत्नी की ज़रूरत है। मौसी ने ज्यादा भूमिका न बाँधकर मुझसे सीधे प्रश्न किया, "कुनी ! मैं चाहती हूँ तुम अनिरुद्ध से मिलो। उसे पसंद करो और ठीक समझो तो बाद में बच्चों से भी मिलवा दूँगी। पर पहले खुद सोच-विचार करो, कि तुम्हें यह रिश्ता मंजूर होगा या नहीं।"

प्रभा मौसी ने अनिरुद्ध की प्रशंसा में कई बातें कहीं। यह भी कहा कि चालीस के आस-पास का आदमी बूढ़ा नहीं होता। प्रभा मौसी को उसकी चिंता थी और मन में यह विश्वास भी था कि मैं ही उसकी और उसके बच्चों की खोई हुई खुशियाँ लौटा सकती हूँ।

मैं मौसी की चिंता जानती थी। उन्होंने हमेशा मुझे बेटी ही समझा है और वह कोई भी बेहूदा प्रस्ताव मेरे सामने नहीं रख सकतीं। पर मैं अपने मन का क्या करती, जो शादी के नाम से ही बिदकने लगता था ?

"मौसी ! मुझसे क्या किसी का घर बसाया जाएगा ? मेरे मन में तो शादी की कोई इच्छा-आकांक्षा ही नहीं रही।"

मौसी कुछ सोचकर बोली थीं, "तू तो खूब पढ़ी-लिखी लड़की है झिओ। जीवन तो अँधेरे-उजाले का धूपछाँही कुंज है, जानती है। फिर हिम्मत हारने से कैसे चलेगा ? कितना कुछ तो हम अनिच्छा से भी निभाते हैं, पर शादी-ब्याह तो एक ज़रूरी फ़ैसला है, इसे मैं तुम्हें अनिच्छा से करने को नहीं कहूँगी। इतना चाहती हूँ कि तुम एक बार अनिरुद्ध से मिलो। वह बहुत प्यारा इंसान है, तुझे पसंद आ जाएगा।"

मौसी ने आग्रह किया कि संबलपुर जाना ज़रूरी है तो भी पहले एक बार अनिरुद्ध से मिल लो।

मौसी का मन रखने के लिए मैं अनिरुद्ध से मिली थी। डॉक्टर अनिरुद्ध-दास ! सुना बहुत कुछ था उसके बारे में, देखा तो एक बार विश्वास ही न आया कि यह सहज-सरल व्यक्तित्ववाला युवक-सा दिखता व्यक्ति शहर का नामी हार्ट सर्जन हो सकता है। प्रभा मौसी मना-मनाकर उसे घर की बनी चीजें खिला रही थीं और वह बिना ना-नुकर किए थोड़ा-थोड़ा चखकर उनका मन रख रहा था। उसके इर्द-गिर्द बड़प्पन का ऐसा कोई बड़बोला वैशिष्ट्य नहीं था, जिससे सामनेवाला बिला वजह खुद को बौना महसूस करता। यही बात शायद मुझे अनिरुद्ध में अच्छी लगी। पहली भेंट का पहला प्रभाव, कि यह आदमी जो कुछ भी हो, बच्चे-जैसा निष्कलुष मन रखता है।

अनिरुद्ध के बच्चे भी साथ आए थे। वह उन्हें बीच-बीच में 'यह खाओ' 'यह मत खाओ' की हिदायतें भी देता जा रहा था। मौसी ने अनिरुद्ध से मेरा परिचय कराते कहा था, "यह कुनी है, मेरी ही बेटी समझो। संबलपुर कॉलेज में पढ़ाती है। खूब किताबें पढ़ती रहती है। आजकल आदिवासियों की समस्या को लेकर उलझी है··· "

"मैं अनिरुद्ध हूँ," वह मौसी को परिचय देने का मौक़ा दिए बिना ही बोल पड़ा था।

"ना, ना, डॉक्टर अनिरुद्धदास, हार्ट स्पेशलिस्ट···।"

देवदास चहक रहा था।

"जानती हूँ। मौसी ने बताया है।" मैंने सहज होने की कोशिश की थी। घर से यही सोचकर चली थी कि कुछ औपचारिक बातें ही करनी हैं। मैंने बच्चों से भी कुछ छिटपुट प्रश्न किए। परीक्षित थोड़ा गंभीर और अनुत्सुक-सा लगा। उसके

उदास चेहरे पर बड़ी-बड़ी खोजती-सी आँखों में दुख जम-सा गया था। मन में करुणा-सी हो आई। प्रभा मौसी ने कहा था कि बेटा माँ को भूल नहीं पा रहा है। दिन-ब-दिन पीला पड़ता जा रहा है। पिता बेचारा क्या कर सकता है ? दुनिया-भर की नियामतें पाँवों में डाल दे पर माँ कहाँ से ले आएगा ? तन्वी तो अभी छोटी है। खेल-कूद में लगी रहती है। बड़ी होने पर वह भी जान जाएगी कि उसने क्या खोया है···।

"मौसी !" मैंने न जाने क्यों मौसी को अधबीच ही टोक दिया था। बच्चों के सामने उनकी माँ के बारे में कौंच-कौंचकर करुणा जगाना मुझे अच्छा नहीं लगा। बिटिया टुकुर-टुकुर मेरी ओर ताके जा रही थी और परीक्षित के होंठ घुटे-घुटे आवेश से थरथराने लगे थे। मैं भी तो पत्थर नहीं थी !

यों अनिरुद्ध को पत्नी मिलने में कोई दिक्कत नहीं होती। पद, प्रतिष्ठा, धन-दौलत उसके पास थे ही। देखने में भी पैंतीस-छत्तीस से ज्यादा नहीं लगता। दरमियानें कद के अनिरुद्ध के गोरे चेहरे पर पतली मूँछों की रेखा और तराशे होंठों पर सौम्य-सी लगती मुस्कुराहट बड़ी भली लग रही थी। आँखों में गहरी समझ और संवेदना। क्या यही उसके सफल और लोगों का चहेता डॉक्टर होने का प्रमाण नहीं था ? मरीज़ जरूर इसे देखकर आश्वस्त होते होंगे। मैंने पहली ही मुलाकात में इतना सब सोचा और मुझे अनिरुद्ध भला इंसान लगा।

अनिरुद्ध की मुझसे कही पहली बात याद आ रही है। वह कुछ सकुचाती-सी मुस्कुराहट के साथ बोला था, "मौसी कमाल की स्त्री है।"

मैंने नजर-भर उसे देखा पर कहा कुछ नहीं था। मुझे चुप देखकर वह सीधा मुझसे मुखातिब हुआ था, "आपको भी किसी बहाने से यहाँ बुलाया क्या ?"

"नहीं। मौसी मुझसे सीधी बात करती हैं।" मैंने बिना हिचकिचाहट के कहा था।

"नो बीटिंग अबाऊट द बुश। अच्छा है न ? बुरा लगे या भला, आदमी दो-टूक जवाब दे। लेकिन क्या आप समझती हैं कि हर बात पर आदमी बिना सोचे-समझे फ़ैसला दे सकता है ? यानी कि बात के हर पहलू पर सोचने के लिए थोड़ा वक्त तो चाहिए··· "

मैंने सीधे उसकी आँखों में देखा। शायद इसलिए कि अब मैं छुईमुई उम्र पार कर गई थी। उसने पल-भर आँखें मिलाईं, फिर थोड़ा झेंपकर कहा, "आई मीन, हर आदमी को अधिकार है कि कोई फ़ैसला लेने से पहले ठीक से विचार करे, जिससे कि बाद में उसे अपने फ़ैसले पर पछतावा न हो··· "

"आप अपने बारे में बात कर रहे हैं या मेरे बारे में ?" मैंने उसे टटोला था।

"अपने से ज्यादा आपके बारे में।" इस बार उसके लहजे ने प्रभावित किया

था। उसमें अजीब-सी ईमानदारी थी कि हर बात पर सहज ही विश्वास होने लगता था।

"धन्यवाद।" मैंने आभार माना और उसकी उलझन कम करने की गरज़ से कुछ सामान्य बातें की थीं। हम मौसी के बगीचे में देर तक घूमे और बतियाए थे। सुपारी और नारियल के पेड़ों से शुरू करते मैंने उसके काम-काज और पिछले जीवन के बारे में छिटपुट बातें पूछी थीं। उसने ज्यादा सवाल नहीं किए। शायद मौसी मेरे बारे में काफ़ी जानकारी पहले ही दे चुकी थीं। अनिरुद्ध के भीतर गैरजरूरी गाँठें नहीं थीं। मैंने उसके खुलते ही पूछा था, उसके निजी जीवन से संबंधित प्रश्न !

"आपको अपने लिए साथी चाहिए या मात्र बच्चों के लिए एक माँ और घर सम्हालने के लिए गृहिणी ?"

इस सीधे प्रश्न पर अनिरुद्ध थोड़ा अचकचा-सा गया था। कुछ रुककर बोला, "शायद ऐसी महिला, जो तीनों तरह की माँगों को कमोबेश पूरा कर सके। थोड़ा मुश्किल तो है। पर प्रभा मौसी ने मुझे आश्वस्त-सा कर दिया है। मालूम नहीं क्यों, पर आपको देखकर मुझे उनकी बात पर भरोसा-सा होने लगा है···।"

मैं चुप रही तो उसने जोड़ दिया, "सॉरी ! मैं अपनी ही हाँके जा रहा हूँ। आपकी राय तो पूछी ही नहीं··· मैं शायद ज्यादती कर रहा हूँ··· "

"नहीं, नहीं, ऐसा कुछ नहीं। मैं सोच रही थी कि आपने मुझे जाने बिना ही मौसी की बातों पर विश्वास कैसे कर लिया ? इतना सहज विश्वासी होने से आदमी धोखा खा सकता है।"

"कभी-कभी तो आदमी जानकर भी धोखा खा लेता है। पर मैं चीज़ों को इस नेगेटिव एप्रोच से नहीं देखता। मैं मानता हूँ कि सामनेवाले व्यक्ति में अच्छाई ढूँढ़ो तो ज़रूर कुछ-न-कुछ अच्छा मिल जाता है··· "

सोचा था कहूँ कि तुम्हारा आशावाद काबिले-तारीफ़ है पर जीवन ज्यादा जटिल है। फिर मैं तो तुम्हारे लिए बिल्कुल अनजान लड़की हूँ। मेरे बारे में तुम कुछ नहीं जानते···

लेकिन नहीं, कुछ नहीं कहा। भलमनसाहत से मुस्कुराकर रह गई। अनिरुद्ध बातों का जादूगर नहीं है। उसकी जादूगरी उसके पेशे तक ही सीमित है। बात खींचने से वह खामखाह उलझन में पड़ जाता है।

उस दिन काफ़ी देर तक हम बातें करते रहे। दो दोस्तों की तरह। वह अपनी पत्नी की बीमारी के बारे में बताता रहा। उसे गर्भाशय का कैंसर हो गया था। डॉक्टर होकर भी वह उसे बचा नहीं सका—इस बात का अफसोस मन में है। काफ़ी अग्रिम स्टेज पर मालूम पड़ा था। तब तक देर हो चुकी थी। अनिरुद्ध अपनी पत्नी और बच्चों के लिए खुद को दोषी ठहराता रहा, "मैं अपने मरीजों की तकलीफ़ों

से उलझा, उनके चेहरे पर हँसी खोजता रहा। लेकिन हाथ-भर की दूरी पर बैठी पत्नी का चेहरा मैंने नहीं पढ़ा। वह भीतर-ही-भीतर घुलती रही। मुझसे कुछ भी न कहा। यह तो उसकी ज्यादती थी न ? पत्नी होने के नाते वह मुझे अपनी तकलीफ़ बता सकती थी···।"

अनिरुद्ध के मन पर पत्नी के दुख ने कितनी गहरी चोट की, यह तो वही जान सकता है, पर उस वक़्त मैंने उस चोट का कुछ अंदाज़ा तो कर ही लिया। मैंने उसे अपराधबोध से उभारना चाहा, "डॉक्टरों के हाथ में शफा तो होती है, शायद संजीवनी भी। पर मौत के आगे कोई संजीवनी भी काम नहीं करती। आप व्यर्थ ही खुद को दोषी मानकर दुखी होते हैं···।"

पता नहीं कैसे, पर यह सच है कि घंटे-भर में ही हम अच्छे दोस्त बन गए। लगा, हम एक-दूसरे को समझ सकते हैं।

प्रभा मौसी ने मुझे कसम दी कि संबलपुर जाने का प्रोग्राम फिलहाल रद्द कर दूँ। वह माँ-बप्पा से बात करना चाहती थीं। मेरी तरफ से लगभग निश्चिंत हो गई थीं। तभी शायद मुझसे एक ही बात पूछी, "कैसा लगा अनिरुद्ध, कुनी ?"

"भला आदमी है मौसी।" मैं बोलते-बोलते मुस्कुराई।

"खूब भला झिओ। सोना है हमारा अनि। भगवान मंगल करु।"

मौसी का उत्साह चरम पर था। मुझे संबलपुर जाने का कार्यक्रम फ़िलहाल रद्द ही करना पड़ा।

अगला सप्ताह मेरे लिए घटनाओं, आश्चर्यों, हादसों और उलझनों का सप्ताह था। आज सोचती हूँ कि मौसी के आग्रह पर सप्ताह-भर न रुकती तो आज भी संबलपुर के कॉलेज में पढ़ाते, बाकी वक़्त आदिवासियों के बीच रहते, जीवन गुजर रहा होता। पर मेरी ज़िंदगी को नया मोड़ लेना था, एक और दायित्व-भरा मोड़ ! इसका निर्णय मैंने खुद ही लिया। मौसी माध्यम बनकर आ गईं। हाँ या ना मेरे ही हाथ में था। और मैंने दृढ़ता और शायद ज़िद के साथ यह निर्णय लिया कि मैं अनिरुद्ध के साथ विवाह करूँगी। इस निर्णय में दो बातों ने मदद की। एक सिद्धार्थ के पत्र ने और दूसरे प्रद्युम्न-दिवाकर के विरोधी रवैये ने।

अनिरुद्ध से मुलाकात के तीसरे दिन सिद्धार्थ का पत्र आ गया। एक बार फिर ! विश्वास ही नहीं आया कि मैं अभी भी उसकी यादों में ज़िंदा हूँ। पर शायद यादें, वह भी यत्न से सँजोई-पाली यादें मरती नहीं। मन के किसी कोने-अंतरे में हमेशा सुरक्षित रहती हैं, मरते दम तक।

प्रद्युम्न ने खुद मुस्कुराकर वह पत्र मुझे थमाया। प्रद्युम्न विदेशी पत्र देखकर क्यों मुस्कुराया, यह पूछने की अब ज़रूरत नहीं रही थी। मैं न जाने क्यों कटकर रह गई। यह जानने की कोशिश भी न की कि प्रद्युम्न की मुस्कुराहट सहज-सौहार्द्रपूर्ण मुस्कुराहट हो सकती है। मैंने एक तीखा-सा प्रश्न किया, "क्यों प्रद्युम्न, इस पत्र

को खोलकर देखोगे नहीं ?"

उसने सिर झुकाया और बिना कुछ कहे कमरे से बाहर हो गया। पत्र सिद्धार्थ ने वाशिंगटन से लिखा था। यह पत्र प्रियंवद को लिखे पत्र के बाद लिखा गया था। पत्र कुछ इस प्रकार था–

मेरी कुनी,

तुम्हें अपना कहने का अधिकार मैं शायद खो चुका हूँ। पर मेरे मन ने जो अधिकार लिया वह सहज छूटनेवाला तो नहीं है। मेरी कहानी प्रियंवद से मालूम पड़ गई होगी। अचानक हादसों की गिरफ्त में फँसने के बावजूद मैंने कुछ निर्णय लिए हैं जो शायद उस स्थिति में सही ही थे जिसमें लिए गए। मैं अपनी तरफ़ से कोई सफाई पेश नहीं करूँगा, क्योंकि मैं जानता हूँ कि जिस हद तक हम एक-दूसरे को अपना चुके थे, वहाँ एक-दूसरे की मनःस्थिति को समझना मुश्किल नहीं है। तुमसे मिलने के पल-पल गिनता मैं तुमसे दूर हो गया, लेकिन मन से नहीं कुनी ! जो थोड़ा वक्त हमने साथ बिताया वह हमारी पूँजी है। जब हालात से घिरकर आदमी अकेला पड़ जाता है तब यादों की जमा पूँजी बड़ा सहारा देती है। लेकिन जिंदगी ज्यादा ठोस है कुनी, महज यादों को ही जीकर नहीं गुज़रती। वक़्त को दोष देकर मैं अपनी बेबसी का स्यापा करने में विश्वास नहीं करता। मैंने नासिरा के साथ शादी की और वाशिंगटन चला आया। यहाँ से आगे कहाँ जाऊँगा, अभी कुछ तय नहीं है, शायद अभी कुछ देर भटकना पड़े। अभी पूरी तरह से नासिरा के हाथों में ही हूँ। एक्सीडेंट के बाद वह देवदूत बनकर मेरी ज़िंदगी में आ गई। उसकी सेवा और स्नेह ने मुझे अपने सुख और स्वार्थ से बाहर देखने को मजबूर कर दिया। हमारे पास हमारे लोग हैं, दूर ही सही, आश्वासन तो है। उसके पास नन्हें गुल के सिवा कोई नहीं। तभी शायद वह पूरी लगन से मेरे करीब खिंच आई। यहाँ मैंने अनचाहे तुम्हारे विश्वास को चोट पहुँचाई है जिसके लिए अपराधबोध से घिर गया हूँ। जब हम एक के साथ न्याय करना चाहते हैं तो दूसरे के साथ न चाहते हुए भी अन्याय हो ही जाता है। तुम दो शब्दों में लिख दो कि तुमने मुझे माफ़ कर दिया तो मैं शेष बची ज़िंदगी इस अपराधबोध से मुक्त होकर जी लूँगा। मैं अपनों से कटकर ज़िंदगी का खूबसूरत दाँव हार बैठा कुनी। पूरी दुनिया मेरे लिए अंधा कुआँ हो गई। इस अंधे कुएँ से नासिरा के दुख ने ही निकाला, उसके शारीरिक आकर्षण ने नहीं। मन तो तुम्हारे पास गिरवी है। मेरे पास वह है ही कहाँ, जो किसी को दे दूँ ? शायद भावुक हो रहा हूँ। अब पहले से ठीक हूँ। नकली पैर लगाया है। जल्दी क्रचेज़ छोड़कर अपने सहारे चल पाऊँगा। थोड़ा-सा लँगड़ाता हूँ अभी, पर ठीक हो जाऊँगा। नासिरा की मदद से कुछ काम ढूँढ़ रहा हूँ। हारकर नहीं बैठूँगा। कभी वक़्त ने फुरसत दी तो तुम्हारे साथ पुरी-तट पर अपने और तुम्हारे पैरों के निशान

ढूँढ़ने ज़रूर आऊँगा। वह वहीं होंगे न ? हम तो न धार्मिक व्यक्ति हैं और न अभी इतिहास ही हो गए हैं। साधारण लोग, हालात के शिकार, क्या हमारे निशान वहाँ मौजूद होंगे ? मेरा इरादा तो है आगे तुम्हारे पास आने का, पर कल के फ़ैसले शायद हमारे हाथ में नहीं होते। यहाँ आकर तो कल के बारे में फ़ैसलाकुन शब्दों में बात करना नादानी लगती है, खासकर जिन हालात से गुज़रकर आया हूँ।

कुनी ! मैंने एक बार तुमसे कहा था, केदार गौरी के प्रांगण में, कि केदार और गौरी नाम के प्रेमी-प्रेमिका कई नामों-रूपों में कई जन्मों में जीते हैं। प्यार करनेवाले कभी अलग नहीं होते। यह विश्वास मैं आज भी मन और ज़ेहन में सँजोए बैठा हूँ, क्योंकि देह की सीमा मन के जुड़ाव के आगे नहीं आती। हमारे बनाए कोणार्क की मूर्तियाँ मात्र प्रस्तर खंड नहीं हैं कि कोई 'काला पहाड़' उन्हें खंडित कर दे। मन पर खुदे आलेख तो समय भी नहीं मिटा पाता। हम उसे सामाजिक स्वीकृति न दे सके, इसके लिए दुख मत करना। भीतर और बाहर की दुनिया में बँटकर जीना हर व्यक्ति की मजबूरी है। मैं चाहता हूँ कि तुम भी कोई अच्छा साथी चुनकर अकेलेपन की पीड़ा से मुक्त हो जाओ। दो जने साथ मिलकर चलें तो ज़िंदगी का सफ़र आसान हो जाता है कुनी। मन के प्यार के साथ जीना कितनों के भाग्य में होता है ? लेकिन जीवन, हर हाल में भगवान का दिया सबसे अनूठा उपहार है, इसे दूसरे के सुख-दुख से जोड़कर अर्थवान बनाने में अपना एक अलग ही आनंद है।

अपने साथ हुए हादसों ने मुझे जीने की नई दृष्टि दी है कुनी ! सच क्या है और झूठ क्या ? इसे जानने का दावा नहीं करता, सो तुम्हें कोई रास्ता बताने की स्थिति में नहीं हूँ। मुझे तुम्हारी समझ पर पूरा भरोसा है। तुम अपने में सक्षम हो, पर कभी-कभी अपनी क्षमताओं को पहचानने में चूक जाती हो। एक बार बात करते तुमने मुझसे जिद्दू कृष्णमूर्ति का एक वाक्य कहा था, जिसे मैंने अपनी डायरी में नोट कर लिया है। आज वही वाक्य तुम्हें याद दिलाते पत्र बंद करता हूँ। 'सत्य की दुनिया का कोई मार्ग नहीं है। प्रत्येक व्यक्ति को अपने सत्य को स्वयं ही खोजना होता है।'

हम इस खोज में थकेंगे नहीं, इसी उम्मीद के साथ–

–तुम्हारा
सिद्धार्थ

सिद्धार्थ का पत्र दो बार पढ़ा। मेरा सत्य क्या है ? क्या अतीत का स्यापा पढ़ते हुए जीना ? या 'तपस्विनी' लड़की का बिल्ला लगाकर दूसरों के सुधार और समस्याओं से जूझने का दर्प लिए, आत्ममुग्धता और वाहवाही के माहौल में दिन गुज़ारना, और अकेले में भीतर की अधूरी आकांक्षाओं का रोना रोते ज़िदगी का

मातम मनाना ?

सिद्धार्थ का हँसता हुआ चेहरा याद आया। उसकी आश्वस्त करती मुस्कुराहट और भिगो देनेवाली आत्मीयता। उसमें हर पल शिद्दत से जीने का आग्रह रहा है। कोणार्क की सड़क पर चलते उसके कहे वाक्य याद आए, "दिन लंबा नहीं है और उजाले को लूट ले जानेवाली रात भी दूर नहीं।" फिर से सोचना होगा। सिद्धार्थ के पत्र ने फिर से सोचने को उकसाया। मन में सिद्धार्थ की यादें लेकर अनिरुद्ध के साथ जीना क्या अपने-आपसे ही धोखा नहीं होगा ? मेरे भीतर कई सवाल उठे और मैंने उनके जवाब ढूँढ़ने चाहे। क्या एक के साथ संबंध जोड़ने के लिए दूसरे की आत्मीय अंतरंगता भूल जाना ज़रूरी है ? क्या हर नया रिश्ता पुराने रिश्ते की कब्र पर ही बनता है ? माँ, पिता, भाई-बहन, सखी-दोस्त, पति, प्रेमी··· संबंधों के इतने नाम, इतना फैलाव··· कि कोई एक-दूसरे की राह में नहीं आता। सागर-सा मन ! इसमें उठती लहरें ही तो हैं संबंध। हम क्या इतने महत्त्वपूर्ण हैं कि सही-गलत की मनगढ़ंत परिभाषाओं में, जीने के मकसद को ही भुला दें ? यदि मैं अनिरुद्ध से शादी करूँ तो शायद वैसा प्यार न दे पाऊँ, जो मैंने सिद्धार्थ को दिया था, पर उसकी साथिन और बच्चों की माँ बनकर एक उदास घर में खुशियों का उजास तो भर सकती हूँ। क्या बीते हुए वक़्त पर ठहर जाना ज़िंदगी के बेशकीमती पलों का अनादर करना नहीं होगा ? सिद्धार्थ भी चाहता है कि मैं अतीत को अपनी ताकत बनाऊँ। खंडित स्वप्नों पर शोक मनाने से बेहतर ज़िंदगी के चुनौतियों में जीने का अर्थ हासिल करना होगा। सिद्धार्थ को मैं भूल नहीं सकती, यह पत्थर की लकीर है, भूलना चाहूँगी भी नहीं। पर क्या सिद्धार्थ का प्यार मुझे मेरे कर्मों और नए दायित्वों को निभाने की शक्ति नहीं देगा ?

मैंने उसी वक़्त तय किया कि मैं अनिरुद्ध के साथ नया संबंध बनाऊँगी और सिद्धार्थ का संबंध उसमें आड़े नहीं आएगा।

पिछली बार तन्वी ने मेरी साड़ी का पल्ला पकड़कर मुझे घर लौटने से रोका था, "आंटी हमारे घर चलो न।" वह पल्लू छोड़ती ही नहीं थी। अनिरुद्ध ने समझाया, मनाया, फिर हल्के-से डाँटा भी, "जाने दो, इन्हें देर हो रही है।"

"ना, पहले आंटी से कहिए, वह प्रामिस करें।" बच्ची मचल पड़ी।

"हाँ बेटा, आ जाऊँगी।" मेरे आश्वासन से तन्वी का चेहरा चमक उठा था। परीक्षित ज़रूत तटस्थ बना अपनी पुस्तक पर नज़रें गड़ाए चुप बैठा रहा। उसके मन की थाह पाना आसान नहीं था। मुझे लगा, शायद इस बच्चे की हँसी मैं लौटा सकूँ। बचपन से अपने भाई-बहनों पर जो ममता लुटाती आई हूँ उसने मुझे विवाह से पहले ही माँ बना दिया है। मन तो जुड़ाव का भूखा रहा सदा से, जहाँ भी किसी ने अपना कहकर पुकारा, मेरे ज़ेहन ने कौंचा, 'उसे तुम्हारी ज़रूरत है कुनी।'

उन्हीं दिनों दिवाकर छुट्टी पर आया था। जल्दी भुवनेश्वर वापस आने की

उम्मीद थी। मंत्रालय में किसी ने सिफ़ारिश की थी। अपने व्यवहार से भी उसने अपने अफ़सरों का दिल जीत लिया था। मैंने हिदायत दी—"अब तो किसी लालच में नहीं पड़ोगे न ?" दिवाकर ने हँसकर कान पकड़ लिए। कावेरी भी छुट्टियों में कुछ दिन नागालैंड रहकर आई थी। वह अब पहले से शांत हो गई थी। हालात पर पकड़ ढीली होते देख, उन्हें सहने की व्यावहारिक आदत, उसे समझौता करना सिखा रही थी।

घर के सभी सदस्यों के सामने प्रभा मौसी ने मेरी शादी की बात उठाई। अनिरुद्ध का ज़िक्र किया तो माँ को जैसे भगवान ने छप्पर फाड़कर कोई अप्रत्याशित खज़ाना भेज दिया। बप्पा ने मौसी को धन्यवाद दिया और कहा, "तुम लोगों से ज्यादा कुनी की चिंता और कौन करेगा ?"

लेकिन प्रद्युम्न-दिवाकर को मौसी का सुझाव पसंद नहीं आया।

"मौसी ! तुम्हें दीदी के लिए दो-दो बच्चों का पिता ही नज़र में आया ?" प्रद्युम्न ने बेरुखी से पूछा।

"और क्या ? लड़का तो 'प्रॉबलम चाइल्ड' है। सुना है माँ मरने के बाद वह काफ़ी गंडगोल करता है। घर की चीज़ें पटकता है, पढ़ाई भी नहीं करता··· ऐसे घर में दीदी को शादी का क्या सुख मिलेगा ?" दिवाकर ने जोड़ा।

"डॉक्टर दास को घर और बच्चे सँभालने के लिए कोई औरत चाहिए, इसके लिए क्या हमारी दीदी ही बची हैं ?"

प्रद्युम्न-दिवाकर देर तक मौसी से सवाल-जवाब करते रहे। माँ चुप। जैसे हाथ-आई पूँजी अचानक फिसलकर गिर पड़ी हो। बप्पा ने ज़रूर बेटों को डाँटा, "तुम्हारी प्रभा मौसी कुछ सोच-समझकर ही डॉक्टर दास का प्रस्ताव लेकर आई हैं। डॉक्टर अच्छा आदमी है। उम्र भी ज़्यादा नहीं। घर, ख़ानदान, ज़मीन-जायदाद सब है। और क्या चाहिए कुनी को ?"

"पर क्या दीदी को डॉक्टर पसंद है ?" कावेरी ने टोका।

"दीदी से पूछना होगा।"

"हाँ-हाँ, दीदी से पूछ लो। मैं नहीं समझता वह पसंद करेंगी।" यह प्रद्युम्न था। प्रद्युम्न के पास शायद मेरी पसंद-नापसंद जानने का दावा करने के लिए कोई सूत्र हाथ लग गया था। वही सिद्धार्थ का पिछला पत्र ! लेकिन इस बीच कितना कुछ घट गया था, जिसे वह नहीं जानता था।

मौसी चौतरफ़ प्रश्नों से घिरी घबरा-सी गई थीं, "आप लोग जो ठीक समझो, आपस में मशविरा कर मुझे बता दो। कुनी से मैं आप ही बात कर लूँगी।" उनकी आवाज़ का उत्साह बुझने लगा था।

साथवाले कमरे में नन्हीं से खेलने का बहाना करते भी मेरे कान बैठक में होते संवाद की तरफ़ लगे थे। मौसी पर भाइयों का आरोपों-भरा आक्रमण मुझे

अच्छा नहीं लगा। वे क्या सचमुच अभी भी इस उम्मीद में बैठे हैं कि कोई तीस साला युवक उनकी छत्तीस वर्षीय बहन के गले में वरमाला डालने दौड़ा आएगा ? या वे चाहते ही नहीं कि उनकी बहन का भी अपना घर-संसार हो ? एक तरह से तो उन्होंने मेरे आजन्म कुँवारेपन को अपनी स्वीकृति दे ही दी है। अब तो प्रीति और फिर प्रणति की बारी है। मैं तो शादी की उम्र कब की पार कर चुकी। अब इस वक़्त प्रभा मौसी का मेरे विवाह का प्रस्ताव लाना नई समस्याएँ पैदा कर सकता था। नये ख़र्चे और एक नियमित आय बंद होने की आशंका तो थी ही। बाद में बोऊ-बप्पा के ख़र्चे भी तो भाइयों को ही उठाने पड़ेंगे। प्रीति-प्रणति की शादियाँ भी करनी होंगी।

पता नहीं मैंने सही सोचा या ग़लत। उस वक़्त तात्कालिक प्रतिक्रिया ऐसी ही हुई। मन में गुस्सा भरने लगा—'मेरे भाइयों को मेरे व्यक्तिगत मामलों में बोलने का कोई अधिकार नहीं है, क्योंकि आज तक उन्होंने मेरे लिए कभी कोई चिंता नहीं की। आज मैं भी अपनी ज़िंदगी के अहम फ़ैसले में उनकी राय नहीं लूँगी।' मेरे भीतर फन-काढ़े साँप-सी ज़िद फुफकारती रही। मेरी बरदाश्त की हदें टूट गईं। मैं शाम को ही प्रभा मौसी के घर गई और उन्हें अपना फ़ैसला सुनाया, "मौसी ! मैं अनिरुद्ध से शादी करूँगी। तुम बप्पा-बोऊ से कह दो और अनिरुद्ध से भी। कहने को तो मैं भी कह सकती हूँ पर तुम्हारे रहते, लिहाज-शर्म की ओट रहे तो अच्छा ही है।"

प्रभा मौसी ने मुझे गले लगाया, "तुम उत्तेजित हो, झिओ ! ऐसे फ़ैसले ज़िद में आकर नहीं करते, तेरे यहाँ आने से पहले प्रद्युम्न आया था। उसने कुछ बातें कहीं, जिन्हें सुनकर मैं भी सोच में पड़ गई।"

मैं चौकन्नी हो आई, "क्या कहा उसने मौसी, खुलकर कहो न ?"

तब मौसी ने सिद्धार्थ की चिट्ठी की बात पूछी। प्रद्युम्न ने कहा था कि दीदी किसी लड़के को पसंद करती है जो जल्दी ही विदेश से लौटनेवाला है। उसी से शादी होगी। कुछ देर के लिए मैं अवाक् रह गई। हतबुद्धि-सी। एक बार मैं फिर प्रद्युम्न को समझने में गलती कर गई। उसका आक्रोश, अकारण अनिरुद्ध का विरोध करना, सब याद आ गया। तो क्या वह मेरे सुख की बात सोच रहा है ? मेरी पसंद जानकर मेरे मन की थाह पाना चाहता है ? कावेरी-दिवाकर, सभी जान गए हैं कि मैं सिद्धार्थ का इंतज़ार कर रही हूँ। मैं सिद्धार्थ से प्रेम करती हूँ। कावेरी के शब्द ज़ेहन में देर तक गूँजते रहे, 'क्या दीदी को डॉक्टर पसंद है ?'

कुछ देर कमरे में सन्नाटा खिंचा रहा। मौसी उठकर कमरे में चहलकदमी करने लगीं। मैंने ख़ुद को समेटा, "मौसी ! वह सब बीती बात हो गई है। अब ऐसा कुछ नहीं है। मैं किसी का भी इंतज़ार नहीं कर रही।"

"सच कह रही है मेरी बिटिया ?"

"तुम्हारी कसम मौसी !"

मौसी की आँखें भर आईं, "मेरा भी स्वार्थ है कुनी ! मैं अनिरुद्ध का भी और तेरा भी घर बसा देखना चाहती हूँ। तुम्हारे लिए कोई योग्य अविवाहित लड़का ढूँढ़ नहीं पाई पर अनिरुद्ध के साथ तुम सुखी रहोगी। मुझे विश्वास है। वह बहुत अच्छा इंसान है। बच्चे तो अभी से तुम्हें चाहने लगे हैं, झिओ…"

"छोड़ो मौसी, विवाहित-अविवाहित की बात। मैं भी अब कौन सोलह साल की किशोरी हूँ। सच मानो तो मैं अब इस विवाह के पचड़े से दूर ही रहना चाहती थी। तभी तो घर से दूर चली गई। इस विवाह-प्रसंग में मुझे काफ़ी घसीटा गया मौसी। मैं ज़ख्मी हो गई। अभी तो थोड़ा सम्हली हूँ।"

मैं मौसी से बात करते सुबक उठी। पता नहीं क्यों प्रभाकर के साथ मँगनी की बात से लेकर कावेरी के आक्षेप तक सभी प्रसंग याद आए और जख्मों की तरह टीसने लगे। मौसी ने बहलाया, "लो देखो, यह पढ़ी-लिखी लड़की है। अरे, घसीटने की बात भली कही। वह तो हमें तमाम उम्र अपने-पराए सभी घसीटते हैं। स्वयं भगवान जगन्नाथ को दुश्मन राजुखाँ, 'काला पहाड़' ने ही बड़दांड पर घसीटा नहीं, 'पहंडी' में जब ठाकुरों को रथों तक यात्रा के लिए ले जाते हैं तो भक्त जन भी उन्हें घसीटते हुए ले जाते हैं। एक तो दुश्मन था पर बाकी तो दोस्त हैं। अपनों को तो कुनी, हम छीलने का अधिकार देते हैं। तुम वह सब बात छोड़ दो। तेरे भाई तेरे दुश्मन नहीं हैं। प्रद्युम्न से गलती हुई पर वह भी तुम्हारी चिंता करता है। तुम्हें सुखी देखना चाहता है। अब सभी बातों का तो उसे ज्ञान नहीं, जितना देखा, पढ़ा, उतना ही सच समझा। आख़िर तेरा भाई है…।"

मैंने अपने आँसू पोंछ लिए और प्रद्युम्न को मन-ही-मन क्षमा कर दिया। मौसी ने जगन्नाथ की रथ-यात्रा में, पहंडी में भक्त जनों के भगवान को घसीटकर अपनी शिकायतें सुनाने की बात कही तो मैं भीग गई। सच ही तो है, जिसे हम प्यार करते हैं, उसके सामने अपना गुस्सा, शिकवे, शिकायतें भी प्रकट कर लेते हैं। भाई ने मेरे सामने मुँह नहीं खोला। भगवान को तो हम ताने देते हैं, 'अरे जगन्नाथ स्वामी, काले पहाड़ ने तुम्हें चमड़े की रस्सी से बाँध बड़दांड पर घसीटा, तब तुम अपनी रक्षा न कर सके, तुम हमारी रक्षा क्या करोगे ? तुम्हारे विग्रह को भस्म करना चाहा। बिशर महांति अर्धदग्ध विग्रह में से ब्रह्म को निकालकर मृदंग के खोल में छिपाकर खोर्दा के राजा रामचंद्र देव के पास न पहुँचाता, तो तुम्हारी रक्षा कैसे हो पाती ?'

सो जगन्नाथ भी अपने भक्तों के ताने सुनते हैं और उनके मन की बात समझते हैं। हम लोग तो साधारण प्राणी हैं। दुनियावी सुख-दुख और हानि-लाभ के मकड़जाल से घिरे, हमें रोज़मर्रा की तनावों से घबराना क्या ठीक लगता है ?

उस शाम मैं जगन्नाथ की त्रिमूर्तियों के आगे आँखें मूँदकर देर तक प्रार्थना करती रही। 'मेरा उद्धार करो जगन्नाथ, मुझे शक्ति दो। मेरे जीवन को कोई अर्थ दो। नए दायित्व निभाने की शक्ति दो।"

"माने उद्धारण कर हे कारण !
सरन मू तुम पाद तले..."

और मेरी शादी हो गई ! भाई-भाभियों ने उत्साह दिखाया। प्रीति की शादी भी जल्दी हो जाएगी। कटक में ही उसकी भी ससुराल है। वह आश्वस्त है कि दीदी पास ही रहेगी। मौसी ने सभी की गलतफ़हमियाँ और आशंकाएँ दूर कर दी हैं। मेरा एक ही आग्रह था कि मेरी शादी आर्यसमाज की रीति से सादगी से हो। एक संक्षिप्त-सा यज्ञ हो, बिना तामझाम के। अनिरुद्ध भी मुझसे सहमत हो गया। वह वैसे भी शोर-शराबा पसंद नहीं करता। उसके अपने कारण हैं पर मेरी इच्छा को उसने आदर दिया है, "जैसा तुम ठीक समझो। जैसा तुम्हें भला लगे।"

पुरुष स्त्री को आदर दे, प्यार और विवेक से उसे उसकी जगह दे, तो औरत भी पूरे समर्पण से उसके इर्द-गिर्द बेल-सी लिपट जाती है। मैं भी अनिरुद्ध की पत्नी बनकर उसकी अपनी हो गई।

माँ-बप्पा खूब खुश थे। संतुष्ट। जैसे चार धाम की तीर्थ-यात्रा करके लौट आए। ओज्जा-आई गाँव से आए और मुझ पर आशीषों के फूल बरसा गए। राधानाथ मौसा तो अनिरुद्ध को जानते ही थे, सतपति बाबू और बप्पा के अन्य ढेर सारे मित्रों ने अनिरुद्ध को सराहा—कुल, गोत्र, पद, प्रतिष्ठा, वैभव और रूप भी कम नहीं। "भगवन मंगल करंतु।" राधानाथ मौसा ने मौका पाकर अपना ग्रह-नक्षत्र का ज्ञान बघारा, "मैं कहता था न कि कुनी का भाग्य तेज़ है। बस, समय की बात है। ईश्वर की कृपा की प्रतीक्षा करनी होगी। उसकी दृष्टि पड़ते ही वारिधि में बाँध खड़ा हो जाएगा। हमारी कुनी तो सर्वगुणसंपन्न है, उसकी पसंद भी वैसी ही श्रेष्ठ !"

पता नहीं मैंने अनिरुद्ध को पसंद करते वक़्त कुछ सोचा या नहीं। सिद्धार्थ ने नासिरा से शादी करते वक़्त क्या सोचा होगा ? मेरा निर्णय तो उस पहली भेंट की प्रतिक्रियास्वरूप लिया निर्णय था, जो हालात के हिसाब से सही था। दूर तक मैंने नहीं सोचा। मेरे सामने एक सरल हृदयवाला व्यक्तित्व था हालात से परेशान ! माँ का आँचल खोजते बीच राह भौंचक खड़े उदास बच्चे थे। मैंने बस इतना ही देखा कि इन्हें मेरी ज़रूरत है।

पर मेरे बुज़ुर्गों ने इसे मेरे परिपक्व सोच का परिणाम बताया और खूब सराहना की। मौसा ने हँसते हुए पुरातन विश्वास से पगी दो पंक्तियाँ सुनाईं, जो उन्होंने मति की शादी पर भी सुनाई थीं।

"क्या कहा है भाईना बुज़ुर्गों ने, बोलो तो ?" सतपति बाबू ने स्वर मिलाया।

"कन्या वरयते रूपम, माता वित्तम, पिता सुतम, बंधवः कुलम इच्छंति, मिष्ठान्न मित्तरेजनः···" इधर तो सभी गुण इकट्ठे हो गए।

"तो लाओ मिष्ठान्न ! प्रद्युम्न, दिवाकर। कहाँ हो भई ?"

"क्यों नहीं, क्यों नहीं, ख़ाली मिष्ठान्न से ही नहीं चलाएँगे, प्रीतिभोज में दस तरह के रोचक पकवान खाकर जाओ···।"

बप्पा ने प्रीतिभोज में मित्रों-बंधुओं को साग्रह बुलाकर खूब तृप्त कर दिया। वे अपनी बड़की बेटी के लिए दुनिया-भर के आशीष बटोरना चाहते थे, और अक्षत-फूलों की तरह मेरे ऊपर आशीष बरसे।

"अहि सुलक्षणी होऊ।" पिता बार-बार असीसते रहे।

"पाकला बालरे सिंदूर नाहा।" (बाल पकने पर भी सिंदूर बना रहे।) आई और माँ बार-बार माथा चूमती रहीं।

"आयुष्मती होऊ"–"बूढ़ी टीइ होई था।"

"शत पुत्र होऊ"–"जगन्नाथ मंगल करंतु।"

मेरे सौभाग्य को सभी ने सराहा और मैं आशीषों से लिपटी अनिरुद्ध के घर आई। कटक में शानदार बँगला है अनिरुद्ध का। लंबे-चौड़े लॉन में ताज़ी कटी घास के किनारों पर पीले-लाल फूलों की बरजस्त क्यारियों ने नन्हें हाथ उठाकर मेरा स्वागत किया। घर का माहौल सौम्य और शांत था। एक मूक आश्वस्ति हर व्यक्ति के चेहरे पर अंकित थी। अनिरुद्ध के भाई-भाभियाँ, बुआ से लेकर नौकर-चाकर तक अनिरुद्ध का घर फिर से बस जाने पर खुश थे, और बार-बार जगन्नाथ स्वामी का आभार मान रहे थे। तन्वी चहक रही थी, बेटा उत्सुकता से मुझे परख रहा था।

मेरी सुहागरात ! कमरा फूलों की सजावट और ढेर सारे मित्रों से उपहार में मिले गुलदस्तों से महक रहा था। मैंने अनिरुद्ध से आग्रह किया कि घर में पहली रात मैं बच्चों के साथ गुज़ारूँगी, "अगर आप इसे ठीक समझें।" अनिरुद्ध ने जैसे मुझे अभयदान दे दिया, "अब तुम इस घर की स्वामिनी हो, जो ठीक समझो, करो।"

"तो मैं जाऊँ ?" मैं उठने लगी तो अनिरुद्ध शरारत से मुस्कुराकर पास आया, "तुम जीतीं मैडम, मैं हार गया, पर थोड़ा-सा अनुरोध तो मानना पड़ेगा।"

"क्या ?"

उसने दोनों हाथों से मेरा चेहरा समेटकर माथे पर होंठ रख लिए, आशीष की तरह। मैंने जाने किस संस्कारवश झुककर अनिरुद्ध के पाँव छू लिए।

"नहीं, ऐसा मत करो।" उसने टोका। "प्रतिदान देना चाहो तो एक हमसफर साथी की तरह दो।"

उसने बाँहों के घेरे में लिया तो मेरा मुँह आरक्त हो गया। अनिरुद्ध की

साँसों की गरमास से मैं पिघलने लगी।

"प्लीज़, आज मेरी बात सुनो..." मैंने एक बार फिर अनुरोध किया।

उसने ज़िद नहीं की। और मैंने पहली रात अनिरुद्ध के साथ न बिताकर बच्चों के कमरे में गुज़ार दी। मैं पहली रात ही माँ बन गई। तन्वी आँखों में उँगली डाले जाग रही थी। और परीक्षित टेबललैंप जलाकर कुछ पढ़ने का बहाना कर रहा था। शायद दोनों के कान घर में आए नए सदस्य की गतिविधियों की ओर लगे थे। मुझे देखकर वे चौंके भी और खुश भी हुए। मैं देर तक उन्हें कहानियाँ सुनाती रही। उनसे उनकी बातें करती रही। आधी रात के वक़्त बच्चे सो गए तो मैंने भी थकी कमर सीधी कर ली।

सुबह सूरज की पहली किरण खिड़की पर दस्तक दे गई तो मेरी आँख खुल गई। उस वक़्त परीक्षित अपने बिस्तरे पर नींद में मस्त सो रहा था। तन्वी मेरी साड़ी का छोर मुट्ठी में बंद किए हल्के खर्राटे ले रही थी। मैंने अदृश्य को हाथ जोड़े। मेरे बच्चों ने मुझे अपना लिया था। नन्हें चूज़ों की तरह इर्द-गिर्द लिपटे बच्चों को देखकर मेरे भीतर करुणा की झील थरथराई–मैं तुम्हारी माँ हूँ बच्चो।

सुबह नाश्ता कराते अनिरुद्ध की दीदी ने ढेर सारी शुभकामनाओं के बीच सूचित किया कि वह दो-चार दिन के लिए बच्चों को अपने साथ ले जाएँगी। काफ़ी दिनों से बच्चे मचल रहे हैं कि बुआ के घर चलेंगे। घर में बड़ी भाभी हैं। तुम लोग जगन्नाथजी के दर्शन करके दो-चार दिन कहीं घूम आओ। एक-दूसरे को जान लो। काम-धाम तो जीवन-भर चलता ही रहता है...

प्रोग्राम तय किया गया था। मेरे कुछ बोलने का प्रश्न ही नहीं उठता था। शाम को ही दीदी बच्चों को लेकर भुवनेश्वर चली गईं।

अगली सुबह नहा-धोकर हम पुरी के लिए रवाना हुए। हमारे संस्कारप्रिय घरों में जगन्नाथ का आशीष पाना ज़रूरी है। अनिरुद्ध के घरवाले भी पारंपरिक विश्वासों का श्रद्धा से पालन करते हैं। हालाँकि 'हनीमून' की आधुनिक प्रथा भी बड़ी सहजता से उन्होंने अपनाई है। पारंपरिक विश्वासों के साथ आधुनिकता का मेल मुझे प्रभावित कर गया।

पुरी के श्रीमंदिर में अनिरुद्ध के साथ मैंने माथा टेका तो सिद्धार्थ साथ-साथ चलता रहा। मैंने उसे दुत्कारकर भगाया नहीं क्योंकि वह अपनी परछाँइयों को अपने आसपास समेटे, अपनी ख़ामोश उपस्थिति में, मुझसे कहीं भी उलझ नहीं रहा था। रुक-रुककर नज़र-भर देख लेता था, संतुष्ट और शायद आश्वस्त भी! वह मेरा अभिभावक बन गया था। कुनी ! खुश तो हो ? शायद अनिरुद्ध के साथ भी पुरानी यादें थीं। वह भी चुप था। हमने एक-दूसरे को कुरेदा नहीं।

अनिरुद्ध पुरी से लौटते कोणार्क की तरफ़ रवाना हुआ। नहीं, पुरी-तट पर घूमने का कोई प्रस्ताव उसने नहीं रखा। रखता तो ज़रूर मैं वहाँ भी रेती पर

सिद्धार्थ के पैरों के निशान खोजने लगती। मन को जबरन रोकना मैंने छोड़ दिया है। सिद्धार्थ के बारे में तो यही बात सच है, क्योंकि वह अंतरंग मित्र बनकर मेरी यादों में रच गया है, ढेर-से हितैषियों की पंक्ति में खड़ा। देह से पार। देह तो मैं अनिरुद्ध को सौंप रही हूँ और मन ? मन किसी एक व्यक्ति तक महदूद नहीं रखा जाता। यह बात मैंने समझ ली है।

अनिरुद्ध दो-तीन दिन के इस 'हनीमून' में कहाँ-कहाँ जाएगा, मैंने पूछा नहीं। बहुत व्यस्त रहता है अनिरुद्ध। उसका दो-तीन दिन अस्पताल और क्लीनिक से दूर रहना कई रोगियों के साथ अन्याय है, मैं जानती हूँ। पर वही सिद्धार्थ की बात कि एक के साथ न्याय करते दूसरे के साथ थोड़ा अन्याय होना शायद स्वाभाविक है।

यहाँ कोणार्क पहुँचकर उसने ठहरने के लिए कोणार्क गेस्ट हाउस चुना। बुकिंग पहले ही हो गई थी। डॉक्टर अनिरुद्ध के लिए सुविधाओं की कोई कमी नहीं। जान-पहचानवाले मुलाकाती और झुककर आदाब करनेवाले जगह-जगह पर घेर लेते हैं। गेस्ट हाउसवालों को उसने हिदायत दी है कि उससे कोई मिलने नहीं आएगा। बल्कि किसी को भी मालूम न हो कि डॉक्टर अनिरुद्ध यहाँ ठहरे हैं।

हम लोग दुपहर को यहाँ पहुँचे। खाकर आराम किया तो सागर तट-पर टहलने निकल पड़े। नहीं, झाऊ के वनों के बीच पैदल, हाथ में हाथ डाले नहीं। अनिरुद्ध को एक-दो किलोमीटर चलने की आदत नहीं। चुस्त-दुरुस्त शोफर के साथ एयरकंडीशंड कार हमारी सेवा में हर वक़्त हाज़िर रहती है। मिसेज अनिरुद्ध बनी उसके साथ-साथ चलती, उसके आसपास का रुआबदार प्रभामंडल महसूस करती रही हूँ लेकिन जो चीज़ मुझे उसकी ओर तेज़ी से खींच रही है वह उसका सरल और सौम्य व्यक्तित्व ही है। उसका प्रभामंडल दूसरे को परे नहीं करता, स्नेह के पास खींचता है। शायद इसी कारण मैंने उससे ढेर-सी बातें कीं। उसके घरेलू हालात जाने। मेडिकल कॉलेज में एम. बी. बी. एस. से लेकर अमेरिका में हार्ट सर्जरी की ऊँची ट्रेनिंग, शादी, बच्चे, दो वर्ष पूर्व कार एक्सीडेंट में उसके माता-पिता की मृत्यु, पत्नी की लंबी बीमारी और उसके निधन के बाद घर और बच्चों की परेशानियाँ। छः मास बीतते ही प्रभा मौसी का आग्रह–'कुनी को एक बार देख लो। बच्चों को माँ चाहिए…।'

मैंने अनिरुद्ध से पूछा, "आपका मन नहीं करता कि कोई बहुत सुंदर, नाजुक-सी लड़की आपकी पत्नी बने। मुझमें तो कोई भी ख़ास बात नहीं।"

अनिरुद्ध ने मेरी हथेली अपने दोनों हाथों में भर ली, "मुझे तुममें सबकुछ मिल गया, बस ! और कुछ मत पूछना।" दिल की चीर-फाड़ करनेवाला ज़रूर हूँ। दिल के रोग पहचानता हूँ पर मन में उगती संवेदनाओं की बारीकियों की पड़ताल मेरे बस की नहीं। हो सकता है कभी तुम्हारी बात न समझूँ, पर तुमसे

एक अनुरोध है कि अपने मन की बात मुझसे खुलकर कहो। कभी कुछ मन में न रखना। मैं खुश होता हूँ तो हँसता हूँ, दुखी होता हूँ तो अपने-आपको समझाता हूँ और चोट लगती है तो रोकर हल्का हो जाता हूँ। यानी कि तुम्हारे सामने मैं एक खुली किताब हूँ।"

मैंने अनिरुद्ध के हाथों में बँधी अपनी हथेली छुड़ाई और उसके दोनों हाथ अपने चेहरे से सटा लिए। कहा कुछ नहीं, महसूस-भर कराया कि मैं तुम्हें समझती हूँ।

हम लोग देर तक सागर-तट पर बैठे लहरों का आलोड़न देखते रहे। तभी मुझे सिद्धार्थ का कई साल पहले कहा वाक्य याद आ गया–'क्या शांब का यह मुक्तिस्थल तुम्हारी मुक्ति का स्थल नहीं हो सकता ?'

मैं आज कितनी मुक्त हूँ, नहीं जानती, पर कई बंधनों को तोड़ते–और जोड़ते अपने भीतर कहीं किसी खुले आकाश का नीला विस्तार ज़रूर महसूस करने लगी हूँ। टुकड़ा-भर आकाश काफ़ी होता है पंख फैलाकर उड़ान भरने के लिए। यों जीवन की दुविधाओं-आशंकाओं से पूर्ण मुक्ति तो शायद मृत्यु के बाद भी संभव नहीं। मोक्ष की स्थिति की बात तो ज्ञानी जन जानते होंगे। हम तो जीवन को ही समझने में चूक जाते हैं।

मेरे सामने अभी जो सच है, वह यह पूर्णिमा की धुली-धुली चाँदनी रात है जो अब ढलने लगी है। यहाँ सिरहाने की तरफ़ खुलती खिड़की से सागर को छूकर आती हवा के नम झोंके हैं और लहरों का अनादि गर्जन ! दूर से दिखता ध्वस्त शिखर कोणार्क, जो बाहर से ख़ामोश है पर भीतर से बहुत बातूनी है। हज़ारों-हज़ार कथाएँ अपने सीने में समेटे काल को चुनौती देता खड़ा है। कई सुख हैं जो कालांतर में ज़ख्म बनकर टीसते हैं, कई विरह गाथाएँ, जो नृत्यमंडप की नर्तकियों के ख़ामोश नूपुरों में आधी रात को मुखर हो उठती हैं। जिन्होंने अंतरंग संवेदन से प्यार और उजास के कोणार्क बनाए, वे इन खंडित मूर्तियों का दर्द महसूस करते हुए भी अपने निर्माण-सुख से समृद्ध रहेंगे। वह चाहे मैं होऊँ, सिद्धार्थ हो या शायद नासिरा ही...।

रात के इस आख़िरी प्रहर में मैं कुछ-कुछ हल्का महसूस करने लगी हूँ। सिर दर्द भी अब नहीं है। पिछले कुछ घंटों में अपनी ज़िंदगी की पूरी किताब मैंने वरक-दर-वरक पलटी है। अतीत से दोबारा वर्तमान तक जीते खुद को घटनाओं, हादसों और किस्सों से होकर गुज़रते देखना अपने-आपको नए सिर से जानना होता है। अनिरुद्ध क्या कभी जान पाएगा ? लेकिन नहीं। उसे वह सब जानने की ज़रूरत भी नहीं। उसने भी अपने हिस्से के उजाले, अँधेरे भोगे हैं। उसी के शब्दों में कहूँ तो, वह भी बाज़वक्त हँसा है, कभी खुद को समझाया है और कभी रोया भी है।

कमरे में ढेर-ढेर रजनीगंधा के फूलों की बौरानेवाली महक रच गई है। अनिरुद्ध ने मेरी पसंद के फूल अपने हाथों से कमरे के कोने-कोने में सजा दिए हैं। उसकी हर हरकत से सहज आनंद और भीतर उमग आई खुशी का उजास फूटा पड़ रहा है। मेरे सिरदर्द की बात सुन उसने मेरे माथे पर अमृतांजन मला। सिरदर्द की गोली खिलाकर आराम करने की हिदायत दी और अपनी तमाम माँगों को कल के लिए मुलतवी कर दिया। पूछा भी नहीं कि मेरा इंतज़ार कब ख़त्म होगा ?

नारियल के पंखेदार पत्तों की ओट से छनकर आते हल्के उजास में वह अभी भी सो रहा है, निश्चित या शायद आश्वस्त। उसे कल पर भरोसा है। हवा के ताज़े झोंकों के साथ नींद की झपकियाँ मुझे भी सुलाने लगी हैं। खिड़की से दिखते लॉन के कमलताल में ढेर से कमल उचक-उचककर झाँकने लगे हैं। सफेद काशतंडी फूल हवा में झूम रहे हैं, कामदेव के श्वेत चामर की तरह, बकौल दीन कृष्णदास–'कामदेव श्वेत चामर प्राये, काशतंडी फुल चलंति काये···।' अपनी ही सुध भुला देनेवाले इस माहौल में, कहीं से मीठे सुरों की धुन मुझ तक आ रही है। कहाँ से आ रही है यह आवाज़ ? क्या झाऊ के वन से ?

"दिन लंबा नहीं है / और उजाले को लूट ले जानेवाली रात भी दूर नहीं/ हमेशा के लिए सो जाना पड़ेगा / उससे पहले ही दोनों हाथ लूट लो / जीवन की मदिरा / व्यर्थ न करो उसका एक कण भी।"

आकाश के क्षितिज पर नए दिन की अगवानी के लिए गुलाबी कालीन बिछने लगे हैं। मैं आवेग में भरकर अनिरुद्ध के सोए चेहरे को छाती में भर लेती हूँ। मेरे भीतर सागर की हिलोरें उमगने लगी हैं। उनींदा अनिरुद्ध बाँहें खोलकर मुझे समेट लेता है। बाहर झाऊ के जंगल में हवा बाँसुरी बजाने लगी है।

■ ■ ■